HEYNE BÜCHER

W0324131

SCIENCE FICTION

Herausgegeben von Wolfgang Jeschke

Von **Anne McCaffrey** erschien in der Reihe
HEYNE SCIENCE FICTION & FANTASY:

Der Zyklus
DIE DRACHENREITER VON PERN:

1. *Die Welt der Drachen* · 0603291
2. *Die Suche der Drachen* · 0603330
3. *Drachengesang* · 0603791
4. *Drachensinger* · 0603849
5. *Drachentrommeln* · 0603996
6. *Der weiße Drache* · 0603918
7. *Moreta – Die Drachenherrin von Pern* · 0604196
8. *Nerilkas Abenteuer* · 0604548
9. *Drachendämmerung* · 0604666
10. *Die Renegaten von Pern* · 0605007
11. *Die Weyr von Pern* · 0605135
12. *Die Delphine von Pern* · 0605540

DINOSAURIER-PLANET-ZYKLUS:

1. *Dinosaurier-Planet* · 0604168
2. *Die Überlebenden* · 0604347

ROWAN-ZYKLUS:

1. *Rowan* · 0605622
2. *Damia* · 0605623
3. *Damias Kinder* · 0605624
4. *Lyon* · 0605625

EINZELBÄNDE:

Planet der Entscheidung · 0603314
Ein Raumschiff namens Helva · 0603354; auch ➶ 0601008
Die Wiedergeborene · 0603362
Wilde Talente · 0604289
Killashandra · 0604728

ANNE McCAFFREY

Lyon

Vierter Roman des
ROWAN-ZYKLUS

Aus dem Amerikanischen von
RONALD M. HAHN

Deutsche Erstausgabe

WILHELM HEYNE VERLAG
MÜNCHEN

HEYNE SCIENCE FICTION & FANTASY
Band 06/5625

Titel der amerikanischen Originalausgabe
LYON'S PRIDE
Deutsche Übersetzung von Ronald M. Hahn
Das Umschlagbild malte Karel Thole
Die Illustrationen zeichnete Johann Peterka

Umwelthinweis:
Dieses Buch wurde auf
chlor- und säurefreiem Papier gedruckt

Redaktion: René Nibose-Mistral

Erstveröffentlichung by ACE Books,
The Berkley Publishing Group, New York
Mit freundlicher Genehmigung der Autorin
und Paul & Peter Fritz, Literarische Agentur, Zürich
(# 50210)

Printed in Germany 1997
Umschlaggestaltung: Atelier Ingrid Schütz, München
Technische Betreuung: M. Spinola
Satz: Schaber Satz- und Datentechnik, Wels
Druck und Bindung: Elsnerdruck, Berlin

ISBN 3-453-12650-5

Dieses Buch widme ich

MATTHEW HARGREAVES

für die Arbeit, Mühe und Zeit, die er aufgewendet hat, um eine ausgezeichnete Bibliografie meiner sämtlichen Werke zusammenzustellen.

(Außer diesem, das noch nicht erschienen war!)

Prolog

Der erste Einfall der Käfer in den Machtbereich der Neun-Sterne-Liga findet im Deneb-System statt, wo Jeff Raven und die noch unterentwickelten *Talente* seiner Welt einen bösartigen Angriff dreier fremder Späherboote abwehren, die Deneb IV umkreisen. Als Raven Peter Reidinger, den auf der Erde lebenden Primus der Vereinigung der Telepathen und Teleporter, um Hilfe bittet, lernt er Rowan kennen, die Prima von Kallisto. Eine Geistesverschmelzung vernichtet zwei der Invasorenboote und schickt das dritte als Warnung dorthin zurück, wo es hergekommen ist.

Drei Jahre später taucht das Mutterschiff der Käfer, ein kugelförmiger Leviathan, an der Grenze des Deneb-Systems auf. Die *Talente* tun sich erneut zusammen, um den Planeten zu verteidigen. Rowan, schwanger mit ihrem zweiten Kind Cera, wirkt als Brennpunkt der femininen Geister, die das Schwarmschiff kommandierende weibliche Vielfach-Bewußtsein aufhalten. Die Geistesverschmelzung der Männer stürzt das Schiff – mit Jeff Raven als Brennpunkt – in die Sonne Deneb.

Neunzehn Jahre später, als Damia Gwyn-Raven, ebenfalls ein T-1-*Talent,* und der capellanische T-2 Afra Lyon sich auf Deneb erholen, erfahren sie in von Aliens erzeugten ›Träumen‹, daß die Menschen nicht allein im All sind. Man nimmt Kontakt mit den Besuchern auf, die sich Mrdini nennen. Durch Träume erklären die Mrdini, daß sie sich und ihre Kolonien schon seit Jahrhunderten gegen die vordringenden Käferschwärme verteidigen müssen. Sie haben das

Käferschiff bis ins Deneb-System verfolgt und sind fasziniert von dessen Vernichtung, wobei es auf Seiten der Verteidiger keine Verluste gab. Sie bieten den Menschen ein Bündnis an.

Um sinnvolle Beziehungen aufzunehmen, werden junge 'dinis mit Menschenkindern zusammengetan, denn man glaubt, daß eine frühe Gewöhnung an eine andere Spezies das gegenseitige Verstehen fördert. Zu denen, die man für dieses Experiment auswählt, zählen auch die Kinder Afras und Damias, die nun als Towerprimen auf dem Zechenplaneten Iota Aurigae tätig sind. Ihre acht Kinder werden mit 'dini-Pärchen zusammengetan.

Im Alter von sechzehn Jahren wird Laria, Afras und Damias älteste Tochter, nach Clarf gesandt, auf die Heimatwelt der 'dinis, um den Bewohnern die Sprache der Menschen beizubringen und ihre persönliche Kenntnis der Sprache der erwachsenen 'dinis auszubauen. Ungefähr zur gleichen Zeit entdecken Späherboote der Mrdini drei Schiffe der Käfer, die sich jedoch trennen, bevor man sie einholen kann. Doch die von ihnen zurückgelassene Ionenspur ist so deutlich, daß man sie einzeln verfolgen kann.

Die Allianz der Mrdini und der Neun-Sterne-Liga setzt eine vierfache Expedition in Marsch. Das erste, aus sechs Schiffen bestehende Geschwader, soll die Ionenspur zurückverfolgen, um in Erfahrung zu bringen, ob es die schwer lokalisierbare Heimatwelt der Käfer finden kann. Die drei restlichen Geschwader sollen den Käferschiffen zu deren Ziel folgen, um sie möglichst zu vernichten, bevor sie einen weiteren Planeten kolonisieren und dessen Lebensformen ausrotten.

Isthian Lyon, Larias Bruder, wird von der VT&T auf das Raumschiff A.S. *Vadim* geschickt, um bei der Suchmission der sechs Schiffe (vieren der Menschen und zweien der Mrdini) als Primus zu agieren. Seine

Aufgabe besteht darin, für die Verständigung und die Beziehungen zwischen den Verbündeten sowie für den Nachschub zu sorgen, damit das Geschwader seinen Aufgaben weiterhin nachkommen kann. Da Thian sich schon immer für die Marine interessiert hat, ist er für den Einsatz bestens gerüstet. Er wird von seinem 'dini-Pärchen Mrg und Dpl (Mur und Dip) begleitet.

Die *Vadim* stößt auf ein im All treibendes Wrack, das als Käferschiff identifiziert wird, doch es ist um ein Drittel größer als jedes, das man bisher gesehen hat. Alles deutet darauf hin, daß es von einer Nova zerstört wurde. Den Insassen dreier Rettungskapseln ist offenbar die Flucht gelungen; andere wurden an Ort und Stelle vernichtet. Eine aus Menschen und 'dinis bestehende Forschergruppe untersucht das Wrack. Thian, der sich auf der *Vadim* einen anonymen Feind gemacht hat, der im Inneren des Wracks auf ihn einen Mordversuch unternimmt, entdeckt unbeschädigte Käfereier. Man bringt sie fort, damit die Xenobiologen der Allianz sie studieren können. Nachdem Thian sich von seiner Verletzung erholt hat, wechselt er auf das Mrdini-Schiff *KLTL,* denn die Mrdini wollen um jeden Preis in Erfahrung bringen, ob die Heimatwelt der Käfer von der Nova vernichtet wurde.

Zwei Schiffe aus Thians Geschwader müssen das Wrack an einen Ort schleppen, an dem die Spezialisten der Menschen und Mrdini es gründlich untersuchen können. Die restlichen Schiffe wollen die drei entkommenen Rettungskapseln aufspüren. Es ist lebenswichtig, sie zu finden, da schon eine Königin genügt, um eine neue Kolonie aufzubauen.

Während Thian mit der *KLTL* zur Nova weiterfährt, wird die Suche nach den drei großen Schiffen und den Rettungskapseln aufgenommen. Außerdem bemüht man sich, aus den Trümmern des Käfer-Kugelraumers so viel zusammenzusetzen wie möglich, um mehr über den Feind zu erfahren.

Die *Beijing* stößt auf eine Rettungskapsel, in der noch eine Königin lebt. Man bringt sie auf und nimmt sie ins Schlepptau. Afra und sein Sohn Rojer erhalten den Auftrag, die Kapsel zur Heinlein-Mondstation zu teleportieren, wo sie gefahrlos und ausführlich untersucht werden kann. Es kommt zu langen Debatten, und viele Fraktionen bilden sich: Manche wollen die Königin kurzerhand töten, andere wollen sich ihr in dem Bemühen nähern, sich mit einer völlig fremden Spezies zu verständigen, um etwas über sie zu erfahren. Speziell die Mrdini sind dagegen, die Königin am Leben zu erhalten. Rojer versetzt sie und die Kapsel mit leichter Hand, wobei sein Vater als Brennpunkt fungiert.

Auf dem Erdmond wird die Kapsel der Königin gesichert und rund um die Uhr bewacht. Als die Königin die Kapsel schließlich verläßt, erkennt man in ihr eine Art Gottesanbeterin mit zehn Gliedmaßen, die hochträchtig ist. Da niemand viel Glück gehabt hat, die im Schiffswrack entdeckten Eier auszubrüten, beschließt man, sie ihr zu überlassen.

Man erhebt beträchtliche Einwände dagegen, das Geschöpf am Leben zu lassen, doch jene, die darauf beharren, mehr über den Feind zu erfahren, setzen sich durch. Die Königin darf weiterleben. Man versorgt sie mit Nahrung aller Art und stellt fest, daß sie Gemüse und Obst bevorzugt. Alles, was sie tut – was nicht sehr viel ist –, wird aufgezeichnet und den Interessierten gezeigt.

Zara, die vierzehnjährige Schwester Larias, Thians und Rojers, wird gefühlsmäßig in etwas verwickelt, das sie für eine schreckliche Notlage der gefangenen Königin hält. In einem bemerkenswerten Abenteuer schleicht sie sich, verstört vom Zustand der Königin, in die Beobachtungsstation ein, portiert sich in die

Anlage und erkennt, daß sie friert, da sie im Zustand der Trächtigkeit viel höhere Temperaturen braucht. Zaras Einmischung rettet der Königin zwar das Leben, doch trotz der Hoffnung, daß es eine Art Einfühlung zwischen Mensch und Käfer gegeben hat, wiederholt sich der bizarre Zwischenfall nicht. Zara kann auch nicht erklären, warum sie sich so verhalten hat. Afra und Damia erkennen mit leichtem Bedauern, daß ihre Tochter, obwohl Prima, für die Tätigkeit in einem Tower nicht geeignet ist. Die T-1-Ärztin Elizara, nach der sie benannt wurde, und ihre Urgroßmutter Isthia gelangen zu der Erkenntnis, daß Zara möglicherweise Heilerkräfte hat.

Inzwischen hat man eins der entkommenen Käferschiffe in ein Sonnensystem verfolgt, in dem es abbremst. Rojer wird auf die *Genesee* versetzt, um Nachrichten für das aus zwei Menschen- und einem Mrdini-Schiff bestehende Geschwader B zu übermitteln, das sich unaufspürbar im Asteroidengürtel des Systems versteckt hält.

Die Mannschaft der *Genesee* beobachtet, daß das Käferschiff von verschiedenen Mondbasen und einem Planeten aus angegriffen wird. Als seine Munition erschöpft ist, fliehen die Königinnen in Rettungskapseln, die desintegriert werden. Dies erschreckt die Beobachter. So viel die 'dinis im Lauf der Jahrhunderte auch von ihren Feinden gesehen haben – sie sind so überrascht und perplex wie ihre menschlichen Verbündeten. Auch für sie ist dies eine völlig neue Lage.

Man gestattet dem Geschwader B und der *Genesee* nicht, den Feind zu vernichten, sondern befiehlt, ihn zu beobachten und mit Rojers Hilfe so viele Beobachtungssonden wie möglich auszuschicken, um Informationen zu sammeln. Man geht davon aus, daß Thian, der sich auf der *KLTL* auf dem Rückweg in die ›Zivilisation‹ befindet, nachdem sie eindeutig festgestellt hat, daß die Heimatwelt der Käfer von der Nova vernichtet wurde, entweder zu seinem Bruder auf der *Genesee* stoßen oder diesen ablösen wird.

Noch immer verfolgen zwei Geschwader die beiden übrigen Käferschiffe. Das Geschwader A, Thians ursprüngliche Gruppierung, sucht nach den beiden Kapseln, die aus dem Riesenkugelraumer entkommen sind, bevor er von der Druckwelle der Nova getroffen wurde. Auf mehreren Ebenen beginnt ein Wartespiel, und ethische Probleme von großer Bedeutung müssen von den Zivilisationen der Menschen und Mrdini bewältigt werden.

Kapitel Eins

Im Lauf der nächsten Wochen verbrachte Rojer, als er darauf wartete, daß sein älterer Bruder Thian ihn auf der *Genesee* ablöste, viel mehr Zeit auf der Brücke, als ursprünglich angenommen. Rojer Lyon war nicht nur der VT&T-T-1, der das Geschwader B mit den Heimatwelten verband und die Möglichkeit, die drei Schiffe zweimal wöchentlich mit Nachschub zu versorgen, er war dem Geschwader auch in einer Hinsicht dienlich, die sein ursprünglicher Auftrag nicht vorsah. Wenn man ihn den ›Jungen‹ oder ›Zivilisten‹ nannte, konnte er den ›Jungen‹ freilich nicht bestreiten, denn er war noch keine sechzehn Jahre alt. Er war allerdings hochgewachsen und muskulös, denn er hatte auf seinem Heimatplaneten ein aktives Leben geführt. Außerdem hatte er die in seiner Familie verbreitete Silberlocke geerbt, die es manchen Leuten schwer machte zu glauben, daß er noch nicht volljährig war. Meist erwähnte man sein Alter oder seinen Status auf scherzhafte Weise. Manchmal färbten auch Neid und Herabsetzung derlei Bezeichnungen – bis er die nächsten Drohnen portierte und bei allen wieder beliebt war. Manchmal hatte er den Eindruck, daß Grl und Ktg, seine 'dinis, bei den Offizieren und der Mannschaft der *Genesee* besser ankamen als er selbst, doch trotzdem ermutigte er sie, jeden an Bord ihre Sprache zu lehren, der Interesse daran hatte. Abends in seiner Kabine genoß er den Trost seiner Freunde, die es sehr gut verstanden, ihn mit amüsanten Ereignissen, die an Bord passiert waren, sowie ihrer besonderen Kameradschaft abzulenken. Wenn er arg verstimmt war, ›träumten‹ sie seine Spannungen einfach fort.

Da das Geschwader unter dem Befehl stand, das System zu überwachen, ohne direkte Handlungen gegen den uralten Feind vorzunehmen, der es bewohnte, wurde die Langeweile zu einem Problem. Sogar die Flucht- und Ausstiegsübungen wurden zu einer willkommenen Variante täglicher Routine. Als Kapitän Osullivan Rojer dann gebeten hatte, die neuen, nicht ortbaren Sonden zu portieren, damit man etwas über die Mond-Verteidigungsanlagen und die drei Kugelraumer in der Kreisbahn um den Planeten in Erfahrung bringen konnte, war er sehr froh gewesen.

Er war für diese Aktivität ausgebildet worden, denn es befriedigte ihn sehr, als ›Junge‹ beziehungsweise ›Zivilist‹ über Fähigkeiten zu verfügen, die sonst niemand im Geschwader B aufzuweisen hatte. Außerdem war er so neugierig wie alle anderen, und wollte so viel wie möglich über die Welt der Käfer in Erfahrung bringen. Gil und Kat hatten ihm unter der Hand mitgeteilt, daß Kapitän Prtglm von der *KTTS* statt der Spionage, die sie betrieben, lieber eine direkte Aktion gesehen hätte und er über den ›Aufklärungsbefehl‹ des Hohen Rates, den Admiral Tohl Mekturian, der Oberkommandierende der Menschen, und der Mrdini-Hochkanzler Gktmglnt ausgegeben hatten, sehr wütend gewesen war.

Das Geschwader hatte bei der Beobachtung des Angriffs auf das Käfer-Flüchtlingsschiff, dem man bis in das System gefolgt war, eine erstaunliche Zurschaustellung der planetaren Verteidigung erlebt. Die drei Schiffe wären ihr völlig unterlegen gewesen und hätten der planetaren Abwehr keinen nennenswerten Schaden zufügen können.

So viel wie möglich über den feindlichen Planeten in Erfahrung zu bringen, war eine völlig andere

Sache. Rojer hatte die getarnten Sonden enthusiastisch zwischen den die drei Kugelraumer umgebenden Bauteilen verstreut, die sich in einem Montageorbit um den Planeten befanden. Es war kaum möglich, daß irgendwelche am Boden befindliche Sensoren bemerkten, daß er ein paar zusätzliche ›Teile‹ in das Wirrwarr hineinschmuggelte, das unordentlich um den Planeten kreiste. Offen gesagt hielt Rojer es für eine abscheuliche Methode, sich seiner Abfälle zu entledigen, indem man sie einfach in den Weltraum schoß.

Weder Kapitän Quacho vom Schwesterschiff *Arapahoe* noch Kapitän Osullivan von der *Genesee* hatten damit gerechnet, daß das Käfer-Flüchtlingsschiff von der eigenen Spezies angegriffen werden und man die Königinnen in die Rettungskapseln jagen würde, die die planetaren Geschütze sofort vernichtet hatten. Kapitän Prtlgm hatte ausgeführt, daß genau dies von den Käfern zu erwarten gewesen war.

Da Rojers erster Auftrag darin bestanden hatte, die drei Kugelraumer im Montageorbit zu beobachten, nahm die Spannung weiter ab, als die Sonden meldeten, daß nur einer von ihnen raumtauglich wirkte. Aller Wahrscheinlichkeit nach handelte es sich dabei um jenes, das die ursprünglichen Kolonisten hierher gebracht hatte. Ein weiterer Raumer, der kurz vor der Fertigstellung stand, wies jedoch beachtliche Löcher auf, die wahrscheinlich zur Aufnahme von Ausrüstungsgegenständen dienen sollten. Der dritte Raumer war erst teilweise mit einer Hülle verkleidet. Dies nährte weitere Spekulationen zu der Frage, warum die planetaren Verteidiger das Flüchtlingsschiff ›durchlöchert‹ und somit unbrauchbar gemacht hatten.

Leicht beruhigt von dieser Erkenntnis, die er Rojer bei dessen täglicher Meldung an den Erdprimus weitergeben ließ, bat Kapitän Osullivan ihn, die geographische Erforschung der acht Kontinente vorzunehmen, deren größter von einem Pol zum anderen reichte. Eine solche Gelegenheit, aus erster Hand Wissen über eine Käferwelt zu erhalten, sollte soweit wie möglich genutzt werden. Außerdem sorgte diese Aufgabe zur Bekämpfung der Langeweile.

Die Käferzivilisation schien völlig auf Land fixiert zu sein und kultivierte jeden Quadratzentimeter Boden. Die von Rojer geführten Sensoren zeigten, daß die Berghänge bis an die Schneegrenze bewachsen waren. Der Ingenieuroffizier Fregattenkapitän Metrios sprach von einer erstaunlichen Methode. Obwohl manche Felder rotbraun waren, sproß auf der Mehrheit kraftvolle, wenn auch unbekannte Flora. Schmale Wege, die die Felder begrenzten, erlaubten den flitzenden Lebensformen, die in landwirtschaftlichen Berufen tätig waren, den Zugang zu ihnen. Ihre ständige Anwesenheit machte den Versuch gefährlich, eine Probe an Bord zu portieren. Eine andere Variante der käferartigen Geschöpfe war auf Bewässerung spezialisiert; sie rollten in Körperblasen enthaltenes Wasser heran, das sorgfältig an den ordentlichen Reihen verteilt wurde. Es überraschte Wissenschaftsoffizier Istvan Mrkovic, der jede Menge Meeresgetier registriert hatte, daß die Käfer keinen Versuch machten, den nahrhaften Seetang und das Plankton abzuernten, das reichlich vorhanden und leicht erreichbar war.

»Sie sind also Vegetarier?« sagte er. »Tang ist doch auch Gemüse.«

»In mancherlei Hinsicht wirken sie geistig etwas eindimensional«, sagte die Astrogatorin Anis Langio, die Rojer heimlich anbetete. Sie war der schönste weibliche Brückenoffizier, und er war alt genug, um ihre Anwesenheit schätzen zu können. »Eine stagnierende Kultur, darauf aus, sich ad infinitum zu reproduzieren.«

»Das könnte sich ändern«, sagte der Kapitän knapp.

»Ich würde alles dafür geben, wenn ich zwischen der ganzen Perfektion ein Unkraut sehen könnte«, sagte Anis Langio in einem an Ekel grenzenden Tonfall. »Sie betreiben zielgerichtete Genmanipulation. Jedem Zweck ist eine Kreatur zugeteilt, und jede Kreatur dient einem Zweck. Abscheulich. Spezialistentum ad absurdum!«

»Schauen Sie sich die da an«, sagte Rojer und schaltete den Sensor auf feinste Vergrößerung. Die Sammler pflückten Reihen kugelförmigen Grünzeugs, wahrscheinlich ein Gemüse. Als sie fertig waren, wandten sie sich in ordentlichen Dreierreihen von der Pflanzung ab und rollten auf eine zentrale Einrichtung zu, in der sie verschwanden.

Man hatte Tausende solcher Einrichtungen geortet. Sie variierten zwar in der Größe, die dem Anschein nach vom Volumen der Feldfrüchte abhängig war, doch nicht in der Form. Alle Bauwerke waren quadratisch, nahmen drei bis vier Morgen ein, waren vier bis fünf Stockwerke hoch und hatten einen seitlichen Eingang. Rojer hatte einen der Sensoren so nah heranschweben lassen, daß man den Eingang erkennen konnte. Er neigte sich nach unten. Es wurde rund um die Uhr gearbeitet, denn die Geschöpfe brauchten offenbar kein Licht, um ihrer Aufgabe nachzugehen.

»Und da haben wir gedacht, unser Dienst sei langweilig«, murmelte ein Unteroffizier, der sich sogleich mehreren grinsenden Mienen und einem milden Tadel ausgesetzt sah.

»Die Gebäude sind bestimmt der Zugang zu einem großen unterirdischen Netz«, sagte Istvan Mrkovic. »In keinem dieser Bauwerke ist genügend Platz, um die Mengen aufzunehmen, die täglich dort reingebracht werden. Ernten sie nur ihren Tagesbedarf? Mir ist nämlich aufgefallen, daß sie unreife Nahrung an den Reben und Büschen hängen lassen. Oder nehmen sie nur soviel mit, wie sie lagern können? Ich kann nämlich keine Spur von Rauch oder Hitze orten, was darauf hinweisen würde, daß sie es verarbeiten.«

»Vegetarier essen viele Nahrungsmittel roh«, erläuterte Anis. »Vielleicht gibt's bei ihnen aber auch Geschöpfe mit hitzeresistenten Kellen, die den Eintopf umrühren.«

Istvan maß sie aufgrund ihrer Undiszipliniertheit mit einem tadelnden Blick, doch der Kapitän lächelte. »Wir haben ganz eindeutig noch nichts gesehen, das sie zur Verteilung *ins Freie* gebracht haben – also kümmert man sich unter der Erde um alles. Mann! Was für eine Organisation! Das muß man ihnen zugestehen.«

»Bei dem Tempo, das die Arbeiter vorlegen, *müssen* sie doch irgendwann einmal etwas essen«, sagte Anis Langio, die nun nicht mehr spöttelte. Sie stützte den Kopf auf eine Hand, betrachtete den Bildschirm und spielte müßig mit einer um den Finger gewickelten Haarlocke. Bei einem Menschen ihres Dienstgrades und ihrer Fachkenntnis wirkte es irgendwie eigenartig. »Man sieht aber auch niemanden, der bei der Arbeit eine Pause einlegt. Aber es sieht auch keiner so aus, als sei er unterernährt.«

»Auch der gesamte Erzabbau muß unterirdisch ablaufen«, sagte Mrkovic. »Ich habe nichts gesehen, das auch nur entfernt einem Stollenzugang gleicht, und doch brauchen sie für ihre Schiffe eine Vielzahl an Metallen. Ich habe zwar das Vorhandensein sämtlicher Erze registriert, die auch wir verwenden, aber bisher wurde nur das fast fertige Schiff in der Kreisbahn mit dem speziellen Überzug umhüllt. Und wenn sie auf jedem Zentimeter der Oberfläche Nahrung anbauen, bleibt kein Platz mehr für andere Dinge.«

»Die letzte Ernte vor dem Start«, witzelte Anis.

»Kaum – wenn sie nur ein raumtüchtiges Schiff haben.«

»Vielleicht sind die Landarbeiter Multitalente, und wenn die Ernte eingefahren ist, schalten sie in den

Metallarbeitermodus um«, erwiderte Anis. Istvan maß sie mit einem weiteren empörten Blick.

»Vielleicht hat sie recht«, sagte Metrios. »Ein Fühler, der Radieschen zieht, könnte auch empfindliche Instrumente bedienen.«

»Und die Roller verschieben die Kulissen«, fuhr Anis fort.

»Während die Bewässerer die Treibstofftanks füllen«, sagte Doplas, um den Spaß weiterzuführen.

»Und dann müssen wir am vorsichtigsten sein«, sagte der Kapitän und wandte sich zu Rojer um. »Können Sie die Sonden schnell zurückziehen?«

Rojer nickte.

»Korvettenkapitän Yngocelen und ich bemühen uns für den schlimmsten Fall noch immer, eine kleine Selbstvernichtungsanlage einzubauen«, sagte Metrios. »Klein genug, um nicht viel Geflacker zu erzeugen, aber doch groß genug, um die Eingeweide zu unidentifizierbarer Schlacke zu verschmelzen.«

Der Kapitän nickte zustimmend. »Unsere Ablösung ist nicht mehr weit entfernt.«

Rojer hielt überrascht die Luft an. Würde er wirklich an der ersten Invasion einer Käferwelt teilnehmen? Er hatte Korvettenkapitän Yngocelen, den Geschützoffizier, zwar mit seinen Leuten darüber diskutieren hören, was man brauchte, um die Mondbatterien ›auszuschalten‹, aber niemand hatte sich sehr optimistisch über einen Erfolg in dieser Richtung geäußert. Trotz allem, was man von dem Käferplaneten gesehen hatte, gab es noch viele Unbekannte.

Von ihren Mrdini-Alliierten und aus eigener Erfahrung – Deneb – wußten die Menschen einiges über die Kolonisationspraktiken der Käfer. Sie bevorzugten Sterne vom Typ G und Planeten vom Typ M-5, Welten, die der Erde und Clarf, dem Heimatplaneten der Mrdini, ähnlich waren. Und dies bedeutete, daß die drei Spezies miteinander im Wettstreit lagen. Die Methode der Käfer bestand darin, einen vom Vielfach-Bewußtsein von zehn bis sechzehn Königinnen gesteuerten Kugelraumer zu schicken, dessen Besatzung, spezialisierte Arbeiter, alles nötige tat. Die Mutterschiffe waren mit Späherbooten ausgerüstet, die sie vorausschickten, um die passenden Systeme zu untersuchen. Dann ›reinigte‹ es den Planeten von all seinen Lebensformen, wobei es eine Kombination von Viren verbreitete, bis keine einheimischen Lebensformen mehr existierten. Dann schleuste das Mutterschiff die Königinnen aus, und diese vermehrten ihre Spezies, bis auch die neue Welt überbevölkert war. Dann wiederholte sich das Forschungs- und Kolonisationsverfahren.

»Aber wir haben bei den Raumern nicht die geringste Aktivität gesehen«, sagte Anis. »Und die Ankunft der Flüchtlinge hat auch keine Panik erzeugt ...«

»Käfer würden eine Panik nicht mal dann erkennen, wenn sie von ihr gebissen würden ...«, ulkte Metrios.

»Tja, sollen wir noch mal alles überdenken? Ich verstehe nicht, warum sie nichts unternommen haben, um das Flüchtlingsschiff instandzusetzen. Sie können es doch brauchen, wenn sie eine neue Kolonisierungsexpedition vorhaben!«

»Sie haben auch ihre Mondanlagen nicht wieder aufgefüllt«, merkte Metrios an. »Sie haben bei dem Angriff doch eine unheimliche Menge Granaten verballert – auch wenn nur die wenigsten getroffen haben. Sie müßten das Zeug doch normalerweise ersetzen – es sei denn, sie haben da oben unheimliche Lagerkapazitäten.« Er warf dem lachenden Rojer einen Blick voller Hoffnung zu.

»Es gibt keine Möglichkeit, eine Sonde in die Mond-Geschützstände zu schmuggeln, Sir. Da gibt's keine Nische und keinen Spalt, und ich habe keine Ahnung, wie es räumlich da drin aussieht. Ich kann nicht blind portieren.«

»Nein, Rojer, natürlich können Sie das nicht«, erwiderte der Geschützoffizier, aber sein Gesichtsausdruck blieb wehmütig.

»Sie haben auch keine Nachrichten dorthin geschickt«, sagte Doplas und musterte seine Kontrollkonsole, als hätte sie eine willkürliche Fehlfunktion. »Null Kommunikation auf allen Frequenzen.«

»Hab doch gesagt, daß sie wahrscheinlich die richtige Parole nicht kannten«, sagte Metrios. Sein schmales Gesicht zeigte ein ironisches Grinsen. Plötzlich richtete er sich wachsam im Sitz auf. »Na bitte! Aktivität auf der Werft.« Alle richteten die Aufmerksamkeit sofort auf den betreffenden Bildschirm. »Können Sie die Sonde einen Moment stillhalten, Rojer?«

»Kein Problem.« Rojer versuchte zu erkennen, was Metrios' Beachtung erweckt hatte. Am Ende des einzigen unkultivierten Gebietes des ganzen Planeten – der Raumschiffswerft – schwang eine breite Luke auf.

»Vergrößern, Doplas«, sagte Kapitän Osullivan. Er hielt eine Sekunde inne, dann fügte er hinzu: »Kapseln! Die Gebilde, die sie schleppen, sehen so aus, als hätten sie die Größe und Form von Rettungskapseln.«

»Als Ersatz für die, die sie gesprengt haben!« sagte Anis unnötigerweise und warf dem Kapitän einen ängstlichen Blick zu.

Osullivans kantiges Gesicht zeigte nur großes Interesse an der Oberflächenaktivität, denn nun rollten Hunderte von flachen, vielbeinigen Geschöpfen mit Bauteilen beladen langsam über den glatten Boden und legten ihre Lasten an sechzehn verschiedenen Stellen ab. Dann kehrten sie zu der Öffnung zurück, die wieder im Boden versank.

»Empfangen die *Arapahoe* und die *KTTS* die Aufnahmen ebenfalls, Doplas?«

»Aye, Sir, wird automatisch übertragen.«

Bevor der Kapitän Doplas bitten konnte, eine Frequenz für ihn zu öffnen, meldeten sich Quacho und Prtglm, die Kapitäne der *Arapahoe* und der *KTTS*.

»Sie fangen mit der Überholung an«, sagte Prtglm. »Braucht Zeit. Talent soll Allianz informieren.«

»Sie unternehmen offenbar nichts, um die beiden anderen Raumer fertigzustellen«, sagte Quacho unschlüssig. Seine dichten Brauen stießen über seiner römischen Nase fast aneinander.

»In denen sind bereits Rettungskapseln«, erinnerte Osullivan ihn.

»Königinnen kommen immer zuerst«, sagte Prtglm. »Braucht Zeit.«

Rojer kontaktierte pflichtbewußt Jeff Raven, berichtete von der plötzlichen Aktivität und erhielt den Auftrag, weitere Entwicklungen zu melden, sobald es dazu kam. Als der Bodeneingang geschlossen war, gab es keine weiteren Aktivitäten mehr zu sehen. Die Aufregung legte sich, und als Rojers Wache zu Ende war, bekam er die Erlaubnis, die Brücke zu verlassen. Um allen Fragen auszuweichen, die die neue Entwicklung betrafen, verbrachte er den Abend still in seiner Kabine bei Gil und Kat und schaute sich ein altes Tri-Di aus der großen Filmothek der *Genesee* an. Dann gab es Alarmstufe Eins, und er mußte sich und seine Freunde in die ihnen zugewiesene Rettungskapsel portieren. Alle, die in der Kapsel saßen, waren fast schon wieder eingeschlafen, als man die Übung abblies.

Am nächsten Morgen verschlief er und mußte sich auf die Brücke portieren, um doch noch pünktlich anzukommen. Fregattenkapitän Metrios, der ungefähr so grantig aussah, wie Rojer sich fühlte, registrierte zwar ordnungsgemäß sein eiliges Auftauchen, sprach aber keinen Tadel aus. Er erzählte ihm beiläufig, daß man bisher keine weiteren Aktivitäten auf der planetaren Werft wahrgenommen hatte.

»Vielleicht müssen sie die Montagetrupps erst noch *ausbrüten?*« sagte Anis Langio. Dann gähnte sie und winkte Rojer, der zu seiner Liege stolperte, freundlich zu. Er lächelte sie an.

»Irgendwelche Korrekturen notwendig, Fregattenkapitän?« fragte Rojer Metrios und deutete auf die Bildschirme und die sich bewegenden Sonden.

»Nein, Roj«, sagte Metrios mit einem ironischen Grinsen. »Sie sind genau da, wo wir sie im Moment brauchen. Wir können uns freuen, daß da so viel Krempel rumtreibt. So sehen unsere Sonden nicht anders aus als der ganze Kram da draußen.«

»Für einen so makellosen Planeten«, sagte Eri Gander, der Moraloffizier, der öfters an Rojers Station vorbeikam, »haben sie aus dem Weltraum eine schreckliche Müllhalde gemacht.«

»Sie haben bloß noch nicht rausgekriegt, wie man seine Abfälle am besten frißt«, erwiderte Metrios.

»Vegetarier beziehen Eisen und Mineralien aus ihrer pflanzlichen Nahrung«, bemerkte Anis mit einem allzu unschuldigen Gesichtsausdruck. »Was mich daran erinnert, Eri, daß wir ein paar neue Tri-Dis brauchen. In unserem Bestand ist nichts, was ich nicht schon tausendmal gesehen habe.«

Eri und Anis schauten Rojer fragend an. Er breitete die Arme aus und imitierte Anis' Ausdruck. »Also wirklich, *ich* bin nur für Transporte zuständig. Um den Inhalt der Ladung müssen sich schon andere kümmern.«

»Was mich daran erinnert, was ich hier wollte«, sagte Eri und wandte sich Rojer zu. »Ich muß in dieser Woche vier Mann zurückschicken.« Er hob fragend die Brauen.

»Kein Problem. Meine 'dinis haben mir erzählt, daß auch zwei 'dini-Pärchen gehen müssen.«

Anis stieß einen übertriebenen Seufzer aus. »Es freut mich, wenn ich höre, daß sie nicht so blasiert und hochnäsig sind, wie Prtlgm stets den Anschein erweckt.«

»Die 'dinis müssen hibernieren«, sagte Rojer. Er grinste, um jede Kritik im Keim zu ersticken. Dann sagte er: »Das gilt bei ihnen nicht als Schwäche.«

»Zumindest bewahren Sie sich davor, auf einem Teller zu landen«, sagte Metrios mit einem zustimmenden Nicken.

Anis schüttelte sich. »Ist mir gleich, mit welchem Euphemismus Sie das Verfahren umschreiben. Für mich ist und bleibt es Kannibalismus.«

»Nenn es Notlage bei langen Raumfahrten und akzeptiere es als Interpretation«, sagte Mrkovic, aber sein Gesichtsausdruck zeigte, daß er nicht anders dachte als die Astrogatorin. »Wenigstens ist Rojer hier. Des Menschen und des Mrdini bester Freund ist das VT&T-*Talent*, das zur Verfügung steht.«

Rojer grinste. Er war erleichtert, daß man das Thema der 'dini-Traditionen nicht weiter verfolgte. Wenigstens auf der Brücke wurde er nicht von lästig neugierigen Mannschaftsangehörigen ausgequetscht, bis er Verärgerung empfand. Er hatte darauf hinweisen müssen, daß er eigentlich nur mit ›unreifen‹ 'dinis eng zusammengelebt hatte und nicht viel über die Erwachsenen wußte.

»Was steht also heute an, Fregattenkapitän?« erkundigte er sich bei Metrios.

»Eingehende Beobachtung der Werft und der Kapselteile. Die neuen Sonden, die ich für den Fall bestellt habe, daß wir mehr in Dienst stellen müssen, enthalten ein Selbstvernichtungselement.«

»Ach, könnten wir doch nur etwas tun«, sagte Yngocelen und blickte mißmutig auf die unveränderte Szenerie, die der Bildschirm zeigte. »Gehen die überhaupt in der richtigen Reihenfolge vor? Sie montieren die Rettungskapseln zusammen, bevor das Loch repariert ist, das sie in den Flüchtling geballert haben. Hab ohnehin nie verstanden, warum sie es durchlöchert haben: Die Königinnen waren doch schon im Begriff, in den Rettungskapseln zu verschwinden.«

»Wirklich verwirrend«, gab Metrios zu. »Sie haben ein raumtüchtiges Schiff beschädigt, das ihre bisherige Flotte hätte vergrößern können.«

Da Rojer die Offiziere inzwischen gut genug kannte, beschloß er, seine Gedanken in Worte zu kleiden.

»Ich glaube nicht, daß der Torpedo eine Fracht- oder Andockzone getroffen hat, Fregattenkapitän«, sagte er.

»Glauben Sie nicht?« Metrios' Gesichtsausdruck war ermutigend.

»Nein, Sir, ich glaube, sie haben die Sauerstofferzeugung durchlöchert. Es ist wirklich ein Loch, nichts, was verheerende Auswirkungen gehabt hätte.«

»Zeigen Sie mal ...« Metrios war nicht der einzige, der interessiert den Hals reckte.

Rojer portierte eine Sonde in die geeignete Position. Leider lag der Eintrittspunkt in tiefem Dunkel. Doch die sauberen Ränder des Torpedoeintritts waren deutlich zu erkennen. Der Schaden würde leicht zu reparieren sein. Wenigstens bei einem Schiff der Allianz.

»Vielleicht haben sie mit dem Torpedo irgend etwas hochgeschickt«, fügte Rojer leise hinzu und bereitete sich auf einen Disput vor.

»Ja, aber was und warum?« fragte Yngocelen spitz. »Schon die teilweise Rekonstruktion der vom Geschwader A entdeckten Riesenkugel hat uns gesagt, daß die Käfer alle Decks und sonstigen Gebiete ebenso abschotten können wie wir.«

»Ja, aber die Königinnen hatten das Schiff schon verlassen, und es war niemand mehr da, der den Arbeitern befehlen konnte, alles dichtzumachen.« Rojer legte eine Pause ein, um nicht so zu klingen, als sei er sich seiner Theorie so sicher, wie er es war. »Ich glaube, daß die Einheimischen keine Arbeiter haben wollen, die von anderen Königinnen ausgebrütet wurden. Sie wollten sie sich vom Hals schaffen, um das Schiff mit ihren eigenen bevölkern zu können.«

»Also hat der Torpedo irgendein Giftgas oder so was freigesetzt, um es auszuräuchern, hm?« fragte Yngocelen und dachte über diese Theorie nach.

»Eins zu Null für den Jungen«, sagte Metrios über Rojers Kopf hinweg, aber er klang zustimmend.

»Ich könnte eine Sonde ins Schiffsinnere schicken, um es in Erfahrung zu bringen«, bot Rojer an, da niemand seine Theorie anzweifelte. Kapitän Osullivan hatte zwar nicht an der Diskussion teilgenommen, aber zugehört.

»Dann tun Sie das mal, Mr. Lyon«, sagte er und nickte Yngocelen zu. »Programmieren Sie sie auf volles Scanning, Mr. Yngocelen. Es wird allmählich Zeit, daß wir erfahren, was da drin vor sich geht. Und Mr. Lyons Fähigkeiten erlauben es uns, diskret vorzugehen.«

Rojer schickte die winzige Sonde durch Ventilationsschächte und dunkle, leere Gänge, doch im Innern des gewaltigen Schiffes tat sich nichts. Da war nur ein Dunstschleier, der wie ein Miasma überall hing und im Mittelpunkt des Schiffes besonders auffiel.

»Könnte eine Gasmischung sein«, sagte der Wissenschaftsoffizier. »Es sind nämlich eindeutig keine als solche zu erkennenden Arbeiter zurückgeblieben und es gibt keinerlei Anzeichen von Korrosion an den wenigen organischen Substanzen, die die Sonde identifiziert. Die Käfer sind offenbar Spezialisten für tödliche Dosen. Ich würde niemanden zum Ermitteln dort reinschicken. Trotz des Loches im Rumpf ist das Zeug noch immer da. Es wird eine Zeit dauern, es rauszuspülen.«

»Die Sektionen wurden auch nicht abgeschottet«, sagte Yngocelen und klopfte Rojer anerkennend auf die Schulter. »Ja, und das Zeug hat sogar die Röhren gesäubert, in denen die Larven gelagert werden. Blitzsauber!«

Rojer konnte seine Freude über die Bestätigung seiner Theorie zwar nicht ganz unterdrücken, doch da alle anderen lächelten, hatte er das Gefühl, es sich auch leisten zu können.

»Gut mitgedacht, Rojer«, sagte Osullivan und setzte dem Augenblick seines Triumphs noch die Krone auf.

Trotzdem spürte Rojer – wenn auch nicht aus Richtung der Offiziere – weniger dankbare Gefühle von ein, zwei im Dienst befindlichen Vollmatrosen.

»Es war *wirklich* nur eine Theorie, Sir«, sagte Rojer und machte aus seinem Lächeln eine Miene bescheidener Selbstmißbilligung. Es war äußerst schwierig, jedem zu jeder Zeit zu gefallen, egal wie vorsichtig man sich auch verhielt.

»Wie lange wird das Gas brauchen, um sich aufzulösen, Mr. Mrkovic?« fragte Osullivan.

»Kann ich nicht genau sagen, Sir. Ist schweres Zeug. Auf dem Schiff sind alle Systeme tot. Wenn sie aktiviert wären ...« Er zuckte die Achseln. »Bei allem Respekt, Sir, aber die *Genesee* verfügt über keine Anzüge, die uns gegen eine korrosive Gasatmosphäre schützen können.«

Das gleiche galt, als man die Optionen bei einer Kapitänskonferenz besprach, für die Mrdini. Obwohl die Menschen und ihre Verbündeten das Riesenkugelwrack den akribischsten Untersuchungen unterzogen hatten, lag der Schwerpunkt der Ermittlungen auf der Frage, womit die Schiffe der Käfer angetrieben wurden, welchen Treibstoff sie verwendeten und der Analyse der seltsamen Zusammensetzung des Rumpfmaterials. Die Ventilation und Sauerstoffversorgung hatte geringere Priorität.

»Kapitän Prtglm möchte, daß wir eine Methode austüfteln, um in das Schiff hineinzukommen«, meldete Kapitän Osullivan den Offizieren seines Stabes. Auch Rojer war dabei, denn er hatte der Kapitänskonferenz als Übersetzer beigewohnt. »Er hat die Idee«, sagte Osullivan mit einem amüsierten Lächeln, »ein relativ unbeschädigtes Käferschiff zu entern und nach Clarf zu bringen. Ich glaube, Prtglm wird nach Beendigung dieser Mission in den Ruhestand versetzt und möchte dies nach Möglichkeit ziemlich ruhmvoll tun.«

Die Anwesenden murmelten zustimmend; sie empfanden offenbar Verständnis für diesen Ehrgeiz.

»Ich hätte nicht gedacht, daß Mrdini überhaupt je in den Ruhestand treten«, merkte Anis Langio an.

Osullivan räusperte sich und glättete sein Haar. »Ich glaube, es hat etwas mit seiner Größe zu tun.«

»Ja, er ist der größte 'dini, den ich je gesehen habe«, sagte Yngocelen nachdenklich. »Wenn er noch mehr wächst, paßt er am Ende nicht mehr in sein eigenes Schiff. Dann muß er gebückt durch unsere Niedergänge spazieren, obwohl sie für Hochgewachsene gebaut wurden.« Da der Geschützoffizier fast zwei Meter groß war, hatte er Verständnis. »Aber vielleicht«, fuhr er dann kurzangebunden fort, »könnte Rojer ein kleines Enterkommando direkt ins Torpedoloch portieren. Die Käfer warten doch wohl ab, bis das Gas sich verzogen hat. Natürlich müßten wir vorher austüfteln, wie wir *das* hinkriegen.«

»Was wissen wir überhaupt über das Ventilationssystem der Käfer?« erwiderte Metrios.

»Hat irgend jemand eine Vorstellung, wo die Steuerung dafür ist? Und wie sie aussieht?«

Alle schauten Rojer an.

»Ich? Ich weiß auch nicht mehr als Sie, aber ...«

»Aber *was,* Mr. Lyon?« fragte der Kapitän in ermutigendem Tonfall.

»Nun, Sir, als ich damals an Bord kam, habe ich wohl erwähnt, daß auf unseren Heimatwelten viele

Gruppierungen damit beschäftigt sind, die Trümmer der Riesenkugel zusammenzubauen. Wir wissen, daß das Hauptforschungsteam sich mit dem Treibstoff und den Triebwerken beschäftigt, aber vielleicht hat jemand anders Anhaltspunkte bezüglich der Lebenserhaltung. Ich könnte vielleicht mal eine diskrete Anfrage loslassen.«

»An wen?«

»An den T-8-Ingenieur im Aurigae-Tower.«

Als Rojer das Wort ›Ingenieur‹ aussprach, schaute Metrios schon aufgeschlossener drein.

»Dann nehmen Sie bitte Verbindung mit ihm auf«, sagte Osullivan. »Aber natürlich diskret.«

»Gewiß, Sir«, erwiderte Rojer. Er verfiel bewußt nicht in den üblichen Marineton, in dem man üblicherweise mit »Aye, Sir« reagierte. Es war seine subtile Reaktion auf ›Junge‹ und ›Zivilist‹.

Metrios grinste. »Brauchen Sie dazu mehr Energie?«

»Für eine Anfrage nicht«, sagte Rojer und erwiderte sein Grinsen. Xexo war, was die Montage anbetraf, bestimmt auf dem neuesten Stand, ob es nun um die Erfolge der Marine oder der Zivilbevölkerung ging. »Möglicherweise hat er sogar irgendwelche fundierten Schätzungen. Mich bewegt allerdings die Frage, ob die Explosion auch das Ventilationssteuersystem in Mitleidenschaft gezogen haben könnte.«

»Diese Möglichkeit ist nicht von der Hand zu weisen«, sagte Metrios.

Rojer hob die Hand, um anzudeuten, daß er seine Anfrage starten wollte, und er empfand eindeutigen Eifer in der Brückenatmosphäre. Kapitän Prtglm war eindeutig nicht der einzige, der sich aus dieser Begegnung eine Trophäe sichern wollte. Natürlich würden sich die *Genesee* und die *Arapahoe* die Ehre mit der *KTTS* teilen. Die ganze Allianz würde frohlocken, wenn es ihnen gelang, einer Käferkolonie ein fast einsatzbereites Schiff zu entwenden. Rojer unterdrückte ein Kichern, das seine Fassung zu kippen drohte, und richtete seinen Geist ernst auf die Mensch-Maschine-Gesamtheit, um die Nachricht abzuschicken.

Die Vertrautheit mit Xexos Geist vereinfachte das Pathieren. Rojer nahm sich vor, die Anfrage formlos zu stellen, für den Fall, daß nichts dabei herauskam und da es sinnlos war, Hoffnungen zu wecken, um sie anschließend zunichte zu machen.

Xexo war überrascht, Rojer zu hören.

Ich höre dich laut und deutlich, Bursche. Aber müßtest du nicht …

Nein, die Sache geht nur uns beide etwas an, Xexo. Es geht um unsere Puzzelei. Wir haben an Bord nichts Vergleichbares, deswegen brauche ich in einem Aspekt der Rekonstruktion deine Hilfe.

Na ja, in diesem Fall … Xexo war stets mehr an den mechanischen Aspekten der Towerarbeit als am Protokoll interessiert gewesen, deshalb erhob er keine weiteren Einwände. *Was willste wissen?*

Xexos Wissen über das Ventilations- und Sauerstofferzeugungssystem war unvollständig. Rojer erkannte sogar, daß seine Sonde stichhaltigere Informationen gesammelt hatte, die er dem T-8 nun mitteilte. Xexo konnte anschließend bestätigen, daß die Lebenserhaltungssysteme wahrscheinlich von dem Torpedo beschädigt worden waren.

Die Königinnen hatten wohl unabhängige Energiequellen. Wenn man sie starten könnte, würde sich bestimmt eine Menge des Gases verflüchtigen, besonders deswegen, weil schon ein Loch im Rumpf ist. – He, Mann, wenn ihr das Schiff klauen könnt, werdet ihr zu echten *Helden!* fügte Xexo hinzu, wobei Erregung seine ansonsten unerschütterliche Haltung färbte. *Von dem Schiff, das das Geschwader A geborgen hat, ist zu viel kaputt, so daß man kaum noch erkennen kann, wozu es gedient hat.* Dann ›zeigte‹ Xexo Rojer die existierenden Diagramme, auch wenn sie unvollständig waren.

»Da die Königinnen von Bord gegangen sind«, sagte Metrios, als er Gelegenheit bekam, sich das anzusehen, was Rojer auf den Bildschirm übertrug, »wäre diese Zone nicht mehr gesichert gewesen. Aber es sieht so aus …« – sein Finger entfernte sich von dem Diagramm –, »als könnte man das System vom Hauptzirkulationspunkt aus ziemlich wirkungsvoll vom Gas befreien.«

»Wenn wir wüßten, wie man solche Kontrollen bedient«, sagte Rojer. »Die 'dinis haben uns fortwährend gesagt, daß die Königinnen bestimmte Arbeiter für verschiedene Bordtätigkeiten formen. Wie müßte wohl ein Arbeiter aussehen, der für das Lebenserhaltungssystem zuständig ist?«

Metrios zuckte die Achseln. »Das könnte ein Problem werden. Sie stellen offenbar alle Arten von Arbeitern her.«

Die anderen Offiziere auf der Brücke hatten die Gespräche verfolgt.

»Die 'dini-Aufzeichnungen, die auf Leichnamen basieren, die man nach Raumschlachten gefunden hat, enthalten Rekonstruktionen einiger bestimmter Typen«, sagte Anis Langio und rief ein Programm auf. Alle schauten zu, als die Skizzen auf dem Bildschirm auftauchten. Langio schnaubte. »Suchen Sie sich einen aus.«

»Die Königin, die in der Heinlein-Basis lebt«, sagte Metrios. »Sind ihre Eier schon ausgebrütet?«

»Sie wachsen, und die Königin frißt«, erwiderte Rojer achselzuckend. Er wußte noch immer nicht genau, was er von der Einmischung seiner Schwester Zara halten sollte, auch wenn sie die Königin vor dem Erfrieren bewahrt hatte.

In einer Rettungskapsel der Riesenkugel hatte sich eine lebendige, trächtige Königin befunden. Es war Rojers erster offizieller Primus-Auftrag gewesen, die Kapsel zur Heinlein-Mondbasis zu transportieren.

Sein Vater war der Brennpunkt der kinetischen Energie dieser Teleportation gewesen. Ein Beobachtungsmodul behielt die Aktivitäten der Königin seit dem Ausstieg aus der Kapsel pausenlos im Auge. Sie war wirklich das erste lebendige Exemplar des Käfervolkes, das die Menschen und Mrdini zu sehen bekommen hatten. Ihr Weiterleben hatte Kontroversen und manchmal auch Spannungen zwischen den Verbündeten hervorgerufen. Zum Glück waren auch einige der liberaleren Mrdini-Führer der Meinung, daß das Bedürfnis, mehr über den Gegner zu erfahren, von größerer Wichtigkeit war, als eine schnelle öffentliche Hinrichtung, auch wenn diese psychologisch befriedigender gewesen wäre. Andere sahen sogar irgendeine Schönheit in ihrem gottesanbeterinnenähnlichen Äußeren: die Gefühlsseligen waren zutiefst besorgt über ihre totale Isolation und Einkerkerung.

»Ich hab gehört, daß jede Königin unterschiedliche Typen von Arbeitern legt«, sagte Anis. »Vielleicht ist sie auf den Typ programmiert, den wir gerade brauchen.« Sie bedache ihre Zuhörer mit einem unverschämt kessen Grinsen.

»Wenn wir nur wüßten, welchen Typ wir brauchen«, sagte Metrios finster. Er beugte sich vor. »Wenn wir irgendwie genug von dem Gas vertreiben könnten, um eine Entermannschaft an Bord zu bringen …«

»Ach, wir sind doch viel zu weit weg, um Traktorstrahlen einzusetzen«, sagte Yngocelen und wandte sich dann gutgelaunt zu Rojer um.

»He, schauen Sie *mich* nicht an, Korvettenkapitän«, sagte Rojer. »Das Ding ist eine *Masse.*« Er hob abwehrend beide Hände hoch, weil er wußte, was Yngocelen dachte. »Um sie zu verlegen, braucht man eine komplette Towermannschaft.«

»Dann also doch eine Entermannschaft …«

»Obwohl sich das Schiff im Visier der Käferartillerie befindet?« fragte Yngocelen sarkastisch. »Sobald die

Käfer sehen, daß es sich bewegt, werden sie es lieber vom Himmel pusten.«

»Aber sie *wissen* doch nicht, daß wir hier sind«, mahnte Langio ihn und die anderen.

»Und das soll auch so bleiben«, sagte Metrios und stieß einen schweren Seufzer aus.

»Rojer, könnten Sie es nicht einfach aus der Reichweite ihrer Geschütze entfernen?« fragte Langio klagend.

»Nein, könnte ich nicht. Nicht mal, damit Kapitän Prtglm zu seinem Ruhm kommt.«

»Moment mal«, sagte Metrios. Er drehte sich zu seiner Konsole um und rief ein anderes Programm auf. »Zwei Schiffe der Galaxis-Klasse haben als Schlepper geholfen, die Riesenkugel zu verlegen, und wegen der Richtungsdüsen hat man eine Fähre an ihr befestigt ...«

»Und?« fragte Yngocelen.

»Wenn wir Düsen am Rumpf befestigen könnten ...«

»Es würde bedeuten, daß man uns vom Planeten aus sehen kann«, wandte Yngocelen ein. »Ach«, fügte er hinzu und drehte sich, ebenso wie Metrios, zu Rojer um.

Rojer schüttelte den Kopf. »Schauen Sie, *meine Herren* ...« Er hielt inne, um der höflichen Anrede Nachdruck zu verleihen. »Ich bin gern bereit, eine Menge Dinge zu tun. Aber wenn jemand ... etwas ... da unten den Raum absucht – und sie haben das Flüchtlingsschiff, als es ankam, ganz klar erkannt –, wären Düsen, die groß genug sind, um das Schiff aus der Kreisbahn zu bringen, sehr gut sichtbar.«

»Was wissen wir über das Sehvermögen der Käfer?«

»Dafür haben sie wahrscheinlich auch Spezialisten«, sagte Anis ironisch.

»Möglicherweise«, sagte Metrios zustimmend, um dann fortzufahren: »Aber warum sollten sie ein Schiff beobachten, von dem sie wissen, daß es kampfunfähig und unbemannt ist?« Er wollte seine Strategie verteidigen. »Sie *wissen* doch nicht, daß wir hier sind. Sie *können* gar nicht damit rechnen, daß ihnen *irgend jemand* ein Schiff klaut. Wir haben die Überraschung auf unserer Seite ...«

»Unser Befehl, meine Herrschaften«, tadelte Kapitän Osullivan die Anwesenden mit einer komischen Grimasse, »lautet, daß wir sie genau im Auge behalten sollen.« Er bedachte die Anwesenden mit einem melancholischen Lächeln. »Der Rat hat uns keinerlei Freiheiten gegeben. Und schon gar nicht ist uns gestattet, den Gegner zu diesem Zeitpunkt in irgendwelche Auseinandersetzungen zu verwickeln.« Er hörte das unzufriedene und enttäuschte Gemurmel der anderen. »Wenn wir ihrer Ionenspur folgen können, können sie auch der unseren folgen.«

»Stimmt zwar, Sir, aber sie haben im Moment keine anderen raumtüchtigen Fahrzeuge«, machte Metrios ihm klar.

»Wir haben unsere Befehle, Herrschaften, und wir werden sie befolgen«, sagte Osullivan. Er begab sich zu seinem Kommandosessel, in dem er den Rest der Wache verbrachte.

Am nächsten Morgen wurde Rojer vom Kapitän gebeten, vor der üblichen Schicht auf der Brücke zu erscheinen.

»Mir ist der Gedanke gekommen, Rojer«, sagte Osullivan, der äußerst entspannt und leutselig wirkte, »daß wir uns eine tolle Gelegenheit entgehen lassen.«

»Welche denn, Sir?« fragte Rojer unschlüssig. Er warf Metrios, Doplas und Yngocelen, die hinter dem Kapitän saßen, einen Blick zu.

Osullivan grinste ebenso wie die anderen. »Das Schiff da hat doch nur ein Leck, nicht wahr?« Als Rojer nickte, fuhr er fort: »Es sah so aus, als hätten Sie keine Schwierigkeiten, die Sonde in seinem Innern herumfliegen zu lassen.«

»Es war nur eine kleine Sonde, und sie hatte nur begrenzte Ermittlungsfähigkeiten ... Ach, sooo ...«

Bei Rojers plötzlichem Verständnis drehte Osullivan sich zu den anderen Offizieren um. »Er hat was auf dem Kasten. Braver Junge. Wenn wir zusammenhängende schematische Darstellungen sämtlicher Ebenen des Schiffes vorweisen können, haben die Einheiten, die die Riesenkugel restaurieren, eine Schablone, mit der sie arbeiten können. Kapitän Prtglm hat mich informiert, daß sich die Architektur in all den Jahrhunderten, seit denen sie mit den Käfern zu tun haben, nicht geändert hat.«

»Die Dimensionen der Riesenkugel ausgenommen«, warf Metrios ein.

»Wären Sie bitte so gut?« sagte Osullivan und deutete mit einem einladenden Lächeln auf Rojers Liege.

»Wüßte nicht, was dagegen spricht, Sir. Ich war schon überall, wo man ein Gerät hinportieren könnte. Aber was ist mit dem korrosiven Gas?«

»Sie können so viele Sonden einsetzen, wie nötig«, sagte Metrios gedehnt. »Als der Kapitän seinen Vorschlag machte, haben wir einen Überzug entwickelt, der die Korrosion stark verzögert ... Glaube ich! Ich hoffe es. Die erste, die Sie zurückholen müssen, analysieren wir, um zu sehen, ob wir die verwendete Mischung identifizieren können.«

»Ich habe das visuelle Schema verändert«, sagte Doplas eifrig, »damit wir eine dimensionale Messung kriegen und alle groben Konstruktionsveränderungen identifizieren können.«

Rojer fand das Verfahren zwar zeitraubend und ermüdend, aber er war sehr froh, als seine Schicht zu Ende war. Fünf Sonden waren von dem Gas ›infiziert‹ worden, und er hatte sie in einem gasfesten Behälter im Schiffslabor deponiert. Obwohl das Schiff nicht so groß war wie die Riesenkugel, hatten die Ermittlungen des ersten Tages nur einen sehr kleinen Abschnitt dargestellt. Aber es gab genug Ergebnisse, um alle wissenschaftlichen und sonstwie spezialisierten Offiziere der drei Schiffe zu veranlassen, den Rest des Tages mit Analysen und Zeichnungen zu verbringen. Das Gas hatte gründliche Arbeit geleistet: nur jene Speicher hatten es überstanden, die in Metall eingefaßt waren.

Als Rojer die Sonden weiter hineinschickte, verwischte sich die Sicht dort, wo das Gas am dichtesten war. Dann ging nichts mehr. Doch man hatte genug erfahren, um dem Geschwader eine Vorstellung vom Innern des Schiffes zu geben: Irgend jemand bezeichnete es als ›Spaghetti-Makkaroni-Netz aus Röhren, Tunnels und Kanälen‹. Die Decken und Böden der Königinnenquartiere wiesen Charakteristika auf, die beträchtliche Spekulationen in Gang brachten. War jede einzelne Königin für einen Aspekt der Schiffssteuerung zuständig? Oder konnte jede alle Kontrollen bedienen?

»Rowan hat gesagt, sie sei einem ›Vielfach-Bewußtsein‹ begegnet«, sagte Rojer. Er bemühte sich, unparteiisch zu klingen, als er die Handlungen seiner Großmutter erläuterte. »Ein Nexus der Königinnen machte sie unbeweglich, als sie der Brennpunkt der Geistesverschmelzung war.«

»Also kann man davon ausgehen, daß die Königinnen sich aufeinander abgestimmt bewegten?« fragte Osullivan.

»Es steht im Einklang mit der Käfermentalität: alle arbeiten auf das gleiche Ziel hin«, erwiderte der Xeno-Offizier. Man hatte auch Leutnant Sedim Mehmet gebeten, sich auf einer hauptsächlich ingenieurstechnischen Sitzung einzufinden.

»Die Steuerkonsolen sind unbeschädigt«, sagte Metrios und schaltete den Bildschirm auf besagte Abbildungen. »Aber ich würde eine Leiter brauchen, um sie zu erreichen. Und dann wüßte ich noch nicht, welche Steuerung was aktiviert!«

»Scheinen kein Knopfdruckverfahren zu sein«, merkte Yngocelen an. »Aber wenn sie beleuchtet wären, könnte man die Kontrollen vielleicht identifizieren.«

»Die Fühler einer Königin haben eine eigentümliche Form«, erinnerte Mehmet sie. »Sie enden in unterschiedlich großen dreieckigen Gelenken.«

»Das Problem«, sagte Osullivan, »liegt weniger in der Form als in der Funktion.«

Darüber waren sich alle einig. Kapitän Prtglm schien auf seinem Hocker noch mehr zusammenzusinken; er breitete seine massige Gestalt merklich aus. Rojer nahm an, daß die gegenwärtige Sackgasse ihn deprimierte. Gil und Kat hatten gesagt, der ehrwürdige Kapitän habe zwar schon viele Kampfauszeichnungen errungen, wolle aber seiner Laufbahn, die sich über mehr als hundert Menschenjahre erstreckte, einen bedeutsameren Triumph hinzufügen. Rojer hatte Verständnis für diesen Wunsch, da er wußte, daß sich Prtglms Farbe für weitere Jahrhunderte in Ruhm aalen würde, wenn er ein leeres Käferschiff nach Clarf zurückbrachte.

Man dankte Rojer und einigen niedrigrangigen Angehörigen des Stabes und bat sie höflich, den Konferenzraum zu verlassen. Da die Wahrscheinlichkeit bestand, daß man ihn wieder hineinrief, um eine Meldung über die Beschlüsse der Versammlung zu verschicken, nutzte er die Gelegenheit, etwas zu essen. Die geistige Arbeit, die er verrichtete, machte gefräßig. Doch statt mehr zu essen, als man an Bord für höflich hielt, bunkerte er des öfteren für Notfälle Nahrung in seiner Kabine. Er hatte auch immer etwas für Gil und Kat, und so schwelgten sie gerade in verbotenen Genüssen, als das Komgerät klickend ansprang.

»*Talent*-Hilfe für Rückkehr erforderlich«, sagte Prtglms unmißverständliches Organ. »*Talent* muß mitgehen.«

WIR AUCH? fragte Gil. Kat wartete auf Rojers Reaktion.

RJR SIEHT KEINEN GRUND, WARUM NICHT. PRTGLM BEACHTET EUCH OHNEHIN NIE. Obwohl Rojer wußte, daß Prtglm ein hohes Tier war, war er leicht sauer gewesen, denn offenbar war er auch eine zu hohe Persönlichkeit, um seine besten Freunde zu bemerken. Er nahm Gil und Kat nach Möglichkeit immer mit auf die *KTTS*, weil es ihnen Spaß machte, ihresgleichen zu besuchen. WIR NEHMEN SOWIESO EIN GROSSMODUL. IHR VERSTECKT EUCH IM DUNKELN.

Da er wußte, daß der 'dini-Kapitän seine Zeit brauchte, um den ermüdenden Weg von der Brücke zur Transferkapsel in der Frachtzone hinter sich zu bringen, stieg er aus seinem zerknitterten Schiffsanzug, zog einen frischen an und schnallte das formelle Koppel und das Täschchen um, das er nur selten trug. Er empfand Ehrfurcht vor dem großen Kapitän Prtglm, und ein ›uniformiertes‹ Äußeres stärkte seine Moral.

Gil und Kat waren so aufgeregt, als er sie zum Portieren an sich zog, daß sie sich in seinen Armen wanden. Sie landeten in einem leeren Gang, genau vor der Luke zum Frachtraum. Er hörte jedoch die Vibration der Decksplatten unter festen Schritten.

SCHNELL, IHR BEIDEN, drängte er, fügte seinen Worten Körpersprache hinzu, öffnete eine Tür und schob ihre warmen, pelzigen Leiber vor sich her. DER EHRENWERTE KOMMT. SPÜRT IHR ES? Seine beiden Freunde eilten zu der großen Kapsel, die man einsetzen wollte. Sie öffneten sie und verschwanden im Innern, während Rojer dem Deckoffizier erklärte, er solle den Kapitän auf die *KTTS* zurückbringen.

»Man merkt es sofort, wenn der Riese kommt,

was?« sagte Fähnrich Menburia, als die Vibrationen durch die Decksplatten noch deutlicher wurden. »Will zwar nicht respektlos sein, aber der kommt kaum durch die Luke. Hoppla!« Als Prtglms massive Gestalt auftauchte, fuhr sie zu ihrer Schalttafel herum.

Der Kapitän brauchte einige Zeit, um in der Kapsel Platz zu nehmen. Inzwischen wirkten die Angehörigen der Lademannschaft an ihren Stationen äußerst beschäftigt. Schließlich konnte Rojer eintreten.

»Haben wir Saft, Fähnrich?« rief er. Menburia bestätigte es, indem sie den Daumen hob. Rojer schloß die Luke und machte sich klein, um den Kapitän nicht zu berühren. Persönlichkeiten wie er schätzten es nicht, wenn man sie anfaßte.

Rojer fing den Pulsschlag der Generatoren auf, mit denen er inzwischen so vertraut war wie mit denen Xexos im Aurigae-Tower. Er wußte, wohin es ging, deshalb portierte er sie so leicht an Bord der *KTTS*, daß Prtglm erst etwas von dem Transfer bemerkte, als einer seiner Offiziere die Luke öffnete und man ihn offiziell an Bord willkommen hieß. Prtglm ratterte so schnell eine Salve von Meldungen herunter, daß Rojer sie nicht verstand. Irgend etwas über ›neue Sonden‹ und ›Beschluß‹.

KOMM, sagte Prtglm kurzangebunden zu Rojer, als er auf den Decksplatten stand. Rojer schlängelte sich ins Freie und sah, daß Prtglm auf eine Öffnung zuhielt, die ins Innere des 'dini-Schiffes führte; nicht zur Brücke, wie er erwartet hatte.

Prtglm ging vor ihnen her, ohne Gil und Kat, die sich plötzlich an Rojers Hände klammerten, eines Blickes zu würdigen.

WAS IST LOS? fragte er. Seine beiden Freunde machten plötzlich eine schnelle Kopfbewegung, die ihm sagte, er solle schweigen. Obwohl sie sich fest an ihn klammerten, spürte er das Beben ihrer Finger.

Als sie Prtglm durch den Korridor folgten, waren

sie allein. Der Gang war gerade breit genug, um den massiven Leib des Kapitäns durchzulassen. Dann glitt eine Luke zur Seite, und Prtglm trat ein. Er blieb stehen und sagte ihnen mit einer Geste, sie sollten sich beeilen. Rojer gehorchte, obwohl Gil und Kat seine Vorwärtsbewegung irgendwie zu behindern schienen.

»Was ist denn?« fragte er leise und beugte sich zu ihren Ohrläppchen hinunter.

Kat erzeugte ein bebendes Geräusch. Dann holte er tief Luft, als wolle er sich gegen etwas wappnen und trat an die Luke und in die große Hangaranlage hinein. Rojer und Gil folgten ihm. Rojer wußte zwar, daß Prtglms Nähe seine besten Freude einschüchterte, aber ihr Verhalten zeigte nun eine neue Qualität, die ihn allmählich mit Zweifeln und Furcht ansteckte.

Der Hangar war dunkel, aber Rojer konnte Reihen langer schlanker Objekte ausmachen, die metallisch glänzten. Es waren viele. Das Licht ging an. Er blinzelte, um sich an die Helligkeit zu gewöhnen. Gil und Kat stießen ein hörbares Stöhnen aus.

Rojer erkannte sofort, daß es keine Sonden waren: Er erblickte eine tödlich präzise Reihe, deren Zweck unmißverständlich war, noch bevor sein entsetzter Blick auf den Kegel eines tödlichen Sprengkopfes fiel. Und es waren unheimlich viele.

Prtglms Finger flogen über ein Terminal, und die sich darüber befindlichen multiplen Bildschirme flackerten auf. Jeder zeigte eine andere Aussicht. Drei bildeten die in der Kreisbahn befindlichen Kugelraumer ab, ein anderer die glatte Oberfläche der Werft. Der Rest war geteilt, zeigte drei unterschiedliche Szenen und das größte der quadratischen Gebäude, die seine Sonden entdeckt hatten.

Das Gefühl der Übelkeit in Rojers Magen entwickelte sich rasch zu einer Gewißheit, für die man kein Hellseher zu sein brauchte. Wäre er vor Furcht und Schreck weniger gelähmt gewesen, hätte er sich

und seine Freunde aus dem Hangar portiert. Aber er konnte sich nicht rühren. Er konnte nicht glauben, daß Prtglm eine solch verheerende einseitige Entscheidung fällen konnte. Er mußte sie irgendwie verhindern.

TALENT! Prtglm drehte sich um. Er war Rojer nie zuvor so massiv und furchteinflößend erschienen.

EHRWÜRDIGER? brachte Rojer heraus. Dann mußte er heftig schlucken, um seinen trockenen Mund und seine Kehle zu befeuchten.

DU SCHICKST VIELE DINGE ZU DIESEM PLANETEN. DU SCHICKST NUN DIESE. AN DIESE ORTE! DANN NIMMT GESCHWADER KUGEL UND KEHRT MIT WAHREN EHREN ZURÜCK.

»Sind es Bomben, Kapitän?« Rojer hatte all seine 'dini-Sprachkenntnisse vergessen.

NATÜRLICH. Der Körper des Kapitäns wogte massiv von unten nach oben; eine wütende Reaktion auf seine Frage. Auf jede Frage.

»Mir ist nicht erlaubt, zu zerstören, Kapitän.« Rojer konzentrierte sich darauf, laut und fest zu sprechen.

DU PORTIERST VIELE DINGE. BOMBEN SIND DIE BESTEN! Die meisten 'dini-Stimmen drückten wenig Emotion aus, doch Prtglms Sprachmelodie kündete von Befriedigung und rechtschaffener Rache.

MIR IST NICHT ERLAUBT, ZU ZERSTÖREN, KAPITÄN. MEINE BEFEHLE SIND EINDEUTIG. Rojer fielen seine 'dini-Kenntnisse wieder ein. Er hoffte, das, um was es ihm ging, in dieser Sprache besser verdeutlichen zu können. IHR BEFEHL LAUTET ZU WACHEN, NICHT ZU ZERSTÖREN. DER BEFEHL KAM VON KOORDINATOR GKTMGLNT UND ADMIRAL TOHL MEKTURIAN. EINEM NIEDRIGEN RANG WIE MEINEM IST ES NICHT GESTATTET, BEFEHLE ZU MISSACHTEN.

NIEDRIGER RANG RJR GEHORCHT DEM BEFEHL VON PRTGLM SOFORT! GEHORCHE!

Prtlgm fing an zu pulsieren und dehnte sich aus; ein furchterregendes Erscheinungsbild, das dazu führte, daß Rojer zwar wie ans Deck genagelt stehenblieb, aber seine Entschlossenheit, ungehorsam zu werden, nicht veränderte.

»Es ist mir nicht gestattet, Ehrwürdiger«, wiederholte er und sank auf ein Knie, um seinen Respekt zu zeigen.

EHRWÜRDIGER PRTGLM, RJR WURDE VON IRDISCHEN EHRWÜRDIGEN UNTERSAGT, IRGEND ETWAS ZU ZERSTÖREN, sagte Gil und trat mit allem Respekt, den er aufbringen konnte, nach vorn.

DER MENSCH GEHORCHT, SONST KOMMT ER AUF DEN TELLER.

Rojer traute seinen Ohren nicht.

ICH KANN KAPITÄN PRTGLM NICHT GEHORCHEN!

Nun wurde der Kapitän von Zorn erfaßt, und in einer Bewegung, die so schnell war, daß Rojer nichts tun konnte, um sich einzumischen, sanken seine Oberarme auf Gils Kopfauge und droschen seinen noch nicht voll ausgereiften Körper aufs Deck.

GEHORCHE! brüllte Prtlgm. Er hob seine großen blutbefleckten Unterarme und holte zu dem Schlag aus, der Rojer ebenfalls getötet hätte.

PORTIEREN! schrie Kat, schubste Rojer zur Seite und fing den für ihn bestimmten Hieb auf, so daß er neben dem übel zugerichteten Leib Gils zusammenbrach.

Rojer portierte aus der *KTTS*, und zwar an jenen Ort, an den ihn seine Reflexe trugen, ohne bewußt an ihn zu denken!

Kapitel Zwei

»Wo kann er nur sein, verdammt?« sagte Kapitän Osullivan. Er war verärgert. Seine Miene war finster. »Er weiß doch, um welche Zeit er sich täglich hier melden soll.«

»Sir?« sagte Doplas von der Komstation. »Fähnrich Menburia meldet, Rojer habe Kapitän Prtlgm um 11.30 Uhr zur *KTTS* zurückportiert. Sie hat es eingetragen und die beiden verschwinden sehen.«

»Für so etwas braucht Rojer doch nur eine halbe Minute. Wo ist er anschließend hingegangen? Ist er gesehen worden?«

»Sir, laut Aufzeichnungen hat er den Kapitän begleitet. Offenbar auf dessen Bitte hin. Er hatte die 'dinis bei sich.«

»Und?«

»Der Funkoffizier der *KTTS* sagt, der Mensch Rojer und seine 'dinis befänden sich nicht mehr an Bord.«

»Hat die *KTTS* registriert, wann er zurückgekehrt ist?«

»Laut *KTTS*-Unterlagen befindet sich die Kapsel des Kapitäns an Ort und Stelle, aber der Mensch Rojer ist auf dem Schiff niemandem begegnet. Die große Kapsel ist nicht zu uns zurückgekehrt.«

»Allmählich reicht's mir aber«, sagte Metrios empört. »Wenn die Kapsel noch auf der *KTTS* ist, muß Rojer auch noch da sein. *Talente* portieren im allgemeinen nicht durchs Vakuum. Ist gefährlich. Was macht er überhaupt seit acht Stunden da drüben?«

»Das würde ich auch gern wissen«, sagte der Kapitän mit angespannter Stimme.

»Sieht Rojer gar nicht ähnlich«, sagte Anis Langio.

»Das weiß ich, Anis, verdammt noch mal«, sagte Osullivan. Er rutschte ungeduldig auf seinem Sitz herum, und sein Gesicht wirkte ergrimmt. »Metrios, irgendein Energieeinsatz, der mit einer Fernteleportation übereinstimmt?«

»Nein, Sir«, sagte der Ingenieuroffizier. Er warf nur einen kurzen Blick auf die Zahlen, die auf seinem Bildschirm zu sehen waren. »Und es besteht auch keine Möglichkeit, daß Rojer den ganzen Weg nach Aurigae zurückportiert ist – oder nach Clarf, was uns, räumlich gesehen, näher liegt.«

Osullivan stierte geladen auf die digitale Zeitanzeige. Die Sekunden wechselten sehr schnell. Seine Finger trommelten ein aufgebrachtes Stakkato auf seiner Brust.

»Alarmstufe Zwei. Die gesamte Mannschaft soll nach Mr. Lyon suchen. Das Schiff wird vom Bug bis zum Heck durchsucht. Alarmieren Sie Kapitän Quacho. Ich möchte mit Kapitän Prtglm sprechen, Doplas.«

»Er war nicht erreichbar, Sir«, sagte Doplas, irgendwie entschuldigend.

»Für mich wird er erreichbar sein, Doplas!« Osullivans eisiger Ton ließ Doplas' Finger über die Tastatur fliegen.

»Prtglm ist nicht gesprächsbereit«, sagte der Funkoffizier der Mrdini. PRTLGM IST NICHT GESPRÄCHSBEREIT, wiederholte er dann in seiner eigenen Sprache, um sich zu versichern, daß man ihn auch verstand.

»Wir suchen Rojer Lyon«, sagte Doplas.

RJR LN SOLL SICH SOFORT BEI UNS MELDEN, fügte Osullivan hinzu, um sicherzugehen, daß der Mrdini-Offizier ebenfalls verstand.

Diesmal schüttelte der Mrdini-Offizier seinen Oberkörper und richtete sein Kopfauge voll auf den Bildschirm. KEIN MENSCH AN BORD DER *KTTS*. Der Bildschirm verblaßte.

»Was höre ich da, Lyon soll verschwunden sein?« fragte Kapitän Quacho. Sein Abbild erhellte den Hauptbildschirm. »Wir erwarten Nachschub, und zwei meiner Leute müssen mit dem Frachtmodul zurück. Ich warte schon auf Rojers Signal, um sie rüberzubringen.«

»Wir durchsuchen das ganze Schiff, Quacho. Lyons Verschwinden ist mir ebenso ein Rätsel wie Ihnen. Auf dem Mrdini-Schiff ist er auch nicht!« Osullivan verzog das Gesicht und rieb sich das Kinn. Wenn der Junge an Bord des Mrdini-Schiffes gegangen war, warum war er dann nicht auf die *Genesee* zurückgekehrt?

»Sir?« Eine aufgeregte Stimme zog die Beachtung des Kapitäns auf sich. »Sir ... Eine unserer Rettungskapseln fehlt.«

»Welche?« Osullivan spuckte die Frage mit so harter Stimme aus, daß sogar Doplas zusammenzuckte.

»Eins-null-acht Steuerbord, Sir. Und die Kontrollen wurden so manipuliert, daß der Eindruck entsteht, sie befände sich noch an Bord.«

Niemand auf der Brücke brauchte zu erwähnen, daß die Rettungskapsel 108 Rojer Lyon zugeteilt war.

»Gab es *irgendwelche* Aktivitäten *in Richtung* auf den Planeten?« fragte Osullivan. Er bekam eine negative Antwort. »Oder in Richtung der verdammten leeren Hülle?«

»Nein, Sir. Ich suche schon nach einer neuen Ionenspur.«

»Der Junge hätte das Triebwerk der Rettungskapsel doch gar nicht gebraucht, Metrios«, sagte Osullivan verwundert, wütend und halb verzweifelnd. Er konnte Lyon junior ziemlich gut leiden. Er hatte sich äußerst gut verhalten. Er war hilfreich gewesen und hatte viel mehr geleistet als sein Auftrag ursprünglich verlangt hatte.

»Als er auf der *KTTS* war, ist irgend etwas passiert«, sagte Metrios mit leiser, angespannter Stimme.

»Und die 'dinis waren bei ihm?« Osullivan wußte es zwar, aber er klammerte sich an die eine Möglichkeit, um in Erfahrung zu bringen, was geschehen war.

»Ja, Sir. Fähnrich Menburia meldet gerade, daß sie sich kurz bevor Prtglm und Lyon hineingingen, an Bord geschlichen haben.«

»Sie sind oft mit ihm gegangen«, sagte Anis leise.

Osullivan schwenkte die Hand, um eine Diskussion zu vermeiden. Der Junge hatte also nach dem Trip zur *KTTS* – in Prtglms Gesellschaft – eine Rettungskapsel benutzt. Der 'dini-Kapitän war entschlossen, mit allen Ehren nach Hause zurückzukehren. Osullivan zog plötzlich einen Schluß, der ihm nicht gefiel; keiner seiner Aspekte, und aus keinem Grund.

»Wollen wir hoffen, daß er seine Familie sicher erreicht.«

Das gesamte Brückenpersonal wandte sich um und schaute den Kapitän an. Dann tauschte man erschreckte Blicke aus. Metrios nahm seinen Kopf in beide Hände und starrte auf die Lichter hinab, die wie üblich auf seinen Armaturen blinkten. Irgendwie verliehen sie ihm diesmal einen stillen Trost.

Kapitän Osullivan, hier ist Jeff Raven. Warum nimmt mein Enkel keine Verbindung mit uns auf?

Etienne Osullivan hatte seit Ablauf der täglichen Routinemeldungszeit mit irgendeiner Art Kontakt zum VT&T-Primus gerechnet, und noch immer vertickten die Sekunden.

»Er ist nicht mehr an Bord der *Genesee*, Erdprimus. Wir haben gehofft, er sei zu Ihnen oder zu seiner Heimatwelt unterwegs.« Osullivan redete laut, damit die Brückenmannschaft verstand, was er mit dem Primus besprach.

Ihnen ist doch gewiß klar, Kapitän, daß Rojer ohne Hilfe

keine Teleportation über eine solche Strecke bewerkstelligen kann. Was ist mit meinem Enkel passiert?

»Wir wissen es nicht, Sir. Und das macht uns äußerst besorgt.« Osullivan informierte Jeff Raven über alle ihm bekannten Fakten bis zur Entdeckung der verschwundenen Rettungskapsel. Dann räusperte er sich. »Primus Raven, auch wenn ich keinerlei Beweise dafür habe ... Ich glaube, daß Kapitän Prtglm entweder weiß, wo Rojer ist oder warum er so abrupt verschwunden ist. Aber er ist nicht gesprächsbereit. Ich erbitte eine offizielle Erlaubnis von Gktmglnt, an Bord der *KTTS* gehen zu dürfen, um dort zu ermitteln.«

Das wird zwar unnötig sein, Kapitän, aber ich weiß Ihr Angebot durchaus zu schätzen. Ich informiere den Hohen Rat über Primus Lyons Verschwinden. Sie können in Kürze mit Ersatz rechnen. Bitte warten Sie darauf.

»Natürlich, Primus Raven.« Kapitän Osullivan neigte infolge der Direktive gehorsam den Kopf. Dann seufzte er.

Bitten Sie Ihren Arzt um ein Analgesikum, Kapitän. Direktsendungen an Nicht-Empathen erzeugen starke Kopfschmerzen. Ravens Ratschlag war freundlich gemeint, und in Osullivans Brustkorb entknotete sich etwas.

»Es kommt jemand«, fügte er hinzu, da ihm einfiel, daß niemand an Bord die Botschaft gehört hatte.

»Bald?« fragte Anis. Ihr hübsches Gesicht war vor Besorgnis gerötet.

»Kann gar nicht früh genug sein«, sagte Metrios grollend.

»Aye!« Das einzelne Wort der Zustimmung kam aus vielen Richtungen der ganzen Brücke.

Der Klang hallte mit intensiv empfundenen Echos, und Osullivan zog sich kurz in sein Konferenzzimmer zurück, um ein Schmerzmittel zu suchen, bevor das Hirn aus seinem Schädel brach.

Es vergingen genau drei Viertel einer sehr langen Stunde, dann wurde ihnen vom Frachtdeck her eine frohe Botschaft verkündet.

»Passagierkapsel an Bord, Sir.«

»Passagier sofort zur Brücke begleiten, Menburia.«

»Unnötig, Kapitän«, sagte eine knappe weibliche Stimme. Dann tauchten Rowan – neben ihr ein hochgewachsener grauer Mrdini – und Afra Lyon mit einem kleineren Pärchen auf der oberen Ebene der Brücke auf.

Osullivan sprang auf die Beine. Er hatte gerade die Hälfte des Weges zurückgelegt, als Rowan die Arme ausstreckte, um seinen Impuls zu dämpfen. Er spürte erneut die mentale Fühlungnahme und zog sich vor einer zweiten Erfahrung schnell zurück.

»Verzeihung, Kapitän«, sagte Rowan mit einem kurzen Lächeln. Sein Schmerz verflog so schnell, wie er begonnen hatte. »Es war der schnellste Weg für mich.«

»Tut uns leid, daß wir so lange gebraucht haben, um hierher zu kommen«, sagte Afra. »Wir haben in bestimmten Intervallen angehalten, um zu lauschen.«

»Ohhh ...« Osullivan keuchte eine einzelne verzweifelte Dementinote.

»Mein Enkel *lebt*«, fügte Rowan hinzu. Ihre Miene war ernst. Afra nickte kurz, um ihre Aussage zu bestätigen. »Falls es Ihnen irgendwelchen Trost spendet: Wenn es nicht so wäre, wüßten wir es.«

»Und ob.«

»Wir müssen an Bord der *KTTS* gehen. Haben Sie irgendwelche Bilder ihrer Brückenkonfiguration?« fragte Afra.

»Hier«, sagte Doplas und deutete auf den Bildschirm.

»Das reicht«, sagte Rowan und wandte sich der Ingenieurskonsole zu. »Sind Sie Fregattenkapitän Metrios? Dachte ich's mir doch. Wir brauchen etwas Energie.«

»Was immer Sie wollen«, sagte Metrios und riß in übertriebener Erleichterung die Arme hoch, weil er endlich etwas tun konnte. Die Aura der Kompetenz und Entschlossenheit holte ihn aus der Verzweiflung, die ihn umhüllt hatte, seit Rojers Verschwinden bekannt geworden war.

Die Generatoren dröhnten kurz, und die Gruppe war verschwunden. Irgend jemand keuchte ehrfürchtig.

»Rowan?« fragte Yngocelen leise.

Osullivan nickte.

»Ich dachte, sie würde Kallisto nie verlassen.«

»Tut sie auch nicht oft, aber sie ist die Schlagkraft, die wir brauchen«, sagte Osullivan, trotz seiner pessimistischen Ängste ermutigt.

»Sir?« Fähnrich Menburias Stimme klang fast entschuldigend. »Sie haben auch den Nachschub mitgebracht.«

»Der Junge muß gefunden werden«, sagte Osullivan. »Und *wehe,* ihm wurde auch nur ein Haar gekrümmt!« Er schlug mit beiden Fäusten auf die Lehnen seines Sessels. Er hatte sowohl persönliche als auch berufliche Gründe dafür, und ein paar, über deren Auswirkungen er gar nicht erst nachdenken wollte, nicht mal bei klarem Bewußtsein.

»Aye, aye, Sir!«

Zwar hatte sich Rowan auch schon zuvor gelegentlich über die Dämlichkeit von Menschen, Dingen oder vermeidbaren Unfällen aufgeregt, aber *so* wütend war sie noch nie gewesen. Als Jeff die Information von der *Genesee* bekommen hatte, hatte er Gollee Gren den auf der Erde stationierten Vertreter des Hohen Rates der Mrdini kontaktieren lassen. Mrtgrts war nicht nur ein Grauer und somit von Kapitän Prtglms Farbe, sondern auch Hauptverbindungsoffizier des Hochkanzlers und hatte zwei Jahrzehnte auf der Mrdinikolonie

Sef gedient. Er hatte sich sofort freiwillig gemeldet, jeden zu begleiten, den der Erdprimus zum Ermitteln schickte.

Rowan hatte den Erdprimus informiert, daß kein Geringerer als sie selbst als Vertreter der VT&T agieren würde, und dabei hatte sie sogar ihre Tochter aus dem Feld geschlagen, die der Meinung gewesen war, nur sie sei die Richtige, um in Erfahrung zu bringen, was mit ihrem Sohn geschehen war. *Aurigae darf nicht ohne Prima sein, Damia, und damit hat es sich.* Doch dann hatte sie sich soweit erweichen lassen, Afra zu bitten, sie zu begleiten. *Du kommst auch ohne ihn aus, und er ist der Vater des Jungen. Aber Aurigae kommt nicht ohne dich aus.*

Und wieso kommt Kallisto dann ohne dich aus? hatte Damia spitz gefragt. *Er ist mein Sohn!*

Und mein Enkel. Und ich habe mehr Durchschlagskraft. Kallisto ist unter Verschluß. Sonst hätten wir Jeran schicken müssen.

Dann ist es mir lieber, du gehst, hatte Damia klein beigegeben.

Wir werden Rojer finden, Schätzchen. Da gibt's keine Frage. Du weißt *doch, daß er lebt.*

Ja, ich weiß, daß er lebt ... Damias Ton war leiser geworden und hatte ihre Mutter mit der vollen Wucht ihres Schreckens und ihrer Verzweiflung zurückgelassen.

Portiere jetzt deinen Mann und eure 'dinis. Wir brauchen sie fast so sehr wie mich.

Rowan platzte beim Warten auf die Menge der für das Geschwader B bestimmten Nachschubkapseln beinahe der Kragen, aber die Arbeiter auf Kallisto hatten sie mit solcher Eilfertigkeit befestigt, daß sie nicht genug Zeit bekam, um einen Einwand zu erheben.

Ich schätze, Nachschub ist zumindest für den moralischen Rückhalt der Truppe dringend nötig, sagte Jeff besänftigend. *Man mag Rojer allem Anschein nach sehr gern, und Kapitän Osullivan ist über sein Verschwinden wirklich zutiefst verärgert.*

Sollte er auch sein. Er ist ein braver Junge. Und auch nicht zu eingebildet.

Rowan wartete allerdings nicht, bis die Nachschubkapseln von der Frachtmannschaft der *Genesee* entfernt wurden, sondern portierte sich und ihre Begleiter gleich auf die Brücke. Sie hörte sich Kapitän Osullivans Entschuldigung und eine Wiederholung der Umstände an. Dann portierten sie und Afra sich mit den 'dinis auf die *KTTS*, wo sie vom Stellvertreter des Kapitäns in Empfang genommen wurden, einem anderen grauen 'dini von ziemlicher Größe, der Mrtgrts sofort seinen Respekt erwies.

DIE ANWESENHEIT PRTGLMS IST ERFORDERLICH, sagte Mrtgrts mit tiefer Stimme.

Die Kopfaugen sämtlicher auf der Brücke anwesender 'dinis wandten sich ihm respektvoll zu.

ICH, DIE PRIMA VON KALLISTO, VERLANGE DIE *SOFORTIGE* ANWESENHEIT DES KAPITÄNS! sagte Rowan und richtete sich zu voller Größe auf. Obwohl sie neben fast allen Angehörigen des 'dini-Stabes klein wirkte, war ihr Verhalten so herrisch, daß sie den gleichen Respekt und die gleiche Aufmerksamkeit auf sich zog.

ICH, FR, ERZEUGER DES RJR LN, VERLANGE DIE ANWESENHEIT DES KAPITÄNS, sagte Afra, der alle anderen überragte. Obwohl er wußte, daß die 'dinis nicht über empathische Fähigkeiten verfügten, gestattete er sich den Luxus, trotz all seiner Versuche, derart unsystematische Methoden zu unterdrücken, den Ärger und die Entrüstung auszustrahlen, die er empfand.

Trp und Flk, die beiden 'dinis, die seit achtzehn Jahren bei Afra und Damia lebten, blähten sich auf.

WIR WISSEN, WIR GEHEN, sagte Trp. Und ohne weitere Erklärungen liefen er und Flk, so schnell ihre Körperformen es ihnen erlaubten, zu einem Brückenausgang und verschwanden. Ihr schroffer Abgang führte dazu, daß einige niedrigere Angehörige der Brückenmannschaft stöhnten und sich zu Boden warfen.

Mrtgrts übernahm das Kommando und schnippte den beiden Menschen mit den Fingern eine Warnung zu. Rowan stemmte sich erbost dagegen, ignoriert zu werden.

Nicht, Rowan. Laß Mrtgrts die Sache regeln. Ich habe noch nie zuvor ein solches Verhalten bei den 'dinis gesehen. Wir müssen geduldig sein.

Geduldig? Solange wir nicht wissen …

Wir wissen, daß Rojer lebt. Wenn wir wissen, was ihn veranlaßt hat, sich auf diese Weise zu verabschieden …

Eine Gwyn-Raven läuft nicht weg, begann Rowan. Ihr mentaler Tonfall war purpurrot, so erbost war sie.

»Es gab ein Kommandoversagen«, sagte Mrtgrts plötzlich zu ihnen, und nun verneigte auch er sich in Richtung der beiden Talente.

»Ein was?«

»Prtglm hat versucht, eine einseitige Handlung vorzunehmen, die Admiral Mktrn und Gktmglnt nicht gutgeheißen hätten.« Mrtgrts verbeugte sich erneut, seine Farbe verblaßte in einem Grad der Verlegenheit, den Afra bisher nur bei sehr jungen 'dini-Übeltätern gesehen hatte.

»Um welche Tat ging es dabei?« fragte Rowan herrisch.

»Der *Talent*-Nachfahre Afra Lyons war so sicher und geschickt beim Verschicken von Sonden, daß Prtglm eine Möglichkeit sah, die Funktion dieser Welt für immer zu vernichten.«

Verdammt! Das Wort explodierte mit Heftigkeit im fuchtigen Geist Rowans und schloß auch die Taten mit ein, die sie über Prtglms Person zu verhängen trachtete.

»Wie konnte er es *wagen?!*« Afras Zorn kam dem Rowans gleich, und Mrtgrts wich vor ihnen zurück, als empfände er ihre Wucht als Ohrfeige. »Diesen

Auftrag hat mein Sohn nicht angenommen, und auch ich, sein Vater, hätte ihn zurückgewiesen, Mrtgrts. Ich weiß zwar nicht, welche Strafe über eine Persönlichkeit von Prtglms Rang und Farbe verhängt werden kann, aber dies ist eine nicht annehmbare Perversion der VT&T-Dienste und ein schreiender Affront gegen die friedliche Natur des VT&T-Personals.«

»Sämtliche VT&T-Dienste werden zurückgenommen«, sagte Rowan, plötzlich weiß und bebend vor Empörung.

Flk und Trp kehrten zurück. Ihre Felle waren fast farblos.

IM LADERAUM SIND VIELE STRAFRAKETEN. GRL UND KTG SIND NICHT MEHR.

Das Gesicht Rowans spiegelte das Entsetzen wider, das sie und Afra empfanden.

Kein Wunder, daß Rojer verschwunden ist, sagte sie trauriger, als Afra sie während ihrer langen Bekanntschaft je vernommen hatte. Sie wankte, und er trat näher an sie heran, um sie zu stützen.

MITKOMMEN, sagte Mrtgrts zu dem Brückenoffizier, der sie in Empfang genommen hatte. Am ganzen Leib zitternd wandte er sich einem anderen von der Brücke wegführenden Ausgang zu. Flk und Trp schlossen sich ihm an.

Rowan machte eine Bewegung, um ihnen zu folgen, doch Afra hielt sie fest und brachte sie, bevor ihre Knie einknickten, zum nächsten Sitz. Er legte eine Hand unter ihren Arm, um sie zu stützen und setzte angesichts der Flut der Emotionen, die sie weiterhin ausstrahlte, eine leere Miene auf. Es war wohl für alle besser, wenn sie soviel von ihren Gefühlen wie möglich dort verteilte, wo man sie nicht empfangen oder hören konnte, bis Mrtgrts zurückkehrte.

Wieso sind Rojers 'dinis tot, Afra? Warum? Sie waren doch noch jung und haben niemandem etwas getan.

Rojer hätte sich sofort geweigert, irgendwelche Waffen

zu portieren, sagte Afra müde, da er erfaßte, was möglicherweise passiert war. *Er hätte auch die Sonden nicht zu steuern brauchen, aber das Wissen, das man gesammelt hat, war es sicher mehr als wert, von seinen Befehlen leicht abzuweichen. Aber ...* Afra schüttelte den Kopf.

Wir haben das Unternehmen angefangen, um die Sterne vor dem Vordringen der Käfer zu bewahren, nicht wahr? sagte Rowan. Afra empfand Erleichterung, da die Entrüstung ihres Bewußtseins nun in gesünderen Bahnen verlief.

Die Allianz hat auch gemeinsam beschlossen, keinen Angriff auf eine befestigte Käferstellung zu befehlen, weil wir genau wissen, daß wir nicht siegen können.

Die Schiffe müßten jetzt in die Luft gejagt werden, damit zumindest diese Käfer für die nächste Zeit an einen Planeten gebunden sind. Ihre Augen blitzten voller Entschlossenheit, als gelte es, jenen ein Zugeständnis abzuringen, denen eine Nicht-Aggression lieber gewesen war. *Wir werden nie in der Lage sein, uns mit dieser Spezies zu verständigen. Für mich jedenfalls gilt, daß ich nie wieder einem ihrer Geister begegnen möchte, ob es nun ein einzelnes oder ein Mehrfachbewußtsein ist!*

Afra verstand natürlich ihre Feindseligkeit und ihren Groll dieser Spezies gegenüber, aber er war auf einem Planeten erzogen worden, auf dem man systematisch vorging und Gewalt jeglicher Art nicht schätzte, nicht einmal in Form von Selbstverteidigung. »Es gibt immer Alternativen: Brich kein Gespräch ab«, war die leitende Regel wenn es um Konfrontationen ging, die eventuell Gewalt und Blutvergießen nach sich zogen.

Solange wir die Schwäche dieser Spezies nicht kennen, finden wir auch keine Lösung, die zum Erfolg führt, ohne Leben sinnlos zu vergeuden, sagte er so sanft und überzeugend wie möglich. Er wollte Rowan nicht aufregen. Er kannte ihre Gefühle genau, aber er hatte auch das Recht auf eine eigene Meinung und dazu, sie zu artikulieren.

Auch dann, wenn Rojer eventuell der erste Verlust dieser Haltung geworden ist? Die grauen Augen Rowans blitzten ihn an. Sie löste sich von seiner sanften Stütze.

Afra seufzte, aber er hatte nichts anderes erwartet.

Eine Tür zischte auf. Mrtgrts stand einen Moment lang da. Sein Kopfauge war genau auf die beiden Menschen gerichtet. Als er die Brücke betrat, folgten ihm Flk und Trp.

PRTGLM HAT SICH ÜBER BEFEHL UND GEHORSAM HINWEGGESETZT. EINE KAPSEL IST BEREIT. ER MUSS NACH CLRF TRANSPORTIERT WERDEN – FALLS MAN EINE SOLCHE AUFGABE VON DEN TALENTEN ERBITTEN KANN UND WEISS, DASS EIN JUNGES DER EUREN NIEDERTRÄCHTIG MISSBRAUCHT WURDE. ES WIRD KEINE GUTEN GRAUEN TRÄUME GEBEN.

Rowan fröstelte. *Ich würde Prtglm lieber in meine Obhut nehmen, statt ihn nach Clarf zu schicken.*

Es würde ihm die schlimmste Demütigung ersparen, Rowan, erläuterte Afra. *Ich kann das Modul so weit versetzen, wenn es dir lieber ist, nichts damit zu tun zu haben.*

Ach. Ihre Augen blitzten ihn an. *In diesem Fall werfe ich ihn persönlich nach Clarf zurück und sorge dafür, daß die Kapsel irgendwo unter der Oberfläche landet …*

Afra bat sie mit einem Zeichen zu warten, dann wandte er sich an Trp und Flk. WAS IST MIT GRL UND KTG PASSIERT? UND WARUM?

ALS PRTGLM RJR DEN BEFEHL GAB, HABEN SIE SICH WOHL EINGEMISCHT. PRTGLM HAT IHRE VERMESSENHEIT BESTRAFT.

Rowan schlug kurz die Hände vors Gesicht und zuckte schluchzend zusammen. Afra sandte den sanftesten mentalen Trost aus, zu dem er fähig war, auch wenn sein Herz über ihr Opfer verbittert schlug – und über den schrecklichen Schock, den ein solcher Verlust seinem Sohn versetzt haben mußte. Rojer war nach menschlichem und 'dini-Ermessen nicht älter als die beiden, die ihm hatten helfen wollen. Afra erlaubte sich ein kurzes Aufwallen von Stolz über seinen Jungen, der sich nicht hatte bewegen lassen, etwas gegen seine Ausbildung und sein Gewissen zu tun.

SIE HABEN, fuhr Flk fort und richtete sich auf, IHRER FARBE UND EUREM HAUS EHRE ERWIESEN.

UND MEINEM SOHN NOCH MEHR, sagte Afra, wobei seine Stimme gebrochen klang. Er neigte den Kopf und ließ die Tränen fließen. Die 'dinis verstanden zwar nicht, warum Menschen weinten, aber im Augenblick war es ihm ziemlich egal, wie ihre Reaktion ausfiel.

»Bringt den Irregeleiteten in die Kapsel«, sagte Rowan mit fester Stimme. »Welche Station handhabt die Energieerzeugung?«

Sämtliche 'dinis gaben ihr die Richtung an, und sie trat an den Arbeitsplatz, dessen Bediener respektvoll zurücktrat.

»Wer muß über die Gründe von Prtglms Verbrechen und seine Rückkehr informiert werden?« erkundigte sich Rowan bei Mrtgrts.

Der große 'dini verbeugte sich vor ihr. »Dieser wird Gktmglnt persönlich über das schreckliche Fehlverhalten Prtglms, der sich nun der Vergeltung unterwirft, informieren. Einzelheiten werden noch mitgeteilt.«

Rowan reagierte mit einem kurzen Nicken. Gktmglnt gehörte zu den hochrangigen 'dinis, die die menschliche Argumentation und Logik im Allianz-Feldzug akzeptierten, das Vordringen der Käfer zu begrenzen. Angespannte Stille trat ein, bis bekanntgegeben wurde, daß die Kapsel beladen und transportbereit war.

Afra folgte dem Schub Rowans. Sie ließ die Kapsel fast durch den Beton der Landebahn von Clarf pflügen und versetzte der Prima des Clarf-Towers, ihrer Enkelin Laria, einen ziemlichen Schreck, als diese spürte, was da so jäh ankam.

Großmutter, ich habe gerade den außergewöhnlichen Befehl erhalten, die Personenkapsel nicht anzurühren. Eine Mannschaft wimmelt um sie herum und schreibt irgendeine Nachricht auf die Hülle, die ich nicht verstehe. Ist jemand oder irgend etwas da drin? Die Sonne kocht heute hier. Wenn jemand drin ist, wird er im eigenen Saft schmoren.

Befolge den Befehl, Laria, sagte Rowan. *Das Geschöpf in der Kapsel hat die 'dinis deines Bruders umgebracht.*

WAS?!

Ich spreche als Kallisto-Prima zur Clarf-Prima, sagte Rowan mit glatter Stimme.

Und als Clarf-Prima gehorche ich, sagte Laria, auch wenn ihre Großmutter das schnell unterdrückte Beben der Ungewißheit in der mentalen Botschaft spürte, als sie die Formel der erforderlichen absoluten Diskretion artikulierte.

Rowan setzte Laria kurz über das Geschehene in Kenntnis. Sie fing ein kurzes Aufflackern des Bedauerns auf, daß man die Käfer nicht bombardiert hatte.

Ein solches Vorgehen hätte völlig außerhalb der Parameter der Position deines Bruders gestanden, Clarf-Prima. Er hat sich richtig und mutig verhalten. Hätte er nachgegeben, hätte man ihm niemals zutrauen können, einen Tower zu leiten.

Ja, Kallisto-Prima, natürlich, ich sehe es ein. Gibst du mir Bescheid, sobald Rojer gefunden ist? Sie war nun eine sich sorgende Schwester, keine Towerprima mehr.

Er hat dich also nicht direkt um Unterstützung gebeten?

Nein, Großmutter. Er hätte mich erreichen können. Er ist nämlich ziemlich stark geworden. Ich glaube fast, er ist stärker wie ich ...

Als ich, korrigierte ihre Großmutter geistesabwesend. *Trotzdem bezweifle ich, daß du die Generatoren brauchst, um zu hören, ob wir ihn gefunden haben. Hast du eine Vorstellung, wo er hingegangen sein könnte? Könnte er möglicherweise nach Deneb gegangen sein? Als Kinder habt ihr doch Isthia immer gern besucht.*

Laria war so scharfsinnig, die Wehmut in der Stimme Rowans aufzufangen. *Sie hätte euch doch informiert, sobald sie sich seiner Anwesenheit auf Deneb bewußt gewesen wäre. Und sie hätte es gemerkt.*

Ja, hätte sie.

Laria zögerte, überrascht über den Anflug von Verzweiflung im Tonfall ihrer unbeugsamen Großmutter. *Du wirst ihn finden, Großmutter. Ich weiß es. Besonders, wenn Papa bei dir ist. Ihr beiden könnt doch in den fernsten Arm der Milchstraße horchen.*

Du neigst zu unglaublichen Übertreibungen, meine Liebe.

Die Verbindung brach ab, aber nicht ohne daß Laria spürte, daß ihre ›Übertreibung‹ Rowan irgendwie aufgerichtet hatte.

Sie hat nämlich recht, sagte Afra zu Rowan, da der Wortwechsel auch seinem Geist offen gewesen war. *Wir können uns über sehr weite Strecken hin hörbar machen. Weiter als Rojer die Rettungskapsel hätte schleudern können. Aber er hat die Motoren nicht eingeschaltet, also hat er auch die Gesamtheit nicht eingesetzt.*

Was bedeutet, daß er in der Nähe ist, schloß Rowan und ließ zu, daß ein hörbar erleichterter Seufzer über ihre Lippen kam.

WIR BLEIBEN EINE WEILE HIER, sagten Flk und Trp zu Afra. AUCH MRTGRTS. ALLE FARBEN SIND VERBLASST.

NUR DER KAPITÄN UND SEIN BEDÜRFNIS NACH EHRE SIND SCHULD, erwiderte Afra.

NEIN. VIELE HABEN DIE BOMBEN GEBAUT. SIE HABEN SICH IN DER VORSTELLUNG GESONNT, MAN WÜRDE IHNEN ERLAUBEN, DEN TOD AUF DEN KÄFERPLANETEN ZU TRAGEN, WEIL DIE 'DINI-PLANETEN SO VIEL ERLITTEN HABEN.

Eins zu null, sagte Rowan, doch bevor Afra ihr widersprechen konnte, fügte sie hinzu: *Ich bleibe keine Sekunde mehr auf diesem Schiff.*

MELDET EUCH, WENN IHR ZUR *GENESEE* ZURÜCK WOLLT, sagte Afra zu den 'dinis. Sie verbeugten sich zustimmend.

Als die Rowan und Afra in Kapitän Osullivans Quartier ihre Meldung abgaben, wurden ihnen Erfrischungen angeboten.

»Ich wußte zwar, daß der alte Prtglm etwas vorhatte«, sagte der Kapitän, »aber es fällt mir noch immer schwer, manche schwer verständliche Bewegungen der 'dini-Körpersprache zu interpretieren. Korvettenkapitän Yngocelen kam vor … äh … zwei Wochen zu mir, weil die *KTTS* ein paar ungewöhnliche Geschützbestandteile aus unserem Lager erbat. Ich habe mir bei diesen Kleinigkeiten nicht viel gedacht, und außerdem haben wir den Befehl, bei vernünftigen Anfragen mit Material auszuhelfen. Die *KTTS* hat Sonden für Rojer gebaut … Haben Sie irgend etwas über seinen Aufenthaltsort erfahren, Kallisto-Prima? Wir machen uns große Sorgen um sein Wohlergehen.«

»Das wissen wir zu schätzen«, sagte Rowan seufzend.

»Ich hätte alles Mögliche getan, um ihm den Schock und den Verlust seiner 'dinis zu ersparen. Auch sie … waren bei der Mannschaft und den Offizieren sehr beliebt. Haben eine Menge ihrer Zeit geopfert, um uns ihre Aussprache zu lehren und unser Vokabular zu erweitern.« Osullivan schüttelte den Kopf.

»Ich glaube zwar nicht, daß er weit von uns entfernt ist, Kapitän«, sagte Rowan und deutete auf Afra, »aber wir würden gern die Gesamtheit nutzen, um ihn zu lokalisieren.«

»Das muß ein Schreck für einen empfindlichen jungen Mann gewesen sein«, sagte Kapitän Osullivan traurig. »Vielleicht will er gar nicht gefunden werden. Und jetzt, da ich weiß, was für sein Verschwinden verantwortlich war, kann ich nicht sagen, daß ich es ihm verüble.«

»Wir auch nicht«, sagte Afra. »Und genau das müssen unsere Gedanken auch widerspiegeln. Schließlich besteht der Grund für sein Verschwinden nun nicht mehr.«

»Genau das hat mir gefehlt«, sagte Rowan, als sie den Rest ihres belegten Brotes verzehrt und ihr Weinglas geleert hatte. Sie stand auf. »Stöbern wir den Vermißten auf, Afra.«

»Darf ich einen Vorschlag machen?« sagte der Kapitän. Sein Gesicht wirkte erstaunt, denn die Idee war ihm selbst gerade erst gekommen. »Man findet immer alles dort, wo man zuletzt nachschaut. Wenn man etwas verlegt hat, meine ich – oder jemanden sucht.« Sein Blick wanderte von Rowan zu Afra; er hoffte, daß sie seine unbegründete Erklärung verstanden. »Der letzte Ort, an dem man Rojer – wegen der Gefahr – suchen würde, wäre das Flüchtlingsschiff!«

»Wieso?« Und dann, weil langsames Reden sie ungeduldig machte, entnahm Rowan dem öffentlich zugänglichen Geist des Kapitäns die Einzelheiten. »Ah, jetzt verstehe ich, was Sie meinen! Die Rettungskapsel müßte ausreichenden Schutz vor dem noch verbliebenen Gas bieten. Und Rojer kennt jeden Quadratzentimeter des Raumers.« Ihr Gesicht erhellte sich zu einem Lächeln, dessen Strahlen den Kapitän fast schwindlig machte. Ah, wie er Jeff Raven beneidete! Und nicht nur ihn; er beneidete jeden, der dieser lebendigen Persönlichkeit nahestand.

Er sah das ironische Lächeln in Afras Gesicht und spürte sein Erröten. Er war wirklich leicht zu durchschauen. Die leichte Bewegung von Afras Kopf und sein breiter werdendes Lächeln sagten Osullivan, daß seine Reaktion für einen Ahnungslosen, der Rowan gegenüberstand, ziemlich normal war.

Fregattenkapitän Metrios führte Afra sofort zu seinem Sessel. Rowan nahm auf Rojers Liege Platz.

»Wir brauchen wahrscheinlich nicht viel Energie«, sagte sie mit einem kurzen, zuversichtlichen Lächeln, das dem besorgten Geist des Ingenieurs neuen Mut machte. Metrios hatte sich Selbstvorwürfe gemacht: Er hätte besser auf Rojer, die aufgezeichneten Botschaften und seine Station achten sollen.

»Wir vermuten, daß er mit der Rettungskapsel an Bord des Flüchtlingsschiffes gegangen ist«, sagte Afra.

»Natürlich! Warum sind wir nicht selbst darauf gekommen?« Metrios hatte erneut ein schlechtes Gewissen.

»Es hätte Ihnen auch nicht viel genützt, Fregattenkapitän«, sagte Afra und strahlte Besänftigung aus. »Es hätte höchstens Ihre Besorgnis heruntergeschraubt.« Er warf Rowan einen Blick zu, dann nahmen die beiden sofort die Geistesverschmelzung in Angriff, deren Brennpunkt in die Richtung des verlassenen Schiffes hinausgriff.

Die Kapsel ist da! In einem Laderaum am Schiffsrand, der nur Vakuum enthält und vom Gas befreit ist. Ich glaube, wir können den Rest des Gases aus dem ganzen Schiff vertreiben. Es könnte das Transportproblem lösen.

Möglicherweise. Aber wir wissen, daß sich das Schiff in Reichweite der Bodenraketen befindet.

Das kann man ändern. Ah!

Rojer, sagte Afra vorsichtig und berührte den Geist seines Sohnes, der so tief in Verzweiflung und Schrecken versunken war, daß er nur ein Flackern verspürte.

Papaaa? Unerwartete Freude, unbeschreibliche Erleichterung. Dann Schamgefühle.

Du brauchst dich nicht zu schämen, Rojer! sagte Rowan rasch. *Du hast ehrenhaft gehandelt.*

Dann sind Gil und Kat wohl auch ehrenhaft *gestorben.* Die Qualen, der Schreck, der Verlust, der Haß und der

Zorn in Rojers mentaler Stimme mußten von Afra und Rowan abgewehrt werden.

Laria hat recht, sagte Rowan privat zu Afra. *Er ist deutlich stärker geworden.*

Um so schlimmer, daß seine Reise in einer solchen Tragik enden sollte.

Wir werden aus dem Negativen ein Positives machen, alter Freund. Rowan erzählte Rojer schnell, wie sich die Dinge inzwischen entwickelt hatten.

Ich hätte Prtglm aufhalten sollen. Ich hätte ihn aufhalten KÖNNEN. Ich hätte nur meine Kräfte einzusetzen brauchen. Rojer war noch immer voller Kummer und machte sich Vorwürfe.

NEIN! antworteten Rowan und Afra so ernst, daß er vor ihnen zurückzuckte.

Tut mir leid, mein Sohn, sagte Afra. *Ich weiß, wie stark du den Verlust Gils und Kats empfindest. Trp und Flk geht es nicht anders. Sie empfinden einen so erbitterten Haß, den ich bei 'dinis einem Angehörigen ihrer eigenen Art gegenüber noch nie gespürt habe.*

Ich glaube, Prtglm brät in der Personenkapsel auf Clarf in der Sonne, fügte Rowan irgendwie genüßlich hinzu.

Trotz der abscheulichen Konsequenzen, Rojer, sagte Afra, *hast du dich genau so verhalten, wie wir es von dir erwartet haben.*

Ich habe mich unerlaubt von der Truppe entfernt, Papa. Ich hätte euch *rufen sollen!* Das *hätte ich tun sollen. Thian hat sich an Großvater gewandt, als er Hilfe brauchte. Aber ich bin nur …*

Beide hörten nun sein Schluchzen, das er bis jetzt zurückgehalten hatten.

Na gut, Kleiner, wein dich erst mal aus, sagte Rowan auf für sie untypisch sanfte Weise. *Aber du bist nicht der einzige, der trauert, das versichere ich dir.* Sie schwieg eine ganze Weile, dann stieß sie einen dumpfen Seufzer aus. *Wir* alle *trauern um deine Freunde, Rojer. Wir spüren deinen Kummer so, als wäre es unser eigener. Du brauchst nur zu uns herauszugreifen, dann empfindest du es.* Sie spürte seine zögernde Fühlungnahme und zeigte ihm, wie sehr sie und hinter ihr seine gesamten Verwandten sich in sein Klagen einreihten. Dies schien Rojer in seiner Selbstversunkenheit zu erstaunen. Schließlich schlug Rowan einen etwas lebhafteren Ton an. *Brauchst du Hilfe, um die Kapsel an ihre angestammte Position zu bringen?*

Du bist müde, mein Sohn. Wir helfen wir.

Ich hab mich hier reingebracht, Papa. Ich hol mich auch selbst wieder raus.

Rowan gefiel sein Verhalten, aber in einer privaten Mitteilung an Afra schlug sie vor, ihm heimlich zu helfen.

Ich will zwar nicht eingebildet klingen, Großmutter, aber das kann ich schon allein. Ganz allein. Rojers Worte überraschten die beiden. Er hatte den mentalen Satz kaum beendet, als Fregattenkapitän Metrios frohlockend bekanntgab, daß die Kapsel wieder in die *Genesee* integriert war.

Rowan ließ alle Würde fahren und portierte ihren müden Enkel direkt in ihre Arme auf die Brücke.

Bring ihn nicht in Verlegenheit, Rowan, sagte Afra. Dann sah er, daß sich Rojer eng an seine Großmutter schmiegte. Schließlich wandte er sich ihm zu, und Afra wußte, daß der Instinkt Rowans sie nicht getrogen hatte.

Jubel unterbrach ihr privates Wiedersehen. Metrios war der erste, der Rojers Hand packte und ihm auf die Schulter klopfte, wobei er jede Etikette vergaß, die sich auf *Talente* bezogen, da er so erleichtert war, ihn wiederzusehen. Rojer war zu erschöpft, um gekränkt zu sein, und viel zu dankbar über Metrios' unverfälschte Reaktion. Doplas, Anis Langio, Yngocelen, selbst die diensthabenden Unteroffiziere, alle drängten sich, um den Rückkehrer willkommen zu heißen. Beim Auftauchen des Kapitäns traten alle zur Seite.

»Welche Erleichterung, Sie gesund und munter wiederzusehen, Rojer«, sagte Osullivan. Als er an der Reihe war, schüttelte er Rojer die Hand. »Nun, daß sie *gesund* sind, kann man nach diesen Ereignissen zwar nicht sagen, aber wir fühlen mit Ihnen und schätzen Ihren Mut. Ich hätte mich stärker gegen Prtglm zur Wehr setzen sollen; er war eindeutig geistesgestört.«

Sein Eingeständnis überraschte Rojer so sehr, daß seine Kinnlade herabsank.

Mach den Mund zu, Junge, sagte Rowan. *Du mußt lernen, ein Lob mit passender Bescheidenheit entgegenzunehmen.* Ihre Stimme war jedoch freundlich.

Rojer schloß sofort den Mund und setzte ein Lächeln auf.

»Er ist wieder auf den Beinen, Kapitän«, sagte Afra und legte schützend einen Arm um die Schultern seines Sohnes. »Ich bringe ihn in seine Kabine.« Dies tat er dann mit der Zärtlichkeit und Zuneigung, die er für passend hielt, damit sie Rojer nicht seiner neuen Mannhaftigkeit beraubte.

Dann machte Rowan dem Kapitän klar, daß sie mit ihm unter vier Augen zu sprechen wünschte. Er führte sie in sein Büro.

»Ich verfüge über die Autorität, die Rojer nicht hatte«, sagte sie und nahm graziös Platz. Ohne ihn subtil dazu auffordern zu müssen, bot Osullivan ihr ein Glas Wein an, das sie erleichtert annahm. Sie nippten beide an ihren Gläsern und ordneten ihre Gedanken. Rowan hatte Rojers Trauma intensiv erlebt; es ging tiefer, als sie erwartet hatte. Aber sie hatte schließlich auch keine engen Beziehungen zu 'dinis. Rojers Anhänglichkeit an seine Gefährten übertraf die normalen, engen Familienbande der *Talente* bei weitem, weswegen sein Kummer nachhaltiger war. Wenn er wieder zu Hause war, würde man sich darum kümmern müssen. Doch im Moment stand eine andere, dringendere Sache an.

»Wir müssen den Vorschlag natürlich diskutieren, den ich Gkmglnt und Admiral Mekturian unterbreiten will«, sagte sie. Kapitän Osullivan stutzte so heftig, wie sie seit vielen Jahren keinen Menschen mehr hatte stutzen sehen. Sie erlaubte sich ein kurzes Lächeln, damit er sich entspannte. »Die Käfer dürfen das Flüchtlingsschiff nie wieder zum Einsatz bringen. Das gleiche gilt auch für die anderen Schiffe im Orbit um den Planeten. Im Moment sind genug Angehörige ihrer Spezies in der Galaxis unterwegs.« Osullivan machte den Mund auf, und sie hob die Hand. »Ich kann Prtglms Vorhaben – auch wenn ich im Grunde dafür bin, die Käfer aufzuhalten – auf keinen Fall billigen. Wie Sie vielleicht wissen, tobt momentan eine heftige Kontroverse über die Frage, ob wir – die Allianz – das Recht haben, die Abscheulichkeit zu begehen, die von den Käfern bewohnten Welten zu vernichten. Ein solches Vorgehen wäre genau die Art von barbarischer Vergeltungsmaßnahme, über die die Menschheit längst hinausgewachsen ist. Trotzdem können wir den Käfern nicht erlauben, noch mehr Lebensformen auf den Planeten auszurotten, die sie zu kolonisieren beabsichtigen.

Man hat den Verdacht geäußert, daß sie möglicherweise nur ihre eigene Spezies als intelligent ansehen und gar nicht wissen, daß sie in der Entwicklung befindliche Lebensformen ausrotten. Wie dem auch sei, man hat bestimmte Vorgehensweisen diskutiert, und die momentane hier herrschende Lage verleiht uns einigen Spielraum. Ich werde, vorausgesetzt, sie sind einverstanden, Gktmglnt und Admiral Mekturian vorschlagen, daß das Geschwader B die drei in der Kreisbahn befindlichen Schiffe vernichtet, um eine offenbar bevorstehende Kolonisierungsexpedition zu verhindern. Ich werde die glücklicherweise vorhandenen Raketen selbst portieren. Afra Lyon kann nicht damit rechnen, an dieser Aktion teilzunehmen, da er durch seine Ausbildung und Wahl Systematiker ist.«

Nun war Kapitän Osullivan an der Reihe, verblüfft zu sein. Seine Kinnlade sank herab. Er musterte Rowan und empfand befriedigende Erleichterung und Freude.

»Doch zuerst muß das Flüchtlingsschiff heimlich aus der Reichweite der planetaren Raketen entfernt werden. Dann wäre es leicht, es dorthin zu schleppen, wo man die Riesenkugel untersucht.« Sie lächelte boshaft. »Aus intakten Schiffen läßt sich viel mehr lernen als aus zerschmolzenen Wracks.«

Osullivans Miene erhellte sich beträchtlich.

»Prima Rowan, das Wissen, daß die Käfer über vier Kolonistenschiffe verfügen könnten, ginge mir ernstlich gegen den Strich.«

Rowan drehte leise lachend den Stiel ihres Weinglases, und ihre grauen Augen funkelten ihn über den Rand hinweg an.

»Bald haben sie keins mehr. Freut mich, daß Sie mit dem Plan einverstanden sind.«

»Erfreut ist gar kein Ausdruck«, sagte Osullivan. »Ich bin sicher, daß auch Kapitän Quacho zustimmt. Ich nehme an« – er zögerte –, »daß die *KTTS* uns die Raketen aushändigen wird.«

»Auch die *KTTS* wird darauf bestehen, an der Aktion teilzunehmen, Kapitän. Die Ehre der Mannschaft muß neu gestärkt werden.«

»Sollen wir uns mit Kapitän Quacho beraten?«

»Natürlich«, sagte Rowan. Osullivan wandte sich seiner Konsole zu, um das Signal einzugeben.

Nachdem Rowan sich Quachos begeisterte Kooperation gesichert, Mrtgrts Einverständnis erhalten und den Vorschlag an ihren Gatten weitergegeben hatte, der ihn den beiden Kommandeuren der Allianz vorlegen wollte, gesellte sich Afra zu ihnen. Kapitän Osullivan hatte das Abendessen bestellt, und als Afra eintrat, ließ er es auffahren. Zuerst schenkte er Afra ein Glas Wein ein.

»Meine Lieblingsmarke, Mr. Lyon«, sagte er in der Hoffnung, seine Höflichkeit könne das verdeutlichen, was er dem aurigaeischen T-2 nicht sagen konnte.

Afra kostete den Wein mit gebührender Feierlichkeit und einem kurzen Lächeln der Wertschätzung.

»Ist mit Rojer alles in Ordnung?« fragte Osullivan.

»Er schläft«, erwiderte Afra. »Flk und Trp entspannen ihn mit guten Träumen.«

»Darf ich Ihnen sagen, wie schwer dieser abscheuliche Zwischenfall auf meinen Schultern lastet?«

»Sie haben es schon getan, Kapitän, auf vielerlei Art«, sagte Afra ernst. »Es war uns jedesmal klar, auch wenn wir Ihnen vielleicht noch nicht auf passende Weise für das Ausmaß Ihrer Besorgnis danken konnten. Rojer erholt sich schon wieder. Er nimmt Ihnen bestimmt nichts übel. – Ach«, sagte er dann und wechselte das Thema, als die Stewards mit dem dampfenden, schmackhaft duftenden Essen eintraten, »erst jetzt erkenne ich, welchen Hunger ich habe.«

»Es war sehr entgegenkommend von Ihnen, den Nachschub mitzubringen. Ich kann Ihnen versichern, daß es meinem Koch sonst sehr schwergefallen wäre, Ihnen eine anständige Mahlzeit vorzusetzen.«

»Was für ein Gelage«, sagte Rowan und hob ihr Glas, um sich noch einen Wein einschenken zu lassen. »Wo kommt dieser Jahrgang her?«

»Errätst du es nicht?« fragte Afra überrascht.

»Dann kann es nur capellanischer Wein sein«, sagte sie und verzog leicht das Gesicht. »Es hat mich immer schon gewundert, daß ein so nüchterner Planet so herrliche Weine herstellen kann.«

Am nächsten Morgen kehrten Afra und Rojer nach Deneb zurück, wo Rojer alle Pflege erhalten sollte, die seine Urgroßmutter Isthia Raven für ratsam hielt, um seine Trauer zu lindern. In der Reisekapsel befanden sich auch jene 'dini-Pärchen, die zur Hibernation anstanden, sowie vier Besatzungsmitglieder, denen der Moraloffizier Urlaub erteilt hatte. Rowan blieb an Bord der *Genesee.* Sie hatte ihren Vorschlag zwar nicht mit Afra besprochen, ging aber davon aus, daß er im Geist des tatendurstigen Kapitäns oder anderer Offiziere irgendwelche Verweise aufgefangen hatte. Er hatte ihr nur zu verstehen gegeben, daß er Rojer in Kenntnis setzen wollte, falls er zu der Meinung gelangte, dieses Wissen sei therapeutisch für ihn.

Zwar wartete Rowan noch auf den Beschluß des Hohen Rats, doch sie hatte Jeffs Zusicherung, daß ihr Vorschlag zweifellos angenommen werden würde: Er würde die Konservativen besänftigen, da der Planet dabei ungeschoren davonkam, und den Militanten versichern, daß sämtliche Raumfahrzeuge der Käfer vernichtet waren.

Der Beschluß fiel zwar positiv für Rowan aus, doch sie mußte die Ankunft Thian Lyons als VT&T-Ersatz und zusätzlichen T-1 abwarten, der bei der Übernahme des Schiffes helfen sollte. Auch sie mußte zugeben, daß der Kugelraumer für sie zu viel Masse hatte, um ihn bewegen zu können – auch wenn sie die Unterstützung von mehr Gesamt-Energie hatte, als die Kallisto-Station gewöhnlich bereitstellte.

Falls es dich aufrichtet, meine Liebe, informierte ihr Gatte sie, *die T-Zweier, die dich auf Kallisto vertreten, malochen wie Kulis und warten verzweifelt auf deine Rückkehr.*

Tut ihnen mal ganz gut, erwiderte Rowan selbstgefällig.

Dir aber auch, Liebling – wenn du endlich mal erkennst, daß auch du allein keine Berge versetzen kannst, zog Jeff sie auf.

Ha! Wen schickst du sonst noch?

Es soll eine Überraschung sein. Sie wird dich aufheitern, ich weiß es.

Jeff drückte sie mit Phantomarmen an seine Brust, gab ihr einen enthusiastischen Kuß, tätschelte symbolisch ihren Kopf, weil sie sich die Arbeit selbst ausgesucht hatte, gab ihr aber keinen Hinweis über die Identität des dritten T-1.

Ich schätze, es war ganz gut, daß Thian nicht hier war, als Prtglm seinen Anfall hatte, sagte sie, da sie wußte, daß sie ihm die Information nicht entlocken konnte.

Prtglm hätte von Thian auch nicht mehr Unterstützung erhalten als von Rojer. Eher weniger. Thian hätte die Raketen erkannt und sich sofort aus der Gefahrenzone portiert. Möglicherweise hätte er Prtglm sogar mit einem ätzenden Rüffel wegen Befehlsüberschreitung nach Clarf zurückgeschickt.

Wenn er das getan hätte, hätte er seine *Kompetenzen überschritten,* erwiderte Rowan scharf.

Tja, Mausimaus, man kann nicht alles haben.

Man kann's aber versuchen!

Bis Thian auf dem Mrdini-Schiff *KLTS* im Geschwader B den Punkt erreichte, an dem man ihn auf die *Genesee* portieren konnte, beschäftigte sich Rowan damit, sich die faszinierenden Aufzeichnungen anzuschauen, die Rojer mit Hilfe der Sonden gesammelt hatte. Bis jetzt waren die Käfer für sie nur nichtssagende Lebewesen in einem todbringenden Kugelraumer gewesen. Zwar waren sie nach menschlicher Einschätzung auch jetzt noch nichtssagend für sie, aber sie verstand nun mehr vom Arbeitsethos, der Disziplin und den Details des täglichen Lebens der Käfergeschöpfe und auch mehr von einer der Welten, die sie zu bevölkern trachteten. Sie verbrachte mehr Zeit als beabsichtigt mit den Aufzeichnungen. Dann plante sie entschlossen die Vernichtung ihrer Raumschiffe. Die beiden halbfertigen Raumer waren zwar leicht zu zerstören, aber das dritte war fest verschlossen. Korvettenkapitän Yngocelen erläuterte ihr, daß die vielen Geschützpforten den Zugang erleichterten. Es gab genügend davon, daß *Talente* ins Schiff gelangen konnten. Dann war es eine einfache Sache, so viele Sprengladungen an Bord zu portieren, wie man brauchte, um es zu zerstören.

Mehrere Konferenzen über den Zustand des Flüchtlingskugelraumers kamen zu dem Schluß, daß die Vertreibung des tödlichen Gases keine dringliche Angelegenheit war. Rojer hatte in der Rettungskapsel keinen Schaden erlitten. Eine andere konnte Rowan, Thian und den dritten T-1 bequem aufnehmen, wenn sie das Flüchtlingsschiff heimlich aus seiner Kreisbahn holten und außerhalb der Reichweite der Bodengeschütze brachten.

Auch wurde die Erlaubnis erteilt, sämtliche Verfolger zu vernichten, die die Käferwelt eventuell hinter ihnen herschickte. Laut dem, was die Mrdinis an Informationen gesammelt hatten, konnte es ohnehin höchstens ein Boden-Orbit-Shuttle sein. Die Späherboote befanden sich zwar wahrscheinlich in der geschlossenen Kugel und würden mit dem Schiff zusammen hochgehen, doch wenn man sie als Verfolger im Weltraum einsetzte, durfte das Geschwader auch sie vernichten.

Da man davon ausging, daß zwischen den Kolonien der Käfer keine Kommunikation existierte, konnte der Planet auch keine Verstärkung anfordern, die die Ionenspur des Geschwaders verfolgte. Bis man auf dieser Welt ein passendes Fernraumschiff gebaut hatte, mußten sich alle Spuren längst aufgelöst haben.

Nun, da die Pläne und das Material bereit standen, wartete man sehnlichst auf Thians Ankunft. Laut Meinung seiner Großmutter wirkte er zwar leicht spöttisch, aber sie registrierte, daß eine bemerkenswerte Kraft von ihm ausging, als er sich von der großen

Überraschung erholt hatte, sie auf der *Genesee* vorzufinden.

»Wo ist denn Rojer?« fragte er und schaute sich um, als habe er damit gerechnet, seinen Bruder wiederzusehen. Mur und Dip, seine 'dinis, hielten ebenfalls Ausschau, denn sie hatten sich darauf gefreut, Gil und Kat wiederzusehen. Der kurze Stoß, der von seiner Großmutter ausging, erschreckte ihn. Eine undefinierbare Trauer beschattete ihren Blick.

Dann hakte sich Rowan mit einem Nicken, das den 'dinis galt, unerwartet bei ihrem Enkel ein und verließ mit ihm den Frachtraum. Thians 'dinis folgten ihnen diskret. Als sie sich dem Büro des Kapitäns näherten, berichtete sie, was geschehen war. Es gelang ihr, ihren Bericht zeitlich so abzustimmen, daß sie schon im Büro waren, als sie von dem Opfer sprach, das Gil und Kat gebracht hatten, um Rojer vor Prtglm zu beschützen. Sie besänftigte Thian mit aller mentalen Beruhigung, zu der sie fähig war, und er drückte seine trauernden 'dinis an sich. Als sie wieder etwas Haltung annahmen, erläuterte sie, was nun bevorstand. Thian hatte keine Vorbehalte gegen das, was er eindeutig für einen notwendigen Überfall hielt. Er war voller Entschlossenheit und Eifer, ihr in jeglicher Hinsicht beizustehen. Seine mentale Haltung, die keinerlei Rachsucht oder boshafte Freude ausstrahlte, stellte sie zufrieden. In einigen Offizieren und vielen Besatzungsmitgliedern hatte sie andere Gefühle entdeckt. Es war ihr lieber, die bevorstehende Aktion als Abschreckung statt als Racheakt zu sehen.

Dein Vater ist nicht militant, sagte Rowan, weil die Ehre es erforderte, diese Tatsache zu erwähnen.

Papa wird auch in mir keinen militanten Betonkopf sehen, auch wenn ich Monate auf einem 'dini-Schiff verbracht habe. Es hat auch nichts damit zu tun, denn ich finde diese Handlungsweise gerechtfertigt, Großmutter. Solange wir uns nicht mit den Käfern verständigen können …

Dazu wird es nie kommen, sagte Rowan. *Ich weiß es!*

Aber ich dachte, die gefangene Königin ...

Man versteht sie nur auf sehr einfacher Ebene, und bei den ein, zwei Gelegenheiten, bei denen ein Mensch bei ihr war, hat sie ihn völlig ignoriert, als sei er gar nicht existent. Ich glaube allmählich, daß sie außer ihrer Spezies keine andere erkennen.

Thian grinste ironisch. *Und du haßt sie wie die Pest, nicht wahr, Großmutter?*

Nein, Thian, ein solch starkes Gefühl würde ich nicht an sie *verschwenden. Aber ich dulde auch keine Verwüstungen, wenn ich sie verhindern kann. Das ist der Unterschied, den, wie ich glaube, dein Vater nicht anerkennen will. Egal. Hat Großvater übrigens erwähnt, wer der dritte Primus ist?*

Nein. Thian lächelte auf seine zierliche Großmutter hinab. In dem lavendelblauen Schiffsanzug, den sie trug, glich sie eher einem schlanken jungen Mädchen. *Er ist ein Freund von Überraschungen, nicht wahr?* Falls *er dir eine bieten kann.*

Rowan setzte eine finstere Miene auf. Dann mußte sie laut lachen, weil Thian Afra in der Hinsicht ähnlich war, das zu ignorieren, was er ihre Launen und Schrullen nannte.

»Madam Rowan«, sagte jemand durch das Komsystem des Schiffes, »bitte kehren Sie für eine eintreffende Personenkapsel in den Frachtraum zurück.«

»Verdammt«, sagte Rowan und wirbelte auf dem Absatz herum, um den Weg zurückzugehen, »das hätte er doch auch vorher sagen können.«

»Ich schätze, er wollte dir Zeit geben, um mich einzuweisen, Großmutter«, sagte Thian, der nicht im geringsten eingeschüchtert war.

»Mußt du ihm die Stange halten?« fragte sie gereizt.

»Als Großvater oder Primus?« fragte Thian. Aber er spürte ein Gefühl neugieriger Erwartung. Sein Großvater versorgte sie auf subtile Weise mit einer Ablenkung von einer Menge schlechter Nachrichten.

»Na, macht nichts«, sagte sie und kehrte um so schneller in den Laderaum zurück.

Sie hatte ihn gerade erreicht, als die Generatoren kurz hochgefahren wurden. Dann landete ein glänzendes neues Einzelmodul sanft auf dem T-Lager. Der diensthabende Fähnrich warf Thian und Rowan einen fragenden Blick zu, und sie gab ihm mit einem Nicken zu verstehen, er solle die Luke öffnen.

Habe ich mich etwa verspätet, Kallisto-Prima? fragte eine besorgte weibliche Stimme, die sie beide kurz berührte.

Thian kniff die Augen zusammen und musterte seine Großmutter, die wirklich überrascht wirkte. *Er hat sie zwar mehrmals erwähnt, aber doch bestimmt nicht hierfür,* sagte Rowan und trat vor, um das Mädchen zu begrüßen, das flink aus der Kapsel stieg. Es lächelte Fähnrich Tollert, der ihm seine Hilfe anbot, liebenswürdig an.

»T-1 Flavia von Atair bittet um Erlaubnis, an Bord kommen zu dürfen.«

»Erlaubnis erteilt«, erwiderte Tollert mit einem breiten Grinsen.

»Freut mich, dich zu sehen, Flavia«, sagte Rowan, trat vor und berührte kurz die Finger des Mädchens. *Gaff nicht so blöd, Thian,* fügte sie knapp hinzu.

Thian machte zwei große Schritte auf sie zu, als hätte er seiner Großmutter bloß den Vortritt gelassen. Tatsächlich war er ebenso sprachlos wie Tollert. Flavia war zwar keine klassische Schönheit wie Laria oder andere seiner Basen, aber sie hatte große, strahlend grüne Augen und langes glattes blondes Haar, das sie einfach mit grünen Kämmen nach hinten gezogen trug. Als sie neben der zierlichen Rowan stand, wirkte sie wohlgerundet, und ihr blaßgrüner Schiffsanzug betonte einen sehr fraulichen Leib.

»Thian von Aurigae«, sagte er, streckte die Hand aus und berührte ihre Finger länger, als das Protokoll es vorschrieb. Ihre Fühlungnahme war Minze/Grün/Rose.

»Ich glaube, Jeff hat gesagt, daß du die Enkelin von Bastian und Maharanjani bist«, sagte Rowan. »Ich habe mit ihnen im Atair-Tower zusammengearbeitet, Thian.«

Flavia nickte kurz und setzte ein reserviertes Lächeln auf.

»Dein Auftrag ist dir erklärt worden?«

Flavia nickte abermals. »Es ist eine Ehre, mit der Kallisto-Prima zusammenzuarbeiten, woran auch immer.«

»Hm«, machte Rowan.

Tollert räusperte sich laut. »Die Konferenz wartet auf die Primen, Madam.«

»Hast du Gepäck, Flavia?« fragte Rowan. Als das Mädchen nickte, räusperte Tollert sich erneut.

»Ich kümmere mich darum, Madam. Prima Flavias Quartier liegt neben dem Ihren.«

»Hm, das ist gut«, sagte Rowan. »Wir dürfen die Konferenz nicht länger als nötig warten lassen.« *Sobald wir auf dem Korridor sind, portieren wir,* fügte sie hinzu und geleitete sie hinaus.

»Wie heißen deine 'dinis, Primus Thian?«

»Sag bloß Thian zu mir«, bat Thian. »Sie heißen Mur und Dip.«

FLV HOFFT, IHR HATTET GUTE TRÄUME, sagte sie in ausgezeichnetem 'dini.

Eins zu null für die Kleine, sagte Rowan privat zu ihrem Enkel.

Und für Großvater, sagte Thian mit funkelnden Augen, als er den beiden Frauen die Luke öffnete.

»Haben deine 'dinis etwas gegen das Portieren, Thian?« fragte Rowan.

»Jetzt nicht mehr«, sagte er und zog die Luke hinter ihnen zu.

Er drückte Mur und Dip an seine Schenkel und gab Rowan zu verstehen, daß er portierbereit war. Sie tauchten im Gang vor dem Konferenzraum der *Genesee* wieder auf. Rowan klopfte an die Tür, damit man sie einließ, und ein Unteroffizier öffnete ihnen. Bei ihrem Eintreten und als sie ihren Enkel und Flavia Bastianmajani von Atair vorstellte, standen alle auf.

Thian setzte eine neutrale Miene auf, als gemischte schrille mentale Kommentare in Erwartung einer Handlung in ihm widerhallten.

Er ist größer als Rojer.

Die Kleine da ist 'ne Prima?

Sieht Rojer ziemlich ähnlich; er hat auch die komische weiße Haarsträhne.

Hätte nichts dagegen, mal mit ihr zu primen.

Hält sich ganz gut.

Ist sie nicht ein bißchen jung für ein solches Unternehmen?

Das ist also der Typ, der ein ganzes Jahr allein auf einem 'dini-Schiff verbracht hat! Hat bestimmt Mumm.

Warum, um alles in der Welt, hat er bloß die Käferlarven gerettet? Manchmal verstehe ich diese Talente *wirklich nicht.*

Zwei Frauen und ein Kerl, der kaum erwachsen ist, wollen diese *Masse portieren?*

Ich frag mich, ob Rojer auch mal so gut wird.

Thian erkannte in der letzten Bemerkung die hübsche dunkelhaarige Astrogatorin Anis Langio. Daß sein Großvater Flavias Mitwirken innerhalb dieser Mission unterstützt hatte, hatte eindeutig einen Hintergedanken. Aber auch wenn sie sicher eine ansehnliche junge Frau war – Thian hatte nicht vor, der familiären Vorlage zu folgen und sich früh zu binden.

Kapitän Osullivan hieß Flavia, Thian und seine Mrdini-Begleiter offiziell willkommen. Dann, als Rowan rechts von ihm saß und Flavia und Thian links von ihm Platz genommen hatten, eröffnete er offiziell die letzte Planungskonferenz. Osullivan wußte zwar nicht das geringste über die Machenschaften Jeff Ravens, aber Thian war sich nicht nur Flavias Nähe sehr bewußt, sondern auch ihres delikaten Dufts und des Pulsierens ihres fein abgestimmten und aufmerksamen Bewußtseins. Nach einem Jahr auf der *KLTS* hatte er die Kunst der Konzentration gemeistert.

»Ich bin sicher, Ihnen allen ist klar, daß die Allianz nun zum ersten Mal Schritte gegen eine Käferwelt unternimmt. Sie haben die Aufzeichnungen gesehen, die zeigen, wie die Bodenabwehrraketen gegen das Flüchtlingsschiff vorgingen, aber wir kennen auch das Ausmaß ihrer Reichweite. Wir dürfen jedoch in unserer Wachsamkeit gegen irgendwelche unerwarteten Vergeltungsschläge keinen Moment nachlassen.«

Mrtgrts nickte. Ihm war dies ohnehin bewußt.

»Außerdem wissen Sie, daß Rowan bereits Sprengstoff an die zugewiesenen Positionen portiert hat, um die Schiffe in der Kreisbahn zu vernichten. Auf Wärme reagierende Raketen sind in allen Geschwadereinheiten einsatzbereit, um alle Shuttles zu vernichten, die sich über die Trümmer hinaus erheben, die in der Kreisbahn des Planeten zurückbleiben. Das Unternehmen Klaubruder«, – Osullivan grinste, sein Blick fiel auf Flavias aufmerksame Miene – »kann beginnen, sobald unsere Primen in Stellung gegangen sind. Sobald sich der Flüchtlingskugelraumer außerhalb der Reichweite der Bodenraketen befindet, jagen wir die anderen Schiffe hoch. Anschließend schleusen wir zusätzlich Raumminen aus, für den Fall, daß die Käfer noch über Späherboote verfügen, die Rojer Lyons intensive Sondierungen nicht entdeckt haben.« Er nickte Thian in Anerkennung der Leistungen seines Bruders kurz zu. »Gibt es noch irgendwelche Fragen?«

Thian hob nach einer kurzen Pause die Hand.

»Großmutter, Flavia, darf ich euch zu unserer Kapsel bringen, damit wir endlich loslegen können?«

»Wenn Fregattenkapitän Metrios' Maschinen bereit sind, uns zu unterstützen ...« Rowan wandte sich zu Mrtgrts und Kapitän Quacho um. »Sind Sie bereit, auf Ihre Schiffe zurückzukehren?«

»Und ob wir bereit sind, Madam«, sagte der Ingenieur. Als er das letzte Wort aussprach, waren alle fünf Personen schon verschwunden. »Es wäre mir lieber, sie würden so was nicht tun«, murmelte er und schüttelte sich.

»Alle Mann auf die Stationen«, sagte Kapitän Osullivan und stand auf. »Alarmstufe eins!«

»Es muß die des Kapitäns sein«, sagte Thian, als sie es sich zu dritt in der Rettungskapsel bequem machten. »Sie ist viel größer als die, die ich zuletzt von innen gesehen habe.«

»Der Platz reicht für drei«, sagte Rowan. »Sollen wir?« Sie nickte den beiden jungen Leuten zu.

»Natürlich«, sagte Flavia. Thian murmelte zustimmend. Dies würde eine kurze Probe für die längere, schwierigere Geistesverschmelzung sein, die ihnen bevorstand.

Er hatte zwar nie mit seiner Großmutter zusammengearbeitet, aber er war daran gewöhnt, mit seinen Eltern zu verschmelzen und war sehr erfreut, als Flavia sicher und geschickt hinter ihm hineinschlüpfte – als hätte sie ähnliche Übungsstunden hinter sich.

Die Rowan-Thian-Flavia-Verschmelzung brauchte die vorhandene Energie der verbundenen Generatoren der drei Schiffe des Geschwaders B für den Initialschub gar nicht anzurühren. Der Laderaum, in den sie hineinportierten, hätte hundert Rettungskapseln aufnehmen können. Nur ein minimales Rumsen sagte ihnen, daß sich die Kapsel im Käferschiff wie geplant niedergelassen hatte: dicht am Rumpf, in die Richtung weisend, in die es gehen würde. Sie wurden sofort von einem starkem *Pieks-Pssst* angefallen, das von dem Käfermetall ausging. Ein Gefühl, das nur *Talente* spürten.

Flavia schüttelte sich, schaute sich um und verzog das Gesicht. »Was ist *das* denn?«

»Entschuldigung, Flavia, wir hätten dich warnen sollen«, sagte Rowan und warf Thian einen vorwurfsvollen Blick zu. »*Talente* können die Schwingungen der von den Käfern bearbeiteten Metalle wahrnehmen.«

Flavias Lippen bewegten sich, dann schüttelte sie sich erneut.

»Hast du auch einen unangenehmen Geschmack im Mund?« fragte Thian, um ihr beizustehen.

Sie schluckte. »Ja, hinten in der Kehle. Wie könnt ihr das nur aushalten?«

»Ich«, sagte Rowan ziemlich hochnäsig, »ignoriere es einfach.« Als Flavia sie erstaunt ansah, tat es ihr schon wieder leid. »Es ist besonders stark, weil wir im Schiff drin sind, aber es dauert nicht mehr lange, dann sind wir so beschäftigt, daß wir nicht mehr daran denken. Wir müssen es nur für sehr kurze Zeit ertragen.«

»Gott sei Dank«, sagte Flavia, spitzte die Lippen und fuhr mit der Zunge über ihre Schleimhäute, um ihren Mund zu befeuchten.

Dann initiierte Rowan die Verschmelzung und schob das Schiff langsam aus der Kreisbahn und der Anziehungskraft des Planeten. Da das Manöver in dem Moment ausgeführt wurde, in dem die Nacht über diesen Abschnitt des Planeten fiel, war die verstohlene Bewegung kaum sofort zu erkennen, so empfindlich die Instrumente der Käfer vielleicht auch sein mochten.

Atme, Isthian, sagte seine Großmutter einmal, und Thian lächelte sie an, da sie so ruhig in dem gepolsterten Sessel saß, als befände sie sich in ihrem Tower auf Kallisto. Ihr silbernes Haar strahlte in den Kapselbeleuchtung.

Die Verschmelzung nahm schrittweise zu. Drei Augenpaare beobachteten gleichzeitig die speziellen in der Kapsel installierten Geräte, die die Geschwindigkeit und relative Entfernung zu dem Planeten anzeigten. Langsam erreichte der Zeiger den Punkt, der ihnen anzeigte, daß sie über die Reichweite der Bodenraketen hinaus waren.

Macht keinen Buckel, ihr beiden, sagte Rowan kurz darauf. *Alle Raketen, die sie abschießen können, müßten erst das ganze Schiff durchdringen, bevor sie uns erreichen. Vorausgesetzt natürlich, sie wissen überhaupt, daß wir hier sind.*

Thian und Flavia mußten lächeln. Thian ließ seine Schulterblätter kreisen, da er tatsächlich gegen einen Angriff von hinten völlig unbewußt den Kopf eingezogen hatte. Er grinste Flavia an, die ihren Nacken rieb und gleichzeitig das *Pieks-Pssst* hinunterzuschlucken versuchte.

»Gut«, sagte Rowan. »Jetzt können wir Tempo zulegen und das Unternehmen Klaubruder zu Ende bringen.« Sie fuhr sich geistesabwesend mit der Zunge über die Lippen und schluckte aufgrund der Konzentration des *Pieks-Pssst.*

Thian spürte nun die Intensität der Verschmelzung und gab sich sofort, wie Flavia, ganz der Leitung seiner Großmutter hin. Er hätte nicht im Traum daran gedacht, er könne in der Lage sein, eine solche Masse zu bewegen, doch mit der Verschmelzung und der maschinellen Zusatzenergie wurde das Ziel erreicht. Er spürte den Abfall seines Energieniveaus, als seine Großmutter ihn und Flavia aus der Verschmelzung entließ, und dann das leichte Rucken, als die Traktorstrahlen des Geschwaders sich auf die Kugel legten.

»Ich hoffe, da unten hat jemand zugeschaut«, sagte Rowan mit einem schiefen Grinsen, das eher zu einem

Mädchen im Alter seiner Schwester Morag statt zu einer Frau ihres Alters paßte. »Zuerst war das Schiff da. Und dann …« – ihr Lächeln vertiefte sich mit großer Befriedigung – »war es weg! Gut gemacht, Isthian. Du bist gut ausgebildet worden, Flavia, und es ist mir eine Ehre, mit so wunderbaren starken Geistern zu verschmelzen. Laßt uns jetzt aus diesem Käfergiftloch aussteigen und die Kapsel dorthin bringen, wo sie hingehört. Dann bringen wir in Erfahrung, was sonst noch passiert ist.«

»Ich glaube, ich muß mich ziemlich lange einweichen, um diesen abscheulichen Mief wieder loszuwerden«, sagte Flavia und setzte erneut eine von Ekel kündende Miene auf.

»Später, meine Liebe, wenn wir unsere Arbeit getan haben«, sagte Rowan. »Wir haben allerdings Zeit, etwas zu trinken, damit wir den Geschmack hinunterspülen können.«

»Irgend etwas Scharfes, Großmutter, wie Orangensaft.«

»Gibt es etwas in dieser Art auf dem Schiff?«

Thian ›organisierte‹ den Saft zu Flavias deutlicher Erleichterung und dem kaum weniger inbrünstigen Dank seiner Großmutter.

»Sie waren so weit entfernt, daß sie nichts abgekriegt haben«, sagte Kapitän Osullivan, als sie sich auf der Brücke zu ihm gesellten. Es wimmelte von Offizieren und Mannschaftsdienstgraden, außerdem hatte man zusätzliche Bildschirme aufgestellt, so daß man die anlaufende Operation aus jedem Blickwinkel begutachten konnte. »Ah, das ist unser erster Verlust«, fügte er hinzu und deutete auf einen Schirm, der gerade zu übertragen aufgehört hatte. »Eine der Sonden, die Rojer im Treibgut versteckt hat.«

»Und die Schiffe?« fragte Thian und überprüfte rasch die Sekundärschirme.

»Zu jenen Trümmern reduziert, die Sie in einem Streifen um den Planeten kreisen sehen«, sagte der Kapitän mit stiller Befriedigung. »Was die von Ihnen plazierten Bomben nicht zerrissen haben, Madam, haben die von Ihnen gesäten Minen getan. Es besteht nämlich eine Zeitverschiebung zwischen dem Ereignis und den bei uns eintreffenden Bildern ...«

»Müssen irgendwelche Sonden ersetzt werden?« fragte Rowan. »Nun, da wir das Unternehmen Klaubruder hinter uns haben, stehen wir Ihnen zur Verfügung. Thian? Flavia?«

Rowan nahm die Liege. Fregattenkapitän Metrios machte seinen Sitz bereitwillig für Flavia frei, und irgend jemand brachte eine weitere Sitzgelegenheit für Thian.

»Zeitlich bestens abgestimmt, Madam«, sagte der Kapitän und deutete auf die drei Zentralschirme, die die Werft überwachten. »Jetzt schlagen sie möglicherweise zurück.«

»Ja«, sagte Rowan mit einem fast primitiven Aufwallen von Adrenalin, als sie den sich verjüngenden Bug eines Käfer-Späherbootes aus einem versteckten Hangar rollen sah.

»Mrtgrts hier, Osullivan«, sagte die unmißverständliche Stimme des Mrdini-Verbindungsoffiziers über die Geschwaderleitung. »Ist die zweite Welle bereit?«

»Ist sie«, erwiderte Rowan. »Isthian, du nimmst die Raketen auf der *KTTS*. Du bist mit 'dini-Schiffen vertrauter. Flavia, hast du die *Arapahoe* lokalisiert? Gut. Von hier aus können wir ebenso leicht arbeiten wie auf verschiedenen Schiffen.« Sie wartete, bis sie spürte, daß die jungen *Talente* die Raketen auf den anderen Schiffen ›erreicht‹ hatten. Ihr Blick wandte sich nicht vom Bildschirm ab, als zuerst ein Späherboot und dann ein zweites und ein drittes sichtbar wurden. »Drei. Normal für ein Käfer-Kolonistenschiff. – Sie wären eine viel interessantere Herausforderung«, fügte sie fast wehmütig hinzu, »wenn sie ihre Taktik mal ändern würden. – Isthian, nimm das rechte; Flavia, nimm das, das gerade auftaucht. Ich übernehme das, das gerade auf die Startbahn rollt. Ich nehme an, es hebt gleich ab. Ich zähle. – Drei, zwei, EINS!«

Die drei Primen portierten die schweren Torpedos mit leichter Hand über die erforderliche Strecke. Dann, bevor die Warnsysteme des Käferplaneten die Verteidigung alarmieren konnten, gaben sie ihnen die korrekte Geschwindigkeit für ein verheerendes Zuschlagen.

Es gab, wie Kapitän Osullivan gesagt hatte, eine Zeitverschiebung, bis die Bildschirme das Ergebnis registrierten, doch die drei *Talente* waren den Raketen zu ihren Zielen gefolgt und wußten, daß ihre Angriffe akkurat ausgefallen waren. Bis ein sichtbarer Beweis erschien, spielte Metrios mit einem Schreibstift. Sein Blick huschte von einem Bildschirm zum anderen. Obwohl Kapitän Osullivan völlig entspannt wirkte, schlugen seine Finger einen Rhythmus auf die Armlehnen. Minuten später zeigten sich die Explosionen.

Es wirkte ganz gemächlich, als die drei Schiffe explodierten, ihre Einzelteile in hohem Bogen ins Vakuum flogen und auf die Käfer hinabregneten, die sich auf der Raumwerft versammelt hatten. Die Trümmer fielen fast graziös auf die nun durchsiebte Planetenoberfläche und lagen in beträchtlichem Abstand rings um die Raumwerft in einem brennenden und qualmenden Kreis herum.

»Jemand hat die Türen offen gelassen«, sagte Thian.

»In diesem Fall«, sagte Rowan achselzuckend, »wollen wir diese Sorglosigkeit zu unserem Vorteil nutzen.«

Als zusätzliche Raketen scharfgemacht und von den drei *Talenten* auf die Reise geschickt wurden, öffneten sich weitere Hangartore zwischen den Trümmern der Startbahn und enthüllten die hockenden

Formen von Raumfähren. Sie tauchten schnell aus dem Schutz der Hangars auf, aber nicht schnell genug.

»Selbsttätig feuern«, wies Rowan Thian und Flavia an. Sie warf die Raketen auf die Fähren, und dann in eine Öffnung, die durch den Qualm und den tosenden Brand zu sehen war.

»Ist das ihre einzige Hafenanlage?« fragte Thian, als keine Ziele mehr sichtbar waren. »Auf dem Planeten gibt es doch noch weitere stabile Gebäude.«

»Es sind wohl landwirtschaftliche Lagerhäuser«, sagte Kapitän Osullivan.

»Und die sind keine Ziele«, sagte Rowan und schenkte dem achselzuckenden Thian einen ernsten Blick.

»Haben die Sonden nicht in Erfahrung gebracht, wo die Königinnen hausen?« fragte Mrtgrts.

»Nein«, erwiderte Osullivan. »Wir hatten nur Beobachtungssonden, keine Aufklärer.«

»Die Königinnen sind wirkungsvoll an den Planeten gebunden«, sagte Rowan. »Weitere Maßnahmen wurden nicht autorisiert.«

»Wir gehen auf Alarmstufe Zwei«, sagte Osullivan und drückte in der Armlehne den Knopf für die schiffsinterne Kommunikation. »Irgendwelche Fragen, meine Herren?«

»Ein erfolgreicher Angriff«, sagte Kapitän Quacho stirnrunzelnd, wirkte aber äußerst zufrieden.

»Wir sollten die Möglichkeit eines Vergeltungsschlages nicht ausschließen«, sagte Mrtgrts. Hinter ihm, auf der Brücke, konnte man 'dinis erkennen, die die Arme schwenkten und ihren Triumph über den Erfolg des Unternehmens ausdrückten. Nur Mrtgrts wirkte unzufrieden und pessimistisch.

»Womit denn, Mrtgrts?« fragte Rowan ironisch und beobachtete das Vernichtungswerk auf sämtlichen Schirmen. Dann stützte sie sich auf die Armlehnen

und stand auf. »Rufen Sie uns, wenn Sie uns brauchen«, sagte sie zu Kapitän Osullivan.

Thian sah die Überraschung in den Gesichtern Langios, Metrios' und Yngocelens, aber auch er stand auf und gab Flavia zu verstehen, sie solle mitkommen. Am Sessel des Kapitäns hielt er inne.

»Bitte um Erlaubnis, die Brücke verlassen zu dürfen, Kapitän.«

»Aber klar«, sagte Osullivan. Thians Amtlichkeit schien ihn zu erschrecken, denn er riß die Augen auf. Als Rowan hinausging, zuckte er die Achseln.

»Sie wäre zwar die letzte, die es zugeben würde, Kapitän«, sagte Thian und beugte sich vertraulich zu Osullivan hinab, »aber Großmutter mußte als Brennpunkt mehr Energie aufwenden als wir.«

»Ja, ja, natürlich.«

Es gibt absolut keinen Grund für einen T-1, irgendeine Tat oder Handlung zu entschuldigen oder zu erläutern, Isthian Gwyn-Lyon!

Thian fing Flavias überraschten Ausdruck auf, denn auch sie hatte den Tadel gehört. Er grinste das Mädchen an. *Nein, Großmutter, aber es ist nur höflich, der Schiffsetikette zu gehorchen. Und du bist müde.*

Die Brückentür zischte hinter Thian und Flavia zu.

Selbst wenn, es steht dir nicht zu …

Großmutter, dein Gatte hat mir Sonderbefehle gegeben, was die Betreuung und Ernährung seiner Lieblingsfrau angeht …

Seiner einzigen …

Und der einzigen Prima, die Kallisto leiten kann und TROTZDEM müde ist.

Ein Krieg macht jeden müde, egal welchen Alters.

»Haben wir denn gerade Krieg geführt?« fragte Flavia.

Thian stotterte überrascht: »Nun, eigentlich eher eine Schlacht. Was hast du denn geglaubt, was wir hier machen?«

»Die Käfer daran hindern, den Planeten zu verlassen.«

»Ist das etwa kein Krieg?«

»Es ist doch eher mit Ungeziefervernichtung vergleichbar.«

»Aber in einem sehr großen Ausmaß«, sagte Thian und wunderte sich über ihre eigenartige Gelassenheit.

»Wir müssen es auf Atair sehr oft tun, weil der Regen in den Sumpfgebieten stark ist und lange dauert. Sonst würden die Ortschaften und Siedlungen von Ungeziefer überrannt«, sagte Flavia ziemlich sachlich.

Dein Großvater wußte wirklich, *was er getan hat,* sagte Rowan privat zu Thian und fügte ihren Worten ein amüsiertes Schnauben hinzu.

Kapitel Drei

Papa? Die Stimme seiner Tochter Laria hatte einen besonderen Klang, so daß sie auf der Stelle Afras Beachtung fand. Er war allein im Aurigae-Tower und beschäftigte sich mit einigen kleinen Kapseleingängen. Damia war mit Morag, Ewain und sämtlichen 'dinis auf der Jagd.

Ja, Laria?

Sind wir allein, Papa? Afra hätte einen so ungewöhnlichen, von Selbstzweifeln geplagten Ton der fast dreiundzwanzigjährigen zuversichtlichen und charakterstarken Towerprima der VT&T-Einrichtung auf Clarf nie zu hören erwartet. Nach Beendigung ihrer Ausbildung auf Kallisto hatte Laria ihre Pflichten mit einer Kompetenz aufgenommen, an der nicht einmal ihre perfektionistische Großmutter herummäkeln konnte. Yoshuk und Nesrun, die T-Zweier, die den Clarf-Tower ursprünglich geleitet hatten, waren nach Sef gegangen, den wichtigsten der vier Mrdini-Kolonialplaneten. Clarissia Negeva, eine T-2, die David von Beteigeuze ausgebildet hatte, war Laria erst vor kurzem als Assistentin zugewiesen worden. Clarissia war die Nachfolgerin Stierlmans, der mit Laria nicht auf einer Welle hatte funken können. Mit den restlichen Angehörigen ihres Towerstabes, dem T-6-Ingenieur Vanteer und Lionasha, der T-7-Stationsmeisterin, hatte es keine Probleme gegeben. Obwohl es auf Clarissias Heimatwelt Mrdini/Menschen-Pärchen gegeben hatte, war sie nicht daran gewöhnt, mit Fremden zu arbeiten und gab nie direkte Befehle an die drei Pärchen, die zu den Stationsmitarbeitern gehörten. Sie waren fröhlich als Frachtarbeiter und in allen anderen Funktionen tätig, die das VT&T-Personal nicht wahrnehmen konnte.

Clarissia bringt es also auch nicht? fragte Afra.

Ich komme besser voran, wenn ich allein arbeite, Papa, lautete Larias scharfzüngige Antwort. *Sie ist jetzt seit neunzehn Wochen hier und erblaßt noch immer, wenn mehr 'dinis als die* unseren *anwesend sind. Du* weißt *doch, daß die 'dinis Farbveränderungen wahrnehmen. Und sie jammert über das Modul, seit es hier angekommen ist. Es ist ja nicht so* – Larias mentaler Klang veränderte sich –, *daß mir der Anblick des Dings gefällt – oder auch nur der Gestank, der seit einiger Zeit von ihm ausgeht. Prtglm ist eindeutig tot. Ich glaube allmählich, man hat gar nicht die Absicht, die Kapsel zu entfernen. Sie wollen sie draußen stehen lassen – als Mahnung, daß ein Mensch für Prtglms schreckliches Ende verantwortlich war.* Ihre Stimme klang irgendwie ergrimmt, doch dann färbte Verwirrung ihre Gedanken. *Die Kapsel ist nun vollständig mit Ideogrammen bemalt. Es sind uralte Zeichen, und ich verstehe nur die, die ›Unehre‹ bedeuten. Tip und Huf wollen sie nicht übersetzen. Sie wollen mir nicht mal antworten, wenn ich frage, was sie bedeuten.*

Yoshuk hat die uralten Schriften doch studiert. Was sagt er denn dazu? Hast du schon mit ihm darüber gesprochen?

Ja, habe ich. Er sagt, es sei zu schwer verständlich für ihn. Er bemüht sich noch immer, Quellennachweise zu finden. Er hat mir aber versichert, daß es keine anti-menschlichen Sprüche sind.

Das ist wieder mal eine der Gelegenheiten, sagte Afra fest, doch beruhigend, *bei denen man weiß, daß die Menschen sich nicht in die Bräuche der 'dini einmischen.*

Die Bräuche kann ich ignorieren, wenn ich will, selbst wenn der Gestank allgegenwärtig ist, aber ich muß bei jedem Transfer sehr vorsichtig sein. Prtglms Kapsel ist auf dem mittleren Lager heruntergekommen – und ziemlich hart. Man hat mich angewiesen, sie nicht zu verschieben, aber ich habe auch nicht angenommen, daß sie ständig hier bleibt! Ich hätte das Lager wirklich *schon hundertmal brauchen können.* Abermals veränderte sich ihr Tonfall; er wirkte nun weniger selbstsicher. *Papaaa,* weiß *irgend jemand dort draußen, warum die Kapsel hier BLEIBT? Ich kann es Clarissia zwar kaum verübeln, aber ich* muß *halt auch wissen, was das alles zu bedeuten hat, damit ich Argumente habe, warum sie so lange da draußen liegt. Ist es eine unterschwellige Methode, mich zu bestrafen, weil ich Rojers Schwester bin?*

Das bezweifle ich! erwiderte Afra beherzt. *'dinis denken nicht in solchen Begriffen.*

Na, hoffen wir es, erwiderte Laria und strahlte einen Teil der Anspannung ab, die sie bisher verborgen hatte.

Ich kann Jeff fragen ...

Das habe ich schon getan. Er weiß es auch nicht. Aber er hat ja auch keine 'dinis. Wissen deine irgend etwas?

Wir haben nie mehr Antworten auf Anfragen über den Mrdini-Strafvollzug gekriegt als jene, daß Übeltäter auf eine angemessene Reise geschickt werden ... Afra hielt inne, denn Laria mußte wissen, was dies auf langen Reisen bedeuten konnte. Die Zyniker sagten, dies spare Zeit, Platz und Geld und sei ein vortrefflicher Einsatz für Entbehrliche, aber der Gedanke ließ ihn frösteln. Er zwang sich, um Larias willen, zu positiverem Denken. *Vergiß nicht, daß Prtglm selbst nach 'dini-Norm mehrerer Befehlsübertretungen schuldig ist – oder war –, und ebenso gegen mehrere Gesetze der Menschen verstoßen hat. Man möchte keine Wiederholung, deswegen könnte dies ihre Art sein, andere abzuschrecken.*

Wenn der eigene Sohn Prtglms Zwang beinahe zum Opfer gefallen war, war es wirklich sehr schwer, keinen verurteilenden Standpunkt einzunehmen. Seit Afra wußte, daß Rojer auf die diskrete Therapie seiner Großmutter Isthia auf Deneb ansprach, empfand er – eine für ihn äußerst ungewöhnliche Emotion – dem fehlgeleiteten Prtglm gegenüber weniger Verbitterung. Nach dem letzten Bericht konnte Rojer sich nun sowohl unter die Menschen als auch unter die 'dinis mischen, ohne die intensiven Kummer/Verlust/Entzug-Reaktionen zu erleben, an denen er anfangs gelitten hatte. Sein Maschinenbaustudium fesselte ihn immer mehr. Sein Onkel Jeran, der Deneb-Primus, wollte darauf beharren, daß Rojer einen Platz auf der Mars-Raumanlage finden würde, sobald das Käferschiff, das die Rowan-Verschmelzung sich ›angeeignet‹ hatte, in die Untersuchungskreisbahn ging. Natürlich mußte er zuerst die dazu nötigen Qualifikationen erwerben. Aber man hatte ihm ein eindeutiges Ziel gesetzt, und er lernte eifrig und fleißig, um die Anforderungen zu erfüllen.

Das weiß ich, Papa, aber diese gruselige Gedächtnisstütze auf meiner Towerlandebahn zu haben ...

Afra spürte die im Geist seiner Tochter aufblitzende Verärgerung. Sie richtete sich gegen niemanden im besonderen und war so ambivalent, daß es keine Frage war, unter welch großer Anspannung stand.

Meinst du, Rojer hätte Prtglm gehorchen sollen?

Nein, ich meine ja, aber ... Prtglm hätte von Rojer einfach nicht verlangen dürfen ...

Er war der einzige, der Prtglms Plan hätte ausführen können ...

Prtglm ist – war – ein alter und angesehener Kapitän, dem man hätte gehorchen müssen. Man hätte den Planeten einfach ... auf den Müll werfen sollen. Ihr Tonfall war von starker Feindseligkeit zerfressen. *Wenn ich weiß, wieviel Leid die Käfer den Mrdini-Welten und Hunderten von anderen angetan haben, hätte man XH-33 ... wirklich ...*

Da ihr kein angemessenes Schicksal einfiel, verpackte Afra seine Vorschläge in einen ironischen Ton, den er bei seinen Kindern selten anwandte.

Vernichten sollen? Ausräuchern? Aller Lebensformen

entkleiden? Ihn abflämmen, damit er nicht mehr brauchbar ist?

Eine lange Pause folgte. *Irgend etwas in dieser Art, damit seine Bewohner nie wieder einen anderen kolonisieren können und keine unschuldigen Lebensformen auf irgendwelchen anderen Planeten massakrieren.*

Ach? – Wir sollen also ihre Methoden nachahmen? Intelligente Lebewesen ... einfach ausrotten?

Nun, schau dir doch an, was sie ihren eigenen Leuten angetan haben: Sie haben Königinnen ihrer eigenen Art aus dem Schiff gejagt und sie vernichtet, ohne auch nur den Versuch zu machen, in Erfahrung zu bringen, woher das Schiff kam. Nun färbte Entrüstung Larias Verärgerung.

Das ist mehr oder weniger der Mrdini-Standpunkt, Laria.

Es ist doch nicht so, daß ich andere Meinungen ignoriere, Papa. Sende ich nicht Tag für Tag Botschaften von hier nach da und zurück?

Das tust du, aber hörst du dir den Inhalt oder nur den Kontext an?

Was meinst du damit, Papa? Und welche Gruppe unterstützt du? Sie klang aggressiv, als sei ihr jede andere Einstellung außer der ihren suspekt.

Ich bin mit vielen anderen denkenden Wesen der Meinung, daß die Daten nicht ausreichen und die meisten Theorien wenigstens einen grundlegenden Mangel haben. Vielleicht kriegen *wir nur deswegen keine Antworten auf die Hälfte unserer Fragen, weil es keine Verständigung gibt. Die Beobachtung ist der Interpretation so offen wie jede andere Aufzeichnungsmethode, da der Beobachter unweigerlich aus seinem eigenen Erleben übersetzt.*

So viele nützliche Beobachtungen haben wir nun auch wieder nicht gemacht, sagte Laria ironisch.

Afra lächelte zwar, hielt seine Erheiterung aber von seiner streitlustigen Tochter fern.

Damit bin ich nicht einverstanden, Laria. Das Material,

das Rojers Sonden aufgezeichnet haben, wird noch immer analysiert ...

Es zeigt doch nur, daß die Käfer ihre Methoden oder den dominanten Trieb ihrer Spezies nicht geändert haben, seit sie den Mrdinis bekannt sind.

Die Mrdinis waren einem Käferplaneten nie nahe genug, um Beobachtungen zu machen oder Kontakt aufzunehmen, sagte Afra geduldig. Larias Gefühle waren ziemlich angestaut, weswegen er mutmaßte, daß sie den Takt gehabt hatte, das Thema nicht mit ihren Tower-Mitarbeitern zu besprechen.

Aber wir wissen doch, was sie mit Planeten machen. Wir wissen, daß sie seit Jahrhunderten so vorgehen. Laria klang gereizt.

Wir wissen, was die Mrdinis in den Jahrhunderten ihres Kampfes, nicht ›ausgerottet‹ zu werden, gemeldet haben, und dieses Wissen ist darauf begrenzt, wie man Käferschiffe im Weltraum vernichtet. XH-33 ist die einzige Welt, von der sie und wir wissen, daß die Käfer sie bevölkert haben. Es gibt noch eine Menge, das wir nicht wissen ... auch wenn wir extrapolieren, Laria. Was verstimmt dich eigentlich so, meine Liebe?

Das wüßte ich auch gern, Papa, gestand Laria. Für Afra hörte es sich wie ein Wehklagen sich widersprechender Loyalitäten an.

Es steht uns nicht zu, das Recht der 'dinis in Frage zu stellen, einen der ihren zu bestrafen, sagte er sanft. *Wir dürfen unsere eigene moralische Integrität nicht schwächen, indem wir sie gegen die ihre aufrechnen. Wir können nicht erwarten, daß die Reaktionen der 'dinis die unseren widerspiegeln. Die Menschen haben beispielsweise seit Jahrhunderten keine Schlacht mehr ertragen müssen, ein Umstand, der unsere Wahrnehmung bestimmt auf eine Weise verändert, die wir gar nicht bewerten können. Da es uns bisher gelungen ist, unser gemeinsames Ziel zu verfolgen, und bei den wenigen Reibungen, die es dabei gegeben hat ...*

Du reduzierst Prtglm also auf den Status von ›Reibungen‹? Laria klang entsetzt.

... ist doch schon eine recht große Errungenschaft. Prtglm hat seinen eigenen Niedergang eingeleitet, indem er sich über Befehle der Allianz hinwegsetzte: Befehle, in die er und unsere Kapitäne gründlich eingewiesen waren und über die allgemeine Übereinkunft herrschte. Siehst du es denn nicht so?

Das ist der leichte Teil. Mich stört, daß Gil und Kat tot sind, weil sie Rojer verteidigt haben, obwohl keiner von ihnen sich diesem Risiko überhaupt hätte aussetzen sollen. Aber Prtglm ist noch immer *da! Ich kann mich seiner Kapsel und ihrem Inhalt nicht entziehen, und ...*

Wenn du das nächste Mal Gelegenheit hast, mit Plrgt oder seinem Hauptassistenten zu reden, schlage auf deine spontanste Weise einfach vor ...

Der Assistent heißt Flgtm. Und Plgrt heißt jetzt Plrgtgl.

Plrgtgl war sehr tüchtig. Ich höre seinen Namen allenthalben. Sag ihm, daß die Kapsel den vollen Einsatz des dir zur Verfügung stehenden Gebietes behindert und erkundige dich, ob man sie nicht, um noch mehr Wirkung auszuüben, woanders hinbringen kann.

Aus dem Auge, aus dem Sinn, Papa, wie?

Nun, zumindest aus deinen Augen, wenn sie dich so nervt, wie es den Anschein hat ...

Es ist nicht nur die Kapsel ...

Ach ja, der Fall Clarissia. Wenn sie nicht arbeiten kann, meine Liebe, beantrage ihre Versetzung ...

Aber Großvater wird wütend auf mich sein. In Larias Stimme war ein Beben der Unsicherheit. *Ich bin mit Stierlman nicht zurechtgekommen, und jetzt Clarissia ... Mit Yoshuk und Nesrun hatte ich nie Probleme! Ich habe ausgezeichnete Beziehungen zu Vanteer und Lionasha.* Larias Tonfall stieg auf eine Ebene schuldbewußter Verwirrung und Zweifel.

Laria ... Afra mußte einfach kichern. *Die Geschichten,*

die man sich über die Suche deiner Großmutter nach passendem Towerpersonal erzählt, sind nicht übertrieben!

Bis du dann kamst, sagte Laria besserwisserisch und tauchte wieder in Desillusion hinab. *Aber du bist du, und sie ist Rowan, und …*

Du hast genau das gleiche Recht, unpassendes Personal zu … ähm … entlassen, aber ich hoffe, du wirst nicht so viel verschleißen wie sie, bis du eine passende Mannschaft zusammen hast. Außerdem ist die Lage auf Clarf viel empfindlicher als die auf Kallisto, Atair oder sonstwo, deswegen ist es noch wichtiger, daß du dich völlig wohlfühlst und dich auf jeden Angehörigen deines Stabes verlassen kannst.

Glaubst du wirklich, Papa? Hoffnung schwang in ihrer Stimme mit.

Ich weiß es. Unter uns: Informiere Jeff Raven von der irdischen VT&T, daß T-2 Clarissia sich nicht einpassen oder die speziellen Erfordernisse des Clarf-Towers akzeptieren kann, und er soll …

Ich kann Großvater doch nicht mit ›du sollst‹ kommen.

›Großvater‹ vielleicht nicht, meine Liebe, aber dem Erdprimus Raven ganz bestimmt! Mach ihm den Unterschied klar und bitte um Ersatz. Und vergiß auch nicht, daß du seit über einem Jahr keinen Urlaub mehr von deinen Pflichten im Clarf-Tower hattest! Vielleicht tut dir etwas Erholung gut.

Kann ich mir aber im Moment nicht leisten, und schon gar nicht, wenn nur Clarissia da ist, um auf den Laden aufzupassen, wenn ich weg bin, sagte Laria schroff. *Wann habt ihr denn zum letzten Mal Urlaub gemacht?*

Wir sind hier in einer ganz anderen Situation, meine Liebe. Wir haben es nicht mit einer fremden Kultur zu tun …

'dinis sind doch keine Fremden. Ich kenne sie doch, seit ich lebe!

… und leben auch nicht auf einem Planeten, auf dem eine helle Sonne Anspannungen erzeugt, die man vielleicht erst wahrnimmt, wenn man von ihr entfernt ist. Ein biß-

chen Distanz hilft vielleicht, einige der Widersprüchlichkeiten zu lösen, die dich stören. Du bist nicht die einzige – weder von uns noch auf den anderen von Menschen bewohnten Planeten – die darunter leidet.

Ach, Papa, ich halte mich nicht für einmalig. Ihre Stimme enthielt das Beben eines Lachens, veränderte sich aber sofort wieder. *Manchmal … Manchmal weiß ich nicht mehr, was ich glauben soll. Dann weiß ich es wieder, und mich erschüttert etwas anderes. Ich müßte meinen Geist inzwischen eigentlich kennen.*

Deinen Geist kennst du, meine liebe Laria, sagte Afra mit einem liebevollen Lachen. *Es sind deine Gefühle und deine sich verändernden Wahrnehmungen, die die Probleme verursachen. Es würde mir gar nicht gefallen, wenn ich annehmen müßte, daß deine Einstellung im Alter von dreiundzwanzig schon in Granit gemeißelt ist.* Afra erinnerte sich kurz an einige von Damias überkritischen Anfällen, die ihre älteste Tochter allem Anschein nach nicht geerbt hatte. *Veränderung ist* wirklich *eine Konstante, mit der wir alle fertig werden müssen. Wenigstens …* Ein Grinsen färbte seinen mentalen Ton … *sind wir nicht so unveränderlich in ein kulturelles Korsett gezwängt wie die Käfer.*

Mann, Papa, danke!

Gern geschehen, sagte er auf ebenso spöttische Weise. Doch er fing auch die nun stabilere Eigenart ihres mentalen Tons auf. Sie hatte sich über etwas ausgesprochen, das sie störte. Wenn er und Damia schon Schwierigkeiten hatten, die Sache zu erklären, wie schwer mußte es erst für Laria sein, eine Prima, die noch keinen persönlichen Gefährten gefunden hatte, der sie in schweren und oftmals hochproblematischen Zeiten stützen konnte. *Informiere jetzt den Erdprimus darüber, daß du Schwierigkeiten hast, mit Clarissia zusammenzuarbeiten. Jede Unzulänglichkeit ist ein triftiger Grund, sie zu ersetzen.*

Eigentlich war Laria eine ebenso starke T-1 wie

Rowan. Ein T-3 oder ein guter T-4 mußte eine hinreichende Hilfe für sie sein, wenn sie kompatibel waren. Doch man erfuhr es erst immer dann, wenn man verschiedene Kombinationen ausprobiert hatte. Es hatte ihn immer leicht erstaunt, daß er, Afra Lyon von Capella, für die Kallisto-Towerprima Rowan akzeptabel gewesen war. Vielleicht ... Er brach den Gedanken ab. Seine Eltern hatten sich in alles eingemischt: Er und Damia hatten große Schmerzen auf sich genommen, um solche Manipulationen nicht zu wiederholen.

Als Laria sich abmeldete, ließ Afra seine Muskeln nach der unbewußten Anstrengung des langen Pathierens erschlaffen. Er redete sich ein, daß es mehr mit der Natur ihres Wortwechsels zu tun hatte als mit seinem Alter, denn Rowan war noch älter als er und trotzdem so stark wie immer. Im gleichen Moment spürte er auch ein Stück des Rahmens auf der linken Seite der Liege, der sich durch die Polsterung drückte. Wie lange verwendeten sie die Liegen nun eigentlich schon? Seit fast vier Jahrzehnten. Es wurde Zeit, sie neu aufzupolstern.

Afra tastete nach Damias Bewußtsein, aber sie sammelte fröhlich die Flitzer ein, die sie mit ihrem Katapult erlegt hatte. Er lächelte, als er Morags Neid und Ewains Erstaunen über das zwanglose Geschick ihrer Mutter spürte. Sie konnten Larias Problem später besprechen. Sie konnten sie zu einem Kurzurlaub nach Hause holen, damit sie sich von dem Druck und den widerstreitenden Theorien erholen konnte. Ihr Geist würde bestimmt beruhigt und entlastet sein, wenn sie wieder an die Arbeit zurückkehrte.

Auch wenn sie, wie die *Talente* sagten, nur einen Gedanken weit von ihr entfernt waren – ganz stimmte es nun doch nicht. Sie standen in Kontakt, gewiß, aber Ähnlichkeit, Gemeinsamkeit und Harmonie der Gedanken standen auf einem anderen Blatt. Und ebenso eine Liebkosung, wenn man deprimiert war.

Afra war auch nicht mit allem einverstanden, was sein ältester Sohn über die Käfer dachte, und er war noch verwirrter über die bizarren Handlungen und Grillen seiner Tochter Zara. Glücklicherweise befaßten sich ihre Großmutter und Elizara, die T-1-Medizinerin, nach der man sie benannt hatte, mit ihr. Eine schwierige hormonelle Transition hatte sie zu einer stabilen jungen Frau gemacht. Er wußte, daß Rojer noch immer einen privaten Kampf mit seiner Trauer führte – und einen noch härteren mit seinem Gewissen, weil er Gil und Kat einem tödlichen Risiko ausgesetzt hatte. Laria konnte nicht umhin, Verständnis für die Interpretationen der Mrdini zu empfinden, auch wenn andere, weniger einbezogene Bürger sie für Voreingenommenheit hielten.

Als Afra seine langen Beine über den Rand der Towerliege schob, empfand er dort, wo die Polsterung eingesackt war, die durch sein Tun erfolgte Abnutzung. Ebenso schoben sich die Gedanken einer lange geschätzten Ethik und Moral durch den Rahmen einst bequemer Gewohnheiten von Generationen.

Auch war Afra sich anderer Dringlichkeiten auf höchster Ebene bewußt, denn Rowan und Jeff setzten ihn oft als Prüfer ein und folgten gelegentlich seinen Ratschlägen.

Die Kompromißlosigkeit Prtglms sowie Gils und Kats Tod hatten größere Auswirkungen auf die Beziehungen der Menschen zu den Mrdini gehabt als das auf der Landebahn von Clarf liegende Personenmodul. Eine starke Fraktion hochrangiger Mrdini war der Meinung, Rojer hätte, wenn er alt genug gewesen wäre, um das Amt eines Primus auszuführen, Prtglms Plan nachgeben und den Planeten XH-33 verwüsten sollen – auch wenn er kein Mitglied der kämpfenden Truppe gewesen war und sich nur an die Befehle seiner Vorgesetzten gehalten hatte. Er war nur als Stellvertreter auf der *Genesee* gewesen, bis sein älterer Bruder zur Verfügung stand. Die Tatsache, daß Thian sich Prtglms Plan ebensowenig unterworfen hätte, spielte keine Rolle für sie. Thian genoß in den Augen der 'dini schon jetzt den Status eines ›Helden‹, was ihm das Format verliehen hätte, den 'dini-Kapitän zur Einsicht zu bringen und ihm taktvoll zu helfen, den Zwischenfall zu entschärfen. Es sei auch sehr wahrscheinlich, meinten sie, daß Prtglm keinen Versuch gemacht hätte, den Primus Isthian Lyon zu zwingen.

Und doch, sinnierte Afra, mußten die Mrdini, seit sie sich mit den Menschen verbündet hatten, oft den Traum und die Illusion gehabt haben, die kinetischen Fähigkeiten der Menschen dahingehend zu nutzen, das Käfervolk vernichtend zu schlagen. Daß die *Talente* ein Kolonistenschiff der Käfer ohne den geringsten Verlust vernichtet hatten, war ein ständig wiederkehrendes Thema der 'dini-Traumprojektionen und der Geschichten, die sie erzählten. Als Mrdini und Menschen sich schließlich begegnet waren, hatten letztere das Streben der 'dinis enthusiastisch willkommen geheißen und hatten sich von ihnen führen lassen, da sie offenbar so viel mehr über die räuberischen Käfer wußten.

Insgesamt waren sie jedoch über kaum mehr informiert als über die Geschütze der Käfer, sowie deren Reichweite und destruktive Fähigkeiten. Sie wußten von der Anzahl der Selbstmörderschiffe, die man brauchte, um die Raumer der Käfer-Eindringlinge zu durchbohren und zu vernichten. Und sie wußten, wie die Käfer vorgingen, um ihr Kolonialreich auszudehnen, und daß sie für jede planetengebundene Spezies tödlich waren. Deneb IV war bemerkenswerterweise die einzige Welt, auf der ihre Taktik nicht zum Erfolg geführt hatte.

Da ihre Taktik so lange wirkungsvoll gewesen war, hatten sich die Käfer in den Jahrhunderten, in denen die Mrdini sie bekämpften, weder selbst noch ihre Schiffe und Bewaffnung verändert. Die Mrdini hatten hingegen ihre Schiffe und ihre periphere Technik ausgebaut und wirkungsvolle unbemannte Raketen konstruiert. Es war ihnen gelungen, ihre Kolonien zu beschützen, und sie hatten in der ganzen Zeit nach Verbündeten, dem Heimatplaneten der Käfer und neuen Rohstoffen gesucht, um irgendwann den Endsieg davonzutragen.

Die Menschheit hatte dem Krieg schon vor langer Zeit entsagt und die Macht ihrer Raummarine mehr und mehr auf die Suche nach Kolonialwelten oder als Abschreckung gegen gelegentliche Kaperschiffe Abtrünniger konzentriert. Danach waren kleinere Reibereien nur noch zwischen kriegslüsternen und friedlichen Spezies vorgekommen, und Verluste höchstens bei Weltraumunfällen, die man dann so rücksichtslos untersucht hatte, daß sie sich nicht wiederholen konnten.

Auf der positiven Seite – durch die Bildung der Allianz hatten beide Völker große Anstrengungen unternommen, sich miteinander zu verständigen und kennenzulernen – war es zu bemerkenswerten Entwicklungen gekommen, die eine moralisch aufbauende Wirkung haben mußten. Die zufällige Entdeckung der Ionenspur dreier Käferschiffe hatte der Allianz die großartige Gelegenheit gegeben, eine Expedition auszusenden, die sie zurückverfolgen sollte, um die Heimatwelt der Käfer zu finden. Die Spur hatte zuerst zum Wrack des größten Käferraumers geführt, den die Mrdini je gesehen hatten: das Wrack war teilweise von der sengenden Explosion einer Nova zerstört worden. Um in Erfahrung zu bringen, ob die Nova das Heimatsystem der Käfer wirklich vernichtet hatte, hatte man beschlossen, ein Mrdini-Schiff mit Primus Isthian Lyon an Bord zum Ursprung der verblassenden Ionenspur zu entsenden.

Der Fund des beschädigten Käferschiffes hatte ergeben, daß es drei Rettungskapseln gelungen war, es kurz vor dem Zuschlagen der Nova-Druckwelle zu verlassen. Die von den Menschen bemannten Schiffe hatten die Suche nach den Kapseln aufgenommen, um zu verhindern, daß eine überlebende Königin auf einem bewohnbaren Planeten eine neue Kolonie gründete: ein Umstand, den die Allianz durchkreuzen wollte. Sie war, wie jemand es genannt hatte, in die Heinlein-Station auf den Erdmond ›dekantiert‹ worden, von der ein Entkommen unwahrscheinlich war. Sie war das erste lebende Exemplar dieser geheimnisvollen Spezies, die die Menschen und Mrdini je gesehen hatten. Kurz nach der Ankunft in der Mond-Anlage hatte sie eine riesige Menge von Eiern gelegt.

Auch um die beiden anderen Kapseln hatte man sich gekümmert – die Überreste jener, die mit einem Asteroiden kollidiert war. Die Bewohnerin der anderen war an Sauerstoffmangel eingegangen.

Die *KTLS* hatte über Thian mit absoluter Sicherheit vermeldet, daß die Nova das Heimatsystem der Käfer vernichtet hatte.

Die Geschwader D und C verfolgten noch immer die beiden übrigen Käferschiffe, die sich ständig weiter von ihrem Heimatsystem entfernten. Eine Lobby wollte, daß sie sofort zurückkehrten, da sich die Schiffe der Käfer nun Lichtjahre vom Machtbereich der Allianz entfernt hatten und somit keine Bedrohung mehr waren.

»Keine *unmittelbare* Bedrohung«, hatte eine andere Fraktion abgewiegelt, die darauf drängte, daß die Geschwader die große Anzahl von G-Sonnensystemen mit M-5-Planeten untersuchte, die während der Verfolgung identifiziert worden waren – um in Erfahrung zu bringen, warum die Käfer sie links liegen gelassen hatten. Hatte ihr Volk sie bereits heimgesucht? Es waren Ermittlungen im Gange, um in Erfahrung zu bringen, ob die fraglichen Sonnen Planeten hervorgebracht hatten, die sich für eine Besiedlung durch die Allianz eigneten.

Die Forderung, die Verfolgung fortzusetzen, die den Hohen Rat nun beschäftigte, war in der Substanz ethisch. War es richtig, die Käfer weiter gewähren zu lassen, obwohl man wußte, daß sie, wenn sie die Welt fanden, die sie zur Kolonisation brauchten, sämtliche Lebensformen ausrotteten, die auf ihr lebten? Gewiß bestand eins der erklärten Ziele der Allianz darin, Welten zu suchen und zu identifizieren, die die Käfer übernommen hatten, und sie daran zu hindern, in ein Stadium zu gelangen, in dem ihre Population sich soweit vermehrte, daß sie das nächste Kolonisationsprojekt in Angriff nahm.

Zwanzig Eier der gefangenen Königin waren ausgebrütet worden und hatten Geschöpfe hervorgebracht, die offenbar nur den Zweck hatten, der Königin zu dienen. Sie säuberten sie, versorgten sie mit Nahrung oder eilten in ihrem Auftrag durch die leeren Gänge der Heinlein-Basis. Es waren sinnlose Botengänge, da sich in den Räumen nicht das geringste befand.

Von unmittelbarerem und möglicherweise hilfreicherem Wert war das von der Rowan-Thian-Flavia-Verschmelzung entwendete Flüchtlingsschiff. Es würde bald in der Hauptmarinebasis der Erde sein, völlig frei von dem Gas, das alle an Bord befindlichen Organismen getötet hatte.

Die Marineexperten der Menschen und Mrdini konnten es kaum erwarten, ein unbeschädigtes Königinnen-Quartier zu untersuchen, denn es enthielt auch die Steuersysteme des Schiffes. Die wichtigsten Entdeckungen mußten die navigatorischen Aufzeichnungen oder Sternkarten sein, die vielleicht aussagten, welche Planeten die Käfer bereits besetzt hatten.

Seit die von Rowan angeführte Geistesverschmelzung das Vielfach-Bewußtsein des Käfer-Leviathans im Deneb-System besiegt hatte, ging man davon aus, daß die Königinnen für sämtliche Aspekte der Schiffssteuerung zuständig waren, Taktiken formulierten und Befehle an ihre spezialisierten Jünger weitergaben. Ob die Pflichten gleichermaßen unter ihnen verteilt waren oder jede der zehn bis sechzehn an Bord von Kolonistenschiffen befindlichen Königinnen unterschiedliche Aufgaben übernahm, mußte erst noch in Erfahrung gebracht werden: Man hoffte dies anhand der Kontrollen tun zu können, die sich in allen Königinnenquartieren befanden. Die Ingenieure, Astronauten und Techniker beider Spezies warteten gespannt auf die Freigabe des Wracks, um an Bord gehen und die Ermittlungen aufnehmen zu können.

Die Prtglm-Episode hatte die positiven Aktivitäten der Allianz leicht in den Schatten gestellt – so etwa Rojers Aufzeichnungen, die in der Bewertung der Kultur beziehungsweise Agrikultur der Käferspezies einmalig waren.

Die Verhinderung des Kolonisationsprojekts, das man auf dem Planeten XH-33 vorbereitet hatte, war eine kontroverse Wahl aus den mehreren zur Verfügung stehenden Lösungen gewesen. Die meisten Mrdinis hätten den Planeten als Vergeltung für jene unschuldigen Rassen, die die Käfer ausgerottet hatten, lieber verwüstet. Die Meinung der Menschen war einheitlicher: Für sie war es legitim, den Käfern die Möglichkeit zu nehmen, den Planeten zu verlassen. Und es war die akzeptabelste Abschreckung. Hätte man mehr gegen sie unternommen, wäre es zu einen kollektiven Aufschrei der Menschheit gekommen.

Um die besorgten Menschen und die aggressive und unversöhnliche Mrdini-Mehrheit zu beruhigen, war Kapitän Quacho mit der *Arapahoe* auf einsamer Wacht zurückgeblieben, bis eine diskrete Raumstation zum nächsten der XH-33-Monde portiert werden konnte. Man konnte sämtliche Aktivitäten in der Umgebung von XH-33 aufzeichnen. Sollte irgend etwas passieren, obwohl es unwahrscheinlich war, konnte die Allianz über eine dauerhaftere Strafaktion abstimmen.

Bis dahin galt es, andere Rätsel zu lösen: Wenn es zwischen den Käferwelten ebensowenig Kommunikation gab wie zwischen ihren Schiffen und Planeten, wie konnte die Allianz dann hoffen, irgendeine Schnittstelle zu den Käfern zu finden? Wenn Verständigung unmöglich war, gab es auch keine Hoffnung, ein zufriedenstellendes, nichtaggressives Zusammenleben in einer Galaxis zu erreichen, die über genug M-5-Planeten verfügte, um allen Platz zu bieten, wenn man leichte Kontrolle über zu stark expandierende Populationen ausübte.

Afra seufzte. Aufgrund seiner methodischen Erziehung – und außerdem war er ein *Talent* – verabscheute er Gewalt. Er wußte nicht einmal genau, ob er sich selbst verteidigen würde. Er war zwar bereit, seine Kinder zu schützen, aber wahrscheinlich nicht sich selbst. Doch so blieb Damia ohne Unterstützung. Vielleicht würde er sich also doch verteidigen, auch wenn er die Notwendigkeit verabscheute. Die Menschheit war über Krisensituationen dieser Art hinausgewachsen. Die Zusammenarbeit mit den Mrdinis, nahm Afra an, hatte den ›Krieg‹ leider wiedererweckt. Hätte es doch nur irgendeinen Zugang zur Schnittstelle gegeben ...

Alle Versuche, die gefangene Königin zur Kommunikation zu bewegen – oder dazu, daß sie die Anwesenheit einer anderen intelligenten Spezies *registrierte* –, waren bisher fehlgeschlagen. Wie seine Tochter Zara in Erfahrung gebracht hatte, daß sie unter der Kälte litt, hatte niemand herausgefunden; Zara selbst am allerwenigsten. Sie hatte außerdem keinen weiteren empathischen Kontakt zur Königin gehabt. Wie auch alle anderen. Die Königin ignorierte jeden Besucher, auch jeden Mrdini. Dies galt auch für die großen Mrdini, die ihre nicht unbeträchtliche Gestalt überragten.

Daß sie sehen und hören konnte, hatten geschickte Ferntests eindeutig erwiesen. Verschiedene Frequenzen und Kombinationen hatten nicht mehr Reaktion von ihr erbracht als ein unbehagliches Zucken. Diese Fassungen hatte man aufgezeichnet.

Afra hielt es für eine erstaunliche Geisteshaltung, sich und die eigene Art für die einzige Sache von Wert in der gesamten Galaxis zu halten. Früher hatten sich manchmal auch Menschen solchen Täuschungen hingegeben. Deswegen waren sie ausnahmslos ums Leben gekommen und jetzt nur noch kurze Fußnoten in den Kapiteln der Menschheitsgeschichte.

Auf indirekte Weise erfolgte aus dieser Haltung die Ausrottung aller Lebensformen auf Planeten, die die Käfer sich zu Kolonisationszwecken aussuchten. Es war ihnen nicht im geringsten bewußt, daß sie Wesen ausradierten, die eventuell ebenfalls Gefühl und Intelligenz und ein Recht auf Leben hatten.

Mithin mußte der Widerstand der Mrdini die Käfer überrascht haben, auch wenn nur die entschlossensten Angriffe ihrer Geschwader und Flotteneinheiten sie abgeschreckt hatten.

Hatten die anderen Käfer überhaupt vom Widerstand der Mrdini *erfahren?* Wenn die Raven-Rowan-Verschmelzung den einzigen Überlebenden nicht zum Mutterschiff zurückgeschickt hätte, hätten sie dann vom Widerstand Debens *erfahren?*

Sein Nachdenken führte zwar zu nichts, aber er ›hörte‹, daß seine Familie von einer sehr erfolgreichen Jagd zurückkehrte. Afra hinterließ eine Notiz für Keylarion, die T-6 des Towers, hinsichtlich der Aufpolsterung der Liegen etwas zu unternehmen und ging zum Haus zurück, um die Essensvorbereitungen in Angriff zu nehmen.

Laria folgte dem Ratschlag ihres Vaters sofort und nahm mit dem Erdprimus Jeff Raven Kontakt auf, um ihm zu sagen, daß die T-2 nicht in der Lage war, mit den Mrdini umzugehen, was eine grundlegende Erfordernis für den Dienst im Tower von Clarf war. Sie wollte ihrer Rede gerade einen bedauernden Ton verleihen, als ihr Großvater sie unterbrach.

Unglückliche Mrdinis haben uns gerade noch gefehlt, sagte Jeff so jovial, daß Laria sich langsam entspannte und sich fragte, wieso sie das Problem überhaupt auf die lange Bank geschoben hatte. Fünf Monate waren lange genug, um von Clarissia zu erwarten, daß sie sich anpaßte. Doch sie hatte nichts getan. Laria erwähnte nicht einmal die sonstigen wenig bewundernswerten Charakteristika der jungen Frau, die Vanteer gelegentlich in Wut versetzte und Lionasha ständig verärgerte.

Ich werde mich mit Gollee Gren unterhalten, um zu sehen, ob er ein paar vielversprechende Kandidaten hat. Er soll 'dini-Anhänger bemühen ... Am besten wäre natürlich jemand, der mit ihnen aufgewachsen ist, wie du. Es dürfte die meisten Probleme lösen, die Clarissia darstellt.

Wie viele Pärchen wurden damals verteilt, Großvater?

Gren kennt die diesbezüglichen Zahlen. Ich glaube mich daran zu erinnern, daß es bei der ersten Adoptionswelle tausend waren. Sie halten sich natürlich nicht nur bei den Talent-*Familien auf; sie wurden auf sämtlichen Welten der Neun-Sterne-Liga verteilt. Und danach kamen so viele, wie die 'dinis erübrigen konnten. Es wird schon jemanden geben. Rück mir ruhig so lange auf die Pelle, Fräulein, bis du den Richtigen gefunden hast. Es ist wichtiger als du vielleicht glaubst, und es ist eindeutig MEINE Aufgabe, dafür zu sorgen, daß alle Primen die richtige Unterstützergruppe haben. Verstanden? Du hast dich länger als nötig mit Stierlman rumgeärgert. Meine alte Mutter hat schon immer gesagt: Wenn ein Hemd schmutzig ist, ist es schmutzig.*

Waaas?

Sag bloß nicht, du hast noch nicht gehört, wie oft deine Großmutter den Kallisto-Stab ausgewechselt hat, bis sie auf deinen Vater stieß!

Na schön, dann sag ich's eben nicht. Laria kicherte.

Das ist schon besser. Gollee ist schon an der Sache dran. Sobald er einen tauglichen Verdächtigen findet, schick ich ihn dir, und du schickst Clarissia zurück.

Ah, gütiger Himmel!

Je früher, desto besser, Mausi.

Bevor Laria anfangen konnte, Kompromisse einzugehen, war der Erdprimus wieder weg. Sie war so erleichtert, sich nun nicht mehr mit Clarissia herumärgern zu müssen, daß sie hoffte, genug Zeit zu haben, um sie zu warnen. Es war zwar nicht unbedingt ihre Schuld, daß sie keine 'dinis ertragen konnte … Nein, es war *doch* ihre Schuld, denn sie unternahm absolut keinen Versuch, das ›Gute‹ in ihnen zu sehen.

Und in der Tat löste sich alle noch vorhandene Sympathie, die Laria für Clarissia empfand, zwei Minuten später auf, als sie sie kontaktierte.

Eine Abordnung der Kreaturen ist auf der Landebahn im Anmarsch, Prima … Clarissias Worte stanken geradezu nach Abneigung.

Laria schaute aus dem Towerfenster, obwohl der ›Tower‹ auf Clarf nicht mehr als ein vierseitiges plastverglastes Kuppelgewölbe war, das sich drei Meter über den Rest des Komplexes erhob. Sie sah, daß zu der Abordnung auch die große Gestalt Plrgtgls gehörte. Ihm folgten zwei mittelgroße Assistenten und sechs kleinere Mrdinis.

Vanteer, Lionasha, volles Begrüßungskomitee. Clarissia, kannst du wenigstens die passenden Erfrischungen heranschaffen?

Ja, kam die kurze Bestätigung. Laria konnte den Abscheu beinahe in dem langen Gesicht des Mädchens sehen. Sie sah auch das Zucken ihrer schlanken Hände, die die Abneigung verdeutlichten, die Clarissia empfand, weil sie sich überhaupt mit den ›Kreaturen‹ abgeben mußte. Wieder durchfuhr ein Zucken des Mitleids Laria. Clarissia war so eifrig bedacht gewesen, von ihrem Heimatplaneten wegzukommen. Ihre Fremdenfeindlichkeit war niemandem aufgefallen, nicht mal Gollee Gren, aber auf Clarf hatte sie sich noch weiter entwickelt.

Vanteer war Mitte dreißig, ein untersetzter Eingeborener des Planeten Prokyon IV. Er hatte die schweren Knochen der Umweltangepaßten seiner Heimat. Auf die schwarzäugige, schwarzhaarige und schwarzhäutige Lionasha (Laria nannte ihre T-7-Expedientin insgeheim ›die Geschmeidige‹), konnte man sich verlassen: Sie würde die 'dinis daran hindern, Clarissia in den Weg zu treten. Welch ein Glück, dachte Laria mit einem Seufzer, daß die einheimischen Mrdinis den menschlichen Gesichtsausdruck nicht ebenso gut deuten können, wie die Mrdinis im Tower. Eigentlich fiel keinem von ihnen auf, daß Clarissia überhaupt keine Körpersprache hatte – sie stand steif und starr da, wie angenagelt. Es war ein Gnadenakt, da ihre Bewegungen den wahren Grad ihrer Abneigung allzu leicht hätten sichtbar machen können.

Nachdem Plrgtgl seine Mission bekanntgegeben hatte, fand Laria keine Zeit mehr, über Clarissias mögliche Missetaten besorgt zu sein. Plrgtgl hatte einen Riesenauftrag für den Tower, der es erforderlich machte, den Zeitplan für eine beträchtliche zu versetzende Frachtmenge zu organisieren und auszuführen: Die Fracht sollte zu den anderen Mrdini-Planeten und den Satelliten-Raumdocks gehen. Ohne daß es ausgesprochen werden mußte, wußten Laria und ihre Leute, daß ein ansehnlicher Teil der Mrdini-Raumflotte in kürzestmöglicher Zeit überholt und mit Nachschub versorgt werden sollte. Solche Aktivitäten gaben ihr den perfekten Grund, Prtglms Modul vom Liegeplatz zu verweisen.

WENN SO VIEL AN VERSCHIEDENE ORTE TRANSPORTIERT WERDEN MUSS, BRAUCHEN WIR SÄMTLICHE LAGER, sagte sie beim Durchblättern der Frachtbriefe. DIE KAPSEL AUF DER LANDEBAHN KÖNNTE NUN VIELLEICHT AN EINEN SÜDLICHEN ORT VERLEGT WERDEN UND IHRE BOTSCHAFT MIT GUTER WIRKUNG DORT ZUR SCHAU STELLEN. Sie täuschte absolutes Desinteresse an Plrgtgls Reaktion auf diese Bitte vor und wandte sich schnell einem anderen Thema zu, wobei sie Körpersprache einsetzte, um ihre lobenden Worte zu bekräftigen. AUSSERDEM GEHT EIN GROSSTEIL DER DIESJÄHRIGEN ERNTE ZU ANDEREN PLANETEN. EIN HOCH AUF DIE FARBEN.

Plrgtgl rollte sein Kopfauge. Es war von einer attraktiven Krone aus Spitze bedeckt, eine der neuesten Mrdini-Marotten. Da Laria mit prüfenden Blicken dieser Art bestens vertraut war, fuhr sie fort, die roten Frachtbriefe zu untersuchen, die auf Lebendfracht hinwiesen.

WIR FREUEN UNS, DIE *KLTL* ZU SEHEN, fügte sie so nonchalant wie möglich hinzu, denn sie war über alle Maßen erfreut, als sie das zurückkehrende Schiff aufgelistet fand. Sie blieb über alles, was auf der *KLTL* vor sich ging, so gut wie möglich auf dem laufenden, da ihr Bruder Thian lange Zeit an Bord gewesen war und viele Mrdinis davor bewahrt hatte, zum Opfer der eigenen Art zu werden. Er diente nun im Auftrag der VT&T auf der *Genesee,* und sie tauschten stets Nachrichten aus, wenn sie eine Lieferung für sein Geschwader hatte.

JA. DIE *KLTL* HAT DEN MRDINI UND ALLEN AUF IHR DIENENDEN FARBEN EHRE GEMACHT, sagte Plrgtgl. Er trat auf der Stelle, ein körperlicher Ausdruck, der, wie sie inzwischen wußte, ›Freude‹ bedeutete. THN LN HAT ZU EHREN EURES HAUSES AUF DER *KLTL* GEDIENT.

Als Laria sich verbeugte, um das Lob entgegenzunehmen, behielt sie einen neutralen Ausdruck bei, obwohl sie das Verlangen verspürte, zu lächeln. Plrgtgl hatte wieder eine menschliche Redensart verwendet. Hochrangige Mrdinis wie er durchsetzten ihre Gespräche neuerdings immer mehr mit Basic-Begriffen. Wenn dieser Brauch doch nur einige Einstellungen und Methoden seines Volkes hätte ändern können.

Eins nach dem anderen, dachte sie.

He, sagte Vanteer mild, obwohl seine Stimme triumphierend klang, *wieder ein Punkt für unsere Sprache!*

Wir zählen mit, was, Van? fragte Lionasha mit blitzenden Augen.

Und danken allen Göttern, daß du uns diese Monstrosität vom Halse schaffst. Wenn man vor dem Wind steht, ist der Mief abscheulich. Vanteer fügte ein Bild seines Ichs hinzu, das sich würgend die Nase zuhielt. *Sogar meine 'dinis beschweren sich.*

Laria wagte keine Reaktion, sie schoß ihm nicht mal einen warnenden Blick zu. Ihre gesamte Aufmerksamkeit mußte auf Plrgtgl gerichtet sein. Sie gab Lionasha ein Zeichen, die Frachtbriefe zu nehmen und mit der Organisation des Zeitplans für die Portationen zu beginnen.

ES WIRD EINE GROSSE EMPFANGSZEREMONIE FÜR DIE ANKUNFT DER SIEGREICHEN *KLTL* GEBEN, sagte Plrgtgl.

WIE EIN SCHIFF ES ERWARTEN KANN, DAS SOVIEL GELEISTET HAT, erwiderte Laria formell und machte die notwendigen Gesten, um Freude, Ehre und Akzeptanz auszudrücken. Sie konnte sich inzwischen mit bloßer Körpersprache ausdrücken, obwohl immer mehr 'dinis ihre Sprache nun fließend sprachen und auch Stolz empfanden, wenn sie sie in Gegenwart von Menschen praktizieren konnten. Sie warf einen raschen Blick zur Seite, dorthin, wo Tip und Huf respektvoll neben dem erhabenen Plrgtgl standen, und fing ihre Billigung für ihre Fachkenntnis auf.

IST NOCH ZEIT, EUCH MIT EINEM KÜHLEN GETRÄNK ZU ERFRISCHEN? fragte Laria. Sie deutete auf den Tisch und dessen Schmuck. Clarissia hatte sich – wenigstens so, daß man es nicht gleich bemerkte – an die Wand zurückgezogen. Tip, Huf und die anderen 'dinis, die sich ihres Abscheus nur allzu bewußt waren, übernahmen die Gastgeberpflichten und schleppten 'dini-Sitzgelegenheiten heran, während Vanteer und Lionasha Fruchtsäfte servierten, die Laria von der Erde importiert hatte, weil sie wußte, daß sie den 'dinis schmeckten.

Ich will dir zwar keinesfalls in deine Pflichten als Towerprima reinreden, sagte Vanteer privat zu ihr, *aber bald werden hier noch viel mehr 'dinis rumwimmeln. Und* sie *wird immer mehr zu einer Belastung.*

Wir stehen völlig hinter dir und deinem Beschluß, fügte Lionasha hinzu.

Eure Prima hat bereits alle nötigen Schritte bezüglich ihrer Versetzung eingeleitet, erwiderte Laria und konzentrierte den Gedanken auf die beiden. Doch Clarissia war in ihrer Fremdenfeindlichkeit so verfestigt, daß sie in ihrer Nähe nicht einmal einen telepathischen Aufschrei vernommen hätte.

Halleluja! lautete Vanteers Antwort; ein archaischer Terminus, der beide Frauen verwunderte.

Trotz Clarissias Anwesenheit verlief der amtliche Besuch sehr positiv, und Plrgtgl war auf seine Weise über den anstehenden Verkehr so aufgeregt – er war ziemlich besitzergreifend, denn der Tower war sein Sonderprojekt –, daß niemand ihre Reserviertheit bemerkte.

»Wir werden eine Menge Arbeit kriegen, Kinder«, sagte Lionasha, als sie Gelegenheit gehabt hatte abzuschätzen, wieviel Towerzeit und Energie für das Material und die anstehende Lebendfracht erforderlich waren. Sie strahlte über das ganze Gesicht, aber als sie

Clarissia sah, fror ihr Lächeln ein. Dann trat das dünne Mädchen vor und schluckte aufgeregt.

»Ich möchte den Clarf-Tower zwar nicht zu einer Zeit verlassen, in der höchste Aktivität herrscht, Prima, aber ich bitte so schnell wie möglich um meine Versetzung.« Sie schluckte erneut, und den anderen fiel auf, daß ihr blasses Gesicht nun allmählich gelb wurde.

»Ach, du läßt uns nicht im Stich, Clarissia«, sagte Laria leichthin. »Primus Raven hat uns schon zusätzliche Hilfe versprochen. Du kannst, wann immer du willst, zum Blundell-Gebäude zurückportieren.«

Lionasha und Vanteer waren zu geistesgegenwärtig, um über Larias Abruptheit irgendeine Überraschung zu zeigen, und auch freundlich genug, um passende Laute der Bestürzung auszustoßen.

»Nein, wirklich, ich muß gehen«, sagte Clarissia. Ihre Finger zuckten, und ohne ein weiteres Wort portierte sie sich aus dem Raum.

»Na so was!« sagte Lionasha und wandte sich zu Laria um, da sie auf eine Erklärung hoffte. Vanteers Grinsen wurde breiter. Er zwinkerte der Towerprima zu.

»Wie schon gesagt, ich habe an dem Problem gearbeitet«, sagte Laria beiläufig. »Und heute habe ich die amtliche Erlaubnis erhalten. Vielleicht müssen wir etwas schwerer arbeiten …«

Nicht, wenn du mir auf halbem Weg entgegenkommst und mich reinholst, sagte eine ihr unbekannte Männerstimme.

Ihr Blick wanderte von Vanteer zu Lionasha, da sie sehen wollte, ob die telepathische Sendung auch für die beiden hörbar gewesen war. Offenbar nicht. Also fuhr sie mit ihrem Satz fort.

»Aber wohl nicht für lange.« *Und wo steckst du, wenn du so leicht zu erreichen bist?*

So leicht nun auch wieder nicht. Ich bin momentan beim

Geschwader C. Seine Raumkoordinaten folgten. *Ich mime den T-2 auf der* A.S. Strongbo *– als Kurier und Packesel.*

Laria konnte das ironische Grinsen auf dem Gesicht des Sprechers fast sehen. Außerdem spürte sie eine schreckliche Erschöpfung, die seine Leichtigkeit zu verbergen trachtete. Packesel? Nun ja, immerhin besser als ›Schauermann‹.

Wann können wir mit dir rechnen?

Ich hab meinen Befehl schon. Ich hab gepackt. Ich steig in die Kapsel, sobald du es mir sagst.

Du vergeudest wirklich keine Zeit, was?

Offen gesagt, Prima, ich freue mich sehr darauf, das Schiff zu verlassen. Ich war … Ich war sehr, sehr lange unterwegs.

In seiner Stimme war ein Ton, der in Laria ein Echo tiefen Verständnisses erzeugte.

»Towergeneratoren an, bitte«, sagte sie und ging, zwei Stufen auf einmal nehmend, die Treppe zu ihrem luftigen Nest hinauf. *Was macht das Geschwader, wenn du fortgehst?* fragte sie.

Ich weiß aus verläßlicher Quelle, daß mein Nachfolger in Kürze hier ankommt.

Und du heißt? fragte Laria, der plötzlich klar wurde, daß sie seinen Namen gar nicht kannte, obwohl sie seine Fühlungnahme überall in der Galaxis wiedererkennen würde.

Ach … Sie hörte ihn leise lachen. *Ich war wohl zu lange unterwegs. Ich bin T-2 Kincaid Dano, auf Atair zur Welt gekommen.*

Du bist uns sehr willkommen, Kincaid.

Danke. Abermals hallte ein Lachen durch ihren Geist. *Meine 'dinis sind über die Versetzung entzückt. Sie waren noch nie auf ihrem Ursprungsplaneten.*

Laria stieß einen erleichterten Seufzer aus. Er hatte die Antwort auf ihre allerwichtigste Frage schon gegeben.

Es ist möglicherweise der einzige Grund, aus dem ich befördert wurde, Prima, sagte Kincaid mit einem weiteren trockenen Lachen, das ihr sagte, daß er ihren Seufzer gehört und verstanden hatte. Noch ein Plus, von dem er wahrscheinlich nichts wußte. Sie hatte Stierlman so viele beiläufige Bezüge *erklären* müssen, und Clarissia war immer besorgt gewesen, wie sie auf irgendeine Flapsigkeit hatte reagieren sollen. Für Laria war ihr Sinn für Humor völlig verkümmert.

Warum, in aller Welt, hatte man ihr nicht gleich jemanden von Kincaids Kaliber geschickt? Dann fiel ihr ein, wie lange die beiden Geschwader schon unterwegs waren. Und trotzdem ... Sie erinnerte sich: Sie hatte den Clarf-Tower mit Yoshuk und Nesrun recht gut betrieben. Dann hatte man ihr Vanteer zur Hilfe geschickt, bis der Sef-Tower den Dienst aufgenommen hatte und ihre T-Zweier dorthin versetzt worden waren. Dann war Lionasha zu ihr und Vanteer gestoßen, und man hatte Stierlman als T-2 geschickt. Towerprimen brauchten nicht unbedingt die ›richtige‹ Persönlichkeit für ein harmonisches Verhältnis zu finden – jene schmeichelhaften Qualitäten, die ihre Großmutter nach dem Versuch, zahlreiche inkompatible Persönlichkeiten anzugleichen, in Afra entdeckt hatte. Kincaids 'dini-Kenntnisse waren nun entscheidend, um jeden Schaden abzuwenden, den Clarissias kurze Anwesenheit eventuell hervorgerufen hatte.

Ein völlig abwegiger Gedanke führte dazu, daß sie ein lautes Gelächter unterdrücken mußte: Angenommen, Clarissia war Kincaids Ersatz? Ein Schiff voller Raumfahrer, die seit Unzeiten unterwegs waren, war vielleicht genau das, was ihr fehlte.

Wenn man mit 'dinis aufgewachsen ist, ist es hier zwar eindeutig von Vorteil, Kincaid, pathierte sie, *aber wohl kaum der ausschlaggebende Faktor.*

Die Towergeneratoren heulten auf, und sie bat Lionasha, die relevanten Raumkarten auf den Bildschirm zu holen. Laria ging in Position und nahm auf der Liege Platz. Ihr Geist ertastete die unverwechselbare Metallmasse und die Menschen, die in der peripheren Identifikation seiner gegenwärtigen Position lebendig gewesen waren. Sie tastete nach der gleichermaßen identifizierbaren Masse einer Personenkapsel, in der Kincaid und zwei 'dinis saßen.

Bereit?

Und wie! lautete seine inständige Antwort. Sie hob ihn hoch, und als er ihr bei der Fühlungnahme half, spürte sie deutlich wieder seine tiefe Erschöpfung. Was, bei allen Sonnen, hatte das Geschwader wohl gebraucht, um dieses Packpferd bis zu solcher Erschöpfung zu schinden? Sie ließ die Kapsel sanft in das Lager sinken, das dem Tower am nächsten war, und hoffte, daß der Wind Prtglms Gestank von ihr forttrieb. *Außerdem ist es sehr wichtig,* fügte er mit einem privaten Gedanken hinzu, von dem sie nicht genau wußte, ob sie ihn hören sollte.

Vanteer, nimm ihn in Empfang, ja? Sie konnte sich nach der ›Wichtigkeit‹ erkundigen, wenn sie ihm persönlich gegenüberstand. *Es ist Kincaid von Atair, unser T-2-Ersatz, mit seinen 'dinis. – Clarissia,* sagte sie über einen direkten Pfad zu dem Mädchen, *gerade ist eine Personenkapsel angekommen, mit der du zum Blundell-Gebäude reisen kannst. Wenn du mir eine Einschätzung gibst, wie lange du brauchst, um …*

Ich bin reisefertig!

Entweder war Clarissia vor Erleichterung, vor Freude oder aus beiden Gründen hysterisch, daß sie endlich gehen konnte. Als Laria sich von der Liege erhoben hatte und ans Fenster trat, das die Landebahn überschaute, sah sie, daß Vanteer einem hochgewachsenen Mann die Hand schüttelte. Er drehte ihr den Rücken zu. Ihre Erkenntnis seiner Erschöpfung wurde von seinen herabsackenden Schultern verstärkt. Als er und Vanteer sich der Kapsel zuwandten, um zwei erwachsenen 'dinis ins Freie zu helfen, verdeckte die offene Luke sein Gesicht. Clarissia, von einer Gepäckwoge verfolgt, rannte fast über den Plaston. Die beiden Männer halfen ihr und ihrem Zeug an Bord der Kapsel. Laria lächelte, als Vanteer die Luke mit einem hörbaren Knall schloß.

Sie ist reisefertig, Laria. Ich komme jetzt mit Kincaid, Npl und Pls zum Tower.

Laria wäre beinahe zur Liege portiert, so eifrig war sie darauf bedacht, das Mädchen *fort*zuschicken. Sie spürte auch Clarissias Hilfe, als sie die Generatoren erneut anwarf. Es war das erste Mal, daß sie nicht auf einen Befehl wartete.

Ich wünsche dir alles Gute, Clarissia, wo du auch hingehst.

Sei nicht so gönnerhaft, Laria, fauchte das Mädchen. *Ich weiß sehr wohl, daß du mich seit dem Tag loswerden willst, an dem du erfahren hast, daß ich im Gegensatz zu dir kein Wieselfreund bin. Du kriegst auch bald mit, daß die Beliebtheit von euch Kollaborateuren abnimmt und man deine Familie ersetzen wird. Das kann ich dir versprechen.*

Laria verdrängte die Bestürzung, die Clarissias Feindseligkeit in ihr hervorrief. Sie weigerte sich, dem dämlichen Geschwätz ihrer Drohungen zu antworten. Und die Dienstleistungen ihrer Familie konnten kaum als Honiglecken bezeichnet werden. Sie zwang sich dazu, mit Würde zu antworten.

Du bist eine kompetente T-2, Clarissia, und als solche kann ich dich deinem nächsten Ziel ohne Zögern empfehlen. Mach's gut!

Du wirst noch von mir HÖREN.

Laria ignorierte die erbittert abgegebene Erwiderung und schleuderte die Kapsel, so schnell sie konnte, auf das riesige irdische Landefeld am Blundell-Gebäude.

Gollee!

Stets zu Diensten, Laria.

Clarissia ist eine gute T-2, aber paß auf sie auf.

Das hatte ich ohnehin vor. Wenn sie mit dir nicht zurechtkommt, Laria ...

Gollees Stimme war angesichts von Clarissias Abschiedshäme eine Wohltat.

Kommst du runter, Laria? fragte Vanteer so, als wolle er sagen: »Ich meine, du solltest es auf jeden Fall tun.«

Darauf kannst du dich verlassen.

Hat Clarissia einen Abschiedsfluch ausgesprochen? fragte Lionasha mit einer Spur von Angst.

Laria antwortete nicht, sondern lief die Treppe mit weitaus leichteren Schritten hinab, als sie hinaufgestiegen war. Vielleicht sollte sie nicht so naiv sein, aber sie hegte Hoffnungen, was den Neuankömmling anbetraf, wenn auch nur aufgrund seines Humors.

Kincaid war hochgewachsen. Seine 'dinis waren fast so groß wie Tip und Huf. Obwohl sie andersfarbig waren, wurden Npl und Pls von den sechs einheimischen 'dinis voller Zuneigung umringt. Alle zappelten und quasselten und hießen sie inbrünstig willkommen.

Kincaid pfiff ein uraltes Lied, das Laria nur erkannte, weil ihre denebische Großmutter es gesungen hatte, um ihre jüngeren Geschwister während der Ferien in den Schlaf zu wiegen: »Wenn du heute zum Wald runtergehst, mach dich auf eine große Überraschung gefaßt.«

Nach der Anspannung des Morgens brach Laria in ein Lachen aus; sie wußte, daß sie Kincaid einfach mögen würde. Er kam auf sie zu, sein schmales, blasses Gesicht leuchtete vor Freude auf, als er feststellte, daß sie das Liedchen kannte. Man konnte ihn zwar nicht so ›gutaussehend‹ nennen wie Yoshuk, aber er war trotz seiner Schiffsblässe und der trockenen Haut, die ihm mehr Gesichtsfalten verlieh, als er hätte haben dürfen, *wirklich attraktiv.* Er war wohl nicht älter als Vanteer. Langgliedrig gebaut, aber viel zu dünn für seine schweren Knochen. Er streckte ihr die Hand entgegen, die Fläche zur Seite geneigt, so daß sie gerade eben an ihr entlangstreichen konnte. Diese Berührung war *Talenten* lieber als das übliche Händeschütteln.

Sie freute sich, ihn zu sehen, einen bestätigten 'dini-Mann, einen Menschen, der gern lachte und allem Anschein nach einen unerhörten Sinn für Humor hatte. Sie nahm seine Hand und schüttelte sie fest, und er erwiderte nach einem kurzen Moment diese Herzlichkeit. Er war fichtengrün, eigenartig samtig, sehr müde und … Obwohl er keinen Versuch machte, es vor ihr zu verbergen, fing sie sein Zögern auf und erkannte, daß er homosexuell war. Bei einem guten T-2 spielte es keine Rolle. Es war fast noch besser, wenn sie Freunde wurden, wie ihre Großmutter und Afra, statt Liebende. Und doch …

»Als erstes, Kincaid Dano von Atair, ruhst du dich ordentlich aus«, sagte sie forsch. Sie nahm seine Hand und führte ihn aus dem Hauptraum des Tower in den Wohnbereich. »Und paß bloß auf die Sonne auf. Du warst zu lange in einem Raumschiff …«

»Wenn du wüßtest …«, sagte er wehmütig. *Hör mal, Laria Primus,* fuhr er auf der privatesten Ebene fort, die ihre sich berührenden Hände erlaubten, *es gibt da etwas außerordentlich Wichtiges …*

»Ich besorg mal ein paar starke Blocker«, sagte Lionasha, »und eine Sonnenbrille, damit er überhaupt etwas sieht. Aber du mußt trotzdem sehr aufpassen …«

»Mach weiter, Laria, verdunkle den Raum. Das beste Gästezimmer. Clarissia hat ihres Hals über Kopf verlassen«, sagte Vanteer und hob eine von Kincaids Taschen auf. »Du gehst jetzt schlafen!«

»Hört mal, ich bin hier, um zu helfen …« *Laria Prima, ich muß …*

»Du bist nicht in dem Zustand, uns irgendwie zu helfen, Kincaid«, sagte Laria fest, um auf seine verbale und mentale Nachricht einzugehen. »Zuerst schläfst du dich aus.«

Dir ist nicht klar ... Er war beharrlich und packte ihre Hand, um Dringlichkeit auszudrücken.

Ein paar Stunden machen doch wohl nichts aus, oder? fragte sie, als spiele sein Eingeständnis seiner Sexualität für sie eine Rolle. Vielleicht war ihm nur nicht klar, daß seine Erschöpfung die privateren Gebiete seines Geistes für sie zu leicht erreichbar gemacht hatte. *Selbst mit meiner Hilfe könntest du kaum weiter pathieren als bis zu deiner Nasenspitze.*

Ein paar Stunden wahrscheinlich nicht, aber ... Und er fügte hinzu: »Nil und Plus *müssen* Kontakt mit ...«

»Das können unsere erledigen, solange du eine Mütze voll Schlaf nimmst«, sagte Laria besänftigend, ließ seine Hand los und schob die Tür auf, die aus dem Tower hinausführte. Lionasha packte die zweite Tasche, und sie manövrierten den hochgewachsenen Mann gemeinsam dorthin, wo sie ihn haben wollten. Er hob ergeben die Arme und ließ zu, daß man ihn abführte.

Laria marschierte geradewegs zum nächsten und größten Gästeschlafzimmer, stellte die Jalousiensteuerung mit der Handfläche auf absolute Dunkelheit und schaltete die Raumbeleuchtung auf ein Minimum herunter.

»Ah!« rief Kincaid aus, als er die geräumige Umgebung wahrnahm. »Und auch ein richtiges Bett!«

Laria lachte. »Ja. Ich schätze, in eine Koje würdest du nicht gut passen, oder?«

Er warf sich der Länge nach auf das besonders breite und lange Bett und blieb liegen. Er seufzte mit großer Erleichterung und streckte die Arme und Beine aus. Eine Sekunde lang standen die drei anderen da und warteten auf einen Kommentar von ihm.

Laria bedeckte ihren Mund mit der Hand, damit niemand sie lachen sah.

»Schläft er schon?« fragte Lionasha.

»Er ist ausgegangen wie eine Lampe!«

Das Trio verließ den Raum. Laria schaltete das Licht aus und zog die Tür sorgfältig hinter sich zu.

»Wahrscheinlich weckt ihn nicht mal ein Torpedo auf«, sagte sie. als sie zum Towerkomplex zurückkehrten. Auf halbem Weg durch den Korridor hörten sie die aufgeregten Stimmen der 'dinis. Die heimische Bande kümmerte sich schon um die Neuankömmlinge.

»Sie können sich heute alle freinehmen«, sagte Laria, als sie den Hauptkomplex betraten. »Im Moment steht ohnehin nichts an.«

»Hast recht«, sagte Lionasha und warf einen Blick auf die obersten Frachtbriefe ihres Schreibtisches. »Plrgtgls Sendungen treffen erst morgen ein. – Aber hier«, fügte sie hinzu und riß einen Zettel vom Drucker ab, »sind die Koordinaten, an die du die verfluchte Kapsel senden kannst.« Sie reichte Laria den Zettel.

»All meine Gebete sind heute erhört worden«, sagte Laria. »Wirf die Generatoren an, Vanteer.« Sie nahm auf dem nächstbesten Sessel Platz. »Ich habe das komische Gefühl, als hätte ich trotz eines lumpigen Ein- und Ausgangs den ganzen Tag gearbeitet. Und das ist jetzt der Bonus.« Den Ausdruck in der Hand, konzentrierte sie sich, stimmte sich in den Rhythmus der Generatoren ein und versetzte Prtglms Kapsel an die angegebenen Koordinaten. »Das wär's denn!«

Vanteer prüfte die sie umgebende Luft. »Ja, es riecht eindeutig besser.«

»Du hast recht«, stimmte Lionasha zu. »Ich weiß nicht, wie du das so lange ertragen hast, Laria. Du hast die Geduld einer Heiligen.«

»Was ist eine Heilige?« fragte Vanteer.

»Ach, du!« sagte Laria, da Vanteers Humor sich

manchmal zu den komischsten Zeiten zeigte. Doch diesmal wollte sie sich nicht hereinlegen lassen.

Lionasha nahm Vanteers Frage für bare Münze, und da sie sich in Geschichte auskannte, erklärte sie ihm den Begriff gründlich. Laria hörte zu. Wenn Kincaid so zu den beiden paßte, wie sie annahm, waren sie endlich ein optimales Team. Vanteer war so hetero, wie man es sich nur wünschen konnte. Sie hätte sich gern etwas mehr von ihm gewünscht, aber es gab keine Möglichkeit, die Dinge in Gang zu bringen: nicht bei seiner Persönlichkeit und der Tatsache, daß er sich gern herumtrieb, was Laria hemmte. Es gab noch mehrere andere in der wachsenden menschlichen Gemeinschaft, denen Kincaid gewiß gefiel.

TLP, HGF, IHR ALLE, BITTE SORGT DAFÜR, DASS NPL UND PLS ETWAS VON CLARF SEHEN. VERGESST KEINE SEHENSWÜRDIGKEIT, DIE MAN GESEHEN HABEN MUSS. UND MACHT EUCH KEINE SORGEN: IHR BRAUCHT EUCH ERST MORGEN FRÜH ZUR ARBEIT MELDEN.

Der dunkelfelligere von Kincaids zobelfarbenen 'dinis wandte sich Laria freundlich zu. KNCD IST MÜDE VON ZUVIEL ARBEIT. DARF ER LANGE SCHLAFEN, LR LN?

BIS ER AUFWACHT, HERVORRAGENDER NPL.

Zwischen Nil und Plus entstand ein Augenblick der Aufregung, denn keiner von ihnen war Laria formell vorgestellt worden. Daß sie in der Lage war, sie voneinander zu unterscheiden, erfreute sie über alle Maßen.

LRN LN KENNT MRDINIS GUT, sagte Tip so gestelzt, wie es ein 'dini seines Alters schaffte. Huf, Vanteers Dig und Nim sowie Lionashas Fig und Sil zuckten in 'dini-Gelächter. Es bedurfte aller drei Menschen, die acht lachenden 'dinis aus dem Haupteingang des Towers zu schieben. Sie lachten sich noch schief, als sie das Außentor erreichten, dann nahmen sie urplötzlich wieder die übliche würdige Pose von Mrdinis von angemessen hohem Rang ein.

Laria Prima?

Als Laria erwachte, mußte der Ruf schon mehrmals mit schrittweise größerer ›Lautstärke‹ ertönt sein, doch in ihrer Schläfrigkeit war sie unfähig, den Rufer zu identifizieren.

Wer ist da? Sie war überrascht, aber auch leicht verärgert, daß jemand in ihren tiefen Schlummer eindrang.

Kincaid. Entschuldige, aber ich bin jetzt ausgeruht genug, um eine äußerst wichtige und streng geheime Meldung an den Erdprimus weiterzugeben. In seinen Worten lag ein Zögern, das Laria als Verlegenheit und Not interpretierte. *Ich bin im Moment nicht in der Lage, eine so gewaltige Strecke allein zu überbrücken und bitte um deine Hilfe.*

Was er nicht erwähnte und was Laria mehr als alles andere alarmierte, war die Tatsache, daß die Geheimhaltung der Übermittlung lebenswichtig war. Niemand aus dem Stab des Towers durfte davon wissen. Auch die Generatoren durften nicht eingesetzt werden.

Kincaid hatte zwar gesagt, er sei ausgeruht genug, aber Laria erkannte am Klang seiner geäußerten Worte, daß er auf keinen Fall so ausgeruht war, wie er sie glauben machen wollte.

Ich hole dich auf dem Weg zum Tower ab, sagte sie und schlüpfte in das lose, leichte Gewand, das die meisten auf Clarf lebenden Menschen bevorzugten.

Er stand vor der geschlossenen Tür seines Zimmers, trug noch den Schiffsanzug, in dem er angekommen war, und war barfuß. Sie nickte zustimmend und ging ihm voraus. Es war vier Uhr morgens auf Clarf, und der Boden unter ihren nackten Füßen war kühl. Sie nahm jeweils zwei Treppenstufen auf einmal und sah, daß er es ihr dabei gleichtat. Wieder etwas, das ihn von Clarissia unterschied, denn sie war zimperlich bis zur Akribie gewesen. Laria deutete auf die Liege, die

sie, wie ihr auffiel, verlängern lassen mußten, damit er überhaupt auf sie paßte, aber Kincaid ließ sich ohne das leiseste Wort darauf sinken.

Bist du oft genug verschmolzen, um mit dem Verfahren vertraut zu sein? fragte sie. Sie mußte noch eine Menge über diesen Mann lernen, bevor sie sich zusammen ans Portieren begaben.

Mit T-Zweiern und T-Dreiern, nicht mit Primen …

Macht nichts, du bist ohnehin noch zu müde, pathierte sie und übernahm fest die Kontrolle. Innerlich fragte sie sich erneut, was die Marine mit dem Mann angestellt hatte. Er befand sich am Rande einer völligen geistigen und körperlichen Erschöpfung. Dann fing sie Anflüge von Ängsten, von einem großen Verlust und Desillusioniertheit auf. Also hatte er auf der *Strongbow* nicht nur schwer gearbeitet, sondern auch gefühlsmäßig harte Zeiten erlebt. Trotz alledem war die Verschmelzung so leicht, als rutsche eine Hand in einen perfekt sitzenden Handschuh. Sie bewunderte ihn noch mehr.

Laria-Kincaid-Verschmelzung an Erdprimus. Dringend.

Ich bin hier und habe Kincaids Meldung erwartet, Laria. Verstärke ihn einfach, ja?

Dies war eine Überraschung für Laria, und sie nahm sofort die Sekundärposition der Verschmelzung ein. Sie war sicher und geschickt genug dazu, denn ihre Eltern hatten es ihr im Aurigae-Tower beigebracht, wie man die Stärke der Verschmelzung unterstützte.

Wie Sie wissen, hatte ich zwar meine Befehle, Sir, aber man hat mich auf andere Weise gebeten, dem Geschwader dienlich zu sein. Und da ich keinen bestimmten Begrenzungen unterlag, habe ich von Fall zu Fall entschieden, wenn mir eine Sache vorgetragen wurde.

Gut gemacht, Kincaid. Fahren Sie fort.

Laria bemühte sich, sich nicht zu verkrampfen: Was sie da hörte, klang verdächtig nach dem, was ihrem Bruder widerfahren war. Man hatte auch ihm keine *bestimmten* Anweisungen *gegen* eine Handlung gegeben, die katastrophale Folgen hatte. Wenn sie nach dem urteilte, was sie an persönlicher Trauer aufgefangen hatte, hatten auch Kincaids Reife und sein breiterer Erfahrungsbereich nicht das Trauma verhindert, mit dem er zurechtzukommen versuchte.

Ich wurde gebeten, die neuen Kunststoffsonden zu jenen M-5-Planeten zu schicken, an denen wir vorbeikamen, sofern meine Fähigkeiten dazu ausreichten. Die Kapitäne Steverice und Hsiang waren sehr darauf bedacht, irgendeinen Grund zu finden, aus dem sie umgangen wurden. Der erste Planet war einst – Kincaid legte eine bedeutungsvolle Pause ein – *von den Käfern bewohnt gewesen, denn das Kolonistenschiff befand sich in der Kreisbahn und man konnte genügend identifizierbare Bauwerke und landwirtschaftliche Anlagen sehen. Doch erkannte man auf dieser Welt nicht die gleiche konzentrierte Anstrengung, die auf XH-33 sichtbar war. Während der achtundvierzigstündigen parabolischen Überwachung wurde keine Aktivität festgestellt. Der zweite untersuchte Planet wies keinerlei Leben und Vegetation auf, wurde aber von einem Ring aus Trümmern umkreist, aus dem die Kapitäne Steverice und Hsiang den Schluß zogen, er müsse dem ähnlich sein, den Geschwader B beobachtet hat. Der dritte M-5-Planet war zwar noch nicht tot, befand sich aber derart im ökologischen Ungleichgewicht, daß nur ein sofortiges Eingreifen es hätte umkehren können. Ich kenne die Koordinaten und schlage vor, daß man eine Expedition in Marsch setzt – eine gemeinsame, falls es politisch vernünftig ist –, um das zu retten, was ein bewohnbarer Planet sein könnte. Die Käfer waren dort; zwei kleine Bauwerke stehen noch, aber es sind Ruinen. Der vierte Planet wird gerade von Käfern kolonisiert.*

Ist die Sonde gesehen worden?

Nein.

Danke, Kincaid. Sie haben mehr getan, als von Ihnen verlangt wurde. Wir wissen Ihre Bemühungen sehr zu schätzen. Primus Laria, du sorgst dafür, daß der Mann wieder völlig auf die Beine kommt, bevor er seine Stellung im Tower antritt.

Du kannst auf mich zählen, Erdprimus.

Das weiß ich, mein Kind. Und jetzt legt ihr euch beide wieder hin. Besonders du, Kincaid.

Die noch immer mit Kincaid verbundene Laria spürte, daß der Mann noch etwas sagen wollte, doch sie zog sich so geschickt und schmerzlos wie möglich zurück, denn sogar die Verschmelzung hatte ihm geistigen Kummer verursacht.

»Du hast gehört, was mein Großvater gesagt hat. Es reicht.«

Kincaid schwang sich seitlich von der Liege und verbarg das Gesicht in den Händen. Sein Körper sackte zusammen.

»Jetzt kriegt das Arbeitstier seine Strafe, was?« sagte sie leicht verärgert über soviel Pflichtbewußtsein, obwohl jede Unze ihres Erbes es billigte.

»Dir ist doch klar, wie wichtig Nachrichten sind.«

»Ja, und ob. Aber jetzt, mein Freund ...« – sie hielt nur so lange inne, damit er ihr beim Aussprechen des letzten Wortes in die Augen schaute, und sie lächelte, als sie seinen müden Blick sah –, »legst du dich wieder hin und schläfst dich aus.«

Dann portierte sie den hochgewachsenen Mann, ohne ihn zu fragen, wieder ins Bett seines Quartiers zurück. Ihre mütterliche Haltung erheiterte sie, aber sie schirmte es gut ab. Kincaid erhob weder Protest gegen ihre Manipulation, noch wehrte er sich. Auch dazu, dachte sie, ist er zu erschöpft. Als sie auf dem Rückweg an seinem Raum vorbeikam, schaute sie hinein. Er lag auf der linken Seite, sein Kopf ruhte auf einem Arm. Sie warf die leichte Decke über ihn. So heiß die Nacht auch gewesen war und so heiß der

Tag werden würde, die Morgendämmerung brachte immer eine kühle Brise. Sie wollte nicht, daß er sich auch noch eine Erkältung holte.

Kincaid wachte spät am nächsten Abend auf. Man schickte ihm eine nahrhafte Mahlzeit, die Laria und Lionasha zubereitet hatten.

Danke, von wem es auch kommt, sagte er, als er die Schale ratzekahl geleert hatte. Bevor irgend jemand, der im Tower arbeitete, darauf reagieren konnte, war er wieder eingeschlafen.

»Was hat man dem armen Hund nur *angetan?*« fragte Lionasha.

»Ich schätze, mehr als ein T-2 ertragen kann«, erwiderte Laria etwas schroff.

»Wie deinem Bruder, hm?« fragte Vanteer.

Laria schüttelte den Kopf. »Kincaid ist ein T-2. Er hat zwar nicht die gleichen Fähigkeiten wie Thian und Rojer, aber er hat viel mehr getan, als er hätte tun sollen. Er war selbst fürs normale Fangen und Schieben ziemlich weit draußen.«

Vanteer schaute auf den 3-D-Globus der Galaxis, den die verschiedenen, in allen Richtungen forschenden, Geschwader der Menschen und Mrdini fast jeden Monat auf den neuesten Stand brachten. »Ja, dann muß er ziemlich an seine Grenzen gekommen sein – selbst bei den Generatoren, die die Schiffe der Galaxis-Klasse haben.«

Lionasha seufzte. »Wir werden seine Kraft *wirklich* bald brauchen, Laria«, sagte sie und tätschelte ein Bündel des schweren Materials, das zu den Mond-Raumwerften geschickt werden mußte. »Es stehen Dicke Brummer an.«

Laria hatte den Zustand von Kincaids schlafendem Bewußtsein geprüft und war beruhigt, daß sich seine gesunde Unverwüstlichkeit allmählich wieder einstellte.

»In vierundzwanzig Stunden kennt er sich nicht mehr wieder.«

»Dann können wir die Party für übermorgen anberaumen?« fragte Lionasha mit einem Anflug des Eifers, den sie für das Vorhaben empfand.

Vanteer und Laria lachten. Sie wußten, warum sie so eifrig war.

Seit den Anfängen des Clarf-Towers, als Yoshuk und Nesrun alles getan hatten, was sie in der seltsamen Umgebung tun konnten, hatten sich viele Menschen auf Clarf und den beiden Mondbasen angesiedelt, um administrative und beratende Arbeit zu tun. Fast dreitausend Menschen, von denen einige unterschiedliche Grade an *Talent* aufwiesen, obwohl es keine Grundvoraussetzung war, bildeten nun eine lose, doch angenehme gesellschaftliche Einheit. Spezialisten kamen laufend an, mischten sich kurz unters Volk oder blieben auch, wenn ihre Tätigkeit es erforderte. Die Toweranlage war mehrmals vergrößert und um neue Ebenen erweitert worden, um die Durchreisenden unterzubringen. Man hatte der Kolonie der Menschen ein großes Stück Land am Meer zugeteilt. Lionasha ging seit einiger Zeit mit einem jungen denebischen Servomechanik-Ingenieur namens Buzbeth Hawk. Obwohl ein T-5, war Hawk bei Menschen nur geringfügig empathisch. Lionasha hatte nichts dagegen: Sie kam ohne Schwierigkeiten *zu ihm* durch. Vanteer ›mischte sich‹, wie er es nannte, ›gern unters Volk‹, aber er trug jetzt schon zur Unterstützung von zwei Kindern geringfügig talentierter Mütter bei. Er war sicher, daß das Mädchen inzwischen empfangende Telepathin war. Laria wünschte sich oft, er würde etwas mehr von ihr ›empfangen‹. Aber menschliche Beziehungen ließen sich nicht erzwingen, schon gar nicht unter *Talenten.* Soviel wußte sie aus der Geschichte ihrer Eltern.

Vierundzwanzig Stunden später gesellte sich Kincaid, erfrischt und eindeutig entspannt aussehend, beim Frühstück zum Stab des Towers. Er hatte wohl Zeit gehabt, den Arbeitsplan zu studieren, denn er wußte, daß man im Clarf-Tower gern so viel Schwerarbeit wie möglich in den frühen Morgenstunden hinter sich brachte.

»Bin ich fit, Prima?« fragte er, zog sich einen Stuhl heran und setzte sich Laria gegenüber nieder.

»Ja, sonst hätte ich nicht zugelassen, daß du dein Quartier verläßt«, sagte sie und reichte ihm die Kaffeekanne.

Er sog anerkennend das dampfende Aroma ein und lächelte. »Er ist echt! Bei der Marine gibt's zwar auch ein Gebräu, von dem behauptet wird, es sei Kaffee, aber glaub mir, es stimmt nicht!«

»Wir haben hier gewisse Sondervergünstigungen, die nicht mal die Flotte kriegt«, sagte Vanteer und reichte ihm eine der taufrischen Früchte, die 'dini-Bauern regelmäßig am Tor ablieferten.

»Clarf ist eindeutig ein Fortschritt.« Kincaid zuckte die Achseln und schaute sich stirnrunzelnd um. »Wo sind Nil und Plus?«

»Helfen den anderen«, sagte Vanteer und deutete mit dem Daumen über die Schulter auf das noch dunkle Towergelände. »Wir müssen dicke Brummer verschieben. Sie haben sich so gut angepaßt, daß man meinen könnte, sie hätten die gleiche Farbe.«

Kincaid wirkte sehr erleichtert und nahm sein Frühstück in Angriff. »Sie waren ... Tja, sie waren unglaublich verständnisvoll auf unserer Fahrt mit dem Geschwader C.«

Lionasha beugte sich ihm ein Stück über den Tisch entgegen. »Sei nicht überrascht, wenn sie für eine Weile hochnäsig wirken. Man hat sie wie Helden empfangen. Die von ihrer Farbe haben den Komplex am ersten Morgen überrannt, und seither waren sie jeden Abend aus.«

»Sie müssen mit ihren Leuten zusammentreffen. Sie stehen beide zur Hibernation an.«

»Ja, das haben wir bemerkt, und Plrgtgl hat sehr angesehene Arrangements für sie getroffen«, sagte Laria lächelnd und stand auf. »Nimm deinen Kaffee mit in den Tower, Kincaid. Wir müssen anfangen.«

Er schluckte die Frucht hinunter, an der er gekaut hatte, füllte die Kaffeetasse wieder auf und ging zur Treppe.

»Kannst dir jederzeit eine neue Tasse holen«, sagte Lionasha und nahm vor ihren Instrumenten Platz.

»Hast du schon mal in einem Tower gearbeitet?« fragte Laria.

»Sind meine Daten noch nicht da?«

»Ach, sie stecken in der Datenbank, aber ich möchte lieber mit *dir* zusammenarbeiten«, sagte Laria mit leichter Betonung auf *arbeiten*. »Du hattest bei der Verschmelzung keine Probleme, auch wenn du dich kaum auf den Beinen halten konntest, und das ist der schwierigste Teil der Towerarbeit. Manche kriegen den Kniff nie raus.«

Während sie tratschte, um ihn zu entspannen, nahm sie auf der Liege Platz.

»He, die ist neu, ja?« fragte er. Seine Finger strichen über die wildlederartige Bedeckung, und er bemerkte, wie lang sie war.

»Tja, auf Clarissias Liege hättest du wohl kaum gepaßt.«

»Tja«, sagte er und ahmte ihren Tonfall genau nach, »ich weiß es sehr zu schätzen.« Er legte sich hin und stieß einen Seufzer aus, als er seine langen Beine aufstützte.

»Bei dem Zeug, das wir heute verschicken müssen, Kincaid, ist Bequemlichkeit so wichtig wie die Plazierung.« Dann sagte sie etwas lauter: »Was ist zuerst dran, Lionasha?«

»Der dicke Brummer für die Mondbasis.«

Laria deutete auf die Plazierungs-3-D-Schirme oberhalb der Liegen. »Wir haben mehr Innersystemtransporte als die meisten Tower.«

Sie sah, daß Kincaid dem ansteigenden Heulen der Generatoren lauschte, dann spürte sie, daß sein Bewußtsein das ihre berührte.

»Heute haben wir nur einen von denen, Kincaid«, sagte sie und zog zuerst Lionasha und dann Vanteer mit dem T-2 als Verstärkung in die Verschmelzung hinein. Die Generatoren erreichten die erforderliche Kraft, und Laria schob die Verschmelzung an, um das Frachtmodul sicher und geschickt in das auf der Mondbasis wartende Lager zu werfen.

Kincaid drehte den Kopf und grinste sie an. »So also geht ein echter Tower mit Massen um.«

»Der ersten von vielen. Und Gott sei Dank haben wir acht 'dinis als Bodenpersonal. Es sind wirklich die besten!«

Kincaid fiel in den Rhythmus ein, als hätte er nie etwas anderes getan. Weder Vanteer noch Lionasha hätten je einen Kommentar darüber abgegeben, wie gut er mit ihnen zusammenpaßte, doch sie spürte deutlich ihre Erleichterung. Fast im Nu hoben sie die beträchtliche Masse des ausgehenden Verkehrs und hievten sie aus dem System. Als Clarfs Sonne den Zenit erreichte, legte Laria eine Pause ein. Trotz der Klimaanlage wurde es unbehaglich heiß im Tower.

He, erschallte die fröhliche Stimme Yoshuks vom Sef-Tower, *falls du den Typen je loswerden willst: Bei uns ist er jederzeit willkommen!*

Das gilt auch für mich, fügte Nesrun hinzu.

Laßt euch bloß nicht einfallen, ihn abzuwerben, erwiderte Laria ernst. *Endlich habe ich mal jemanden, der zu uns paßt.*

Gewiß, Madam, nein, mein Herr, erwiderte Yoshuk so hochnäsig, daß sie geradezu das Grinsen auf seinem Gesicht sehen konnte.

Kincaid streckte und reckte sich, um seine Muskeln zu entspannen, die auf die ›Heberei‹ des Tages automatisch reagiert hatten. Sein Geist hatte die Unverwüstlichkeit des Morgens verloren. Laria hoffte, daß sie ihn nicht über Gebühr belasteten.

»Mittagessen«, sagte sie. »Und dann machen wir alle Siesta. Die Hitze ist ja nicht auszuhalten.« Sie wußte genau, daß Vanteer und Lionasha ihr bei dieser kleinen Intrige helfen würden. »Dann können sich auch die 'dinis ausruhen. – Und schau bei dieser Helligkeit nicht ohne Sonnenbrille in den Tag hinaus!« fügte sie hinzu, als Kincaid ans Fenster schlenderte, um auf die herumwieselnden 'dinis hinabzublicken. Zwei von ihnen schlurften ein Stück hinter den anderen her. »Nil und Plus werden den Unterschied zwar eine Weile merken, aber sie werden sich schneller anpassen als wir alle.«

Kincaid blinzelte mit tränenfeuchten Augen und setzte ein schiefes Grinsen auf. »Wer war das bloß noch, der mir erzählt hat, auf Clarf sei nicht viel zu tun?«

»Oh, so ist es auch«, sagte Laria, schon zur Treppe unterwegs. »Wir sind nur im Moment etwas beschäftigter, weil sich erst vieles einspielen muß. Nächste Woche brauchen wir kaum ein Pfund zu bewegen.«

Mittags aßen sie so besonnen und leicht wie die 'dinis. Nil und Plus hatten einige Augenpflege nötig, aber als Kincaid sich darum kümmern wollte, schubsten die sechs anderen 'dinis ihn beiseite und hatten ihren Spaß bei dem Theater, wie man in kürzester Zeit das beste Ergebnis erzielte. Das Stammpersonal des Clarf-Tower lächelte stolz über ihre gemeinsamen Bemühungen.

»Ich war länger fort, als ich dachte«, sagte Kincaid und schälte langsam eine süße Moorbirne, die die anderen ihm empfohlen hatten.

»Wie lange warst du denn auf Fahrt?« fragte Vanteer.

Kincaid hielt inne und runzelte die Stirn. »Fast fünf Jahre, glaube ich. Mehr oder weniger.«

»So lange?« Laria versuchte sich daran zu erinnern, wie lange Thian fort gewesen war, aber es waren keine fünf Jahre gewesen.

»Ach«, sagte Kincaid mit einem zaghaften Fingerschnippen, »man hat mich schon mit dem Geschwader C rausgeschickt, bevor die Ionenspur entdeckt wurde. Wir haben sie in unserem Quadranten aufgespürt. Und dann wurde es für das Geschwader noch wichtiger, ein *Talent* bei sich zu haben.«

»Wollten die dir das Gehirn ausbrennen oder was?« fragte Vanteer mit hitziger Empörung, bevor Laria etwas sagen konnte.

»Nein, das nicht«, erwiderte Kincaid und rieb sich mit einer unbewußten Geste die Stirn. »Ich hatte mehr als genug Latente unter der Besatzung, auf die ich zurückgreifen konnte, wenn es galt ...«

Laria, die auf irgendeinen Hinweis seiner persönlichen Trauer wartete, verstand. Lange Fahrten dieser Art liefen für homosexuelle *Talente* sicher nicht ohne Schwierigkeiten ab.

»Wie lange hast du die Kopfschmerzen schon?« fragte sie und bemühte sich, ihre Bestürzung und Sorge nicht allzu deutlich werden zu lassen.

Kincaid nahm die Hand von der Stirn und schaute ihr in die Augen. Dann lachte er leise. »Sie kommen und gehen.«

»Ich bin wirklich eine tolle Prima«, sagte sie, schob ihren Stuhl zurück und baute sich hinter ihm auf. Sie legte die Finger leicht und netzförmig um seinen Schädel und verabreichte ihm sanft die Hemmer, die den Schmerz und die winzige Schwellung des zerebralen Gebietes reduzierten, das sämtliche psionischen Aktivitäten steuerte.

»Es wird mir schon besser gehen, Laria, wirklich«, sagte er und griff hinauf, als wolle er ihre Finger von seinem Kopf lösen.

»Wag es bloß nicht«, sagte Lionasha und drohte ihm mit dem Zeigefinger. »Im Heilen gehört Laria zu den Besten.«

Da Kincaid keine Möglichkeit hatte, es zu verhindern, spürte Laria, daß sich seine Gefühle im Aufruhr befanden. Sie empfand Verletzung, einen Verlust, Enttäuschung, und, ja, einen körperlichen Schmerz, den der Schlaf und die Abnahme der körperlichen Erschöpfung nicht hatten lindern können. Seine Teilnahme an der heutigen Geistesverschmelzung hatte die Heilwirkung des seit mehreren Tagen dringend benötigten Schlafes fast wieder zunichte gemacht. Angesichts seines Zustandes war er ein echter Soldat gewesen.

»Sind die Kopfschmerzen weg, mein Freund?« fragte sie beiläufig und zog die Hände zurück, da sie nun mehr über seinen Zustand wußte als er selbst.

Er musterte sie mit einem so forschenden Blick, wie es ihm möglich war, ohne Beachtung auf den Austausch zu ziehen. Dann entspannten sich seine straffen Lippen zu einem kurzen Lächeln. Laria setzte sich wieder hin und nahm eine weitere Moorbirne aus der Schale, als sei ihre Behandlung nicht mehr gewesen als ein einfacher Schmerzblock.

»Ja, meine *Freundin,* viel besser«, sagte er. »Danke.«

»Lionasha, für heute abend haben wir doch nur noch leichten Kram, oder?« sagte Laria und brachte ein sehr überzeugendes Gähnen zustande. »Wenn es sich erst mal abgekühlt hat, ist es eine Kleinigkeit.«

»Klar«, sagte Lionasha.

»Bevor ich mich hinhaue, möchte ich noch das Klingeln überprüfen, das ich gehört habe«, sagte Vanteer und trat an die Treppe, die zum Maschinenraum des Towers führte.

Und so gelang es dem Clarf-Tower, Kincaid zu täuschen, bis die schlimmsten Auswirkungen seiner körperlichen und geistigen Erschöpfung zu heilen begannen.

Kapitel Vier

Als Rojers starkes Gefühlstrauma allmählich abklang, riet Isthia, ihm zu gestatten, an dem Ingenieurslehrgang teilzunehmen, der ihn vor der Tragödie sehr interessiert hatte. Er müsse lernen, seine Konzentration von der Trauer abzuwenden. Sie bot ihm ihr geliebtes Landhaus an, das nun weniger isoliert lag, denn Deneb City wuchs immer näher an ihren am See gelegenen Unterschlupf heran. Zudem machte sie das Argument nieder, zuviel Einsamkeit könne sich auf den trauernden Jungen nachteilig auswirken.

Glaubst du etwa, der eine oder andere von uns wäre sich seines Zustandes nicht jederzeit unterschwellig bewußt, Damia? hatte Isthia geringschätzig geschnaubt. *Du, ich und Afra sind doch immer nur einen Gedanken weit entfernt …*

Jeff auch, fügte der Erdprimus hinzu.

Im Landhaus hat es doch auch bei dir und Afra geklappt, oder? fuhr Isthia fort, die die Einmischung ihres Sohnes ignorierte. *Wir wissen alle, daß er trauern muß. Laßt ihn also. Kameradschaft steht im Augenblick auf seiner Tagesordnung nicht gerade an erster Stelle. Sie könnte nur dazu dienen, ihn an den Verlust zu erinnern. Wir haben metamorphisch alles getan, was wir konnten. Jetzt muß er sich ablenken, und wenn er eine Leidenschaft für die Ingenieurswissenschaften hat, müssen wir die Flamme schüren und seinem Geist Beschäftigung geben.*

Damia und Afra bezogen Xexo mit in die Diskussion ein, und der T-8 von Aurigae zögerte nicht, Isthias Vorschlag zu unterstützen. Rojer hatte natürliche Neigungen für diesen Tätigkeitsbereich und befand sich am richtigen Ort, um sich zu qualifizieren. Es gab noch weitere Ingenieurskandidaten auf Deneb, also konnte er so viel oder so wenig gesellschaftlichen Umgang pflegen, wie ihm behagte. Wie viele Tower gab es schließlich, die Primen betreiben konnten? Xexo erzählte noch mehr und entwickelte nach einer langen und nützlichen Diskussion mit Fregattenkapitän Metrios von der *Genesee* ein pingelig genau geschneidertes Curriculum, daß den jungen T-1 Rojer Lyon dazu verführte, seinen Kummer über seinem Studium zu vergessen.

Nach einem unsteten und halbherzigen Anfang reagierte Rojer allmählich auf das gerissen geschmiedete Lernprogramm und verbrachte Stunden am Terminal, um mit seinem Ingenieurspauker in Wettstreit zu treten. Seine Fortschritte wurden ordnungsgemäß registriert. Wenn Xexo auch albern grinste, während er mit den Generatoren im Aurigae-Tower zugange war, und jedesmal ein selbstgefälliges Grinsen aufsetzte, wenn jemand Rojer erwähnte, niemand widerprach ihm, wenn er andeutete, daß die Fortschritte des Jungen auf seine eigene Fähigkeiten zurückzuführen seien.

Hin und wieder rief Onkel Jeran, der Deneb-Primus, Rojer in den Tower, damit dieser ihm ›zur Hand ging‹. Dort begegnete er ebenso in den Dienst gepreßten Vettern und Basen mit den unterschiedlichsten *Talent*-Fähigkeiten. Rojer hatte seinen Vetter Rhodri zwar nie besonders leiden können, aber er stellte fest, daß er sich zur jüngsten der Eagles hingezogen fühlte – der schüchternen, zurückhaltenden Asia, die ebenfalls an dem Ingenieurslehrgang teilnahm.

Er erhielt auch fortwährend Einladungen aus der Menge seiner Verwandten, den Eagles, Ravens und Sparrows, aber er lehnte alle mit der Entschuldigung ab, er müsse lernen, sich um den Garten kümmern und die Fischpopulation im See niedrig halten. Anfangs wetterte er gegen das, was er für eine Taktlosigkeit angesichts seines Kummers hielt. Asia, deren tiefblaugraue Augen immer traurig blickten, wenn er bemerkte, daß sie ihn bei den monatlichen Lehrsitzungen ansah, war eine Ausnahme. Doch er konnte seine Haltung nur schwerlich aufrechterhalten, wenn er – er war nun mal empathisch veranlagt – eine unterstützende Präsenz spürte, sobald sich die schwarzen Gedanken seiner bemächtigten. Es war nie der gleiche Mensch, und sie waren nie aufdringlich, aber es war immer jemand *da*, wenn der Schmerz seines Kummers zunahm. Meist waren es Damia oder sein Vater; einmal war es seine Großmutter; mehrmals Elizara, speziell am Anfang. Aber meist spendeten Urgroßmutter Isthia oder Tante Besseva ihm Trost. Einmal war er sicher, daß Asia ihn an einem besonders schwarzen Abend erreichte, dann wieder war die Präsenz eindeutig die seiner Großmutter. Er kam nicht umhin zu erkennen, wie bereitwillig sie seinen Schmerz und sein Verlustgefühl teilten – besonders dann, wenn ihre Gedanken versehentlich ihre eigenen Erfahrungen in Sachen Verlust und Kummer ausdrückten. Obwohl er allein war, um sich selbst zu heilen, war er eigentlich nie *ganz* allein, und das war schon der größte Balsam.

Dann, etwa sechs Wochen nach seinem Einzug ins Landhaus, fingen Isthia und Besseva – beide Frauen bestanden darauf, daß er ihre familiären Titel vergaß – unabhängig voneinander damit an, ihn zu überreden, zum Essen auszugehen und sich abendliche Gesellschaft zu suchen. Zuerst vermutete Rojer irgendeine Verschwörung, als er registrierte, daß nie 'dinis anwesend waren, sondern nur seine weiblichen Verwandten, die so zahlreich waren, daß sie aus ihnen auswählen konnten. Man wählte geschickt jene aus, die keine Mrdini-Gefährten hatten. Er ritt oft mit Asia nach Hause, weil sie ihm gern zuhörte, wenn er technische Theorien äußerte. Sie machte auch oft sehr schlaue Vorschläge.

»Warum sagst du das nicht mal im Unterricht?« fragte er eines Tages, als sie ihn mit ihrem Wissen über JO-Verbindungspunkte verblüffte. »Glaubst du, dich nimmt in der Klasse niemand wichtig?«

»Ach«, sagte sie und winkte nervös ab. »Kann doch sein, daß ich mich irre. Ich will mich doch nicht lächerlich machen.«

»Wenn ich dabei war, hast du noch nichts Falsches gesagt«, sagte Rojer. Er war etwas verärgert über ihre Zurückhaltung.

»Ja, aber du bist auch anders als der Rest meiner Familie«, erwiderte sie. »Du hörst mir zu.«

Rojer behielt seine Verärgerung für sich. Er erinnerte sich noch allzu gut daran, was für ein Klotzkopf Roddie früher gewesen war. Wahrscheinlich wagte seine Schwester es deswegen nicht, den Mund aufzumachen.

»Was hältst du von einem Fischessen? Vielleicht morgen abend?« fragte er sie ein paar Wochen später. »Die Sache hat nur einen Haken.« Er grinste breit. »Du mußt dir den Fisch selbst fangen.«

Sie lachte schallend, doch statt es ihr heimzuzahlen, lächelte er sie an.

»Ich bin allerdings ein guter Koch, deswegen brauchst du ihn nicht selbst zuzubereiten.«

»Ich müßte eigentlich was über Quanten lernen«, sagte sie, und der Moment der Erheiterung war verflogen.

»Ich auch. Dann machen wir eben ein Arbeitsessen daraus: Wir angeln, essen, und während wir essen, sprechen wir über Quanten.«

Er wußte, daß Asia eine T-4 war – man hatte sie getestet –, aber es tat schließlich nicht weh, ihr den Rücken zu stärken, und er war sicher und geschickt genug, es zu tun. Wie viele andere Deneber hatte sie keine Lust, ihre Fähigkeiten zu verfeinern. Dies erleichterte es ihm um so mehr, ein paar Korrekturen vorzunehmen, damit sie mehr von sich hielt.

»Du verstehst mehr von Quanten als ich …«

»Tja, aber das erfährst du nur morgen abend. Klar? Ich muß jetzt nach Hause«, sagte er, als sie ihre Abbiegung erreichten. Er gab seinem Pony Koto die Sporen und winkte ihr zum Abschied hinterher.

In den nächsten Wochen trafen sie sich mehrmals. Seine Studien faszinierten ihn inzwischen so, daß er freiwillige Vorstöße in die verschiedenen Aspekte des Raumingenieurwesens unternahm. Probleme dieser Art waren das beste Fleisch, um einen heilenden Geist zu nähren. Viele Ravens hatten technische Neigungen. Rojer hatte seinen Teil davon geerbt, aber ebenso ein scharfes Gespür für räumliche Beziehungen. Auch die Mathematik war besänftigend, und im Laufe der nächsten Monate entwickelte er sich so weit, wie der Computerpauker ihn gehen ließ. Wenn er mit Asia am Unterricht teilnahm, fiel ihm auf, daß ihr Wissen um die Grundlagen ebenso fest war wie sein eigenes, denn wenn er der einzige anwesende Schüler war, meldete sie sich sogar.

An manchen Tagen, wenn er bis zur völligen geistigen Erschöpfung gearbeitet hatte, kam es manchmal vor, daß seine Urgroßmutter plötzlich irgendeinen Gegenstand aus dem Landhaus brauchte, und dann mußte er auf Koto dorthin reiten, wo sie gerade war. Er wußte zwar ebenso wie sie, daß jeder von ihnen den besagten Gegenstand hätte portieren können, wenn sie ihn wirklich so dringend brauchte, aber sie wußten auch beide, daß derlei Übungen ihm guttaten. Rojer brachte ihr alles ohne zu murren. Isthia hatte nie einen Grund, ihn einen anmaßenden Bengel zu nennen, und seine Freundschaft zu Asia gefiel ihr.

Doch in den Nächten … Wie fehlte ihm da das warme Gefühl der an ihn gekuschelten ’dini-Leiber!

Und wie oft war er versucht, Gils Meinung zu erfragen oder mit Kat eine ironische Vorstellung zu teilen. Wenn er dann aufwachte, war sein Kissen klamm, aber Isthia beharrte darauf, daß Tränen einen Sinn erfüllten.

Ich bin mehr als fünfmal so alt wie du, Rojer Lyon, und ich kann noch immer weinen! hatte sie ihm ziemlich energisch nahegebracht, als er behauptete, sie sei zu alt zum Weinen.

Es bereitete ihm Kopfschmerzen, aber in der Regel fühlte er sich später innerlich besser.

Dann kam der Morgen, an dem Jeran Hilfe brauchte, um ein großes Schiff mit Mrdini-Spezialisten ins System zu holen. Sie wollten sämtliche Trümmer untersuchen, die die Deneber von den beiden ersten Späherbooten der Käfer geborgen hatten. Da Jeran über keine Sprachkenntnisse verfügte, mußte Rojer die Landeformalitäten besorgen. So kam es zum ersten Kontakt seit der Tragödie, und zu seiner Überraschung fielen ihm die erforderlichen Formalitäten des Körpers und der Sprache leicht. Natürlich waren ihm die fraglichen 'dinis nie zuvor begegnet, und er würde sie wahrscheinlich auch nie wiedersehen. Also gab es keine echte persönliche Einbeziehung.

Isthia, sagte sich Rojer bei der Rückkehr nach Hause, hatte recht gehabt. Die Zeit heilte wirklich. Ihm fiel auf, daß er einen weiteren großen Schritt aus der Trauer heraus gemacht hatte. Er verbrachte immer mehr Zeit mit Asia, und er schaffte es sogar, ihren selbstgefangenen Fisch zu braten, ohne ihn zu verbrennen.

Rojer? Die Stimme Onkels Jerans war unverwechselbar. *Portiere dich her!*

Rojer hatte im vergangenen Jahr auch gelernt, von Jeran keine Erklärungen zu erwarten. Also speicherte er das Problem, an dem er gerade arbeitete, im Ingenieurpauker ab und überprüfte seine Kleider, ob sie für einen Towerbesuch sauber genug waren. Er hatte sein Gesicht zwar an diesem Morgen enthaart und sich erst vor kurzem rasiert, doch beim Blick in den Spiegel stellte er fest, daß die Gwyn-Silberlocke offenbar breiter geworden war. Er strich sie aus der Stirn, atmete fest aus und portierte sich auf das Plaston-Vorfeld zu den Füßen der Towers von Deneb City.

So gut er den Platz auch ausgewählt hatte – dicht hinter ihm waren mehrere Fahrzeuge abgestellt. Mehrere der allgegenwärtigen denebischen Ponys waren auf der Koppel. Er fragte sich, was los war.

Als er die Besatzung des großen Kontrollraums ›empfand‹ und die erregte Anwesenheit seiner Base Asia Eagle ›ertastete‹, wurde ihm klar, daß an diesem Tag die Prüfung für die Ingenieursstudenten von Deneb City stattfand. Er nahm jeweils drei Stufen auf einmal. Jeran hieß seinen atemlosen Neffen mit einem feierlichen Nicken willkommen – manchmal konnte er förmlicher sein, als sein Vater es je gewesen war – und deutete auf einen freien Arbeitsplatz. Sie waren sechs Prüflinge und saßen Rücken an Rücken, damit keiner bei den anderen abgucken konnte. Asia war am Arbeitsplatz ihm gegenüber. Rojer schenkte ihr ein ermutigendes Lächeln, denn ihre Gesichtsfarbe hatte einen ungesund wirkenden grünen Ton angenommen.

»Er hätte dich wohl lieber vorwarnen sollen«, sagte er leise, als er sich hinsetzte.

»Hätte auch nicht *viel* genützt«, sagte Asia, die kranker aussah als je zuvor.

»Du schaffst es schon, Asia. In Sachen JO-Verbindungen und Quanten bist du schneller als ich.«

Sie warf ihm einen unheilvollen Blick zu. »Bei Quanten ist niemand schneller als du, Ro …«

KEINE UNTERHALTUNG! »Gleich welcher Art«, fügte Jeran verbal hinzu. »Ich bin der Prüfer.«

Asia verzog bekümmert das Gesicht.

»Eure Stationen werden die Prüfungsfragen in genau einer Minute anzeigen. Ihr habt zwei Stunden für die erste Aufgabe. Dann kommt eine Pause von fünfzehn Minuten, in denen ihr euch die Beine vertreten könnt. Es sind vier Aufgaben, und ihr habt eine halbe Stunde fürs Mittagessen. Ihr könnt natürlich gehen, wenn ihr fertig seid.« Seiner Ankündigung folgten ein ächzender Stimmenchor und große Augen. Jeran gestattete sich ein kurzes Lächeln. »Bekanntlich wurde diese Prüfung *schon mal* von anderen bestanden. Sind alle vorbereitet?« Seiner Frage folgte ein weiteres Ächzen.

Der dunkle Schirm vor Rojer erhellte sich plötzlich, und die erste Seite der ersten Aufgabe führte ihm ein Problem vor, das er, wie er wußte, *leicht* lösen konnte. Er empfand Selbstvertrauen. Er würde es allen zeigen ...

»Ich kann unmöglich bestanden haben«, hörte Rojer Asia elend und geschlagen stöhnen, als die Prüfung zu Ende war.

»Ach, erzähl mir doch *so was* nicht, Asia«, sagte er so streng, wie er sich traute. Selbst in seiner Gegenwart wurde sie manchmal zum stillen Opfer, das keinen Widerstand leistete. »Dafür haben wir zu lange zusammengearbeitet. Ich kenne deine Fähigkeiten. Und es gefällt mir nicht, wenn du dein Licht unter den Scheffel stellst.« Er ›bastelte‹ etwas mehr herum, um sie zu mehr Optimismus zu ermutigen. »Es tauchte kein einziges Problem auf, das wir nicht durchgekaut hätten, und du kennst sie alle, weil wir sie zusammen geübt haben. Also warten wir einfach ab. Mal sehen, ob ich auch durchgefallen bin.«

»Du? Durchgefallen? Rojer, das ist unmöglich!«

»Da ich nicht mehr weiß als du, kannst *du* auch nicht durchgefallen sein. Oder wir haben beide nicht bestanden. – Jetzt hast du die Wahl«, fügte er mit einem hochnäsigen Grinsen hinzu. Irgendwie schaffte er es immer, daß sie sein Lächeln erwiderte. Es war von ihrer Seite aus eine müde und zaghafte Bemühung, aber immerhin ein Lächeln.

Rojer schüttelte kurz den Kopf, um ihn von der konzentrierten Spannung des langen Tages zu befreien, dann atmete er heftig aus. Er glaubte eigentlich nicht, daß er schlecht abgeschnitten hatte. Also hatte auch sie keinen Grund dazu. Ganz bestimmt nicht bei den räumlichen Gleichungen und den Verbindungspunkten. Kleinigkeiten. Er hatte Fregattenkapitän Metrios oft genug dabei beobachtet, als er auf der *Genesee* gewesen w …

Rojer schob sich von seinem Arbeitsplatz zurück und preßte die Lippen aufeinander. Er hatte den ganzen Tag nicht an Gil und Kat gedacht – nicht mal in der Mittagspause, als sie miteinander Beschwerden über die Härte der Prüfung ausgetauscht hatten.

Das macht nichts, Rojer, denn du kannst nicht auf der Stelle treten, hörte er Jeran leise sagen, doch nicht, weil jemand da war, der ihm zuhörte, sondern weil er mehr als nur Verständnis und Zustimmung ausdrücken wollte.

»Ihr könnt nun gehen«, sagte Jeran zu den Prüflingen. »Die Ergebnisse werden tabellarisiert und heute abend auf eure persönlichen Terminals überspielt. Ihr wart fleißig, und ich bin sicher, daß alle, die sich qualifizieren sollen, auch qualifizieren werden.«

»Das sagt er jedes Jahr«, murmelte einer der Jungs, die Rojer nicht kannte.

»Rojer«, fuhr Jeran fort, obwohl er die zynische Bemerkung sicher gehört hatte, »Raini läßt fragen, ob du mal vorbeikommst, bevor du die Stadt verläßt.«

Rojer lächelte über die in seinen Worten enthaltene Einladung zum Essen. Jerans Gattin war eine sehr gute Köchin und würde auch heute abend eine sein, falls er eine Mahlzeit zu schätzen wußte, die er nicht selbst zubereiten mußte. Er konnte sogar mit der Anwesenheit der 'dinis seines Vetters Barry fertig werden.

Jeran fing seinen Blick auf und nickte. Seine Augen glichen denen von Großmutter Rowan, waren aber heller und freundlicher.

»Diesmal gibt's kein Kalbfleisch, sondern den Schmortopf, den du so gern magst«, sagte er, als die anderen gegangen waren. Er schaltete die Station ab und stellte die Nachrichteneinheit auf seinen Hausanschluß um.

»Kann ich helfen?« fragte Rojer.

»Es dauert nicht lange, geh schon mal an die frische Luft, Junge«, sagte Jeran und gab ihm mit einer Geste zu verstehen, er solle hinausgehen.

Als Rojer unten an der Treppe ankam, hörte er zu seinem Erstaunen, daß die Generatoren ansprangen.

Such dir eine Kapsel, Rojer, sagte eine Stimme. *Du hast fünf Minuten Zeit, deinen Kram im Landhaus zu packen. Mutter schickt dir den Rest, der unter dem Bett liegt, hinterher.*

Großvater?

Ja, und außerdem möchte ich dir für die große Trefferzahl bei der Prüfung gratulieren. Du machst uns Ehre. Ein leises Lachen ertönte. *Doch als Erdprimus muß ich dir folgendes sagen: Beweg deinen trägen Hintern zur Marsmond-Basis. Das Flüchtlingsschiff ist in die ihm zugewiesene bodensynchrone Kreisbahn gegangen, und die Techniker stehen Schlange, um es sich von innen anzusehen. Der Hohe Rat besteht darauf, daß ich ihnen Primen zuweise, die ihnen bei diesem Vorstoß in fremdes Gebiet zur Seite stehen.*

Vater, wandte Jeran ein, *Rojer hat einen anstrengenden Tag hinter sich. Und du weißt sehr gut, daß wir Primen die Nähe des Käfermetalls nicht gut vertragen. Die Reaktion wird auf einen müden Geist noch stärker ausfallen …*

Jeran, du machst noch mehr Theater um den Jungen als deine Mutter. Aber es ist Rojers Wahl. Hast du Lust?

Ein Adrenalinstoß wogte durch Rojers Körper, und seine geistige Erschöpfung war schlagartig verschwunden. Sogar auf der Mondbasis gab es Nahrungsspender. Und schlafen? In einem solchen Moment?

Ich habe bestanden, Großvater? Wenn er bestanden hatte, hatte Asia auch bestanden.

Gut genug, um Xexo unmöglich zu machen, wenn ich deiner Mutter glauben darf. Und natürlich möchte der Erdprimus jemanden aus der eigenen Familie dort oben wissen, damit er die Dinge im Auge behält. Es ist nicht nötig, daß du ins Schiff gehst: Du brauchst nur Lampen zu manövrieren und jene zu retten, die in irgendwelche Käferschächte fallen.

Rojer wußte nicht genau, was seinen Stolz hervorrief – daß er Xexo stolz machte, oder ob es die Herausforderung der Ermittlungen des unbeschädigten Kugelraumers war, selbst wenn er sie nur aus der Ferne tätigte.

Verflixt, Großvater, ich würde sogar in das Ding reingehen – wenn es nicht allzu lange dauert, erwiderte Rojer.

Dann mach dich vom Acker, Junge, sonst geht der Posten an einen anderen.

Hat Asia Eagle auch bestanden, Großvater?

Asia Eagle? Jeff Raven hielt kurz inne. *Ja. Aber vergeude jetzt keine Zeit.*

Rojer hielt es zwar nicht für Zeitverschwendung, den Versuch zu machen, Asia die frohe Botschaft zu bringen, doch als er ihren Geist zu erreichen versuchte, hatte sie sich vor lauter Angst in einen Kokon verschlossen. Das war wieder mal typisch für diese blöde Gans! Na, sie würde es bald erfahren, und dann konnte er sie – sanft – aufgrund ihres Mangels an Zuversicht aufziehen. Er konzentrierte seinen Geist auf das Zimmer in Isthias Landhaus und portierte Bänder,

Disketten und Krimskrams heran. Zuletzt schnappte er sich einen Raumsack, in die er all seine Habseligkeiten warf.

Du brauchst wenigstens einen Satz Klamotten zum Wechseln, Junge, sagte Jeran mit einem amüsierten Schnauben und holte mehrere Kleidungsstücke aus dem Haus – viel besser zusammengelegt, als Rojer sie zurückgelassen hatte. Auch diese wurden in den Raumsack gestopft.

Rojer schloß ihn und rannte zum nächsten Personenmodul. Als er sich im Innern auf der schmalen Liege ausstreckte, griff er mit dem Arm nach oben und schloß die Luke. Er hörte ein kurzes zweites Pochen und lächelte, weil sein Onkel sich die Mühe machte, zu überprüfen, ob die Luke auch wirklich geschlossen war. Wie methodisch er doch vorging!

Danke Raini in meinem Namen, Jeran. Ich weiß nicht, ob das Essen dort, wo ich hingehe, auch so gut ist …

Viel Glück, Rojer, warf die flotte Stimme seines Großvaters freundlich ein.

Danke für al … Dann empfand Rojer ein undefinierbares Gefühl, das einem erfahrenen reisenden *Talent* sagte, daß es sich nicht mehr dort befand, wo es eben noch gewesen war. Er vernahm ein leises Lachen.

Großvater? Na, das nenne ich aber anmaßend!

Ach, wirklich? Das Lachen seines Großvaters klang irgendwie erfreut.

»Alles klar da drin, Sir?« fragte eine weniger zuversichtlich klingende Stimme.

»Bestens!«

Die Luke ging auf und enthüllte eine doppelt verkuppelte, von funkelnden Sternen durchsetzte Finsternis. Doch Rojer war mit Kallisto zu vertraut, um zu glauben, daß man ihn dorthin portiert hatte. Er richtete sich auf und erblickte einen Matrosen.

»Rojer …«

Primus, korrigierte sein Großvater ihn fest.

»… Lyon, Primus. Werde ich erwartet?«

»Aber ja, Sir, gewiß, Sir.«

Rojer verzog das Gesicht, denn die Anrede rief Erinnerungen in ihm wach, bei denen er noch immer zusammenzuckte. Er schob sich aus der Kapsel, warf sich den Raumsack über die Schulter und gab dem Matrosen mit einer Geste zu verstehen, er solle vorausgehen.

Als er auf dem Weg zur Luftschleuse, die das Depot mit der gigantischen Anlage der Mondbasis verband, um die Kapsel herumging, blieb er abrupt stehen. Dort, über ihm, halb beleuchtet von Sol, war die ganze Kugel des Flüchtlingsschiffes zu sehen, das er nun erforschen sollte. Es war mit verstellbaren Bojenlampen versehen.

»Eine Schönheit, Sir, auch wenn es ein fremdes Schiff ist«, sagte der Matrose mit einem eigenartigen Ausdruck des Stolzes in der Stimme. »Wir hatten Glück, es zur Mars-Phobos-Basis schleppen zu können, auch wenn hier jetzt ebenso viele 'dinis sind, als wenn man es zu einem der ihren Planeten geschleppt hätten.«

»Haben Sie was gegen 'dinis?« fragte Rojer und zügelte sich wegen des Anflugs von Intoleranz in den Worten des Matrosen.

»Ich, Sir? Nein, Sir«, lautete die fast überrascht klingende Antwort, als sie auf dem Weg zu ihrem Ziel in den ersten von mehreren Liftschächten eintraten. »Die meisten von ihnen sind nette kleine Menschen … Wesen. Haben bessere Manieren als manche Menschen, die ich kenne. – Jetzt nach Steuerbord, Sir.«

Ein schnelles Abtasten des Bewußtseins des Matrosen zeigte Rojer, daß der Mann es ehrlich meinte – solange man nicht von ihm verlangte, sich allzu oft in Gesellschaft von 'dinis aufzuhalten.

»Die Königin ist nicht hier?«

Der Matrose zuckte sichtlich zusammen und warf

Rojer einen nervösen Blick zu. »Nein, sie ist unten auf der Erdmond-Basis. Auf der Heinlein-Station. Da kommt sie nie raus; auch nichts von dem, was sie aus ihren Eiern ausbrütet.«

»Ach? Hat sie noch mehr Larven ausgebrütet?« Wenn die Sache von Belang gewesen wäre, nahm Rojer an, hätte bestimmt jemand etwas davon erzählt.

»Eigenartige Sachen. Kleine, rumhuschende Viecher.« Der Matrose schnaubte geringschätzig. »Man hat noch mal alle Öffnungen überprüft, weil man angenommen hat, sie würde einen Versuch machen, sie ins Freie zu schicken. War aber nichts!« Der Mann war stolz auf die Sicherheitsmaßnahmen seiner Einheit.

Während sie mehrere Korridore durchschritten und eine weitere Fahrt nach oben machten, fragte sich Rojer, wie lange es wohl noch dauerte, bis er eine Chance erhielt, auf den Erdmond zu gehen und sie sich selbst anzuschauen. Wenn die Königinnen – die Experten waren sich dessen nun ziemlich sicher – sämtliche Schiffsfunktionen steuerten, mußte er sie einfach sehen, und auch die Diener und sonstigen Varianten, die man ihr schlußendlich auszubrüten erlaubt hatte. Soweit er wußte, tat Vetter Rhodri noch immer dort unten Dienst.

»Wir sind da, Sir«, sagte der Matrose und blieb vor einer Tür stehen. Er deutete auf ein Handflächenschloß. »Wenn Sie nun die nötigen Maßnahmen ergreifen wollen …«

Rojer gehorchte. Er drückte die Hand auf die dafür vorgesehene Fläche, damit die Unterkunft den Abdruck speicherte. Dann zischte die Tür auf, und er sah eine große, geschmackvoll möblierte Salonzone, die die übliche Marinebasis-Möblierung um mehrere Punkte übertraf. Als er sich umsah, entdeckte er, daß er auch über einen separaten Schlaf- und Waschraum verfügte. Den Matrosen interessierte es mehr, ihm zu verdeutlichen, wie das interne Komgerät funktionierte, wo der Notsauerstoffspeicher war und welche Nummer er für die Bedienung wählen mußte. Er hatte die Einführung kaum beendet, als das Komgerät auch schon anfing zu blinken.

»Dann gehe ich jetzt, Sir«, sagte der Matrose. Er salutierte zackig und ging hinaus.

Rojer drückte den Sprechknopf. Eine einschmeichelnde Stimme – sie war viel ohrenfreundlicher als die übliche Computerstimme – informierte ihn, daß Kommandant Enarit del Falco ihn zu sprechen wünschte, sobald er sich heimisch gemacht hatte. Ein Richtungsanzeiger flutschte aus dem Nachrichtenschlitz.

Rojer überprüfte die Digitaluhr an der Wand, und als er seine Armbanduhr auf die örtliche Zeit einstellte, beschloß er, daß er zuerst etwas gegen sein Magenknurren tun mußte. An Bord war es Vormittag, aber er war viel zu hungrig, um bis zum Mittagessen zu warten.

Die Dispensereinheit war ein Marinestandardmodell; das Menü, das vor Rojers ungläubigen Augen abrollte, war jedoch alles andere. Erfreut wartete er, bis er zahlreiche seiner Lieblingsgerichte und andere exotische Dinge wahrnahm, dann bestellte er das ungewöhnlichste Gericht, das er sah – etwas Hochproteiniges, das als ›echtes Büffelsteak‹ beschrieben war und so lecker schmeckte, daß es einfach echt sein *mußte.* Dann meldete er dem Büro des Kommandanten, er habe sich ›heimisch gemacht‹.

Von dem Anzeiger, mit dem der pneumatische Schlitz ihn versorgt hatte, ließ er sich durch ein Labyrinth von Gängen und Lifts führen. Er wußte, daß die Phobos-Mondbasis viele Ebenen in das feste Gestein hineinreichte und ebenso breit war. Da der Matrose ihn nach oben gebracht hatte, nahm er an, daß er im Gebiet der Abteilungsleiter untergebracht war. Aber der Weg führte ihn noch weiter hinauf, auf eine noch höhere Ebene, und je weiter er kam, desto mehr hochrangige Offiziere begegneten ihm. Nun, nahm er an, ging es nach innen. Obwohl er für jeden als Zivilisten erkennbar war, wurde er öfter mit einem Salut als mit einem Lächeln begrüßt. Als er sich einer Reihe breiter Türen zuwandte, informierte ihn der Anzeiger, daß er angekommen war.

Die Büroetage des Kommandanten war beeindruckend – und vergleichbar mit der Ebene seines Großvaters im Blundell-Gebäude. Rojer ertastete viele nicht weit entfernte Geister und fragte sich, ob er durch seine Essenspause verspätet auf einer wichtigen Konferenz eintraf. Das Handflächenschloß war unübersehbar und deutete an, daß man die Hand darauf legen mußte; also tat er es. Eine Hälfte der Tür schwang nach innen auf in ein riesiges, aber leeres Foyer. Die Wände und die Decke waren beeindruckend mit See- und Raumschiffen der Marine sämtlicher Zeitalter geschmückt.

Verdammt, dachte Rojer, *ich hätte versuchen sollen, den Status des Kommandanten am Tisch dieser Allianz-Organisation in Erfahrung zu bringen.*

Er ist zwar nicht ganz so wichtig wie Großvater, sagte eine sehr willkommene Stimme, *aber er glaubt es nicht.*

Wo bist du, Thian? Rojer schaute sich die vielen Türen an, die vom Foyer abzweigten.

Also wirklich, Brüderchen, das wirst du doch erkennen!

Rojer kicherte und wandte sich zuversichtlich dem rechten der beiden Flügeltür-Eingänge zu. Er führte in eine riesige, dicht bevölkerte ›Arbeitszone‹, die von zahlreichen Bildschirmen an den Wänden beherrscht wurde. Auf dem Boden standen Rechner und zwei transparente Sphären, von denen eine mit irgendwelchen inneren Komponenten ausgerüstet war. Alle Arbeitsplätze waren besetzt. Jenen, die vor den Schirmen saßen, blitzten Gleichungen und Tabellen entgegen. Rojer erblickte fünf mit technischen Angaben. Der

Raum war voller Menschen – und Mrdini –, aber bisher schenkte ihm niemand Beachtung.

Hallo, Alter, sagte Thian. Seine Stimme strahlte geradezu vor Freude. *Wie war das Büffelsteak? Sehr schlau von dir, etwas zu essen, solange du noch eine Chance dazu hast. Der Admiral kommt wahrscheinlich gar nicht auf die Idee, daß schon die Last eines ganzen Arbeitstages hinter dir liegt.*

Als sein Bruder zu sprechen anfing, lokalisierte Rojer ihn am anderen Ende des Raums in einer – wenn man nach ihrer konstanten Position und ihrem nüchternen Gesichtsausdruck urteilte – Gruppe offenbar hochrangiger Marineoffiziere. Hinter ihnen wieselten, wie Satelliten, weitere Uniformierte umher, die entweder geschäftig Notizblöcke konsultierten oder auf irgendwelche Einsatzbefehle warteten.

Als Rojer auf seinen hochgewachsenen und selbstsicheren Bruder zuging, bemerkte er, daß dieser eine Marineuniform trug. Die Insignien der VT&T waren an seinen Schultern sichtbar, das Primuszeichen auf seinen Kragenspiegeln. Er war der Meinung, daß Thian älter aussah, als er ihn in Erinnerung hatte. Wann hatten sie sich zuletzt gesehen? Ach ja, als Laria zu ihrem Geburtstag nach Hause gekommen war. Im Gesicht seines Bruders war es zu subtilen Veränderungen gekommen.

Paß auf den auf, der mich gerade zulabert, fügte Thian hinzu, als Rojer den riesigen Raum durchschritt, obwohl er äußerlich den Eindruck machte, absolut auf das konzentriert zu sein, was der kleine, schwarzhaarige Mann mit dem abweisenden Gesicht sagte. *Hätte Prtglm das Glück gehabt, Unterstützung für seinen Plan zu erhalten, XH-33 zu vernichten: Admiral Enarit del Falco, der Kommandant unserer Basis, hätte sie ihm freudig gegeben. Del Falco ist außerdem sehr scharfsinnig, intelligent und fähig. Auf dieser Basis tut sich nichts, von dem er nicht schon zwei Sekunden später informiert ist. Er hat aber keine Spur von* Talent, *deswegen können wir sagen, was wir wollen, selbst wenn er dabeisteht. Andererseits hat er eine natürliche Abschirmung, die so undurchdringlich ist wie ein Käferraumer, und das ist ziemlich unbequem. Selbst unsere Großeltern können da nicht rein.*

In diesem Moment wandte sich der Admiral zur Seite. Rojer fröstelte unwillkürlich, als er sein verschlossenes Gesicht sah. Er tat unter dem aufmerksamen Blick des Admirals die letzten Schritte.

»Ah, Admiral, wenn man vom Teufel spricht …« Thian tat so, als hätte er die Ankunft seines Bruders gerade erst bemerkt. Er hob den Arm, legte ihn auf Rojers Schulter und drückte ihm zum Willkommen die Hand. Während er verbal die Vorstellung übernahm, setzte er Rojer geistig weiter in Kenntnis. »Primus Rojer Gwyn-Lyon, Maschinenbauingenieur, jede Menge Auszeichnungen …« *Ja, du hast mit Auszeichnung bestanden, was auch der Grund ist, weswegen man dich aus der Stille Denebs und Großmutters Landhaus hat herholen können, damit du ohne eine Minute Pause gleich in diese Situation geworfen wirst.* »Er hat, wie ich, den Auftrag, Ihnen zu helfen, das Innere des Flüchtlings zu durchdringen …« *So heißt der Raumer nun offiziell, Alter. Laß dich nicht von ihm abschrecken, Rojer. Er versucht es bei allen, selbst bei unseren Großeltern. Ist aber bei ihnen nicht weit gekommen, also müssen wir die Familientradition hochhalten. Er kann* Talente *nicht ausstehen, braucht aber die Hilfe, die wir ihm geben können. Zum Glück unterstehen wir nicht seinem Befehl, auch wenn wir den Auftrag haben, ihm beizustehen.* »Schön, dich zu sehen, Bruder.« Thian ließ den Arm sinken und lächelte auf seine charismatische Art auf den Admiral hinab, etwa so, wie sein Großvater es in dieser Situation getan hätte.

Nun, da plötzlich so viel auf ihn zukam, war es natürlich toll, Thian zur körperlichen und geistigen Unterstützung zu haben. Deswegen konnte Rojer auch lächeln, denn er brachte das auf, was Isthia ›die schlimme Neigung‹ ihrer männlichen Verwandten nannte, »jemanden so leicht für sich einzunehmen, wie andere Leute atmen«. Er wurde ungezwungen dreist und nickte del Falco höflich zu. Der Kommandant bot ihm keine Hand an, sondern musterte ihn mit stechendem Blick. Er hatte große schwarze Augen jener Art, die einem bis in die Seele zu blicken schienen. Rojer war froh, daß sein Bruder ihn gewarnt hatte.

»Ist mir eine Ehre, an Bord sein zu dürfen, Admiral del Falco.«

»Ich dachte, Sie wären jünger als Ihr Bruder.«

»Wir sind, was das Alter betrifft, nicht weit auseinander, Sir«, erwiderte Rojer.

Die perfekte Antwort, Roj. Er hatte noch keine Zeit, dein Transkript zu lesen, denn bevor wir dich herholen konnten, mußten wir abwarten, ob du die Prüfung bestehst. Die Leute, die an Bord des Flüchtlings gehen, müssen ordentliche Qualifikationen haben. Du hast mehr als manche, aber weniger als die meisten. Er wird nicht lange brauchen, um dich einzuschätzen. Er hat 'n Info-Implantat und greift gerade auf deine Daten zu. Werden aktualisiert, wenn er es verlangt. Keine Ahnung, wieso er nicht schizo ist. Ach, dein Geburtsjahr ist nicht *angegeben. Opa hatte mit diesem Vogel schon zu tun. Ist aber gut, daß du nicht wie siebzehn* aussiehst. Das letzte Wort hatte einen wehmütigen Ton, der davon kündete, daß er von Rojers Schicksalsschlag und den tragischen Umständen wußte. Es wurde von einer liebevollen mentalen Umarmung begleitet. *Weitermachen. Jetzt setzt er ›den Blick‹ auf.*

Und so war es. Trotz Thians Warnung wäre Rojer beinahe auf dem Absatz zurückgezuckt, als er die Intensität des schwarzen und durchdringenden Blicks von del Falco spürte. Doch er lächelte so unbefangen, wie er konnte, bis der Admiral den Blickkontakt abbrach. Er hatte wohl genug über das Info-Implantat gehört, um Rojer in die diesbezügliche Kategorie zu plazieren.

Ein 'dini nähert sich von hinten, Roj! sagte Thian. Sein Ton zeigte Besorgnis.

Also war Rojer genügend gewarnt, um vorbereitet zu sein, als eine 'dini-Stimme ertönte.

RJR LN, SIE HABEN NICHTS DAGEGEN, MIT GRAUEN ZU ARBEITEN?

Einer von den guten Typen, fügte Thian hinzu und lächelte den Neuankömmling an.

Also behielt Rojer das Lächeln auf seinem Gesicht, als er sich umdrehte und beinahe einen Fauxpas beging, als er den Blick auf die übliche 'dini-Höhe senkte. Doch der 'dini, der ihn angesprochen hatte, war fast so groß wie er selbst. Und nicht im geringsten vom Grau Prtglms.

GRAU WAR SCHON IMMER EINE AUSGEZEICHNETE FARBE, sagte Rojer und setzte Körpersprache ein, um die Ehre auszudrücken, sich in der Gesellschaft des anderen aufzuhalten. Dabei verbeugte er sich. Die Erinnerung an Prtglm oder seine Farbe hatte nun nicht mehr die Macht, ihm Kummer zu bereiten. WELCHEN NAMEN, BITTE, SOLL MAN ZUR ANREDE VERWENDEN?

DIESER IST ALS GLMTML BEKANNT.

»Ich freue mich, daß Sie beide die Gelegenheit haben, Glmtml kennenzulernen«, sagte der Admiral, der den Wortwechsel beobachtete. »Er leitet das Mrdini-Team, das die Geheimnisse des Flüchtlings für uns enträtseln wird.« Ein Lächeln – das eigentlich eher eine Drohung war – verzog kurz seine Lippen. »Primus Lyon ist gerade angekommen, Glmtml, deswegen ist er noch nicht eingewiesen …«

»Nicht, daß Rojer es bräuchte«, sagte Thian verbindlich und zuckte die Achseln. »Es geht nur um einfaches Verlegen von Kapseln zur Luftschleuse des Flüchtlings, dann agieren wir als Wegbereiter. Und wir retten, wenn es erforderlich ist. Sie wissen doch, über wie viele Gänge so ein Käferschiff verfügt!«

Rojer nickte ernst, während der Admiral, nicht daran gewöhnt, unterbrochen zu werden, eine Sekunde zögerte, bevor er barsch fortfuhr: »Dann gibt es also keinen Grund für eine weitere Verzögerung, oder?« Er wandte sich zu Glmtml um. »Hat sich Ihr Team schon zum Transfer versammelt?«

»Sind alle bereit«, sagte Glmtml und wechselte in die Sprache der Menschen, da der Admiral in der seinen offenbar noch nicht sehr bewandert war.

»Dann wollen wir mit dem Unternehmen Erleuchtung fortfahren.« Der Admiral richtete seinen Basiliskenblick auf die beiden *Talente.* Er schnippte hinter dem Rücken mit den Fingern, und ein wartender Fähnrich eilte herbei.

Schon bei dieser Geste sträubten sich Rojer die Haare. Vielleicht hatte ein Admiral mehr Vorrechte als ein Raumschiffskapitän, aber der absolute Gehorsam, der mit einer solch unhöflichen Aufforderung gefordert wurde, wurmte ihn.

Was glaubst du wohl, Rojer, warum es mir so viel Spaß macht, auf ihm herumzuhacken? sagte Thian.

»Begleiten Sie die Primen zu ihrem Arbeitszimmer, Fähnrich.«

»Ist nicht nötig, Admiral«, erwiderte Thian. »Ich weiß, wo wir stationiert sind.« Er schoß Rojer das mentale Bild der Gegend zu, in die sie gehen würden – einen kleinen Raum mit Towerliegen. In dem Raum befand sich schon jemand.

Noch mehr Überraschungen, Thian?

Thian grinste. *Das Bewertungsunternehmen kann nicht auf uns drei verzichten, und es wäre mir am liebsten, wenn wir mehr wären. Gehen wir. Ich kann's kaum erwarten, hier wegzuportieren. Er kann es zwar nicht ausstehen, aber er kann nichts dagegen machen, da wir so auch seine Truppen bewegen.* »Alles Gute und viel Glück, Glmtml.«

Rojer hatte gerade noch Zeit für eine ähnliche Höflichkeit, dann portierte sein Bruder fort, und er folgte ihm.

Der Admiral sollte sich am Riemen reißen, sagte die hübsche Frau, die sich bereits im Raum befand, als Rojer und Thian erschienen. *Er hat doch auch weibliche Offiziere. Warum muß ich hier wie ein Fluch herumkrauchen, Thian?*

»Ich hab dir doch gesagt, du sollst dich zur Schau stellen, Flavia. Dies ist – wie man wohl sieht – mein Bruder Rojer. Gleich wird er sich wieder an seine Erziehung erinnern und aufhören, dich anzugaffen.«

Völlig überrascht vom Anblick einer so wunderschönen Frau streckte Rojer bereitwillig die Hand aus, um die ihre zu berühren. Grün/minzig/samtig. Flavia lächelte ihn recht freundlich an, dann wandte sie sich geschäftsmäßig zu Thian um.

»Sie haben jetzt die richtigen Scheinwerfer. Ich glaube, jeder einzelne Raummatrose und Mrdini ist mit mehr Lichtzellen geschmückt als ein Weihnachtsbaum«, sagte sie, während sie elegant auf ihre Liege glitt.

Thian richtete Rojers Aufmerksamkeit auf den riesigen transparenten 3-D-Bildschirm, der die Wand vor den Liegen beherrschte. An der Stelle, die Rojer als Haupthangardeck des Flüchtlings identifizierte, befanden sich drei farbige Globen: blau, grün und gelb. Er konzentrierte sich kurz auf das Gebiet und spürte eine große Anzahl von Menschen und 'dinis.

»Ich bin angeblich der nominelle Leiter unseres Teils des Unternehmens, Rojer«, sagte Thian. »Die Schalttafel da wird sich nach jedem Zentimeter erhellen, den wir abgedeckt haben, damit wir wissen, wo wir schon waren. Ich weiß, daß du dir den Flüchtling kurz ansehen konntest ...«

»Mehr oder weniger, Alter, weil das Innere noch vom Gas vernebelt war ...«

»Da du so tolle Noten bei deinem Ingenieurskram gekriegt hast, wirst du dich nach dem Maschinenraum umsehen ...«

»Hab ihn damals schon gefunden – glaube ich.«

»In der Südhalbkugel, nicht? Gut. Meine Priorität ist die Sauerstoffversorgung. Die Pfeifen gehen davon aus, daß sie rund um die Mittelachse liegen muß.«

»Haben Sie Schutzanzüge an?« fragte Rojer.

»Nein, die Marine hat das Schiff mit genug Sauerstoff geflutet, um ein Raumvolumen von der Größe der Riesenkugel zu füllen, und es gibt ein Hilfssystem für Notfälle, das sich in der Ecke des Hangars befindet. Außerdem haben alle für den Notfall ein Atemgerät dabei. Je eher wir die interne Sauerstofferzeugung zum Laufen kriegen, desto besser. Deine zweite Priorität besteht darin, in Erfahrung zu bringen, welche Art Brennstoff die Käfer verwenden. Er müßte sich ebenfalls in der Südhalbkugel befinden.« Thian lächelte das Mädchen an. »Flavia wird in die Quartiere der Königinnen vordringen. Vielleicht mußt du auch dorthin wechseln, Rojer, um herauszukriegen, wie die Energie eingeschaltet wird. Hauptsächlich behalten wir jedoch die Leute im Auge, die in Schwierigkeiten geraten, in irgendwelche Tunnels rutschen oder sich in irgendwelchen kleinen Röhren verklemmen.«

»So wie du in der Riesenkugel, was?«

Thian maß seinen Bruder mit einem spöttischen Blick. »Ich bin nur meinem Befehl gefolgt, als ich auf die Larven stieß.«

»Trotzdem sind wir eigentlich nur Babysitter«, sagte Rojer mit einem gespielten Stöhnen.

»Laß das bloß nicht die Marine hören, Rojer«, sagte Flavia mit einer spöttischen Warnung.

»Matrosen können sich ebenso ein Bein brechen wie jeder andere«, erwiderte Rojer flapsig.

»Aber nicht bei diesem Admiral«, sagte Thian scharf. »Liegt ihr bequem? Na schön.« Er deutete auf das rote, auf dem Komgerät blinkende Licht. »Die Kisten sind alle beladen. Dann hieven wir sie mal rauf.«

Rojer richtete seine Aufmerksamkeit auf die drei großen, mit aufgeregten Menschen und Mrdini gefüllten Module. Sie standen im Lager und warteten darauf, zum Schiff hinaufportiert zu werden.

»Alles klar?« sagte Thian und schaute sie der Reihe nach an.

Flavia und Rojer nickten, dann hoben sie die Module in gemeinsamer Aktion hoch und setzten sie in einer ordentlichen Reihe auf dem Hangardeck des Flüchtlings ab, wo einst die tödlichen Späherboote der Käfer untergebracht gewesen waren.

Wasndas, zum Henker? 'n Geruch oder 'ne Ausstrahlung? Die Stimme war weiblich, ihr Tonfall angeekelt und unbehaglich.

»Sie haben *Talente* dort raufgeschickt?« fragte Flavia in überraschter Entrüstung.

»Der Admiral glaubt nicht an das *Pieks-Pssst*«, sagte Thian. »Obwohl ich es ihm ziemlich genau erklärt habe – und unsere Großeltern auch.«

»Und wer hat da gesprochen?« fragte Flavia. »Können wir sie beruhigen?«

Thian schloß kurz die Augen. »Ich glaube, es war Korvettenkapitän Semirame Kluh. Sie leitet das Marineforschungsteam. Laut ihrer Akten ist sie ein T-5-Sender. Sie hat entweder nur wenig oder gar keine Ausbildung erhalten. Sie hat sich für eine Position in der Marineakademie entschieden.«

»Dann wissen wir also nicht, ob sie empfangen kann?« fragte Rojer.

Korvettenkapitän Kluh?

Häh? Wer ist da?

Hier spricht Primus Thian. Was Sie gerade erleben, ist

das, was wir Talente *das* ›Pieks-Pssst‹ *des Käfermetalls nennen.*

Hat mir bei der Einweisung niemand gesagt. Sie klang zwar erleichtert, aber auch verärgert.

Ich glaube, dem Admiral sind derlei Reaktionen im Grunde schnurz. Da Sie gegenwärtig von Käfermetall umgeben sind, wird es Sie sicher freuen zu erfahren, daß Ihre Reaktion Ihr latentes Empfänger-Talent bestätigt.

Danke! Ihre Antwort klang irgendwie ulkig.

Ist noch jemand aus Ihrer Gruppe auf ähnliche Weise betroffen?

Bisher bin ich die einzige, die sich beschwert, Primus Lyon. Sie klang resigniert.

Thian, bitte, Rame.

Woher kennst du meinen Spitznamen? Na, macht nix. Ist doch klar, daß du ihn kennst. Und wie schaff ich mir das ›Pieks-Pssst‹*-Gefühl vom Hals? Wie kann ich seine Auswirkung reduzieren? Es ist … ziemlich unbehaglich.*

Es tut nicht weh, aber wenn man ihm längere Zeit ausgesetzt ist, kann man schon mal fuchtig werden.

Ha! Den *Ruf hab ich ohnehin schon. Jetzt hab ich wenigstens einen Grund dazu. Solange es mich nicht beißt, mach ich mit der Arbeit weiter. Sollen wir?*

Mein Bruder Rojer ist dein Führer, Rame. Er kann die Reaktion in einem gewissen Maß dämpfen. Sag es ihm, wenn du bemerkst, daß sonst noch jemand betroffen ist oder wenn es anfängt, dein Urteilsvermögen zu beeinflussen.

Danke. He! Es ist schon besser. – Noch mal, he! Ich wußte gar nicht, daß ich auch empfangen *kann.*

Rojer übernahm. *Primen können sich mit weitaus geringeren* Talenten *als T-Fünfern verständigen, Rame. Ich habe jetzt meinen Führungsglobus eingeschaltet. Wenn du ihm mit deiner Gruppe folgst, beginnen wir das Unternehmen Erleuchtung auf dem Weg zum Maschinenraum.*

Ich hab so viele Leitern dabei, daß wir bis auf den Mars runterklettern könnten. – Und, he, dies ist besser als ewig den Komknopf gedrückt zu halten. Dann wollen wir mal.

Anhand ihrer zunehmenden Tontiefe wußten sie, daß sie nun auch sprach. *Folgt dem hellgelben Licht! Forries, gehen Sie nach links. Mammu, sie gehen nach rechts und pflanzen die Zellen ... Hoppla, Mammu ist gerade in ein Rohr gefallen. O Mann, das ist ja toll!*

Rojer hatte den Stürzenden aufgefangen. Die unerwartete und fast in der gleichen Sekunde erfolgende Rettung ließ den Mann vor Schreck schlottern.

Tja, stellen Sie 'ne Lampe neben dem verdammten Rohr auf, Soldat, lautete Rames gereizter Kommentar. *Und wenn Sie angehalten wurden, bevor Sie unten ankamen, verdanken Sie es den* Talenten, *die unsere Schritte überwachen. Verzeihung – unseren Weg erleuchten.*

Während die verschiedenen Einsatzgruppen weiter vorstießen, füllte sich das Abbild des Kugelraumers langsam mit Einzelheiten. Ovale Tunnels verschiedenen Umfangs liefen um die Peripherie und sorgten schließlich dafür, daß die Käferspezialisten Zugang von einer Zone zur anderen bekamen. Nur wenige waren für die Forscher bequem, aber in der folgenden Woche erkannte man in jedem Quadranten und der Hemisphäre allmählich eine Art Netz.

Rojer entdeckte den Maschinenraum und ein unglaubliches Durcheinander von Bauteilen, die im aktivierten Zustand dem Flüchtling Antrieb verliehen. In versiegelten Tanks wurde Treibstoff entdeckt; er wurde mittels verschlungener Rohrleitungen in die Sektionen der riesigen Maschinenmasse verteilt. Stärkere Scheinwerfer wurden von jenen angefordert, die einen grauenhaften Trip durch glatte, vollgestopfte, ovale Tunnels hinter sich hatten. Der Maschinenraum war auch nicht gerade geräumig. Man erreichte ihn nur über Kanäle, die viel zu klein für Menschen- und 'dini-Körper waren.

»Ein aus verschiedenen Substanzen bestehender Treibstoff«, lautete die Analyse eines Experten.

»Warum läuft die Mischung dann wohl durch das

große kristalline Objekt, das so sorgfältig in das Gehäuse eingepaßt ist?«

Blinde Röhren rings um die Kammer deuteten irgendeine Art Beleuchtung an: eine Theorie, die die Tatsache stützte, daß verschiedene Zuleitungen und Windungen farbcodiert waren. Um zu beweisen, daß es stimmte, mußte die Energie des Kugelraumers eingeschaltet werden.

»Man muß Akrobat sein, um die Scheißkiste zu bedienen«, sagte ein Triebwerksspezialist von der Erde. Er unternahm den Versuch, auf die Haupteinheit zu steigen, um eine bessere Perspektive zu haben.

Man entdeckte in Bodenhöhe mehrere faszinierende Steuerarmaturen. Sie waren verschiedenfarbig gekennzeichnet und wurden durch Drücken bedient. Weitere Armaturen bedeckten die niedrige Decke der großen ovalen Kammer. Als man vorsichtig einige Bodenplatten löste, zeigte sich, daß die Leitungen entweder direkt zur Maschinenmasse oder zu den Treibstofftanks führten. Die Verlegung diagnostischer Instrumente in den vollgestopften Maschinenraum erforderte Rojers Unterstützung und den Abzug von fast einem Dutzend Spezialisten. Sie wieder in die Hauptfrachtkammer zu ›verlegen‹, wo ihnen das Essen serviert wurde und man Fernbildschirme aufgestellt hatte, trug viel zu ihrer Enttäuschung und Verärgerung bei, denn nun konnten sie nicht mehr an Ort und Stelle arbeiten.

Flavias Gruppe drang leichter als anfangs angenommen in die zwölf Königinnenquartiere ein, die einen Kreis um die innere Schiffsachse bildeten. Vier der zwölf Quartiere waren größer als die anderen, was andeutete, daß es unter den Königinnen irgendeine Rangordnung gab. Auch hier waren die Kontrollen in für Menschen und Mrdini ungünstigen Positionen angebracht: sie hingen von der Decke herab und ragten vom Boden der ovalen Unterkünfte auf.

»Den Starter hat noch niemand gefunden«, sagte Rojer zu seinen Gefährten. Er war gerade im Begriff, einen unwillkürlichen Einfall als zu lächerlich zu den Akten zu legen, als sein Bruder anfing zu lachen.

»Wahrscheinlich müssen sie genau *das* tun, Roj.«

»Was denn?« fragte Flavia. Sie drehte den Kopf halb in ihre Richtung, richtete den größten Teil der Konzentration jedoch auf ihre Tätigkeit.

Wir haben doch eine Königin, sagte Thian leise. *Sie wird wahrscheinlich wissen, wie man es macht ...*

Flavia machte große Augen. *Willst du sie etwa an Bord lassen?*

Sie kann es nirgendwo mit hinnehmen. Und wenn sämtliche Königinnen und ihre Schergen keine Ahnung haben, wie man den Strom einschaltet ... Thian zuckte die Achseln, ohne den offensichtlichen Schluß hinzuzufügen.

»Ach!« Flavia dachte über das Problem nach. »Sicher kann jemand ...«

»Hoffentlich!« sagte Rojer, aber er war nicht sehr ermutigt, als er seine Gruppe beobachtete, die über die Maschinerie hinwegstieg, farbigen Markierungen folgte und den Versuch machte, die ungewöhnliche Zusammenstellung des Käferantriebs zu ergründen. Sie war dem Anschein nach viel leistungsfähiger, als sie aussah.

Es gab nur so und so viele realisierbare Formen eines Raumschiffsantriebs, darüber waren sich Menschen und Mrdini einig. Vielleicht hätte man versuchen sollen, einen der Späher oder eine Fähre bei XH-33 gefangenzunehmen, als man die Gelegenheit dazu gehabt hatte. Doch laut allem, was Rojer erfahren hatte, war es ebenso unmöglich wie unwahrscheinlich gewesen. Die Entführung des Flüchtlings hatte man für einen ausreichenden Streich und für eine Lösung gehalten.

Ist dies auch nur eine akademische Übung? fragte sich Rojer. Sie brauchten im Grunde doch gar nicht zu wissen, wie das Käferschiff funktionierte oder was es wann und wo tat. Die Marine mußte nur herauskriegen, wo genau sie welche Art von Raketen hinschießen mußte, wenn sie es vernichten oder außer Gefecht setzen wollte.

Thian hatte die Sauerstofferzeugung ausfindig gemacht; sie lag genau über der Königinnenebene. Das Gas hatte alle sauerstofferzeugenden Pflanzenarten vernichtet, aber es waren Notvorräte in Tanks in angrenzenden Lagerräumen untergebracht. Thians zweiter Fund waren die runden Nahrungsmittelbehälter: sämtlich farbkodiert, doch die auf den Kugeln sichtbaren Hieroglyphen konnte niemand entziffern. Die Semantikexperten waren jedoch erfreut, endlich etwas zu haben, mit dem sie arbeiten konnten. Das Schiff wirkte von Zeichen jedweder Art eigenartig bar, doch die Beleuchtung bewies, daß bestimmte Farben für die unterschiedlichen Arbeiter der Königinnen erkennbar sein mußten. Warum hätte man sich sonst die Mühe machen sollen, alles einzufärben?

Ein 'dini-Xenobiologe schlug vor, man solle Proben sämtlicher Nahrungsbehälter zur Heinlein-Basis bringen. Die Königin war nun schon viel zu lange untätig, und die Theorie besagte, daß ihr möglicherweise irgendwelche lebenswichtigen Nährstoffe fehlten. Dies könne man doch sicher ausgleichen, indem man sie mit gewohnter Nahrung versorgte.

Auf der Hauptschalttafel waren Schächte, Gänge, ovale Zugangsröhren, Leitungen und Tunnels so eingefärbt, daß sie zu den Originalen paßten. Abgesehen von den schillernden Luftschleusen zu den Hangar- und Frachträumen gab es keine Türen.

Es schien auch keine ›Mannschaftsunterkünfte‹ zu geben, aber es gab weitere Larvenröhren, die sämtlich sternförmig von den Königinnenquartieren fortführten, ähnlich jenen, die Thian und Leutnant Auster-Kiely entdeckt hatten. Natürlich waren sie leer.

Nach zwei vollen Forschungsschichten und der Art Wachsamkeit, die die drei Primen für erforderlich hielten, ließ Thian Admiral del Falco wissen, daß sie nun Feierabend machten.

»Laß es dir bloß nicht ausreden, Thian«, sagte Rojer, der nach fast dreißig Stunden intensiver Aktivität die unerbittliche Erschöpfung in seinem Geist und sämtlichen Knochen spürte. »Ich bin völlig fertig.«

»Das sieht man«, sagte Flavia, aber sie sprach mit solch freundlicher Besorgnis, daß Rojer es ihr nicht verübelte. Sie schwang die Beine über die Kante der Liege. »Sie haben mehr als genug gefunden, mit dem sie sich einstweilen beschäftigen können. Und sie haben genug Personal, um einander abzulösen! Ich habe vielleicht einen Hunger! Die Brote, die sie uns raufgeschickt haben – und auch das ist schon Stunden her –, haben das Loch in meinem Magen nur vergrößert!«

Als Thian den Admiral kontaktierte, grunzte dieser und runzelte die Stirn. »Und was passiert, wenn es während Ihrer Dienstpause zu einem Unfall kommt? Haben Sie daran schon mal gedacht?«

»Und ob! Der Erdprimus hat für solche Fälle einen fähigen T-2 delegiert.« Und wie aufs Stichwort hin klopfte jemand an die Tür. »Clancy Sparrow ist jetzt da.«

Noch ein Vetter? fragte Rojer erstaunt, als sich die Tür zu ihrem Einsatzraum öffnete.

»Ich weiß«, erwiderte Clancy mit einem Grinsen, das noch breiter wurde, als er sich Flavia zuwandte. »Ich bemühe mich, bescheiden zu bleiben. – Mann, ihr habt wirklich was drauf!« Dann schluckte er, und seine Augen wurden vor Besorgnis rund. »Hoffen wir nur, daß ich bei dem riesigen Gebiet, das ich abdecken muß, nicht mehr als einen Notfall auf einmal habe.«

Thian lachte und gab Clancy mit einer Handbewegung zu verstehen, er solle seine Liege übernehmen.

»Melde dich bei Beva Margellis, wenn sie dir zu sehr im Nacken hängen. Sie ist eine T-3-Heilerin, aber in einer Verschmelzung kann sie auch unabhängig portieren. Du hast sie doch bei der Einweisung kennengelernt, oder?«

»Klar, die find ich überall. Bis später. He, Roj, herzlichen Glückwunsch.«

An diesem Tag war so viel passiert, daß Rojer nicht einmal mehr wußte, wozu Clancy ihn beglückwünschte.

»Ach ja, danke. Wie ist Asia denn durchgekommen?«

Clancy grinste. »Sie hatte nur zwei Punkte weniger als du.«

»Ich hab ihr doch gesagt, daß sie besteht. Sie ist doch nicht dumm!«

»Na klar, Mann«, sagte Clancy und zuckte vor Rojers inbrünstiger Parteinahme zurück. »Auf Deneb wissen es alle. Es sieht bloß so aus, als könnten wir es *ihr* nicht beibringen.«

»Geh zu Bett, Roj«, sagte Thian. Rojer vergeudete keine Zeit mehr, er setzte den Rest seiner Kraft ein, um sich in seine Unterkunft zu portieren. Er nahm sich die Zeit für eine Dusche und ein nahrhaftes Getränk. Als er sich dankbar auf dem ausgezeichneten und bequemen Bett ausstreckte, hatte er noch Zeit für einen schuldbewußten Gedanken: Nun hatte er jede Menge Platz, aber Gil und Kat waren nicht bei ihm.

»Es sind Notzugänge für Reparaturfälle, und sie wurden für die huschenden Viecher gemacht«, sagte Thian, als Rojer sich am nächsten Tag zum Dienst meldete. Er sprach über Bildschirm mit einem ergrauten Marineoffizier, der eine finstere Miene aufsetzte und die Rangabzeichen eines Fregattenkapitäns auf den Kragenspiegeln trug. »Man kann sie mit Schwingungsknoten ausloten … Mehr ist nicht drin. Hilft es nicht? Oder wollen Sie sich einen der Huscher ausleihen, die die Königin ausgebrütet hat?«

Hallo, Roj! Junge, heute fühlst du dich hundert Prozent besser an.

Du hättest mich nicht so lange schlafen lassen sollen.

Du hattest es nötig. Und wir brauchen dich wach.

»Ich soll diesem ... diesem Ungeziefer erlauben, an Bord zu gehen?« Der Fregattenkapitän wurde vor Entrüstung so rot wie ein Ziegelstein.

Flavia winkte Rojer mit den Fingern zu. Sie lag auf der Liege, ohne den Kopf zu drehen. Rojer sah, daß sie einen Schwingungsknoten durch eine enge Röhre fernsteuerte.

Wenn man nach den Farben urteilte, die das Diagramm des Flüchtlings kreuz und quer durchliefen, machte die Erforschung große Fortschritte.

»Das *Ungeziefer,* Fregattenkapitän, ist dazu geschaffen, sich als mobile Reparatureinheiten in diesen Räumen zu bewegen. Die Verkabelung ist offenbar mit einer eingebauten Konstruktion codiert, da dort nicht genügend Licht herrscht, um Farben zu erkennen. Da weder Menschen noch 'dinis die erforderliche Größe haben, war es nur ein Vorschlag!«

»Aber ein völlig unakzeptabler! Absolut! Sie sind vielleicht Primus, aber Sie sind nur hier, um Ihre Arbeit zu tun. Belassen Sie es also dabei!«

»Als Primus möchte ich Sie daran erinnern, Sir, daß ich das Geschöpf hundertprozentig kontrollieren könnte«, erwiderte Thian. Rojer hatte keine Schwierigkeiten zu erkennen, wie sehr sein Bruder den momentanen Wortwechsel genoß.

Niemand hat den Stromschalter gefunden, sagte Flavia. Ihr Geist war voller Gelächter, auch wenn ihr Gesichtsausdruck völlig ernst blieb. *Die Marine kriegt allmählich blanke Nerven. Die 'dinis schmollen. Und alles ist natürlich* unsere *Schuld.*

Rojer nippte an der dritten Tasse eines wirklich

guten Kaffees, saß auf seiner Liege und lauschte beiden Ebenen von Thians Gespräch. Interessant, daß sein Bruder die gleiche Idee gehabt hatte, die auch ihm gekommen war. Die einzigen Lebewesen, die das Schiff bedienen konnten, waren jene, für die es gebaut worden war. Keiner der vielen in dem Flüchtling umherwimmelnden Berater, Experten und Techniker hatte die erforderliche Form, Größe oder digitale Ausrüstung, um das Schiff mit Strom zu versorgen. So konnte man natürlich keine gründliche Forschungsarbeit leisten.

»Vergessen Sie Ihren dämlichen Vorschlag, Primus – dann vergesse ich, daß Sie ihn gemacht haben.«

Thian zuckte die Achseln. »Na schön, Fregattenkapitän, aber ich fühle mich zu erwähnen verpflichtet, daß kein Risiko dabei bestünde. Diese Lebewesen dienen nun einmal bestimmten Zwecken. Sie können nicht mehr als das, wozu sie bestimmt sind: Sie leben in den engen Schächten, um notwendige Reparaturen vorzunehmen.«

»Reparaturen sind *nicht* das Problem, Lyon.« Der Fregattenkapitän legte eine bedeutungsvolle Pause ein. »Wenn Sie noch mal so originelle Ideen haben, nehmen Sie bitte den Dienstweg.« Der Bildschirm wurde leer.

Flavia wälzte sich vor Lachen auf der Liege.

Du warst wunderbar, Thian, pathierte sie, da sie wegen ihres Gelächters nicht sprechen konnte. *Ach, Roj, dieser Mann war schon unmöglich, als wir unseren Dienst angefangen haben. Erstens kann er* Talente *nicht ausstehen, weswegen es ihm stinkt, mit uns zusammenarbeiten zu müssen. Und dann die blöden Sachen, die er von Clancy verlangt hat ... Die einzige in dieser Schicht, die etwas auf dem Kasten hat, ist Rame Kluh. Sie meint, wir sollten etwas bauen, das den Fühlern der Königin ähnelt, um herauszufinden, ob man die Armaturen damit aktivieren kann.*

Druckgesteuert? In einer bestimmten Reihenfolge? Was? Welche?

Thian hatte sich von dem leeren Bildschirm abgewandt, sein Gesicht zeigte einen Ausdruck von Abscheu und Frustration.

»Na schön, Ingenieur ... Hast du irgendwelche Ideen? Am liebsten würde ich das verdammte Schiff mit euch zusammen zum Laufen bringen. Verdammt noch mal, bisher haben *wir* die ganze Arbeit getan. Wir haben den Raumer verfolgt, gefunden, geklaut und hergebracht. Und wir haben das verfluchte Ding beleuchtet, damit *die anderen* sehen, wohin sie gehen. Und jetzt sollen wir ihn auch noch einschalten. *Sie* sind doch die Marineexperten. Wir sind doch nur dämliche VT&Ts.« Thian stieß einen heftigen Seufzer aus und entschuldigte sich bei ihnen, weil er so fuchtig klang.

»Hast ja recht, Alter«, sagte Rojer und legte den Kopf schief. »Und du hattest auch die richtige Idee. Wir können das Problem nur lösen, wenn wir einen Huscher der Königin aufs Schiff holen. Aber wenn ich mich recht erinnere, hatte Großmutter Rowan den deutlichen Eindruck, daß die Königinnen sämtliche Befehle erteilen. Wenn der Huscher keine Befehle kriegt, sitzt er nur rum.«

Thian schaute seinen Bruder an, dann Flavia, und allmählich verzog ein Lächeln seinen Mund.

Moment mal, Thian, sagte Rojer mit größerer Heftigkeit, als er beabsichtigt hatte. *Ich war schon in genügend Schwierigkeiten ...*

Du warst noch nicht *in Schwierigkeiten, Roj,* sagte Thian; seine Augen funkelten mit plötzlicher Verärgerung, als er seinen Bruder korrigierte. *Und du hattest genug Grips, den Großen Knatsch zu erkennen, als er auf dich zukam. Und Gil und Kat ebenfalls.*

Die unerwartete Erinnerung füllte Rojers Augen mit Tränen. Es war das erste Mal, daß jemand aus seiner

Familie so unverblümt über den Zwischenfall sprach. Aber Thian war aufgedreht, also zwang Rojer sich dazu, die schmerzhafte Erinnerung zu ignorieren und sich auf das zu konzentrieren, was sein Bruder sagte.

Ich glaube, wir haben alle den gleichen Gedanken. Flavia? Sie nickte. *Dann werde ich es mit Großvater besprechen,* sagte Thian. *Außerdem brauchen wir seine Hilfe. Und die von Roddie in der Beobachtungsstation. Wir könnten es hinkriegen.*

Die Marine wird der Schlag treffen, sagte Rojer, auch wenn die Idee feste Wurzeln schlug. Sie war der einzige Weg zu vielen Zielen, von denen das letzte darin bestand, Typen wie Admiral del Falco zu zeigen, daß sie Unrecht hatten, die grundsätzlich keine *Talente* mochten und ihr Mißtrauen und ihren Haß so deutlich zeigten wie der Korvettenkapitän.

Na schön, Thian, wie wollen wir es machen? fragte Rojer.

Thian schlug die Beine übereinander, ließ sie über den Rand der Liege baumeln und verschränkte die Hände auf seinem Schoß. *Tja, es wird einen genauen Zeitplan erfordern. Erstens müssen wir Roddie dazu bewegen, die Aufzeichnungsgeräte in der Beobachtungsstation zu manipulieren, damit niemand erfährt, daß die Königin weg ist. Zweitens müssen wir die Königinnenquartiere auf dem Flüchtling räumen, in denen es momentan von Technikern wimmelt, die alle glauben, daß sie den Schalter, der alles in Betrieb setzt, gleich finden. Drittens brauchen wir die richtigen Leute als Wachpersonal, Menschen wie 'dinis, damit niemand in Panik gerät, wenn das Schiff aktiviert wird.*

Woher sollen wir wissen, ob die Königin kooperiert, immer vorausgesetzt, wir können sie herholen? fragte Flavia.

Wenn man dich von allem Vertrauten isolieren würde und du wärst plötzlich an Bord eines Schiffes, das du bedie-

nen kannst, würdest du keinen Fluchtversuch machen? fragte Thian.

Na klar, das ist doch menschlich, sagte Flavia.

Ein 'dini würde auch so handeln, sagte Rojer. *Aber eine Käferkönigin?*

Ich glaube, ja, sagte Thian nachdenklich. *Du hast gesagt, die Königinnen hätten keine Zeit vergeudet, sich von dem Flüchtling zu entfernen, als er bedroht wurde. Ich gehe davon aus, daß für eine Königin das Überleben höchste Priorität hat.*

Aber wenn zwölf Königinnen nötig sind, um ein Schiff zu bemannen, wandte Flavia ein, *und das glauben unsere Experten im Moment ...*

Na ja, wenn sie nur hocken bleibt, wie sie es schon mal getan hat, haben wir auch nichts verloren, oder? sagte Thian. *Aber seht euch doch mal an, wie überlebensorintiert sie ist – sie brütet zuerst Diener aus, die sich um ihre Bedürfnisse kümmern; dann die winzigen Huscher, von denen sie dem Anschein nach erwartet, sie könnten einen Weg finden, der sie aus der Anlage herausbringt. Seit sie versagt haben, hat sie nichts mehr getan. Der gesunde Menschenverstand sagt mir, daß sie es wieder versuchen würde.*

Und zu mehr brauchen wir sie nicht zu bewegen, nicht wahr? Als daß sie es versucht? sagte Flavia. *Daß sie uns zeigt, wie man das verwünschte Schiff in Bewegung setzt. Dann können wir die Anlage verlassen und etwas tun, das eher unserem Rang und unserem Geschick entspricht.*

Thian und Rojer warfen ihr einen überraschten Blick zu.

Ich bin für die Towerarbeit ausgebildet worden, sagte Flavia mit einem Anflug von Schroffheit, *und obwohl es mir eindeutig Vergnügen macht, eine kleine Pause bei meinen üblichen Pflichten einzulegen, schätze ich es nicht, wenn mich jemand wie dieser Fregattenkapitän heruntermacht.* Sie spitzte die Lippen und betrachtete die Brüder mit einem Ausdruck, als wolle sie sie warnen, sie zu tadeln.

Thian lächelte. Rojer verdrehte die Augen, als sein Bruder Flavia beschwichtigte. »Ja, es geht einem auf den Senkel. Du hast das Recht, über die Behandlung, die wir erfahren haben, verärgert zu sein. Ich habe schon auf Marineschiffen gedient, deswegen stört es mich nicht so sehr, aber das Benehmen dieses Fregattenkapitäns schreit nach Korrektur.« Er zwinkerte erst Flavia, dann Rojer zu. Sie waren ziemlich sicher, daß die Gespräche, die sie in ihrem Arbeitsraum führten, aufgezeichnet wurden, da es dem Standardverfahren entsprach. *Schieben wir diese tolle Idee also durch die passenden Kanäle?*

Zu Großvater? Was ist, wenn sie ihm nicht gefällt? Widerstreitende Gefühle, die Thian allem Anschein nach nicht im geringsten besorgt machten, überströmten Rojer. Aber Thian war schließlich ... Rojer brach den Gedankengang ab.

So verlieren wir wenigstens nicht den Kopf. Thian zuckte die Achseln. *Ich glaube, schon der Versuch ist vergnüglich. Verflixt noch mal, Rojer, es war doch* deine *Idee!*

Ja, aber ... Rojer hielt inne, um über die Auswirkungen nachzusinnen.

Ja, aber ... äffte Thian ihn nach. *Wenn es der junge Ingenieursprimus Lyon ist, der den Marinepfeifen zeigen muß, wie einfach es war zu bestimmen, wo der Strom eingeschaltet wird ... Es würde eine Menge Menschen und 'dinis aufrütteln und uns Primen bestimmt einen kleinen Triumph einbringen.*

Ich bin dabei, sagte Flavia lachend. Ihr Augen glitzerten, sie schien gefangen von dem Streich und einem möglichen Triumph. Dann ernüchterte sich ihre Miene. *KÖNNEN wir ein Käferschiff transportieren?*

Uns ist noch nie etwas begegnet, das wir nicht portieren konnten, sagte Thian, *und Rojer und ich haben schon ziemlich komische Pakete verschickt. Verflixt noch mal, Flavia, du warst doch dabei, als wir mit Großmutter den Ku-*

gelraumer geklaut haben. Wir klauen doch nur – für ein paar Minuten – die Königin. In Ordnung? Und bevor seine Mitverschwörer ihn in seine Schranken verweisen konnten, sandte Thian eine fein abgestimmte Botschaft an den Erdprimus.

Erdprimus, bist du erreichbar?

Für dich immer, Thian.

Wir haben eine Idee, für die wir deine Zustimmung und Hilfe brauchen, Großvater.

Erzähl mal. Als Thian seine Erklärung beendet hatte, hielten die drei jungen Primen die Luft an, da ihr Vorgesetzter eine geraume Weile nichts von sich hören ließ. *Da das Marineunternehmen offenbar auf der Stelle tritt, muß man wohl zu ungewöhnlichen Schritten greifen, um diese Sackgasse zu verlassen. Euer Plan erscheint mir schlüssiger als alle anderen, die ich gehört habe. Und er bedeutet gewiß keine Gefahr für irgend jemanden. Natürlich kann es sein, daß sich die Königin nicht als unterwürfig erweist, wenn sie erkennt, wo sie sich befindet. Könnt ihr mit dieser Möglichkeit fertig werden? Und seid ihr in der Lage, sie im Zaum zu halten?*

Wir brauchen sie doch nur zu Roddie zurückzuportieren.

Aber wenn sie das Schiff starten sollte …

Ein Schiff dieser Größe, sagte Thian, *braucht seine Zeit, bis die Maschinen soweit aufgewärmt sind, um Startenergie zu haben. Wir haben sie wieder in ihrem Quartier, bevor sie auch nur zum Countdown kommt.*

Hört mal, ich werde das mögliche Problem mit einem kleinen Sicherheitsnetz versehen, sagte Jeff Raven. *Ich werde selbst mit Roddie Verbindung aufnehmen, um zu sehen, wie wir den … ähm … Ausflug von seiner Seite aus organisieren. Ich nehme an, daß sie sich gerade mal wieder nicht rührt.*

Leutnant Rhodri Eagle war überglücklich, an der Verschwörung teilnehmen zu dürfen und seine Gefangene für das Projekt ›auszuleihen‹.

Ich habe kiloweise Aufzeichnungen, die ich abspielen kann. Aber seid ihr sicher, *daß sie nicht mal eben aus dem Königinnenquartier huscht und durch das Schiff tobt?*

Diese Möglichkeit handhaben wir schon, versicherte Thian seinem Vetter. So viele Forscher waren in irgendwelche Rohre, Tunnels und Bodenzwischenräume gefallen, daß man über alle unbenutzten Öffnungen Gitternetze gelegt hatte. Jene, die von den Königinnenquartieren abwichen, konnte man telekinetisch ›abschließen‹.

Ist ganz schön schräg von uns, ihr falsche Hoffnungen zu machen, was? sagte Roddie, womit er unerwartetes Verständnis für die Käferkönigin zeigte.

He, Mann, wenn du schon so denkst, solltest du dich mal versetzen lassen, erwiderte Thian.

Tja, weißt du, vielleicht sollte ich wirklich einen Antrag stellen. Der Dienst hier war aufregend – jedenfalls eine Weile. Aber der Glanz ist inzwischen längst verblaßt. Besteht 'ne Möglichkeit, daß ihr ein Wort für mich einlegt, Jungs? fragte Roddie.

Aber klar. Bei wem denn? Beim Erdprimus oder deinem kommandierenden Offizier? An welchen Posten denkst du denn so?

IST MIR EGAL. Ich hab sogar genug 'dini gelernt, um mit ihnen klar zu kommen.

Wir geben Bescheid, wenn du die Bänder vertauschen sollst. Besorg dir eins und sei bereit, es einzulegen, weil wir schnell handeln müssen, wenn es soweit ist.

Eine Gelegenheit zu bekommen, unter vier Augen mit Korvettenkapitän Semirame Kluh zu sprechen, hätte vielleicht einige Probleme bereitet, aber dies löste sie selbst, indem sie bei der nächsten Essenspause mit einem Tablett in den Händen an ihrem Tisch aufkreuzte. Sie hatten sich diese Ecke der Offiziersmesse ausgesucht, weil der Tisch nebenan nicht besetzt war.

»Kann ich mich zu euch setzen? Oder könnt ihr die Typen von der Marine nicht mehr sehen?«

»Warum sollten wir?« sagte Thian, den ihre Frage durchaus überraschte.

»Baldwin!« sagte sie knapp, schob ihr Tablett auf den Tisch und nahm Platz. »Ich hab gehört, daß er sich heute aufgebläht hat. Er ist ein fremdenfeindliches Spatzenhirn. Er kann's nicht ausstehen, mit gemischter Mannschaft zu arbeiten, und bezieht es ebenso auf euch wie auf die 'dinis. Außerdem will er den ganzen Ruhm für jeden Fortschritt, der während seiner Schichtleitung gemacht wurde, und er ist wegen seiner Beförderung längst überfällig.«

Thian grinste sie an. *Ist das Kasino hier wanzenfrei?*

Rame Kluh verdrehte die Augen und grinste ihn an.

»Aber klar. Was willste denn sagen?« Ihre Augen fingen vor Neugier an zu funkeln, ihr Körper bebte leicht vor Erwartung. Sie nahm ihre Mahlzeit in Angriff und verhielt sich ganz normal. »Vergiß aber nicht, hin und wieder etwas mit normaler Lautstärke zu sagen, damit sich niemand fragt, warum es in dieser Ecke so leise zugeht.«

Und so fing Thian eins jener Doppelgespräche an, in denen er inzwischen firm war. »Das schmeckt aber lecker heute, und die Pause können wir auch gebrauchen.« *Wir haben die Idee, daß die Königin uns zeigen könnte, wie man den Flüchtling mit Energie versorgt.*

»Hmmm, kann man wohl sagen.« Rame futterte mit offensichtlichem Genuß. *Erzähl mir mehr, du herrlich hinterhältiger Kerl!*

Die drei *Talente* wechselten sich ab, ihr den Plan zu erläutern und gaben zwischendurch irgendwelche harmlosen Kommentare ab. Als alles klar war, schaute Rame wehmütig auf ihren leeren Teller.

»Ich weiß zwar, daß es gut geschmeckt hat, aber ich kann mich absolut nicht erinnern, was ich eigentlich gegessen habe …«

»Einmal wärst du beinahe erstickt«, sagte Rojer und bemühte sich, eine ernste Miene beizubehalten.

»Und du hattest zwei Hustenanfälle«, warf Flavia hilfreich ein.

»Aber wir können es machen«, sagte Rame. »Es muß allerdings in der nächsten Schicht sein. Da hab ich nämlich Dienst, und Glmtml auch ...«

»Würde er dabei mitmachen?« Thian war überrascht.

»Oh, ihr wärt überrascht ...« Und sie wechselte zur versteckten Rede ... *über das, was der alte Glmtml alles mitmachen würde, weil ihm die Lamettahengste seiner Abteilung zum Hals raushängen.* Sie tupfte ihre Lippen mit einer Serviette ab, stand auf und nahm das Tablett. »Danke für die Gesellschaft. Würd' gern öfter kommen, solange ihr noch hier seid.« *Könnte sein, daß ich eure diskrete Hilfe brauche, um die Personaleinteilung zu verändern. Wäre besser, wenn ich die weniger kooperativen Typen abschieben kann, damit sie die Geschütze polieren.* Sie grinste schön boshaft. Im Innern des Flüchtlings gab es Raketenmagazine, aber keine Werfer: Noch ein Zeichen dafür, wie eilig die Käfer es gehabt hatten, ihr System und dessen zerfallendes Zentralgestirn zu verlassen.

»Jederzeit«, sagte Thian. »Sehen wir uns irgendwann?«

»Klar!« Und Semirame Kluh schritt zuversichtlich zum Abfallschlitz hin, schob ihr Tablett hinein und verließ die Messe.

Kaum eine Stunde später klopfte Kluh freundlich an die Tür des Einsatzraums der *Talente.* Sie schlüpfte rasch herein. Ihr Gesicht wirkte heiter, als sie sich an die Wand lehnte.

Ihr müßt den Dienstplan ein bißchen frisieren. Und zwar innerhalb der nächsten fünf Minuten. Schafft ihr das?

Wirf ihn in die Luft, ich fang ihn auf, sagte Thian, ohne sich von seiner Liege zu erheben.

Rame zögerte einen Augenblick, zuckte die Achseln und warf ein gefaltetes Stück Folie in die Luft. Es verschwand.

Ich kann jeden, der für euer Unternehmen lebenswichtig ist, fünfzehn Minuten vor Ende der Schicht in Stellung haben, sagte sie. *In Ordnung?*

Könnte nicht besser sein.

Sie verschwand so schnell, wie sie gekommen war. Thian breitete die Folie auf seinen Schenkeln aus und lächelte.

Haltet mir den Rücken frei, ihr beiden, ja? Ich muß mich in die Haupt … ah, da. Hmm. Das Mädchen ist verdammt gerissen. Da, das müßte reichen. – Roddie?

Haste gebimmelt, Alter?

Thian gab ihm die Zeit durch.

Onkel Jeff hat zugestimmt? Ohohoho! Ich nehm die Hälfte von allem zurück, was ich über meinen berühmten Verwandten gesagt habe, gluckste Rhodri Eagle in freudiger Erwartung. *Wenn er euren Arsch rettet, dann rettet er auch meinen. Mann! Warum ist es bloß immer so, daß man mit den wirklich tollen Sachen, die man macht, nie angeben darf?*

Weil es dann keine tollen *Sachen mehr wären,* sagte Flavia unerwartet. »Ich glaube, sie haben die Sauerstoffanlage eingeschaltet«, sagte sie dann. »Glaubt ihr, *Sgit*-Blätter machen *wirklich* einen Unterschied … in der Qualität des Sauerstoffs, meine ich?«

»Das machen sie auf allen Schiffen, auf denen ich war, wo man *Sgit*-Blätter den Pflanzenbanken hinzugefügt hat. Und die 'dinis haben nie miese Luft.«

»In-te-res-sant«, sagte Flavia gedehnt. »Nun, es wird natürlich die Belastung der Mondbasisvorräte verringern.«

Da die *Talente* nun, nachdem das Innere des Flüchtlings verzeichnet war, eher in Warteposition standen, schien sich der Rest ihrer Schicht endlos hinzuziehen.

Meine Truppe ist bereit, Thian, meldete sich Rame. Dann, über das Komgerät: »Ach, Primus Thian, hier ist Korvettenkapitän Kluh. Können Sie in Warteposition gehen? Wir machen eine Entgiftungsübung.«

»Verstanden, Korvettenkapitän. Weitermachen.«

Rojer fing aus dem Augenwinkel einen Schatten auf, und als er sich umdrehte, um ihn genauer anzusehen, wäre er fast von der Liege gefallen.

Großvater ist hier, versuchte er Thian zuzuflüstern.

Thian drehte sich zwar nicht um, setzte aber ein breites Grinsen auf.

Damit hatte ich fast gerechnet, Großvater.

Da ich, wie Roddie es so elegant ausgedrückt hat, eventuell eure Ärsche retten muß, dachte ich, ich könnte mir den Spaß auch mal aus der Nähe anschauen.

Und dann auch noch als Verstärkung! sagte Thian in einem ulkenden Tonfall. *Traust du uns etwa nicht?*

Und ob ich euch traue, Thian. Ich mache mir nur Sorgen um das sich reckende Insekt. Wir wissen so wenig über seine Psychologie.

Ich bin fertig, sagte Roddie. *Seid ihr's auch?*

Es ist euer Plan, sagte Jeff Raven. *Fang an, Thian!* Er verschränkte die Arme vor der Brust und blieb ungefähr da stehen, wo Rame zuvor gestanden hatte.

Roj, Flavia, sagte Thian. *Verschmelzung.*

Ihre Geister verbanden sich so sauber, als wäre es nicht das erste Mal, daß sie einen solchen Kontakt aufnahmen. Da Thian führte, war sich Rojer der Stärke der beiden Geister bewußter als während ihrer Einzelunternehmen an dem Flüchtling. Er war sich auch einer weiteren Fähigkeit bewußt, die beide stärkte und ermutigte, aber dennoch kein Bestandteil der Dreifachverschmelzung war.

Sie hatten keine Schwierigkeiten, die Käferkönigin zu finden, die in ihrem Spänebett nistete, während die

Diener ihre Körperteile polierten und die feinen Härchen ihrer Gliedmaßen glätteten. Das von ihr ausgehende *Pieks-Pssst* war unerträglich scharf, als die Thian-Verschmelzung den Kontakt aufnahm, aber das Zögern dauerte nur den Bruchteil einer Sekunde, dann setzten sie sie ordentlich in den nun verdunkelten Quartieren des Flüchtlings ab: in einer der größeren Kammern.

Irgendwie hatte Rame ›Nacht‹-Beleuchtung frisiert, die den Beobachtern die Gestalt der Königin zeigte. Sie hatte sich in halb liegender Position in den Spänen befunden, aber die Verschmelzung plazierte sie aufrecht, und sie mußte ihre Gliedmaßen an die stehende Position anpassen. Als dies geschehen war, rührte sie sich nicht mehr.

Zum Teufel, sagte Thian, *wir können uns nicht leisten, daß du tagelang darüber nachdenkst, wo du bist und was du tun sollst.*

Ruhig bleiben! sagte die zuversichtlich wachende Kraft.

Die Königin schritt abrupt zur Tat, und zwar mit solcher Geschwindigkeit, daß ihnen ihre ersten Bewegungen fast entgingen. Ihre Fühler griffen zur Decke, schienen an den Armaturen entlangzugleiten. Sie war außerdem auf eins ihrer Hinterbeinpaare zurückgezuckt und hob die vorderen, die nun über die Bodenarmaturen tanzten. Sofort gingen im gesamten Raum in den Röhren, die man für Beleuchtungskörper gehalten hatte, rötliche Lampen an. Dann erhellten sich die von eigenartigen Symbolen und unterschiedlichen Schattierungen verzierten Armaturen.

Wir haben im ganzen Scheißschiff plötzlich Strom, sagte Rame, die vor Verblüffung fast erstickte. *Ich weiß nicht genau, wie ich das erklären soll.*

Mach dir nicht die Mühe.

O Gott, der Maschinenraum rastet aus! He, ich glaube, das reicht jetzt, Thian! Panik färbte Rames Stimme.

Keine Sorge, Korvettenkapitän, sagte Jeff Raven. *Das Schiff ist so fest verankert, daß es sich nicht mal mit voller Kraft voraus losreißen könnte.*

Ich kenne die Reihenfolge, um den Strom einzuschalten, sagte Rojer.

Ich hab das Muster, wie sie alles aktiviert hat, sagte Flavia.

Tut mir leid, Majestät, Eure Bewährung wurde gerade widerrufen, sagte Thian, und die Verschmelzung trug die Königin wieder in ihr Gefängnis zurück.

Was habt ihr mit ihr gemacht? beschwerte sich Roddie. *Jetzt dreht sie durch!*

Kann nicht sagen, daß ich es ihr verüble, sagte Jeff gelassen. *Ich wäre auch sauer, wenn ich geglaubt hätte, da ist ein Ausweg nach Hause, und dann ist er plötzlich weg.*

Deine Entgiftungsübung ist jetzt zu Ende, Rame, sagte Thian. *Ihre Majestät ist wieder in sicherem Gewahrsam und führt gerade ein irres Tänzchen auf.*

Joi! Aber könnt ihr das alles noch mal machen, wenn wir *sie brauchen?* fragte sie zweifelnd.

Jederzeit.

Wozu es auch immer dienlich ist, sagte Jeff. *Gut gemacht, Primen. Kein Arsch ist in Gefahr. Ich überlasse euch nun dem Vergnügen, dem Admiral alles zu erklären. Aber ich werde zuhören, also sagt bloß nichts, wofür ich mich später entschuldigen muß.*

Großvater!

Kapitel Fünf

»Es war eine konzertierte Aktion, Admiral«, wiederholte Rojer – inzwischen leicht angesäuert, weil er dem Sperrfeuer des Zweifels der Marine und speziell del Falcos aggressiven Verhörs müde war. Er bedauerte es, daß er, als Ingenieur der drei *Talente,* es übernommen hatte, die technischen Fragen zu beantworten. Doch keine seiner Antworten erfreute den fremdenfeindlichen Baldwin, der einem Eingeschnapptsein so nahe war, wie ein erwachsener Mensch ihm kommen konnte. Alle drei *Talente* waren besonders sorgfältig dabei gewesen, seine bohrenden Fragen zu beantworten, denn sein Argwohn war in seinem öffentlich zugänglichen Geist deutlich ›hörbar‹. »Angesichts der Größe der Königin«, erläuterte Rojer geduldig, »sowie der Anordnung ihrer manipulativen Gliedmaßen und Optik mußte die obere Schalttafel die logische Hauptsteuerung sein, während sie von der unteren Lageinformationen empfing. Wir haben nur mit den Variablen herumgespielt, bis wir die richtige Kombination trafen. Ich glaube, es war Flavia, die die Lampen einschaltete.«

»Die oberen Gliedmaßen der Königin sind mit dreieckigen Fühlern versehen«, sagte Flavia, wobei ihre Stimme in ein ›Auswendiggelernt‹-Muster verfiel, denn auch sie wiederholte nun ihren Teil der Erklärung, »also war dies die Form des Drucks, den ich einsetzte.«

»Warum haben Sie zu dieser Zeit eine Entgiftungsübung angesetzt, Korvettenkapitän Kluh?« fragte Baldwin, indem er sich abrupt der anderen ›Übeltäterin‹ zuwandte, der Offizierin vom Dienst.

»Sir, Sie haben doch selbst Notfallübungen auf dem Flüchtling vorgeschlagen, weil das Sauerstoffversorgungssystem gerade erst angeschlossen wurde«, sagte Semirame ernst und beugte sich leicht zu ihm hinüber – nicht ganz entschuldigend, aber mit der Aura zarter Erinnerung. *Eigentlich gibt er so viele Befehle, daß er sich an einzelne gar nicht mehr erinnern kann. Übungen sind Pflicht, besonders in neuen Anlagen. Und wenn er es nicht angeordnet hat, hätte er es tun müssen.*

Ich weiß nicht, wie ihr es seht, Rojer und Thian, sagte Flavia mit beträchtlicher Verärgerung in der Stimme, *aber ich finde das Verhalten dieser Kerle mißtrauisch, unangenehm, undankbar und eindeutig gehässig. Was macht es schon für einen Unterschied, wer herausgekriegt hat, wie man den Strom in dieser verfluchten alten Gurke einschaltet? Der Kahn fährt doch ohnehin nie irgendwo hin. Nun* hat *er Strom, und es gefällt mir nicht, daß ich mir anhören muß, daß wir »hinter ihrem Rücken und aus Ruhmesgeilheit« die »Kompetenzen der uns zugewiesenen Aufträge überschritten« haben. Wir haben ihre Leute nicht in Gefahr gebracht. Wir haben das Schiff sogar noch etwas sicherer gemacht, als wir die Beleuchtung eingeschaltet haben. Wir haben uns den Mund mit Erklärungen fusselig geredet. Alles, was wir wissen, wurde aufgezeichnet, deswegen glaube ich, es ist jetzt an der Zeit, von diesem Karussell abzuspringen.*

Und zwar mit Pauken und Trompeten, erwiderte Thian. *Ich stimme mit deiner Analyse überein, Flavia. Ich habe dieses Verhör satt. Wir haben die »uns zugewiesenen Aufträge« erfüllt. Deswegen können wir* gehen. *Rame, wenn wir jetzt empört abmarschierten, könnten dir daraus Nachteile erwachsen?*

Keine Ahnung, wie es euch gelungen ist, diesen Scheiß so lange über euch ergehen zu lassen. Da ich damit beschäftigt war, das Entgiftungsteam zu beaufsichtigen und nicht mal in der Nähe eurer Untat war, können sie mir nicht mal Dienstpflichtverletzung anhängen. Außerdem ist del Falco nicht hinter mir her. Ich gehöre zur Truppe. Er ist hinter euch her, weil ihr nicht dazu gehört.

Willst du es ihnen sagen, Flavia, oder soll ich es tun?

Mach du es lieber, Thian, erwiderte Flavia. *Ich fürchte, mir platzt sonst der Kragen.*

Thian und Rojer tauschten einen erstaunten Blick.

»Mr. Lyon!« sagte del Falco, und offenbar nicht zum ersten Mal, denn er hatte vor Zorn eine finstere Miene aufgesetzt. Beide Mr. Lyons schauten ihn an.

Er hat gefragt, warum du ausgerechnet diesen Moment ausgesucht hast, um deine Theorie auszuprobieren, half Rame ihm auf die Sprünge.

Thian stand auf. Es war das Signal für Flavia und Rojer, seinem Beispiel zu folgen.

»Wir haben diesen Augenblick gewählt, weil die Königinnenkammern leer waren und wir nicht das Risiko eingehen wollten, jemanden in Gefahr zu bringen, falls wir einen falschen Knopf drücken«, erklärte Thian. »*Jetzt* kann man die Schalttafeln nach Belieben ein- und ausschalten. Das Schiff ist gründlich und sicher erforscht, unabhängig beleuchtet und mit Sauerstoff versorgt, deswegen ist unser Auftrag beendet. Der Erdprimus hat uns gerade informiert, daß wir sofort zum Blundell-Gebäude zurückkehren müssen. Es war uns eine Freude, Ihnen bei diesem Marineprojekt auf der Phobos-Basis helfen zu können. Admiral, Fregattenkapitän Baldwin, Korvettenkapitän Kluh, Glmtml, meine Herrschaften …« Thian verbeugte sich vor dem Menschen- und Mrdini-Kommando, das sie in den vergangenen drei Stunden vernommen hatte, dann verließ er den Raum.

Die Höflichkeiten, die Rojer und Flavia den Inquisitoren erwiesen, waren zwar ebenso nett, aber kürzer. Und schon waren sie draußen im Gang.

Laßt uns den Laden in die Luft jagen, sagte Thian.

Sie hörten den Tumult, der drinnen ausbrach und portierten in ihre Quartiere, wo sie ihre Habseligkeiten mit eiligen Bewegungen aus Schränken und Schubladen entnahmen.

Wohin denn? fragte Rojer Thian.

Ins Blundell natürlich, erwiderte Thian, als könne kein Zweifel daran bestehen. *Auf dem Transportdeck liegt ein Modul, das groß genug ist.*

Dort trafen sie sich einige Augenblicke später. Flavia sah aufgrund ihres dramatischen und schroffen Abgangs anziehend errötet aus.

Und wir brauchen nicht mal die Generatoren der Basis einzusetzen, sagte Thian kichernd, der als letzter in die Kapsel stieg. Er zog die Luke fest zu. *Alles klar?*

Auf Rojers fröhlichen Ruf und Flavias kicherndes Einverständnis hin verschmolzen ihre Geister, und sie warfen sich selbst von der Phobos-Basis ins Hauptquartier der Vereinigten Teleporter und Telepathen auf der Erde.

Ihr seid eine Bande schräger Vögel, sagte Jeff Raven, aber auch er lachte. *Meldet euch in meinem Büro, damit ich die Flak abwehren kann, die Admiral del Falco auf mich richtet.*

Der Mann ist nicht nur undankbar, sagte Flavia fest, *sondern hat auch kein Benehmen. Er hat uns nicht mal gedankt, daß wir das Problem für ihn gelöst haben.*

Portiert gleich in mein Büro, Leute, ich habe den Weg für euch freigemacht, sagte Jeff, als die Luke des Moduls vom Chef-Exportleiter der Blundell-Anlage geöffnet wurde.

»Der Meister will euch sofort sehen«, sagte er mit einem breiten Grinsen.

Ist es etwa schon auf der ganzen Welt bekannt? fragte Rojer Thian privat.

Nein, man wird's auch nicht erfahren, antwortete Jeff, der nicht die geringsten Schwierigkeiten hatte, sich in die Verbindung seiner Enkel einzuschalten. *Beeilt euch. Der Admiral ist gerade an der Stelle, die von grober Insubordination und Mißachtung von Befehlen handelt, und ich nehme an, gleich wird er auch etwas zum Thema Meuterei sagen.*

»Verzeihung«, sagte Thian zum Exportleiter und portierte sich wie befohlen. Rojer und Flavia folgten ihm eine Nanosekunde später.

Da sie Jeff Ravens Büro gut kannten, sorgte das Trio dafür, daß sie an einer Stelle materialisierten, die sich außerhalb des Kamerawinkels befand. Admiral del Falco, auf dem Bildschirm sichtbar – Fregattenkapitän Baldwin stand rechts von ihm – schwadronierte gerade wortgewaltig über die ›Possen‹ der »ungebührlichen, undisziplinierten und prinzipienlosen *Talente*.«

»Ich dachte, Sie hätten Ihre Leute besser unter Kontrolle, Raven. Sie haben uns versichert, alle seien bestens ausgebildet, geschickt und ihres Auftrags fähig. Aber sie haben die Konferenz einfach verlassen, obwohl wir noch viele Fragen hatten. Ich muß Ihnen leider sagen, daß ich, Fregattenkapitän Baldwin und ...« Er schaute nach links, dann stieß er ein mißfallendes Schnauben aus und schaute wieder in die Kamera. »Wir werden nicht empfehlen, daß die drei je wieder Aufträge von der Marine erhalten.«

»Ach, wirklich?« sagte Jeff. »Wie komisch. Mir liegen nämlich zwanzig dringende Anfragen vor.« Er hob einen Papierstapel von seinem Schreibtisch hoch und hielt ihn so, daß der Admiral ihn sehen konnte. »Und zwar von diversen Marineforschungsgruppen, von den Geschwadern C und D, die momentan auf Clarf überholt werden, und von den Kapitänen Osullivan, Ashiant, Cheseman, Quacho und Plr. Dazu eine dringende Anfrage von Kapitän Spktm von der *KLTS* und einen weiteren streng geheimen Auftrag, von dem ich Ihnen aufgrund Ihrer niedrigen Sicherheitseinstufung gar nichts erzählen darf.«

Mann, Großvater, jetzt machst du ihn aber ein, sagte Thian leise kichernd.

Verpaß ihm noch eine, sagte Rojer erfreut.

Admiral del Falco erstarrte; seine ausdruckslose Miene nahm noch bedrohlichere Farblosigkeit an. »Man wird es sich bestimmt noch einmal überlegen, wenn man die Meldung liest, die ich dem Formblatt NE-440 beifügen werde.«

»Wirklich? Daß unsere Leute ernsthafte Verletzungen verhindert haben, als sie im Zuge der Forschungsarbeiten auf dem Flüchtling fünfundsiebzig Besatzungsmitglieder retteten? Daß sie ihren Auftrag zudem in weniger als der vorgesehenen Zeit beendet haben? Daß sie das schiffsinterne Energiesystem fanden und aktivierten? Daß dies zwar nicht zu ihren Aufgaben gehörte, aber daß die *Talente* sich damit brüsten, *mehr* zu tun, als eigentlich von ihnen verlangt wurde? So was gehört bei uns zum Kundendienst, Admiral. Und sparen Sie sich das Ausfüllen von NE-440-Formblättern: Es ist reine Zeitverschwendung, da unsere Leute Ihrer Rechtsprechung gar nicht unterstehen. Danke für Ihre Erkenntnisse hinsichtlich dieses Unternehmens – und viel Glück mit dem nun einsatzbereiten Feindschiff.« Mit einem gebieterischen Schwenken der Hand schaltete Jeff den Bildschirm ab. »Das stellt die Phobos-Mondbasis bei der Arbeitspriorität der VT&T auf die hinteren Plätze.« Er stand von seinem Sessel auf. Er war noch immer größer als seine Enkel, energisch und von den zurückliegenden Ereignissen offensichtlich amüsiert. »Ich nehme an, man hat euch während des dreistündigen Verhörs nichts zu essen angeboten, was? Sagt nur, was ihr haben wollt.« Er gab ihnen mit einer Geste zu verstehen, in der Salonzone seines geräumigen Büros Platz nehmen.

»Mein Magen hätte ohnehin nichts mehr von dem Zeug verarbeitet, das die einem da oben servieren«, sagte Rojer, warf einen Blick auf den Dispenser und bestellte eine kräftigende Mahlzeit. Jeff lachte, dann drängte er Flavia, ebenfalls eine Bestellung aufzugeben.

Thian erkannte, daß sein Magen sich nun auch entknotete und kurz darauf saß er ebenso wie sein Bruder vor einer Reihe von Tellern.

»Ich hoffe, du hast die Marine jetzt nicht satt, Flavia«, sagte Jeff und bestellte einen Salat. Sie saßen alle an dem wunderschönen atairischen Obstholztisch, der nun mit üppiger Nahrung überladen war.

»Nein, Sir. Ich hatte keine Probleme mit dem Leben dort. Thian und Rojer haben mir einiges« – sie warf Rojer einen ängstlichen Blick zu, doch dann sah sie, daß er eifrig mit seiner Mahlzeit beschäftigt war und ihr nur mit einem Ohr zuhörte –, »über das erzählt, was sie getan haben. Ich habe keine Vorbehalte, als *Talent* auf einem Schiff zu dienen. Wenn man objektiv ist, sieht man doch, daß Admiral del Falcos innere Konflikte und sein Ehrgeiz die Ursachen vieler seiner Verhaltensmuster sind.«

»Gut gesagt«, murmelte Jeff. Er lachte kurz und maß seine Enkel mit einem schelmischen Grinsen.

»Haben Sie für mich einen neuen Auftrag bei der Marine in Erwägung gezogen, Sir?« fragte Flavia.

Thian, der Flavia beobachtete, als sie geziert eine Lasagne verzehrte, wobei es ihr gelang, eine ordentliche Portion heißen Käse auf ihrer Gabel zu balancieren, konnte sich gut vorstellen, welchen Eindruck sie auf die Besatzung eines Raumschiffes machte. Vielleicht hatte er in die Wahl seines Großvaters, sie in das Unternehmen einzubinden, zuviel hineininterpretiert. Abgesehen davon wußte er, wie inständig Jeff Raven sich wünschte, daß seine Enkel in *Talent*-Familien einheirateten, um eine weitere Generation begabter Kinder zu zeugen.

»Für T-Einser liegen mehrere Anfragen vor, also lege ich sie mal auf den Tisch«, sagte Jeff. »Das Geschwader C ist wieder im Lande; es wird überholt und erfährt einen Personalwechsel. C war länger unterwegs als D.«

»Dann werden sie also die anderen Käferschiffe zu ihrem Ziel verfolgen?« Thian war zwar aufgeregt, aber auch erleichtert. Die Vorstellung, daß sie sich auf ahnungslose Planeten stürzten, behagte ihm nämlich nicht.

»Das habe ich jedenfalls gehört.« Jeff Ravens Stimme enthielt jedoch die Warnung, daß das, was er gehört hatte, noch geändert werden konnte. »Das Geschwader A ersetzt Elemente von C und D und wird die Suche verstärkt vorantreiben. Man hätte dich gern wieder dabei, Thian, besonders Kapitän Spktm. Das Geschwader B besteht nun aus je vier Menschen- und 'dini-Schiffen. Wenn du diesen Auftrag in Erwägung ziehen würdest, Rojer, hättest du bestimmt nicht mit Vorurteilen zu tun.« Jeff warf Rojer einen beruhigenden Blick zu. »Die *KTTS* gehört zwar auch dazu, hat aber einen neuen Kapitän, neue Offiziere und eine neue Mannschaft. Kapitän Quacho wurde endlich im System XH-33 abgelöst, aber auch die *Arapahoe* benötigt eine Überholung. Im Geschwader B stehen auch einige Umsetzungen an, aber ich weiß noch nichts genaues. Es hat den Befehl, die M-5-Planeten zu untersuchen, an denen die Käfer vorbeigekommen sind. Die Xenobiologen sind wild darauf, sich diese heruntergekommenen Welten anzusehen; einmal, um herauszukriegen, was dort schiefgegangen ist, aber andererseits auch, um in Erfahrung zu bringen, ob man irgend etwas nach der Besetzung durch die Käfer bergen kann. Außerdem schicke ich keinen T-1 mehr ohne persönliches Hilfsteam auf so lange Fahrten, und wenn die Geschwader verstärkt sind, wäre es mir lieber, zwei T-Einser oder einen T-1 und einen guten T-2 als Verstärkung zu haben. Außerdem stehen in dem Quadranten, in dem XH-33 liegt, mehrere kürzere Forschungsfahrten an, falls du keine Lust zu längeren Reisen hast. Es war sehr hilfreich, *Talente* an Bord zu haben. Ich weiß auch nicht, wieso es mir nicht früher eingefallen ist, aber die VT&T agiert nun mal hauptsächlich auf Planeten. Überlegt eure Möglichkeiten. Außerdem gibt es noch immer Arbeit auf den Planeten, falls ihr etwas mehr Veränderung wollt.« Jeff lächelte. »Noch etwas. Bevor del Falco anrief, kam von der Heinlein-Basis die Meldung, daß die Königin wieder auf den Beinen ist.« Er grinste, zog eine Braue hoch, und seine tiefblauen Augen funkelten. »Ich weiß nicht, ob es an der Nahrung liegt, die ihr vom Flüchtling geschickt habt oder an sonst was, aber Roddie sagt, daß sie noch mal akribisch jede einzelne Larve aus der Riesenkugel untersucht. Sie hat auch etwas mit den Eiern gemacht, die sie gelegt hat. Und zwischendurch hat sie drei der neun Behälter leergefuttert. Die anderen hat sie nicht geöffnet.«

Flavia stieß einen leisen bedauernden Seufzer aus. »Vielleicht war es wirklich schräg von uns, ihr Hoffnungen zu machen, obwohl wir nie vorhatten, sie entwischen zu lassen.«

»Ich glaube nicht, daß die Psyche der Käfer soweit entwickelt ist, um zu wissen, was Freundlichkeit ist«, sagte Jeff leise zu Flavia.

»Gezeigt haben sie jedenfalls keine«, sagte Rojer, dem die Vernichtung der Königinnen-Kapseln durch ihre eigene Spezies im System XH-33 einfiel.

»Ist es denn nicht gut, wenn sie aktiv ist?« sagte Thian zu Flavia. »Es ist doch besser für sie.«

»Man hat doch Proben des Inhalts der Nahrungsbehälter zur Analyse ins Heinlein-Labor geschickt, oder?« fragte Jeff.

»Aber klar«, sagte Rojer. »Es waren mehr als genug Behälter mit den gleichen Markierungen vorhanden. Wir konnten uns erlauben, jeweils einen an jede aktive Biologengruppe zu portieren, die die Käfer untersucht. Bei der Menge, die in den Laderäumen noch vorhanden ist, merkt man nicht mal, daß welche fehlen.«

»Gut mitgedacht«, sagte Jeff und nickte zustimmend.

»Ich war's gar nicht. Roddie hat es vorgeschlagen. Er meinte, ihre eigene Nahrung könnte vielleicht Spurenelemente enthalten, die sie in der nicht findet, die wir ihr geben.«

Thian grinste breit. »Müßte die richtige Ernährung die Königin nicht aktivieren?«

Jeffs Grinsen fiel ebenso aus und zeigte nur einen ganz leichten Anflug von hämischer Freude. »Ich schätze, das ist bestimmt die offizielle Position, die die am Ort befindlichen Xenobiologen unterstützen.«

»Großvater«, wandte Rojer ein, »kannst du mal eine Kehrtwendung machen? Du hast Planeten von Typ M erwähnt, auf denen es den Käfern nicht gelang, Kolonien aufzubauen?«

»Ach ja, davon könnt ihr eigentlich noch gar nichts wissen, oder?« Jeff warf die Serviette auf den Tisch und schob den Stuhl zurück. Er drückte seine Knie gegen den Tischrand und lehnte sich zurück. »Es gibt da einen T-2 namens Kincaid Dano. Ihr kennt ihn nicht? Macht nichts. Er war zum Glück beim Geschwader C. Ich hatte das Programm, *Talente* auf Fernreisen mitzuschicken, gerade erst initiiert. Da das Käferschiff, hinter dem es her war, keins der M-5-Systeme untersuchte, an denen es vorbeikam, bat mich der Hohe Rat, ob man Sonden der Art, die Rojer schon gesteuert hat, zu Ermittlungszwecken einsetzen könnte. Die beiden Kugelraumer suchten eindeutig nach kolonisierbaren Planeten. Warum also ließen sie Systeme, die ihrem Zweck dienlich sein konnten, einfach links liegen? Wir schickten Dano Sonden. Er hatte genug Klein*talente* in seiner Umgebung, die ihm halfen, sie auf einen parabolischen Kurs zu setzen. Rein und raus. Wir haben dabei ziemlich interessante Entdeckungen gemacht: Zwei der vier untersuchten Planeten hatten die Käfer kolonisiert, denn es gab dort Ruinen jener Anlagen, die wir von XH-33 her kennen.«

»Ruinen?« fragte Thian.

»Ja, Ruinen. Dazu die gleiche Art von Raummüll, der auch XH-33 umkreist, und in einem Fall einen Kugelraumer im Orbit. Ein anderer Planet steht am Rande des ökologischen Zusammenbruchs, wahrscheinlich weil die Ausrottungspolitik der Käfer irgend etwas für das Ökosystem Wichtiges ausradiert hat. Es geht darum, daß es dort draußen noch mehr Planeten vom Typ M-5 gibt, die die Käfer ignoriert haben. Warum? Verfügen Sie über Unterlagen über alle Systeme, die ihre Spezies kolonisiert hat? Eine weitere Frage ist natürlich: Können wir oder die Mrdini mit diesen Planeten etwas anfangen? Es sind noch mehr da draußen – was wir immer gewußt haben –, die erforscht werden müssen. Das Geschwader C kehrt wieder in den Einsatz zurück. Während das erweiterte Geschwader A da weitermacht, wo es aufgehört hat, wird Geschwader B die Bewertung der aufgegebenen Kolonialwelten vornehmen ...«

»Und die bewohnten so isolieren, wie wir es mit XH-33 gemacht haben?« fragte Thian mit eifriger Stimme.

Jeff schaute ihn lange an. »Ich habe noch keine genauen Anweisungen. Es wäre mir lieber, wenn wir keinen neuen Kampf anfangen. Die Marine meint, es sei *ihr* Vorrecht.« Er lächelte. »Auch wenn gewisse *Talente* ihr offenbar helfen, wenn sie es am wenigsten erwartet. Der Hohe Rat hat mir allerdings auf die Finger geklopft, deswegen muß den Befehlen diesmal unbedingt gehorcht werden.«

Alle spürten, daß er sanft ihre Bewußtsein anstupste.

»Großvater ...« Thian drohte dem Erdprimus mit dem Finger.

»Verzeihung«, sagte Jeff und hob in einer willfährigen Geste die Hände. »Die Macht der Gewohnheit.« Doch in seinem Grinsen lag nicht die Spur einer Entschuldigung.

»Bedeutet dies, daß die Geschwader die restlichen Käferschiffe weiterhin jagen?« fragte Flavia.

»Ich wiederhole: *Momentan* gehen wir davon aus. Die Verfolgungsjagd in die unerforschten Regionen des Alls dauert länger, als wir alle erwartet haben ...«

»Viel von dem, was geschehen ist, war nicht vorhersehbar«, sagte Thian und dachte an die Riesenkugel und den toten Stern, der einst über der Heimatwelt der Käfer geleuchtet hatte.

»Das kann man wohl sagen«, murmelte Rojer, als ihm die unerwarteten Ereignisse einfielen, in die er verwickelt worden war. »Wo sind eigentlich deine 'dinis, Thian?« fragte er plötzlich.

Thian musterte ihn und fügte eine mentale Berührung hinzu, die eine Mischung aus Mitgefühl, Zuneigung, Stolz und Erleichterung enthielt, weil er die Frage gestellt hatte. »Sie hibernieren. Sie müßten in einer Woche wieder da sein.«

»Ach!«

»Mur und Dip würden dich gern wiedersehen, wenn du nichts dagegen hast, Roj.« Thian wandte sich an den Erdprimus. »Das heißt, falls Großvater uns bis dahin nicht an verschiedene Enden der Galaxis geschickt hat.«

»Nicht in den nächsten beiden Wochen«, sagte Jeff ruhig. »Eure Eltern haben den Wunsch nach eurer Gesellschaft ausgedrückt.« Seine Augen blitzten, als seine lebhafte Miene andeutete, daß er sich den Grund dafür eigentlich nicht vorstellen konnte. »Und nach dem Ärger mit der Marine habt ihr alle einen Urlaub verdient.« Er wandte sich Flavia zu. »Meine Gattin und ich würden uns freuen, wenn du bei uns auf Kallisto bleiben würdest, Flavia. Aber auch Damia hat dir eine Einladung zukommen lassen – falls du lieber mit den Jungs nach Aurigae gehen möchtest.«

»Eine Woche auf Aurigae würde dir Spaß machen«, sagte Thian. »Kannst du reiten? Wir haben tolle Ponys und gute Jagdmöglichkeiten.«

Flavias Miene erhellte sich. »Ich habe schon seit Ewigkeiten nicht mehr gejagt. Was für Wild habt ihr denn? Ich glaube aber, daß ich nicht sehr viel über Iota Aurigae weiß.«

»Besteht die Möglichkeit, daß Laria ebenfalls Heimaturlaub kriegt?« fragte Thian seinen Großvater.

Jeff nickte lächelnd, dann legte er die Hände hinter den Kopf und lehnte sich in einem fast gefährlichen Winkel mit seinem Stuhl zurück. Sich in der Umgebung seiner jungen Verwandten zu entspannen, war eine gute Methode, verschiedene Probleme völlig neu zu sehen.

»Denkt über die verschiedenen Aufträge der Geschwader A und B, die planetaren Fälle und die Forschungsreisen nach. *Talente* brauchen nicht von der Pier aus abzufahren.« Er grinste. »Wer euch haben will, heißt euch willkommen, wenn ihr an Bord kommt … welche Wahl ihr auch trefft.« Er ließ seinen Stuhl wieder auf die Beine zurücksinken. »Es kann zwar sein, daß ich die letzte Entscheidung treffen muß, aber ich werde eure Vorlieben natürlich berücksichtigen. Das bin ich euch schließlich schuldig.«

In Abstimmung mit dieser Großzügigkeit gelang es Jeff Raven so wie noch nie zuvor, alle Raven-Lyons gleichzeitig nach Hause zu befördern. Er brachte David von Beteigeuze dazu, seinen T-1-Sohn Perry das Kommando über den Clarf-Tower übernehmen zu lassen und lieh sich Yeshuk vom Sef-Tower aus, bis Perry sich an die Eigenheiten des Planeten gewöhnt hatte.

Perry hatte bisher wenig mit den Mrdini zu tun, aber es

ist dringend erforderlich, sagte Jeff zum T-1 von Beteigeuze. *Und da du ihm deinen verdammten Tower ohnehin erst übergibst, wenn du verschimmelt bist, kann er inzwischen ein wenig Vielfalt in sein Leben bringen.*

Dann übte Jeff maßlosen Druck aus, Clancy Sparrow und Rhodri Eagle zu beurlauben und brachte Damia dazu, sie nach Aurigae einzuladen. Außerdem brachte er ihr nahe, Asia Eagle könne bei dem Ingenieur Xexo einige Tower-Erfahrung sammeln. Und war es für Zara nicht endlich Zeit, eine Pause bei ihrer anstrengenden Ausbildung unter der T-1-Heilerin Elizara einzulegen? Damia war so darauf aus, ihre Kinder – und ganz besonders Rojer – einmal wieder gemeinsam zu Hause zu sehen, daß sie sogar einen Pakt mit den Käfern geschlossen hätte.

Du betätigst dich schon wieder als Kuppler, Jeff Raven, mußte er sich von seiner Gattin anhören.

Wie kannst du das sagen, wenn doch all diese jungen Leute zu weit entfernten Sonnensystem portieren und einander jahrelang nicht mehr sehen werden?

Wenn sie nur einen Gedanken weit voneinander entfernt sind, spielt es doch keine Rolle, oder etwa doch, Jeff Raven?

Jeff grinste und konkretisierte alle privaten Arrangements. Dann rief er seinen leitenden Assistenten Gollee Gren, um genau nachprüfen zu lassen, welche *Talente* zu den vielen Aufträgen paßten, die er ausführen mußte. Immerhin, dachte er dankbar, habe ich mehr Optionen als mein Vorgänger Peter Reidinger je gehabt hat, da alle neuen Generationen von Freunden und Verwandten prächtig wachsen und als *Talente* immer stärker werden. Wenn der Hohe Rat jetzt einen gemeinsamen Beschluß faßte, wußte er, wo er die Schwergewichte seines Korps hinschicken mußte. Und abermals dankte er den Geistern aller Erdprimen, denen es gelungen war, die VT&T autonom und apolitisch zu halten.

A-was? fragte eine lachende Stimme. Gollee Gren,

dessen schwarzes, kurzgeschnittenes Haar einen Anflug von Silber aufwies, betrat Jeffs geräumiges Büro.

»Ich tue für meine *Talente* immer nur das Beste«, sagte Jeff mit schroffer Stimme und ahmte damit seinen Vorgänger Reidinger so perfekt nach, daß Gollees Grinsen noch breiter wurde.

»Und was ist für wen diesmal das Beste, Jeff?«

Jeff legte kurz die Fingerspitzen aneinander und preßte sie auf die Lippen. Als seine Antwort kam, lachte er nicht und äffte auch niemanden nach. »Ich hoffe, wir werden sehen, daß sie in der Lage sind, die richtige Wahl zu treffen.«

Als Damia alle Gäste untergebracht hatte, wünschte sie sich fast, sie wären einzeln – jeder an einem anderen Tag – gekommen. Dann hätte sie jede Rückkehr besonders genießen können. Am meisten hatte sie sich um Rojer gesorgt, der ohne Gil und Kat in ein Haus voller 'dinis zurückkehrte. In dem Moment, in dem die Kapsel mit Flavia und den Brüdern eintraf, ›griff‹ sie zu Rojer hinaus. Er wappnete sich gerade, aber in seinem Geist herrschte die Begeisterung vor, zu Hause zu sein. Das Modul war kaum am Boden angelangt, als auch Laria, Tip, Huf und Kincaid Dano eintrafen. Der Staub im Tower hatte sich noch nicht gelegt, als Zara mit Pal und Dis hereinportierte.

Morag, Kaltia, Ewain, Petra und ihre 'dinis hüpften vor Aufregung auf und nieder, weil ihre berühmten Geschwister nach Aurigae zurückkehrten. Xexo und Keylarion bemühten sich, die Ordnung aufrechtzuerhalten, aber der Landeplatz des Towers war ein kleines Chaos, als die jüngeren Kinder von einem zum anderen liefen, bis es den ihnen folgenden 'dinis schwindlig wurde.

Wie ein hartes Pochen auf einer schmerzenden Schramme spürte Damia Rojer auf die begeisterten Grüße der 'dinis Kaltias und Ewains reagieren. Sie waren in dem allgemeinen Stolz so gefangen, daß niemand daran dachte, Rojer die Zeit oder den Raum zu lassen, einen Kontakt in Angriff zu nehmen.

Damia war nahe daran, das Protokoll zu vergessen, nach unten zu portieren und einzugreifen, als sie den plötzlichen Wechsel der Gefühle in Rojers Geist spürte. Er nahm Petra in die Arme. Rojer war, wie Damia, die seine Kraft prüfte, bald merkte, urplötzlich größer und muskulöser geworden. Big und Sil schmiegten sich herzlich an seine Beine, die eindeutig länger geworden waren. Alle Zurückhaltung und jedes Zögern löste sich in der Herzlichkeit liebevoller Küsse und dem Schulterklopfen auf, mit dem seine völlig unbefangene jüngste Schwester und ihre Freunde ihn überschütteten.

»Er packt es schon, Damia«, sagte Afra leise. »Es war vielleicht die beste Methode, diesen Schlag zu überwinden.« Er umarmte sie, küßte sie zärtlich und ließ sie los. Dann lugte er aus dem Towerfenster. Ein albernes Grinsen zeigte sich auf seinem Gesicht. »Es ist etwas überwältigend, auch wenn sie alle uns gehören.«

»Die meisten jedenfalls«, korrigierte Damia ihn, als sie bemerkte, daß Flavia und Kincaid Dano vorgestellt und herzlich willkommen geheißen wurden. Sie eilte die Treppe hinunter, um es den anderen gleichzutun.

Die elterlichen Umarmungen waren vielleicht etwas zurückhaltender, kamen aber ebenso von Herzen. Damia bemühte sich, Rojer nicht fester oder länger an sich zu drücken als Thian, Laria und Zara. Aber sie *mußte* es wissen.

Es geht mir gut, Mutter, sagte Rojer privat zu ihr. *Wirklich. Wenn man nach Hause kommt, geht es einem gleich besser.* FREUT MICH, TRP UND FLK WIEDERZUSEHEN. Roger verbeugte sich vor den 'dinis seiner Eltern.

Trp und Flk verbeugten sich, was alle überraschte,

so tief vor ihm, so daß ihre Augen fast den Boden berührten. Dann reichten sie ihm beide eine Hand, die er gehorsam ergriff. Sie führten ihn schweigend zu dem Weg, der zum Haus führte, und alle anderen 'dinis, auch die Petras, folgten ihnen.

Mir geht's noch immer gut, Mutter, sagte Rojer. Also drehte Damia sich um und sprach mit Flavia und Kincaid und stellte sie Xexo und Keylarion vor.

»Sollen wir alle zum Haus raufgehen?« fragte sie. »Häng dich nicht an deinen Bruder, Ewain. Ja, Petra, Zara sieht ganz deutlich, wie groß du geworden bist. Und jetzt kommt alle mit, wir gehen zum Haus.«

»Was für 'ne lärmende Bande«, sagte Afra. »Haben kein Benimm.« Er musterte Kaltia und Morag, die entschlossen waren, ihre älteste Schwester mit Beschlag zu belegen. Dann wandte er sich an Kincaid. »Der Erdprimus sagt, bei deiner kürzlichen Reise mit dem Geschwader C gab es einige ungewöhnliche Aspekte.«

»Selbst wenn du die Hilfe anderer *Talente* hattest – man hat viel zuviel von dir verlangt«, sagte Damia, nachdem sie die Erschöpfung des jungen Mannes geschickt taxiert hatte. »Die Marine geht mit unsereinem einfach zu schroff um. – Wir sind eben *doch* keine Schauerleute«, fügte sie leicht hitzig hinzu.

Mutter! sagte Laria privat zu ihr. *Laß Vater sich um ihn kümmern. Von T-2 zu T-2. Das letzte, was Kincaid jetzt braucht, ist noch ein T-1, der sein Hirn durchblättert.*

Ach ja? Warst du etwas ungeschickt, Schätzchen? fragte Afra.

»Nein«, sagte Laria, »aber wir verhalten uns wie Tölpel, sobald uns jemand in der Stimmlage, die es uns zu beweisen zwingt, fragt, ob wir dieses oder jenes können. Offen gesagt werden die Etiketten ›Tanzbär‹ und ›Packesel‹ immer passender als ›Schauermann‹.«

»Laria!« rief Damia, halb lachend, halb verblüfft über diesen Einwurf. Dann runzelte sie die Stirn und warf einen Blick hinter Rojer her, der gerade – der Begriff kam ihr in den Sinn – dem Haus entgegen*getrieben* wurde. Und ... Sie hatte das drängende Verlangen, vorauszulaufen, bei ihm zu sein. Da packte Zara ihren Arm.

Ich spüre es auch, Mutter, sagte sie. *Aber wir sollen nicht dabei sein.*

Über was redet ihr da? fragte Afra.

Ich weiß nicht genau, erwiderte Damia und bemühte sich, die eigentümlichen Reaktionen der 'dinis mit dem zunehmenden Gefühl in Einklang zu bringen, daß gleich irgend etwas Eigenartiges passieren würde. *Als ich Fok heute morgen sagte, daß alle kommen, hat er gefragt, ob ich auch Rojer damit meine. Er hat etwas von passender Wiedergutmachung und einer Entschuldigung für die lange Zeit gebrabbelt, die es gedauert hat.*

Laria nahm den Schritt ihrer Mutter und Zaras auf, ihr Gesicht zeigte Besorgnis, sie rieb geistesabwesend ihr Zwerchfell, als wolle sie dort eine Spannung lösen. »Mutter, ich habe ein komisches Gefühl ...«

»Ich auch«, sagte Flavia ebenso verdutzt.

»Nun, Mama, Fok und Tip haben etwas ausgeheckt«, sagte Morag. »Sie haben sich komisch verhalten. Fip und Kim haben mir den Grund auch nicht gesagt. Aber die 'dinis sind bei allem, was sie tun, unheimlich selbstzufrieden.«

Inzwischen waren alle Familienangehörigen betroffen und wunderten sich über das merkwürdige Gefühl von etwas Bevorstehendem. Wenn man nach dem verdutzten, fast mißtrauischen Gesichtsausdruck Flavias und Kincaids urteilte, entging die Atmosphäre auch ihnen nicht.

»Es gibt Momente, in denen ich mir wünsche, ich könnte Hellsehen«, sagte Damia. Ihre Schritte wurden größer; sie lief nun beinahe.

»Und was, zum Teufel, glaubst du, machst du gerade?« fragte Thian und lächelte seine Mutter an.

Sie warf ihm einen tadelnden Blick zu. »Es ist zu verschwommen, um etwas auszusagen!«

Sie waren nun in Sichtweite der vorderen Terrasse des Hauses. Rojer war die Treppe halb hinaufgegangen und wurde von 'dinis unterschiedlicher Größe umringt. Dann blieb er stehen.

Ein Ansturm völlig unabgeschirmter erstaunter Gefühle ließ alle mitten in der Bewegung verharren. Dann folgte ihm eine solche Freude, daß alle Anwesenden lächeln mußten, bis Damia, Laria, Zara und Morag anfingen zu weinen. Das Quartett rannte los, um zu sehen, was den Gefühlssturm auslöste, dann folgten der Rest der Familie und die Gäste.

Die 'dinis hatten sich auf der obersten Treppenstufe aufgereiht, ihre Farben strahlten vor Freude. Rojer hockte vor zwei 'dinis auf den Knien auf der Veranda und umarmte sie. Er zog erst den einen, dann den anderen an sich, streichelte sie und zog sie dann zusammen an sich.

Gil und Kat sind wieder da! Mutter! Papa! Beide! Meine 'dinis sind wieder da! Sie sind jung, aber es sind Grl und Ktg! Sie sind es!

Trotz der vollen Mitarbeit Trps und Flks, der ältesten 'dinis im Haus, und den gelegentlichen Einwürfen Tips, Hufs, Murs und Dips dauerte es einige Zeit, die Sache zu verstehen. Nie hatte man einem Menschen den Zutritt zu einem Hibernatorium gestattet. Obwohl man davon ausging, daß die 'dinis an diesen Orten gezeugt wurden, wußte niemand etwas über ihr Heranreifungsverfahren.

»Ich weiß nicht mal genau, ob ich es jetzt verstehe«, sagte Damia, nachdem Trp und Flk ihr Bestes getan hatten, um es zu erklären.

»Wie die Amöben, Mama«, sagte Zara. »Zellteilung.

Oder wie eine menschliche Zygote, die sich *in utero* teilt und zu einem eineiigen Zwilling wird. In etwa wie …«

»Danke, Zara«, sagte Damia und tätschelte die Hand ihrer Tochter, um sich dafür zu entschuldigen, daß sie eine xenobiologische Vorlesung unterbrach. Zara verübelte es ihr nicht.

Das Zeitproblem hatte sich aufgrund der Notwendigkeit ergeben, die Hibernationsaufzeichnungen zu überprüfen, um in Erfahrung zu bringen, welche Paarungen Grl und Ktg ursprünglich hervorgebracht hatten. Sie stammten nicht aus der gleichen ›Teilung‹, da eine ›Teilung‹ nur einen neuen Mrdini hervorbrachte. Deswegen mußten alle vier ursprünglichen Eltern aufgesucht und zur passenden Zeit in das Aurigae-Hibernatorium gebracht werden, wo eine neue ›Teilung‹ der gleichen Elemente wie des ursprünglichen Grl und Ktg ›programmiert‹ werden mußte, was, wie Flk sagte, eine intensive Meditationsform war, um ähnliche Charaktereigenschaften anzutreiben, sich in der neuen Form zu ergeben. Bei dieser Art Zeugung gingen keine ›lohnenden Personen‹ verloren, sondern konnten durch ›Ermutigung‹ einer ›Teilung‹ durch die gleichen Mrdini zurückgeholt werden, die das Original hervorgebracht hatten. Wer starb, um die Ältesten auf einer langen Reise zu schützen, war deswegen nicht ›verloren‹, sondern seine Existenz war aufgeschoben.

»Ach!« sagte Laria während der Erklärung. »Also das haben die Schriftzeichen auf Prtglms Kapsel besagt. Keinem Teil von *ihm* ist es gestattet, in den Zeugungskreislauf zurückzukehren. Mann! Was für eine Strafe!«

»Es erklärt auch, warum die Mrdini so trauern, wenn sie ein Schiff an die Käfer verlieren«, sagte Thian.

NEIN, THN, sagte Flk, DIE AUF DEN SELBSTMORDSCHIF-

FEN WERDEN SPEZIELL AUSGESUCHT, WEIL IHRE KOMPONENTEN ZUR WIEDERERSCHAFFUNG VORHANDEN SIND. MRDINI VERSCHWENDEN NICHTS.

DAS ERKLÄRT AUCH, WARUM DIE MRDINI MUTIGER SEIN KÖNNEN ALS MENSCHEN UND DAS OPFER DES TODES BRINGEN, sagte Thian. Er nickte erleichtert, weil er es nun verstand. DIE MRDINI STERBEN EIGENTLICH GAR NICHT. SIE KÖNNEN NACHGEBILDET WERDEN.

NICHT NACHGEBILDET, sagte Flk fest. IST NICHT DER GLEICHE PROZESS. MRDINI-LEBEN WIRD NICHT NACHGEBILDET. ES WIRD NEUGEBILDET.

WAS AUCH IMMER, sagte Damia mit einem zittrigen Lachen. ABER HÄTTET IHR RJR NICHT SAGEN KÖNNEN, DASS ER GRL UND KTG NICHT VERLOREN HAT? ER HAT SIE BETRAUERT.

AUCH DAS IST NÖTIG, sagte Tri ohne Rechtfertigung. MRDINI MACHEN SONDERREGELUNG FÜR RJR. EHRE ES ERFORDERT. UND ZEIT. WAS GESAGT WURDE, BLEIBT INNERHALB DIESER FAMILIE.

NATÜRLICH, erwiderte Afra und verbeugte sich, um diese Erfordernis anzuerkennen. EIN ZEICHEN DER EHRE FÜR UNS ALLE. EINE WAHRHAFT GROSSE EHRE.

»Wenn ich als Heilerin mal was dazu sagen darf«, sagte Zara. »Es erhellt wirklich einen Haufen irrer Theorien.« Dann seufzte sie. »Nun, *ich* weiß es jetzt, und obwohl es privilegiertes Wissen ist, ist es mir ein Privileg, es zu *wissen.*« Sie streichelte ihre Dinis, die neben ihr standen. PASST BLOSS AUF, DASS EUCH NICHT ETWAS PASSIERT!

BESTIMMT NICHT, erwiderte Pal, schwenkte die Arme und bewegte die Finger.

»Die ganze Familie ist wie berauscht!« sagte Damia etwas schroff, doch dann mußte sie lächeln und wischte sich wieder die Freudentränen aus den Augen. Sie brauchte nur in Rojers strahlendes Gesicht zu sehen, dann konnte sie schon wieder losheulen. »Aber jetzt reißen wir uns mal am Riemen.«

Afra stand mit einer Aura frischer Vitalität auf. »Und gehen zu den praktischen Dingen über. Wir brauchen Jäger, um fürs heutige Abendfest die Töpfe zu füllen. Wer meldet sich freiwillig?«

Alle waren dazu bereit, also zeigte Damia den Gästen ihre Zimmer. Ihre Kinder fanden die ihren so vor, wie sie sie zurückgelassen hatten. Alle zogen Reitkleidung an. Als sie sich wieder versammelt hatten, teilte Afra sie in kleine Gruppen ein und entschuldigte Rojer, damit er den Abend mit den 'dinis verbringen konnte.

Thian ritt zusammen mit Flavia, Ewain und Kaltia. Afra und Damia nahmen Morag und Petra mit, die Kincaid stolz in Kenntnis setzte, daß sie eine Meisterin des Katapults war. So blieben noch Laria, Zara und Kincaid.

»Schon mal geritten?« fragte Laria Kincaid.

»Auf was?« erwiderte Kincaid unsicher.

»Ponys. Kleine Pferde.«

»Ach, so was«, sagte er. »Ja, aber nur wenig.« Laria gab ihm ein Zeichen, ihr in den Stall zu folgen.

»Kann ich mitkommen?« fragte Zara.

»Klar«, sagte Laria ohne zu zögern. *Aber Saki gehört mir!* brüllte sie hinter ihren Geschwistern her, die sich schon im Stall befanden.

Wer würde es schon wagen, sie zu nehmen, wenn du da bist?

Laria glaubte, daß die gedämpfte Antwort von Rojer stammte, denn sie zeigte das Schrillen einer hocherfreuten Persönlichkeit.

Gehört er zu dir, Schwester? fragte Zara privat.

Kincaid? Er gehört keiner von uns, Schätzchen. Und du, als Heilerin, laß die Finger von ihm! Vorsichtig, Zara, ich weiß, daß du deinem ›Heilblick‹ nicht widerstehen kannst. Er war der ausgebrannteste Mensch, mit dem ich je Fühlung aufnahm. Was macht die Marine bloß aus Empathen?

Gefühlsmäßig ausgebrannt? fragte Zara jäh. Ihr Heilerinstinkt wurde wach.

Außerdem waren seine T-2-Fähigkeiten beträchtlich überlastet. Ich glaube zwar, daß er sich erholt, aber wenn du es kannst und geschickt vorgehst … Es würde mich erleichtern, wenn du mal reingehen und ihn prüfen könntest, Schwesterchen. Ich spreche natürlich als Kincaids Prima.

Zara nickte und stülpte das Zaumzeug über die Ohren ihres Ponys. Laria fand einen Sattel, der zu Kincaids Größe paßte. Es gefiel ihr wirklich ausgezeichnet, von den Ponys umgeben zu sein. Sie freute sich zu sehen, daß die ältesten noch immer vital waren und ängstlich wieherten, weil sie nicht zurückgelassen werden wollten. Man brauchte die gesamte Herde, um die Jäger aufsitzen zu lassen, und die drei überzähligen wurden an Führungsleinen genommen, weil man hoffte, ordentlich Beute zu machen.

Kincaid ließ Katapult und Pfeil und Bogen stehen. Er nahm ein Kleinkalibergewehr und die dazu passende Munition, als wisse er genau, was bevorstand. Laria war ziemlich überrascht, als sie sah, daß Flavia Pfeil und Bogen nahm. Sie sah auch Thian grinsen.

Als die Jagdgruppen bewaffnet und aufgesessen waren, ritten sie in verschiedene Richtungen davon. Laria entschied sich für eine östliche Route zum Vorgebirge hin. Wenn nur ihre Eltern, die vier kleineren Kinder und die 'dinis dagewesen wären, hätte man sich nicht allzu weit von zu Hause entfernen zu brauchen, um Flitzer, Kaninchen und die in der Nähe nistenden breitbrüstigen Vögel zu jagen. Laria hatte zwar mit Bedacht ein stabiles Reittier für Kincaid ausgesucht, aber er ritt fast so gut wie sie, so daß der Respekt, den sie für ihn empfand, um einen weiteren Punkt anstieg. Sie hob den Arm, signalisierte eine flottere Gangart und ließ Saki im Handgalopp laufen, der von einem Reiter etwas mehr als Balance erforderte. Sie hörte, daß die beiden anderen Ponys den gleichen Schritt aufnahmen. Ein verstohlener Blick zeigte ihr Kincaid. Er hielt locker mit und grinste freudig.

Er war auch ein guter Schütze, was er bewies, als man einen Vogelschwarm in den Büschen aufscheuchte. Er erwischte vier, schoß jedem sauber durch den Kopf. Zara hatte zwar auch ein Gewehr dabei, aber sie jagte hinter den Flitzern her, die aus ihrer Deckung stürmten, als Kincaids Schüsse sie aufschreckten. Laria erwischte beim ersten Halt drei Kaninchen, zwei Flitzer und einen Vogel.

»Hier hat schon lange keiner mehr gejagt«, sagte sie zu ihrer Schwester, als sie die Beute verstauten.

»Wann warst du zuletzt zu Hause?« fragte Zara mit einem leisen Schnauben. »Das hier war doch immer deine Lieblingsgegend.«

»Ja, aber man könnte doch annehmen, daß jemand versucht hätte, das Wild in den Hügeln nicht zu zahlreich werden zu lassen.«

»Jagt ihr eure Nahrung immer selbst?« fragte Kincaid und reichte ihnen die Vögel, die er erwischt hatte.

»Aber ja«, sagten die Schwestern wie aus einem Mund, und alle drei lachten.

»Als wir jünger waren, haben wir immer die 'dinis mitgenommen«, sagte Zara.

»Sie waren damals noch so klein, daß sie im Sozius mitreiten konnten«, fuhr Laria fort.

»... und es war auch noch nicht unter ihrer Würde, sich am Steigbügel festzuhalten, wenn es einen Abhang raufging.«

»Hm«, sagte Kincaid zaghaft. »Was ist mit den ursprünglichen 'dinis eures Bruders passiert? Ich habe nur hie und da etwas aufgefangen und möchte nichts fehlinterpretieren.«

Laria und Zara tauschten einen Blick, dann baten sie ihn um Entschuldigung.

»Tut mir leid, Kincaid«, sagte Laria und übernahm die Initiative. Sie berichtete schnell von dem Zwischenfall und bemühte sich, die Tatsachen nicht von ihren Gefühlen beeinflussen zu lassen. Keine von ihnen hätte mit Kincaids verbitterter Reaktion gerechnet.

»Es ist schon schlimm genug, Zwang dieser Art auf einen Erwachsenen der eigenen Spezies auszuüben, aber so was einem Kind anzutun …« Er errötete, weil er vermutete, die Fähigkeiten ihres Bruders herabgesetzt zu haben. »Ich muß zugeben, daß mir Clarf viel besser gefällt als ich annahm, auch wenn ich erst kurz bei euch im Tower bin, Laria, aber was die Marine angeht, so haben sich meine Ansichten über sie nicht im geringsten verändert.« Er blickte zu Boden, auf das Muster, das er mit dem Stiefel in das dicke Moos kratzte. »Ihr werdet nie erfahren, wie froh ich war, als ich in die Gesellschaft von *Zivilisten* zurückbefördert wurde!«

Zara berührte Larias Handgelenk dort, wo der Reithandschuh ihre Hand freiließ, und Laria ›hörte‹ ihre Botschaft: *Dies verlangt nach Ermittlungen. Das Problem schwärt. Ich mache es, wenn er schläft.*

»Du bist froh?« sagte Laria mit einem hellen Lachen. »Ich habe dich noch nicht mal halb durch die Mangel gedreht, Kincaid. Vielleicht gehst du dann gern wieder zur Marine.«

Er schaute ihr geradewegs in die Augen und schob trotzig das Kinn vor. »Nein, geh ich nicht. Nie wieder.« Er drehte sich um und sprang mit einem beachtlichen Satz auf sein Pony. »Haben wir genug erbeutet?«

»Nur wenn du den Sattel schon spürst«, sagte Laria mit einem provozierenden Grinsen.

Die Jagd tut ihm gut, sagte Zara.

»Den spüre ich morgen«, sagte Kincaid mit einem wehmütigen Grinsen und trieb sein Pony mit den Knien an, damit es dem überwachsenen Pfad folgte. »Also laßt uns mit der Jagd weitermachen.«

Sämtliche Jagdteilnehmer waren so begeistert bei der Sache gewesen, daß Damia, als die 'dinis ihnen halfen, die Beute zu verstauen, den Schluß zog, daß sie für den Rest der Woche versorgt waren. Sie schickte Zara mit Petra und ihren 'dinis hinaus, um Gemüse fürs Abendessen zu ernten und beauftragte Rojer und Ewain und deren 'dinis, Knollen auszugraben. Laria nahm mit ihren Freunden den Nachtisch in Angriff, und Flavia schaute begeistert zu, als Tip und Huf die Zutaten abmaßen und die entsprechenden Töpfe und Pfannen bereitstellten. Thian nahm Kincaid mit in den Stall, wo sie die Tiere fütterten und versorgten. Kincaid gefiel die Routinearbeit, denn er hatte es während der Zeit bei der Marine vermißt, sich mit Haustieren zu beschäftigen.

Wie sich zeigte, hatte man vor dem Essen noch Zeit für eine Runde im Becken, aber es gab im Wasser mehr Balgereien als energische Schwimmzüge.

Beim Essen hatte Rojer vor Freude rote Wangen. Gil und Kat hatten inzwischen dank seiner und der Bemühungen der anderen 'dinis genug Orientierung gewonnen, um sich an dem großen Tisch verhältnismäßig wohlzufühlen. Wenn sie anfangs noch etwas ungeschickt mit den unvertrauten Utensilien waren, so lernten sie mit erstaunlichem Tempo und genossen die Mahlzeit sichtlich.

Damia und Afra ließen die Kinder und Gäste zum Abräumen des Tisches zurück und gingen in den Salon, um in aller Ruhe einen Likör zu trinken, sich den Sonnenuntergang über dem Meer anzusehen und ein paar Worte mit ihren 'dinis zu wechseln.

SAGT IHR UNS BITTE, fragte Damia Trp und Flk, WIE REIF KTG UND GRL SIND?

ÄLTER ALS DIE ERSTEN, WEIL UNREIFE SICH SONST NICHT MIT RJR VERSTÄNDIGEN KÖNNTEN.

KÖNNT IHR UNS SAGEN, WIE DIES BEWERKSTELLIGT WURDE? WIR SIND NICHT NEUGIERIG … Damia ließ den Gedanken im Raum stehen.

Fok nahm neben Damia Platz, legte eine Hand auf ihren Arm und rieb seinen Kopf an ihrer Schulter.

DM IST EINE ZU GUTE FREUNDIN, UM NEUGIERIG ZU SEIN. ES WAR TEIL DER MEDITATION, DASS SIE REIFER SIND. ES ERFORDERT SORGFÄLTIGE BEACHTUNG DER EINZELHEITEN, DIE NORMALERWEISE NICHT SPÄTER KULTIVIERT WERDEN. HALBERWACHSENE KTG UND GRL SIND ABER NUR SO ERWACHSEN, UM NOTWENDIGE DATEN AUFZUNEHMEN, DA RJR NUN AUCH ÄLTER IST.

WISST IHR, WIEVIEL UNS UND RJR DIES BEDEUTET? sagte Damia. Obwohl sie wußte, daß die Mrdini keine telepathischen Empfindungen aufnehmen konnten, strahlte sie Dankbarkeit aus und wußte, daß Afra es ihr gleichtat.

WISSEN WIR. ALLE MRDINI WISSEN ES. BEDAUERLICH IST, DASS DIE ZEIT FÜR RJR SO LANGSAM VERGEHEN MUSSTE. ERFOLG MUSSTE SEIN, SONST HÄTTE ENTTÄUSCHUNG RJR FÜR ALLE ZEIT BEEINTRÄCHTIGT.

JA, sagte Afra langsam, WENN MAN SEINE HOFFNUNGEN ZU FRÜH GEWECKT HÄTTE, HÄTTE ES IHM NUR NOCH MEHR SCHMERZEN BEREITET. IHR WART KLUG.

JA, WIR WAREN SEHR KLUG, sagte Trp so selbstgefällig, daß Damia und Afra wegen der für ihn völlig untypischen Arroganz in ein Lachen ausbrachen.

Dann waren die Routinearbeiten beendet, und die Kinder, Gäste und 'dinis gesellten sich zu ihnen. Es wurde ziemlich voll im Raum, aber alle waren sehr glücklich.

Am nächsten Tag machten Thian, Laria, Zara und die beiden Gäste einen Ausritt in einen anderen Teil des Vorgebirges, um den Muskelkater auszuschütteln, den die lange Nichtausübung dieses Sports hervorgerufen hatte. Rojer grinste über ihre Steifheit; er war auf Deneb regelmäßig ausgeritten und hatte für den Tag andere Pläne. Hinterher führten Thian und Laria Flavia und Kincaid durch Aurigae City und das Mrdini-Dorf, wo sie auch flüchtig Rojer, Kat und Gil sahen, die den Bewohnern einen offiziellen Besuch abstatteten.

WIRD RJR ERFAHREN, WER … Laria kam nicht umhin, Tip danach zu fragen.

KEINE AHNUNG. WIR WISSEN ES NICHT. WIR WISSEN, DASS ES GETAN WURDE. DAS REICHT.

Tja, du wolltest es wissen, sagte Thian, als er nach der schroffen Antwort den verdrießlichen Blick auf dem Gesicht seiner Schwester sah.

Fragen schadet doch nichts, erwiderte Laria und zog die Nase hoch. *Woher sollte ich sonst wissen, daß auch sie nur begrenzte Kenntnisse über den Vorgang haben? Sie sind doch nicht beleidigt?*

Nein, sind sie nicht. Dazu kennen sie uns zu gut.

Gott sei Dank. Manchmal … Laria hielt inne und schirmte ihre Gedanken ab.

Thian gab ihr einen Schubs. *He, ich bin's: dein Bruder.*

Laria warf ihm einen Blick von der Seite zu. *Wenn ich das Verschwommene analysieren* könnte, *täte ich es, aber ich kann's nicht. Wenn ich die Frage formulieren kann, die ich stellen muß, sage ich sie dir – und Zara.* In Larias mentaler Stimme war ein trauriger und ratloser Klang, den Thian von seiner praktischen und empfindlichen Schwester nicht kannte.

Nicht Mutter oder Vater?

Laria lachte leise. *Wenn ich genug weiß, um zu fragen, vielleicht doch. Aber ich glaube, du und Zara, ihr wißt es vielleicht besser.*

Welch ein Kompliment. Thian zauste ihr Haar. Sie war zwar groß, aber er überragte sie um mehrere Zentimeter.

»He, was gibt dir das Recht, mich strubbelig zu machen?« fragte sie gespielt empört. Ihr mentaler Wortwechsel war so kurz gewesen, daß die Gäste nichts von einer Unhöflichkeit oder einem Privatgespräch mitbekommen haben konnten.

»He, ich bin jetzt größer als du, Schwesterchen«, sagte Thian. »Deswegen!« Er bemerkte, daß Flavia und Kincaid amüsierte Blicke tauschten. »Wohin gehen wir jetzt? Wollen wir uns die Tagebau-Zechen ansehen? Eine faszinierende Besichtigungstour am Fluß entlang machen? Ah, ich weiß! Das Frühstück liegt schon lange hinter uns, und ich kenne einen tollen Laden, in dem wir frische Hummer mampfen können. Ich wette, so was haben unsere Gäste noch nie gesehen!«

»Erwischt!«

»Es ist mir lieber, wenn du das Wort nicht in meiner Nähe aussprichst, Schwesterlein«, sagte Thian. Er hatte die Luft anhalten müssen, als ihm die Angst und das Entsetzen eingefallen waren, die das unschuldige Wort in ihm hervorrief.

»Hoppla, Verzeihung, Thian.« Laria war zerknirscht. Sie hatten ihre Gäste erneut unbeabsichtigt ausgeschlossen und lächelten entschuldigend.

»Wie wär's, wenn du darüber redest? Vielleicht verstehen wir, was andere nicht verstehen können«, sagte Flavia und schaute in sein blasses Gesicht.

Thian wußte, daß ihre offensichtliche Besorgnis ihn verlockte, aber er fing auch die Vorsicht Kincaids auf, die Starre der Körpermuskeln des Mannes, die ihn davor warnte, ihn noch mehr zu belasten. Thian war ebenso einfühlsam wie Zara, was den T-2 anging. Und so grinste er vor sich hin.

»Du würdest es verstehen, Flavia«, sagte er leichthin und berührte kurz ihre Schulter, »und Dano auch. Aber ein anderes Mal. Laria hat mich nur auf dem linken Fuß erwischt.«

Sie verzehrten Fische aller Art, auch frische Hummer, und Laria gab eine Bestellung über zehn Kilo auf, die nach Clarf geschickt werden sollte.

»Hab ganz vergessen, wie sie schmecken«, sagte sie, als sie zum Tower zurückkehrten. Sie wählte eine gewundene Strecke, flog den Gleiter hinter das Zechengebiet und kam zur nächsten Hügelkette.

»Hinter dem nächsten Hügel merkt man schon nicht mehr, wie industrialisiert diese Gegend ist«, sagte Flavia, als Laria den Gleiter langsamer werden ließ, damit sie das Panorama genießen konnten.

Auf Aurigae herrschte Spätsommer. Die Bodenranken verfärbten sich allmählich und machten jenen Sträuchern und Pflanzen Konkurrenz, die noch blühten.

»Es ist auch eine hübsche Jahreszeit«, sagte Laria mit einem Seufzer.

Sie hatte sich zwar nun an die Hitze Clarfs gewöhnt, doch die frische Luft von Iota Aurigae und die Milde des Zentralgestirns waren unterschwellig beschwichtigend und entspannend. Aber schließlich war diese Welt ihre Heimat und alles, was der Begriff umfaßte: vertraut, sicher, behaglich, angenehm. Auch Kincaid wirkte gelassen und träge. Flavia nahm eifrig jede Aussicht in sich auf, schaute sich ständig um oder blickte nach unten, wenn sie über eine besonders schöne Landschaft dahinflogen. Thian setzte ein amüsiertes Grinsen auf, während er die Atairanerin beobachtete.

Sie ist wunderschön, sagte Laria privat zu ihm.

Gar keine Frage, erwiderte Thian. Sein Lächeln nahm unmerklich zu.

Großvater?

Ich kann's nicht ausstehen, mich seinen Manipulationen so schnell zu ergeben.

Ist es Flavia gegenüber fair?

Ich weiß nicht. Sie ist recht gelassen. Ich komme an ihrem öffentlich zugänglichen Geist nicht vorbei.

Hast du's versucht?

Da geht's um die Ethik, Lar.

In der Liebe und im Krieg … Ist da nicht alles erlaubt?

Hier geht's weder um das eine noch um das andere, liebste Schwester. Da wir gerade drüber sprechen: Wie ist Kincaid Dano eigentlich nach Clarf gekommen?

Tja, eigentlich ist die elende Clarissia an allem schuld. Sie war noch schlimmer als Stierlman – und so diniphob, daß sie uns ständig in peinliche Situation brachte. Und da ich Yoshuk und Nesrun nicht ständig auseinanderreißen kann …

Dann sind sie also ein Pärchen?

Soweit ich weiß.

Wie macht sich denn Kincaid?

So gut, wie man es von jemandem erwarten kann, der geistig so erschöpft ist wie er. Aber er macht sich.

Laria flog ziemlich niedrig und hatte das Tempo des Gleiters so eingestellt, daß Flavia die Landschaft genießen konnte. Sie überflogen gerade einen von Sträuchern bedeckten Hügel, als vor ihnen urplötzlich ein großer Vogelschwarm in die Höhe schoß. Bemüht, ein unnötiges Gemetzel zu vermeiden, riß Laria das Gefährt zur Seite, doch dies brachte die Insassen aus dem Gleichgewicht, die nach Backbord rutschten. Aufgrund der langsamen Fahrt und der Nähe des Hügels warf dies den Gleiter zur Seite. Die Menschen hielten die leichten 'dinis, damit sie nicht über Bord fielen, was wiederum dazu führte, daß sie selbst das Gleichgewicht verloren und über den Rand fielen. Laria packte Tips Arm, sah, daß Kincaid Huf hielt und mußte es Thian und Flavia überlassen, sich um seine 'dinis zu kümmern. Sie portierten alle sicher zu Boden, und der Gleiter bohrte sich mit dem Bug in die Seite des Hügels.

Laria stellte Tip auf die Beine, warf einen Blick auf den Gleiter, dessen Motor noch immer lief und war vor Überraschung sprachlos.

»Ich hätte nicht gedacht, daß ich so aus der Übung bin«, sagte sie kopfschüttelnd. »Immerhin bin ich mit diesen Dingern auch auf Clarf ständig unterwegs. Und sogar Vanteer hat es am liebsten, wenn ich ihn fliege.«

Der Motor verstummte plötzlich, die Auspuffrohre knallten. Eine übelriechende schwarze Rauchwolke wurde sichtbar.

»Uhhh!« machte Thian und fegte den Mief beiseite.

»Sind alle in Ordnung?« fragte Laria und schaute sich um.

»Ich muß schon sagen«, sagte Kincaid, »daß du dich wirklich bemühst, deinen Gästen etwas zu bieten.«

Laria errötete. »Ich habe wohl zu heftig auf den Schwarm reagiert, aber Vögel machen eine echte Sauerei, wenn sie in die Ansaugöffnung gezogen werden.«

Kincaid lachte. »Versteh mich nicht falsch, Laria. Ich beschwere mich doch nicht. Es ist erleichternd, wenn man weiß, daß die Notreflexe noch funktionieren.«

Thian folgte seinen 'dinis. Sie gingen zu dem umgekippten Gleiter und warfen einen Blick auf dessen Unterseite.

»Wie groß ist der Schaden, Thian?« fragte Laria, die Kincaids Scherz nicht ganz verstanden hatte.

»Beim Flugunterricht hast du Schlimmeres angerichtet ...«

»Isthian Lyon, ich habe *noch nie* ...«

Thian lachte. Plötzlich hob sich der Gleiter aus der Schneise, die er in die Sträucher und den Boden gepflügt hatte und richtete sich auf dem Kiel so gerade auf, wie die unebene Landschaft es ermöglichte. Flavia und Kincaid kamen näher, so daß Laria ihre entrüstete Pose aufgab und die paar Meter lief, um sich zu ihnen zu gesellen.

»Hätte eigentlich nicht so aus dem Gleichgewicht geraten dürfen«, sagte Kincaid und öffnete die Zugriffsklappe.

»Glaubst du, er fliegt wieder?« fragte Laria.

»Wahrscheinlich«, sagte Kincaid, »aber ich glaube, mit den Treibstoffleitungen stimmt etwas nicht, sonst hätte es keine Fehlzündung gegeben.«

»Ich überprüfe mal die Ansaugöffnungen«, sagte Thian und ließ sich hinab, um einen Blick auf die verkleidete Öffnung an der Steuerbordseite des Gleiters zu werfen.

»Gütiger Himmel, Thian, warum *schaust* du nicht einfach rein?« fragte Flavia.

»Basteln macht mehr Spaß, wenn ich die Gelegenheit dazu habe«, sagte Thian, dessen Stimme in dieser Position gedämpft klang. »Ja, der ist verstopft. Prüft ihr mal den anderen? Laria? Flavia?«

Flavia erzeugte ein Geräusch von Abscheu, der überhaupt nicht zu ihrem eleganten Äußeren paßte. Sie legte einen Schmutzbrocken neben dem Durcheinander ab, das Thian schon herausgezogen hatte.

»Könnten wir nicht einfach zum Tower zurückportieren?« fragte sie.

»Was?« fragte Laria. »Und zugeben, daß wir auf die Schnauze gefallen sind?«

»Sind irgendwelche Werkzeuge an Bord?« fragte Kincaid und hob einen ölverschmiert aussehenden Gegenstand hoch.

»Das bezweifle ich«, sagte Laria. »Der Gleiter dient nur für kurze Fahrten. In dem großen befindet sich natürlich eine Werkzeugkiste.«

»Und den verwendet heute niemand, oder?« fragte Thian.

»Ich glaube nicht.« Laria konzentrierte sich, ›fand‹ die Masse des großen Gleiters in der Garage, ›lokalisierte‹ die Werkzeugkiste und portierte sie vor Kincaids Füße.

»Danke«, sagte er. Er öffnete sie und nahm die Suche nach dem Werkzeug auf, das er brauchte. »Keine Putzlappen?« fragte er gereizt.

»Hier!« Laria ließ einen Stapel aus dem Behälter, in dem ihre Mutter im allgemeinen Putzlappen aufbewahrte, neben die Werkzeugkiste fallen.

Flavia schaute ihnen einen Augenblick lang zu, dann wandte sie sich um, entfernte sich von der Absturzstelle und fing an, kleine Blütenbüschel zu untersuchen.

»Gibt's hier irgendwelche giftigen Pflanzen?« fragte sie Laria.

»Nein«, erwiderte Laria geistesabwesend, mehr an dem Mechaniker Kincaid interessiert, denn er fing nun an, das Teil mit einer Aura von Kompetenz zu säubern.

Thian reinigte sämtliche Ansaugöffnungen.

»Fertig«, sagte er stirnrunzelnd. »Aber ich glaube, das war nicht das ganze Problem. Xexo hält die Gleiter normalerweise gut in Schuß.«

»Das stimmt zwar, aber wir wissen nicht, wann er das Ding zum letzten Mal gewartet hat. Und Mutter sagt, daß auch Morag neuerdings fliegen darf.«

»He, das ist ungerecht«, rief Thian mit gespielter Entrüstung. »Wir waren fünfzehn, als sie es uns erlaubt haben – und sie ist erst dreizehn!«

Laria lächelte ihren Bruder an. »Ich nehme an, daß wir ihnen fehlen und sie ein paar Direktiven ändern mußten, nun, da sie knapp an Personal sind. Außerdem ist Morag fähig.«

»Ich glaube, wir müssen an das Einspritzventil, um die Leitung freizukriegen«, sagte Kincaid.

»Das ist unten drunter«, sagte Laria und deutete auf die Unterseite des Gleiters.

»Kein Problem!« sagten die beiden Männer wie aus

einem Mund. Sie grinsten sich an, und der Gleiter stieg hoch genug in die Luft, damit sie an der Unterseite arbeiten konnten.

Laria sah Flavia in der Ferne. Sie pflückte Wildblumen und hob hin und wieder eine Blüte hoch, um sie zu untersuchen und an ihr zu riechen. Nicht viele von ihnen dufteten, aber unter denen, die Laria in der unmittelbaren Umgebung erblickte, befanden sich keine jener Stinkkräuter, deren Mief einem die Nase wochenlang verstopfen konnten.

»Ich halte den Gleiter hoch, damit ihr besser an den Kern der Sache rankommt«, bot sie an und stützte sich bequem auf einen Felsen. »Vanteer sagt, es hilft ihm immer.«

»Na schön«, erwiderte Thian, »wenn es dir das Gefühl verleiht, ein Teil des Teams zu sein ...«

Sie übernahm das ›Gewicht‹, und die Männer nahmen die Bolzen heraus, die die Klappe hielten und schoben sie zur Seite, wo sie wie ein Behälter für die Teile schweben blieb, die sie herausnahmen, um an die Leitung heranzukommen.

»Kannst du nicht einfach *reinschauen,* Thian?« fragte Laria. »Du hast doch die letzten Wochen damit verbracht, ständig in Röhren und Kanäle reinzuschauen, oder etwa nicht?«

»Das hier ist etwas anderes, Laria«, sagte Thian mit deutlich eingeübter Geduld. »Man muß mit den Händen an das Zeugs ran.«

»Ah!« Kincaid hatte vorsichtig an einem Schlauch gezogen, der nicht nur in seiner Hand gelandet war, sondern sich auch aufgelöst hatte. »So fest habe ich doch gar nicht gezogen!« sagte er überrascht. Er musterte das Chaos und den über seine Hand gelaufenen Treibstoff.

»Es ist aber das fehlerhafte Teil«, sagte Thian. »Völlig verrottet. Wo bewahrt Xexo die Ersatzteile auf, Laria? Weißt du es noch?«

»Ich nicht. Aber Rojer müßte es wissen.«

Thian verzog das Gesicht. »Würde ihn nur ungern stören …«

»Tja, dann müssen wir Xexo unsere Bruchlandung gestehen«, sagte Laria.

»Ja, warum denn auch nicht?« fragte Flavia, die gerade zurückkehrte. Dann fing sie an zu lachen. »Xexo ist ein T-8. Du könntest in seinen Geist rein und wieder draußen sein, bevor er es bemerkt.«

Laria und Thian tauschten einen nachdenklichen Blick, dann grinsten sie sich an. Thian kicherte und kratzte sich mit einem schmutzigen Finger am Hals. »Alte Gewohnheiten stellen sich wieder ein, wenn man am wenigsten mit ihnen rechnet.«

»So alt bist du nun auch wieder nicht, Thian«, sagte Flavia amüsiert.

Thian hielt die beschädigte Schlauchleitung an beiden Enden, und man sah, daß er sich kurz auf sie konzentrierte. Dann tauchte ein ähnliches Stück auf. Es war nagelneu.

Laria jubelte, dann sagte sie wehmütig: »Ich nehme an, ich werde Xexo erklären müssen, wer sein Lager verwüstet hat.«

»Hinterlaß ihm eine Quittung. Dann geht alles in Ordnung.«

Der Gleiter wurde schnell repariert. Kincaid beulte sogar den Bug aus. »Wenn wir schon mal dabei sind …«

Auf dem Rückflug waren alle guten Mutes. Laria überließ Thian das Steuer; sie wollte die Blüten in Flavias Wildblumenstrauß benennen.

Die erste Woche war sehr schnell um, denn sie gingen allen Freizeitbeschäftigungen nach, an denen auch normale Menschen Vergnügen hatten. Laria und Kincaid besuchten die gemischte Schule, in die die jüngeren Lyons gingen und erzählten den Menschen- und

Mrdini-Schülern von ihrer Arbeit auf Clarf. Kincaid ließ sich später entschuldigen, aber auch Thian und Rojer waren in den Klassen der Sekundarstufe gefragt, wo sie über ihre Abenteuer bei den Marinegeschwadern berichteten. Da Rojers 'dinis wieder da waren, hatte er keine Probleme mehr und brauchte sich nicht mehr zu drücken. Hinterher erzählten sie am Mittagstisch, daß sie den jungen Leuten den Dienst bei der Marine möglicherweise etwas zu abenteuerlich geschildert hatten.

»Die Marine rekrutiert im Moment«, sagte Afra. »Ist eine gute Laufbahn für jemanden, der nicht hierbleiben will.«

Damia lächelte ihrem Gatten albern zu; sie kannte seine Familie und wußte aus eigener Erfahrung, was zu dieser Toleranz geführt hatte. Afra fragte seine Söhne jedoch nicht, ob sie sich schon entschieden hatten, welcher Pflicht sie nachgehen wollten, wenn sie an die Arbeit zurückkehrten.

Auch Flavia nahm an einem Abendempfang teil, auf dem die Erforschung des Käferschiffs mit Bergleuten und Ingenieuren beider Spezies diskutiert wurde, die gern aus erster Hand über die Sache informiert werden wollten. Sie wollten außerdem wissen, ob das neue tolle Fernraumschiff der Nebel-Klasse schon fertig war. Thian wußte es zwar nicht genau, sagte aber, er rechne damit, daß es bald vom Stapel liefe. Der Rumpf war in der Kreisbahn über der Phobos-Mondbasis schon deutlich sichtbar. Bisher hatte man aber noch kein Startdatum anberaumt, und die Enttäuschung der Männer, die das Metall für den Bau des Schiffes geliefert hatten, war deutlich.

»Liegt es daran, daß dieser Planet so jung ist«, fragte Flavia Damia auf dem Rückweg zum Haus der Lyons, »daß hier alle so … so entspannt mit den *Talenten* umgehen?«

Damia mußte über die Antwort nachdenken. »Nun,

der Tower ist für die Aurigaeaner vielleicht wichtiger, weil sie eben noch immer auf einem Zechenplaneten leben und viel importieren müssen. Außerdem war ich auch damals, als ich vor meiner Ehe mit Afra allein hier war, immer erreichbar. Ihre Kinder sind mit den unseren aufgewachsen – sie sind immer mit ihren Ponys rumgestrolcht –, und ihre 'dinis mit den unseren.« Sie seufzte. »Es wird mir noch leid tun, wenn ich sehe, daß Aurigae wächst und wir die Nähe verlieren, die wir so genossen haben!«

»Ich freue mich, daß ich Gelegenheit hatte, den Planeten zu sehen«, sagte Flavia. Sie klang neidisch.

Damia legte einen leichten Finger auf ihren Arm. »Du bist hier jederzeit willkommen.«

»Sehr freundlich von dir.« Flavia zog den Kopf ein, so daß man ihren Gesichtsausdruck nicht mehr sehen konnte.

Untersteh dich! sagte Afra ernst zu seiner Frau.

Also wirklich, Afra. Als würde ich bei jemanden, den wir kaum kennen, das Protokoll ignorieren.

Ich glaube, da ist jemand, den du gern näher kennenlernen würdest.

Damia hörte das Necken seiner mentalen Stimme. *Kincaid hat mehr Interesse an ihr gezeigt als Thian.*

Kincaid interessiert sich nicht für Frauen, Damia. Ist dir das etwa entgangen?

Es gelang Damia, *nicht* überrascht nach Luft zu schnappen. Es kam nur selten vor, daß ihr etwas entging. *Und Laria …*

Sie hat's am Tag seiner Ankunft gleich bemerkt, aber sie mag *ihn sehr. Und diese Freundschaft bedeutet ihm eine Menge.*

Ich muß sagen, die Wahl verblüfft mich. Papa hat es doch bestimmt gewußt …

Natürlich hat er es gewußt, aber Kincaid ist es wert, geborgen zu werden, und Laria ist so stabil, daß sie es tut und ihm Raum zu atmen gibt. Kincaid kann eine echte Freundin besser gebrauchen als einen Geliebten. Und sie ist die unterstützende Persönlichkeit, die er braucht.

Sie braucht aber auch einen eigenen Mann, sagte Damia unnachgiebig.

Sie ist doch erst dreiundzwanzig, Liebste.

In dem Alter hatte ich schon sie und Thian.

Sie ist eine völlig andere Persönlichkeit, Liebling. Afras Tonfall wurde wieder neckend. *Und deine Bedürfnisse sind nicht die ihren. Unsere Zara, die Kincaid ebenfalls recht genau studiert hat, meint, daß er in der Mitte einer destruktiven Dreiecksbeziehung stand, die seine ohnehin schwierige Arbeit noch mehr belastet hat. Er kann sich auf Clarf entspannen und an Geist und Seele gesunden. Laria übt ihre eigene beruhigende Wirkung auf Menschen aus – deswegen hat Jeff auch schwierige Charaktere wie Stierlman und Clarissia nach Clarf geschickt. Um sie an ihr auszuprobieren.*

Auszuprobieren? Damia schoß einen verärgerten Blitz auf die manipulativen Taktiken ihres Vaters.

Afra lachte. *Ich glaube, dein Vater versteht Laria weitaus besser als wir und schätzt sie anders ein.*

Diese Bemerkung verärgerte und besänftigte Damia zugleich. *Und wie lange soll sie noch warten, bis sie zu sich selbst finden kann?* fragte sie mit einem Anflug von Entrüstung.

Ich habe den Verdacht, daß Laria sich nur etwas mehr unter denen umschauen muß, die sie schon kennt.

Yoshuk?

Vanteer.

Wirklich?

Ich schätze ja. Aber dir ist doch sicher auch aufgefallen, wie oft sein Name fällt.

Damia dachte während des ganzen Abends darüber nach. Sie war dem Toweringenieur von Clarf zwar noch nicht begegnet, aber ihr wäre ein Talent oberhalb eines T-6 für Laria lieber gewesen. Doch das hatte wohl nicht allzuviel mit dem genetischen Erbe zu tun, das in völlig ahnungslosen Familien T-Einser hervorbrachte. Wie Flavia ... Wie Rowan und Jeff Raven, zum Beispiel.

In der zweiten Woche trafen T-2 Clancy Sparrow, Oberleutnant Rhodri Eagle und dessen jüngste Schwester Asia ein, die erst kürzlich ihre Ingenieurprüfung bestanden hatte. Keiner von ihnen war je so weit draußen gewesen, auch wenn sie lachend behaupteten, Deneb IV sei in seinem galaktischen Quadranten fast ebenso weit entfernt.

Roddie, der ehemalige Schrecken aller heranwachsenden Raven-Lyons, hatte sich unglaublich weiterentwickelt. Clancy, der erst vor kurzem mit Thian, Rojer und Flavia zusammengearbeitet hatte, paßte sich leicht in den Haushalt ein und bat um Erlaubnis, jagen gehen zu dürfen, falls niemand etwas dagegen hatte. Morag, Kaltia und Ewain baten ihre Eltern auf der Stelle, ihm als Führer dienen zu dürfen. Die Erlaubnis wurde erteilt, und die drei jüngeren Raven-Lyons schleiften ihren Vetter zum Stall.

Trotz aller Bemühungen Damias, Larias und Afras, Asia in ihr Herz zu schließen und zu beruhigen, war sie vor Unsicherheit steif und sehr ängstlich, etwas Falsches zu sagen oder zu tun. Sie beschwerte sich nicht einmal, als die Hälfte der Haustiere beschloß, ihren schlanken Körper zu erforschen, während sie starr auf dem Hocker saß, auf dem sie Platz genommen hatte. Sie hatte die große Anzahl viel bequemerer leerer Stühle einfach übersehen.

Petra betrachtete Asia kurz, dann marschierte sie forsch zu ihr hin und entfernte sämtliche Rutscher.

»Beim nächsten Mal *sagst* du gefälligst, daß es dir nicht gefällt, wenn sie überall auf dir rumkrabbeln«, sagte Petra. Sie war ziemlich empört, daß jemand eine solche Unannehmlichkeit einfach so ertrug. Sie ignorierte die zutiefst errötende Asia, neigte den Kopf auf die Seite und sagte: »Magst du Katzen?«

»O nein«, sagte Asia rasch.

»Welche Erleichterung. Wie steht's mit Darbuls?«

Asia schluckte. »Was sind *Darbuls?*« fragte sie leise und verschüchtert, so daß Petra sie einen Augenblick lang angaffte, bevor sie eins der hundeähnlichen Lebewesen hineinrief. »Ach, die sind auch nicht schlimm«, sagte Asia schnell, offenbar in dem Versuch, sich in Petras Augen für ihre Albernheit mit den Rutschern zu rehabilitieren.

»Ich sag den Kunis, sie sollen dir aus dem Weg gehen«, sagte Petra mit der dreisten Autorität einer zuversichtlichen Sechsjährigen. Als sie hinausging, um eben dies zu tun, sagte sie zu ihren Eltern: *Irgend jemand hier muß etwas Positives für dieses Mädchen tun. Sie kann sich ja nicht mal richtig beschweren! So ein* Talent *ist mir noch nicht begegnet.*

Petra hat recht, sagte Zara zu ihrer Mutter, obwohl ihr mentaler Tonfall angesichts eines so unterwürfigen Verhaltens vor Abscheu troff. *Warum, in aller Welt, pellt sie sich die Rutscher nicht ab, wenn sie sie als so grauenhaft empfindet?*

Und wieso haben wir ihren Kummer nicht vor Petra registriert? erwiderte Damia, verärgert über sich selbst, weil sie Asias Zurückhaltung für Höflichkeit gehalten hatte.

Sie ist daran gewöhnt, *übersehen zu werden, nicht wahr?* sagte Zara nach kurzem Nachdenken.

Wenn man das zehnte Kind der lauten Großfamilie ist, die auch Roddie hervorgebracht hat, darf man sich nicht wundern, sagte Damia und seufzte. *Von euch hat keiner auch nur kurz zugelassen, daß er ignoriert wurde. Asia ist vielleicht besänftigende Gesellschaft.*

Zara warf ihrer Mutter einen eigenartigen Blick zu, um zu sehen, ob sie scherzte oder es ernst meinte.

Etwas von beidem, Schätzchen.

Hübsch ist sie auch, sagte Zara, *wenn man sie sich so anschaut. Aber ihre Kleidung ist nicht die beste für jemanden, der eine Figur hat, mit der man angeben kann. Nun ja, sie paßt zu jemandem mit einem Persönlichkeitsproblem. Aber wenn sie etwas aus sich* machen *würde …*

Du hast recht. Sie ist hübsch. Aber ich bezweifle, daß sie so zerbrechlich ist, wie sie wirkt. Die Eagles sind alle körperlich stark. – Afra, wir müssen etwas für dieses Kind tun, sagte sie, ihrem Mann zugewandt. *Sie hat einiges* Talent, *aber sie ist so fest verschlossen wie eine an Hitze gewöhnte Samenschote im Schnee.*

Bevor ihn jemand aufhalten konnte, ging Rojer zu Asia hin, nahm ihre Hand und hievte ihr schrumpfendes Ich vom Hocker hoch.

»Ich möchte dir meine 'dinis vorstellen. Ich hab auch die neuen verbesserten Modelle bekommen, als ich nach Hause kam. Da du hier bist, um von Xexo ein paar Dinge zu lernen, kann ich dich auch mitnehmen und allen vorstellen. – Xexo wird dir gefallen«, sagte er und zog sein zaghaftes Opfer beiseite. »Komm mit, Asia. Und ich will kein ›Oje, das kann ich nicht‹ von dir hören, verstanden?« *Halt dich da raus, Zara, Asia gehört mir!* Als Rojer den Raum mit dem Mädchen verließ, schoß er seiner Schwester über Asias Kopf hinweg eine ernste Warnung zu. Und eine zweite an seine Mutter. *Ich kenne euch nur zu gut! Haltet euch fern.*

Zara und Damia, aus dieser ungewöhnlichen Quelle gescholten, tauschten erheiterte Blicke und lächelten, als sie Rojer Asia alles über das Puzzle erklären ›hörten‹. Er berichtete ihr, für wie viele zusammengesetzte Teile man ihm schon Teilanerkennungen ausgesprochen hatte, als sämtliche Ingenieure der Allianzwelten sich noch bemüht hatten, die Riesenkugel zu rekonstruieren.

»Das war natürlich, bevor wir den Flüchtling vor den Augen der Käfer geklaut haben.«

»Hat unser Rojer ein schlechtes Gewissen?« erkundigte Afra sich leise bei seinem Weibervolk.

»Ich weiß nicht genau«, erwiderte Damia.

»Tja, wenn du mich fragst, ist er nicht weit davon entfernt«, sagte Zara mit einem wissenden Nasenrunzeln. »Der Beschluß, jemanden zu beschützen, der wehrlos wirkt, kann eine bedeutungsvolle Beziehung einleiten. Vorausgesetzt natürlich, er führt nicht zu einer Übervorsicht, die den weniger zuversichtlichen Teil hemmt.«

Damia lächelte ihre plötzlich respekteinflößende junge Tochter an, die erst selbst vor kurzem die Kontrolle über ihre Hormone und sprießende Fraulichkeit errungen hatte.

So was solltest du nicht mal über mich denken, *Mutter,* sagte Zara etwas schroff. *Ich habe in den vergangenen drei Jahren von Elizara und Isthia eine Menge gelernt – eine sehr große Menge. Ich habe mich in Psychologie Ersten Grades qualifiziert, aber Asias Problem ist nicht so verzwickt.*

Laßt Asia in Ruhe! kam Rojers ätzende Erwiderung. *Sie braucht nicht* noch zwei *Mütter!*

Tut, was er sagt, schlug Afra vor und maß Frau und Tochter mit einem betont ernsten Blick.

Rhodri hatte einen eleganten Freizeitanzug angezogen und als er an seinen Gastgebern vorbeikam, meinte er, es sei sehr erleichternd, aus der Uniform heraus zu sein. Er nahm Zaras Arm, und sie fügten sich nahtlos in die aus Flavia, Laria, Thian und der Tower-Expedientin Keylarion bestehende Gruppe ein.

Später machte er den Vorschlag, den Teppich aufzurollen und das Tanzbein zu schwingen. Obwohl er öfter als die Lyon-Mädchen mit Flavia über das Parkett fegte, tanzte er auch dreimal mit Damia und machte zwei langsame Tänze mit Asia, einen mit Morag und Kaltia und eine ausgelassene Polka mit Petra. Von diesem Tanz meinte er, er entspreche auch den Fähigkeiten der 'dinis, und kurz darauf hopsten auch sie so wild herum wie er und Petra.

Und er ist Asias älterer Bruder? lautete Zaras geheimnisvoller Kommentar.

Menschen gibt's in allen Formen, sagte Afra. Er war von seinen Anstrengungen mit Damia als Polkapartnerin sogar mental außer Atem. Er lächelte breit über Petras spröden Knicks, als Rojer ihre Hand nahm, um Walzer mit ihr zu tanzen, das nächste Stück auf dem Band mit gemischter Musik.

Hat Petra nun die halbe Zeit portiert, als Rhodri sie umherwirbelte, oder nicht? fragte Damia und wischte ihr schwitzendes Gesicht mit der Hand ab, während sie mit der anderen einen Fächer schwenkte.

Ich bezweifle es. Sie ist so agil wie ein Rutscher. Afra sank auf einen der am Rand des großen Raums aufgereihten Stühle und portierte ein langes Glas mit kaltem Wasser herbei.

Auf dem Getränketisch standen alle Sorten von Wein, Bier und Schnäpsen. Zwar hätte er sich auch ein mittelstarkes, kaltes aurigaeisches Bier leisten können, aber Afra war bereits von der berauschenden Atmosphäre geladen, in der junge, aufgedrehte Geister sich dem vergnüglichen Tanz hingaben.

Man gestattete Asia nicht, allein zu sitzen. Entweder waren Rojer und der plötzlich auf dem Familienfest aufgetauchte Xexo bei ihr, der seine Zeit meist damit zubrachte, mechanische Gegenstände zu quälen, oder sie tanzten mit ihr. Dem Anschein nach gefielen Asia die überschäumenderen Tänze nicht, für die man eine Vorliebe mitbringen mußte. Doch sobald sie einen Tanz aussaß, waren Rojer, Xexo oder ein Kuni bei ihr – um die Rutscher fernzuhalten, wie Petra sagte.

Es hätte Afra großen Spaß gemacht, mit Asia zu tanzen, weil auch er ihren Mangel an Selbstachtung und Zuversicht beklagte. Außerdem war ihm der Gedanke gekommen, daß die Lautstärke seiner Familie vielleicht etwas zuviel für sie war, weil sie dem ähnelte, was sie aus ihrem eigenen Zuhause kannte. Er hätte ebenso gern mit ihr getanzt, wie mit Flavia, Damia und seinen Töchtern, aber sie reagierte so negativ auf seine Annäherung, daß er vorgab, außer Atem zu sein und nahm neben ihr Platz, um soviel Beruhigung und Freundlichkeit wie möglich auszustrahlen, ohne daß sie es bemerkte. Aber sie war selbst für seinen sanften Geist zu verschlossen.

Am nächsten Morgen wollten Damia und Afra ihre Pflichten im Tower wieder aufnehmen, doch Keylarion bewegte sich vorsichtig und gestand, aufgrund der vielen Tänze an Muskelkater zu leiden. Xexo war geschäftig wie immer. Er gab bekannt, daß Rojer und Asia bei ihm waren, um mehr über die Erfordernisse der Towerarbeit zu lernen. Teleportationen und telepathische Botschaften standen kaum an. So wurde der Tower auf Bereitschaft geschaltet, und sie kehrten zum Haus zurück, wo sie feststellten, daß der schläfrige Clancy von Morag und ihren 'dinis gefüttert wurde. Roddie hatte um einen ›Eimer Kaffee‹ gebeten. Petra hatte darauf bestanden, sie könne einen solchen zu ihm bringen. Ihre 'dinis trugen die Tasse, den Süßstoff und die Milch. Deneber waren bekannt dafür, daß sie auch als Erwachsene Riesenmengen Milch tranken.

Clancy, sagte Damia privat zu dem T-2, *bist du wach genug, um über Asia reden zu können?*

Clancy musterte seine Gastgeberin mit einem schnellen, doch überhaupt nicht müden Blick, dann nahm er seine Pose wieder ein. *Früher habe ich manchmal geglaubt, unsere Asia macht uns nur etwas vor …*

Sie macht niemandem etwas vor, Clancy.

Nee, ich glaub fest, sie ist wirklich so. Wie konnte ich meiner Lieblingbase nur so etwas zustoßen lassen. Clancy seufzte, nahm noch einen Schluck Kaffee und lächelte

Morag dankbar an, die ihm ein Frühstück von ungeheuren Dimensionen unter die Nase hielt. *Es ist einfach so. Du weißt doch, wie Roddie ist. Tja, es waren noch dreizehn andere wie er im Haus, und ich nehme an, Tante Alicia hat sich gefreut, daß sie wenigstens ein Kind hatte, das still und zufrieden war, das sich mit sich selbst beschäftigen konnte und so pflichtbewußt war, daß es nicht viel Überwachung brauchte. Asia war immer zuverlässig und still und hat sich im Hintergrund gehalten. Erst wenn man sie eine Weile* nicht *sieht – und hört, was Rojer über ›Vernachlässigung‹ und ›Entbehrung‹ sagt –, wird einem klar, daß sie* wirklich *vernachlässigt wurde und ihr allerhand gefehlt hat. Bloß, was soll man jetzt tun? Sie ist so klug, wie man es sich nur wünschen kann, und sie hat genug* Talent, *um fast überall hinzugehen. Sie hat bei uns zu Hause alle Geräte repariert, und auch bei Tante Alicia. Als Kinder haben wir sie immer damit aufgezogen, daß sie lieber mit Maschinen spielt als mit uns.* Er verzog das Gesicht.

»Schmeckt es dir nicht, Clancy?« fragte Morag ängstlich.

»Das Frühstück schmeckt einfach toll, Morag, mein Liebling. Aber meine Füße bringen mich um, weil ich gestern Abend so viel getanzt habe.« Sein Lächeln beruhigte sie.

»Bist du wirklich mein Vetter?« fragte Morag. Ihre Frage war halb an Clancy und halb an ihre Eltern gerichtet.

»Zweiten oder dritten Grades, glaube ich«, sagte Clancy und pflügte sich einen Weg durch die auf seinem Teller liegenden Eier, Kartoffeln, Bohnen, gegrillten Tomaten und Pilze.

»Und du mußt dich wirklich schon in sechs Tagen wieder im Blundell-Gebäude melden?«

Clancy, sie ist erst dreizehn! sagte Damia privat zu ihm, als sie die Symptome der Pubertät in ihrer Tochter erkannte.

Wenn du wüßtest, wie ich es bedauere, Damia! Du hast

wirklich eine Bande von Herzensbrechern in die Welt gesetzt – wirklich, wirklich –, und es ist nicht fair, uns arme Sterbliche und denebische Hinterwäldler ihnen auszusetzen.

Hinterwäldler? Damia fing an zu lachen, denn sie wußte, Clancy würde Morags Hoffnungen und Wünschen sanft begegnen. *Laß das bloß nicht meinen Vater hören!*

Ich habe den Ausdruck von deinem Vater gelernt, aber ich hatte nie den Mut, ihn in der Nähe deiner Mutter zu wiederholen!

Roddie kreuzte als nächster auf. Er hatte die Absicht, seinen Muskelkater beim Schwimmen zu kurieren, und die Idee erschien allen so gut, daß das beheizte Becken ziemlich voll war, als der letzte Lyon aufstand.

»Ich dachte, es interessiert euch vielleicht, was sonst noch passiert ist«, sagte Roddie nach dem späten Frühstück zu Rojer, Thian und Flavia, als sie mehr oder weniger allein im Salon waren.

»Zum Beispiel?« fragte Thian.

Roddie grinste. »Die Königin hat *noch* einen Haufen Spezialkreaturen ausgebrütet. Ich weiß es zwar nicht mit Sicherheit, aber ich vermute, sie stellt eine Mannschaft zusammen, die ihr helfen soll, mit dem Flüchtling die Mücke zu machen.« Er hielt inne, wartete eine Sekunde, und sprach dann weiter. »Sie ist auch viel aktiver geworden und schickt ihre Huscher auf alle möglichen Botengänge. Einige der neuen Brutlinge sind von der Art, daß sie in die Schächte und Rohre passen, die es in dem Flüchtling überall gibt. Sie hat auch ein paar große Schlägertypen ausgebrütet, von denen wir nicht so recht wissen, wozu sie dienen. Echte Männchen sind es nicht, also ist sie nicht auf Paarung aus. Außerdem hat sie angefangen, ausgerechnet die Samen anzupflanzen, die sie von der Nahrung aufgespart hat. Sie hat ihren eigenen Dung verwendet, um sie einzupflanzen. Hat sich sogar ein Trio zugelegt, das sich um den Garten kümmert.«

»Was für Sachen zieht sie denn da?« fragte Flavia.

»Breitblattpflanzen«, sagte Roddie mit einem bedeutungsvollen Blinzeln und Nicken.

»Das wird 'n enttäuschtes Weibchen werden«, sagte Thian mit einem dünnen Lächeln.

»Auf unausgebrütete Eier zu setzen, ist unklug«, sagte Rojer.

»Nein, nein, es heißt, zähl deine Eier erst, bevor sie ausgebrütet sind«, sagte Thian.

»Nee, nee«, warf Roddie ein und hob den Zeigefinger. »Ihr kriegt es beide nicht richtig hin. Es heißt, man soll nicht alle Eier in einen Korb legen.«

»Sagt mal, worüber schwafelt ihr da eigentlich?« fragte Laria und gesellte sich zu ihnen.

Jeder gab seine eigene Antwort.

»Über Eier!«

»Über Hühner!«

»Über Erwartungen!«

Rojer schaute sich besorgt um. »Wo ist denn Asia geblieben?« Da niemand es wußte, ging er in die Küche. »Hast du Asia gesehen, Mutter?«

»Sie ist bei Xexo«, sagte Damia. Und als Rojer wieder ins Freie ging, rief sie hinter ihm her: »Sie ist nämlich zum Lernen hier!«

Kapitel Sechs

Am letzten Urlaubstag wurden Rojer, Thian und Flavia gebeten, sich zu einer Konferenz mit dem Erdprimus im Tower einzufinden.

Thian fragte sich, ob Rojer sich auf den Liegen ihrer Eltern auch so komisch fühlte. Auch das Schweigen der Generatoren war untypisch, doch eine Verbindung zwischen Primen brauchte nun einmal keine Gesamtheit. Diese Tatsache ließ ihn auf eine gewisse befriedigende Art erstrahlen – die sein Großvater wahrscheinlich mit dem, was er mit ihm vorhatte, gleich wieder zunichtemachen würde.

Isthian Lyon, Rojer Lyon, Flavia Bastianmajani, sagte Jeff Raven, womit er die amtliche Natur des Gesprächs dokumentierte, *ich weiß zwar, daß ich euch für eure nächsten Aufträgen die freie Auswahl gelassen habe, aber es gab einige unerwartete Entwicklungen. – Und dein Ächzen habe ich auch gehört, Thian.*

Ja, Sir. Was ist denn passiert? Er ging davon aus, Jeff Raven würde *Man hat die Verfolgungsjagd abgebrochen* sagen, was er als schrecklich empfunden hätte, da er *wußte,* daß ein Abbruch der Suche gerade jetzt, wenn der Käferbefehl noch mehr Schiffe aus den kolonialen Festen schickte, um nach weiteren M-5-Welten zur Kolonisation Ausschau zu halten, ernsthafte Auswirkungen auf nachfolgende Generationen haben konnte.

Die Washington …

Die was? Thian hatte angenommen, mit den Namen aller wichtigen Schiffe der Allianz vertraut zu sein. Rojer runzelte die Stirn und hob die Schultern. Auch er war verwirrt.

Die Washington *ist ein Schlachtschiff der Nebel-Klasse, das die Allianz gebaut hat – hauptsächlich aus aurigaeischen Erzen, wie ich hinzufügen möchte,* erwiderte Jeff irgendwie schelmisch, *doch das weiß die Öffentlichkeit bislang noch nicht. Die* Washington *wird als Flaggschiff eingesetzt. Sie hat eine Eskorte aus sechs Schiffen der Galaxis-Klasse und vier Zerstörern, die alle mit den neuen Raketen ausgerüstet sind, die die Schiffsrümpfe der Käfer durchdringen können. Es müssen noch zwei Kugelraumer ausfindig gemacht werden.* Jeff hielt inne, um seinen Zuhörern zu erlauben, die Neuigkeiten zu verdauen. *Außerdem gibt es noch eine zweite Expedition, die übrigens für den Hohen Rat ebenso wichtig ist wie die Mission der* Washington. *Sie soll die M-5-Planeten, die die Käfer ignoriert haben, und alle sonstigen identifizierten erforschen und bewerten. Das Geschwader B hat eine Fünfjahresmission. Ihm ist ein zusätzlicher leichter Zerstörer zugeteilt worden. Die* Genesee *hat einen neuen Kapitän. Die* A.S. KTTS *hat eine völlig neue Besatzung. Kapitän Brikowski von der* Beijing *ist mit dabei, und dazu all jene, die sich gerade in den Kapitänssesseln der kleineren Schiffe breitmachen.*

Mann! sagte Rojer.

Ich bin gern bereit, auf die Washington *zu gehen, wenn man mich dort haben will,* sagte Thian leise und zurückhaltend.

Ob sie dich HABEN WOLLEN, Thian, mein Junge? Du stehst auf der Liste ganz oben! Ashiant ist die Treppe hinaufgefallen – er kommandiert jetzt die Washington. *Ich hab diesem Sesselfurzer von Basiskommandanten natürlich erzählt, daß Ashiant speziell dich haben wollte.*

Wollte er wirklich? Thian konnte seinen Stolz nicht verhehlen. Auf seinem Gesicht zeigte sich ein albernes Grinsen größter Freude.

Kapitän Spktm hat ebenfalls durchblicken lassen, daß er die LSTS *nicht aus der Kreisbahn bewegt, wenn du nicht als Primus bei ihm mitfährst.*

Mann! wiederholte Rojer amüsiert, als er spürte,

daß sich die Reaktion seines Bruders in Respekt verwandelte.

Ich hoffe, dir fällt etwas mehr ein als ›Mann!‹, Rojer, wenn ich dir mitteile, daß du ebenfalls zum Primenteam der Washington *gehörst.*

Ich, Großvater? Nachdem …

Also doch. – Ja, du. Man hat dein Verhalten während des Zwischenfalls auf der KTTS *im 'dini-Hauptquartier mit Beifall bedacht. Dazu zählt auch das Expertentum, das du während der Abschlußkonferenz beim Unternehmen Erleuchtung bewiesen hast.*

DAS AUCH? Rojer riß die Augen so weit auf, daß Flavia über sein Erstaunen lächeln mußte.

»Ich hab dir doch gesagt, daß du gut warst. Du wolltest es mir nur nicht glauben.«

Ruhig, Flavia. Jetzt komme ich zu deinem Auftrag. Laßt mich noch hinzufügen, Primen, daß ich nie erwartet hätte, die VT&T würde je Marineeinheiten mit Personal bestücken. Aber die zurückgelegten Entfernungen und die Länge der gegenwärtigen Reisen erfordern engen Kontakt und Dienste, die nur Primen der Marine bieten können. Ihr steht nicht mehr unter dem Befehl der Marine; ich habe ausgemacht, daß jeder Schiffsprimus der Marine einen Rang erhält, der dem eines Kapitäns entspricht.

Wirklich? Rojer war sehr erfreut.

»Nun werd nicht übermütig, Rojer«, sagte Thian.

Keine Angst. Ist aber gut zu wissen.

Sie vernahmen das leise Lachen des Erdprimus. *Dabei bin ich auf viel weniger Widerstand gestoßen als erwartet. Aber ich rechne damit, daß ihr euch der Tatsache bewußt seid und euch jederzeit mit der Rechtschaffenheit und Diskretion verhaltet, die man von einem Kapitän erwartet.*

Jawohl, Sir. Sogar Flavias Antwort war gebührend ehrerbietig.

Ich teile dem Verfolgungsgeschwader zwei Primen zu, weil ich auf keinen Fall möchte, daß meine Leute noch einmal Problemen ausgesetzt werden, die ihr zwei schon er-

lebt habt. Damit sich so etwas nicht wiederholt, möchte ich, daß ihr mir die Namen jener Leute nennt, die ihr als Helfer in eurem Stab haben wollt. Es sollten Talente *sein, die entweder offen oder verdeckt arbeiten. Es besteht immer die Möglichkeit, daß ihr zusätzliche Hilfe mobilisieren müßt.*

Korvettenkapitän Semirame Kluh, sagte Thian sofort.

Clancy Sparrow, sagte Rojer gleichzeitig.

Leutnant Alison Greevy von der Vadim, fügte Thian hinzu.

Ihr habt alle eine gute Wahl getroffen. Speziell bei Greevy, Thian. Aber du kannst natürlich nicht wissen, daß sie eine Zusatzausbildung in 'dini-Medizin absolviert hat und ohnehin auf die Washington *versetzt wird. Die* Washington *hat eine gemischte Mannschaft.*

Thian hatte von Greevy nur die kurze Nachricht erhalten, daß es ihr gut ginge, daß sie beschäftigt sei und das gleiche auch von ihm annahm. Er war sehr erfreut über ihre Initiative, ihr Können auszuweiten. Er mußte ihr unbedingt erzählen, daß er sein Versprechen gehalten, sie ihn jedoch ausmanövriert hatte. Er freute sich um so mehr, mit ihr auf dem gleichen Schiff zu sein.

Ich schicke vielleicht noch einige andere für die unterschiedlichsten Aufgaben mit, aber sie sollen sich euch selbst vorstellen. Thian, als Ältester übernimmst du nominell die Leitung. Aber ich glaube, daß ihr ohnehin mit allen gut zusammenarbeitet, deshalb erwarte ich … Jeff hielt kurz inne, um diesem Punkt Nachdruck zu verleihen … *keinen Mißton.*

Nun zu dir, Flavia. Ich möchte, daß du die Leitung der Talente *des Forschungsgeschwaders übernimmst. Ich weiß, daß du in mehreren Towern gearbeitet hast, deswegen kennst du vielleicht die Spezialisten, die ich euch mitgebe. Ich werde mein Bestes tun, um sie für dieses Unternehmen zu besorgen – falls sie dazu bereit sind. Towererfahrung könnte hilfreich sein, aber Biologie-, Technik-*

*und Soziologie-*Talente *könnten die Spezialisten verstärken, die bereits abkommandiert sind, um an der Expedition teilzunehmen.*

Ich würde gern Zara, Asia und …

Zara und Asia?

Es gelang Thian und Rojer, die Freude darüber, daß Flavia ihren Großvater völlig überrascht hatte, zu unterdrücken.

Ja, Erdprimus. Zara hat eine 1-A-Therapiequalifikation, die auf einer langen Reise von unschätzbarem Wert ist. Sie kann weitere medizinische Bildung beim an Bord befindlichen medizinischen Personal gewinnen. Asia hat, wie Sie wissen, die Ingenieurprüfung mit Auszeichnung bestanden. Sie hatte nur zwei Punkte weniger als Rojer. Eine Reise wird für ihre persönliche Entwicklung und ihr Selbstvertrauen von großem Nutzen sein. Zara und ich würden uns schon um sie kümmern. Außerdem hätte ich gern Rhodri Eagle dabei, dessen Fähigkeiten als Verbindungsoffizier bei einer Königin, die nur rumsitzt, verschwendet sind. Und Morgelle von Beteigeuze, weil sie eine archäologische Ausbildung hat.

Das wußte ich gar nicht. In Jeff Ravens Stimme war noch immer ein leicht amüsierter Klang zu hören.

Überrascht mich nicht, wenn ich an ihre Situation denke. Flavia klang angespannt.

Du hast eine ausgezeichnete Wahl getroffen, Flavia, und alles gut durchdacht. Ich glaube nicht, daß diese Aufträge große Schwierigkeiten machen werden. Jeffs mentaler Tonfall enthielt mehr als nur einen Anflug von Erheiterung und Zufriedenheit. *Der neue Kapitän der* Columbia – *sie ist das Flaggschiff des Geschwaders B – ist eine gewisse Vestapia Soligen. Obwohl ihre Mannschaft wie üblich gemischt ist, hat sie nach Möglichkeit eine Prima angefordert.*

Es gibt außerdem zwei Männer in meinem Bekanntenkreis, die sich als sehr hilfreich erweisen könnten, einen T-3 und einen T-6, sagte Flavia verbindlich. Doch ihre

Augen funkelten Thian und Rojer an, die ihr ermutigend zulächelten.

Sie heißen?

Der T-3 ist mein Bruder Mallen, der T-6 mein Vetter Jesper Ornigo. Er hat 'dinis und interessiert sich sehr für fremde Kulturen, auch wenn es mehr ein Hobby ist als alles andere …

Verständlich …

Beide sind Atairaner und momentan in Positionen, die jeder andere mit der gleichen Talent-*Einstufung ausfüllen kann.*

Mir soll niemand je nachsagen, ich hätte ihn an der Ausübung der Vetternwirtschaft gehindert, Flavia.

Wie bitte, Sir?

»Ein alter Witz, der in unserer Familie kursiert«, sagten Thian und Rojer im Chor, während Jeff das gleiche auf telepathischem Weg erwiderte. Sie mußten alle lachen.

Diese Einweisung hat aber auch eine ernsthafte Seite, meine jungen Freunde. Ich habe bestimmte Bedingungen an eure Aufträge geknüpft, die auf jeden Fall befolgt werden müssen, egal, wie die Umstände auch sind: Eure Pflichten sind strikt in der VT&T-Charta niedergelegt; ihr seid eindeutig als zivile Spezialisten und nicht als Kombattanten an Bord. Mit der möglichen Ausnahme der Steuerung von Aufklärungssonden, wie Rojer sie im System XH-33 eingesetzt hat, dürft ihr nur solche Hilfestellung leisten, die der Forschung oder einem Kontakt – egal unter welcher Provokation – dienen, sowie dem Retten von Leben. Irgendwelche ›Projekte‹, die über eure üblichen Pflichten hinausgehen, müssen mit mir besprochen werden. Dann werde ich den beteiligten Kommandanten antworten.

Auch wenn es euch vielleicht nicht gefällt: Ihr werdet in erster Linie *euren eigenen Hals retten. Natürlich werdet ihr, wie Thian schon weiß, euer Bestes tun, um alle zu retten, die euch die Kapitäne anweisen. Von der Marine wird erwartet, daß sie sich selbst beschützen kann.*

Flavia, Talente *werden zu jeder Zeit, wenn sie sich auf der Oberfläche von Planeten aufhalten, eskortiert. Für alle* Talente *sind spezielle Schutzanzüge konstruiert worden, die das* Pieks-Pssst *in der Nähe von Käfer-Artefakten reduziert. Ich hoffe, das Material erweist sich als wirkungsvoll.*

Eine letzte Warnung: Der Start der Washington *ist bereits erfolgt. Das Schiff ist in diesem Augenblick schon ein gutes Stück aus dem System heraus.*

Hatte man Angst vor Demonstrationen, Großvater? fragte Thian.

Es gab eine – rund um die größte Holografie, die wir je gebastelt haben. Jeffs Stimme klang zwar erheitert, aber auch leicht ergrimmt. *Deswegen hat der gesunde Menschenverstand uns von einer Zeremonie abgehalten. Wenn ihr also hört, daß die* Washington *von Isolationisten gesprengt wurde, ignoriert es einfach. Ihr dürft eure Aufträge allerdings mit niemandem besprechen, nicht mal mit euren Eltern. Die Befehle für das erforderliche Zusatzpersonal werden gekürzt ausgegeben. Rhodri und Clarence erhalten gewöhnliche Towerunterricht-Einberufungen, auch Zara und Asia. Die anderen werden durch die passenden Kanäle kontaktiert. Ihr drei meldet euch zum Transport an eure einzelnen Posten morgen früh um 8.00 Uhr aurigaeischer Zeit. Genießt euren letzten Tag auf dem Planeten.*

Bevor einer von ihnen Jeff Raven auch nur danken konnte, brach er die Verbindung ab.

»Das sieht ihm mal wieder ähnlich«, sagte Thian mit verdrießlicher Miene. »Er wirft einem das, was man sich erträumt hat, einfach in den Schoß und macht die Mücke, bevor man ihm danken kann.«

»Vielleicht«, schlug Rojer mit untypischer Ambivalenz vor, »danken wir ihm *langfristig* nicht. Auch das verdammte Unternehmen Erleuchtung hätte eine Kleinigkeit sein müssen. Und dann hat es sich als Nachzügler der Inquisition entpuppt.«

»Als was?« fragte Flavia.

»Schon gut, Flavia«, erwiderte Rojer lächelnd. »Ich möchte dir jedenfalls danken, daß du Zara und Asia mitnehmen willst. Ich habe mir die beiden eigentlich gar nicht auf einer Forschungsmission vorstellen können …«

»Ich sorge schon dafür, daß sie sich kaputtmalochen«, sagte Flavia, die ziemlich ernst wirkte, als sie von der Liege aufstand. Dann lächelte sie. »Ich dachte zwar, es sei einen Versuch wert, aber ich wäre nie darauf gekommen, daß der Erdprimus sie mitgehen läßt. Und auch noch Mallen und Jes! Beide sitzen in todlangweiligen Stellungen, aber ich weiß, daß sie mehr können. Und wenn es Vetternwirtschaft ist, ist es mir auch egal!« Sie nickte jäh.

»In Ordnung, Flavia«, sagte Thian. »Aber laßt uns jetzt eine leicht finstere Miene aufsetzen und uns *bemühen,* die letzten Stunden zu genießen, bevor die ganze harte Maloche und die lange Trennung auf unsere unschuldigen Köpfe fällt.«

Rojer schnaubte verächtlich.

»Und mit Schwerarbeit können wir bestimmt rechnen«, sagte Flavia und ging die Treppe hinunter.

Die beiden Brüder verdrehten wegen ihres Pragmatismus die Augen, nahmen dann jeweils drei Stufen auf einmal und waren eher unten. Rojer öffnete die Tür. Thian winkte Flavia mit einem übertriebenen Gefuchtel von Arm, Hand und Bein ins Freie.

»Große Galaxis!« sagte Rojer und blieb so abrupt stehen, daß Flavia beinahe gegen ihn geknallt wäre. »Was erzählen wir nur unseren Eltern?«

»Was sollen wir ihnen schon erzählen?« sagte Thian flott und ging die Außentreppe hinunter. »Daß unser Urlaub zu Ende ist. Daß Großvater befohlen hat, wir sollen uns morgen um 8.00 Uhr im Blundell-Gebäude melden. – He, Asia, hat Xexo dir schon erlaubt, daß du deine Hände ölig machen darfst?«

»Ja, hat er«, sagte das schlanke Mädchen mit einer

Aura überraschter Freude auf dem Gesicht. »Ich habe eine Ersatzturbine geölt. Xexo wollte, daß ich es allein mache. Aber ich hatte das Handbuch die ganze Zeit aufgeschlagen!«

»Das sollte man auch, wenn man mit unbekannten Maschinen arbeitet«, sagte Rojer und grinste so stolz zu ihr hinunter, daß sie sich zum ersten Mal nicht in ihr Schneckenhäuschen zurückzog. »Welche war's denn? Die 8-32-XR? Oder die 184-QJ?«

»Die QJ«, sagte sie gleichmütig. »Ist zwar kein tolles Modell, aber Xexo sagt, daß sie flott arbeitet und fast nie ausfällt.«

»Was auch nicht zu verachten ist, wenn man nur schwer an bestimmte Ersatzteile rankommt.«

»Tu doch nicht so«, sagte sie mit schiefgelegtem Kopf und grinste Rojer an, weil dieser offenbar etwas vergessen hatte. »In dem Fall müßtest *du* doch die Ersatzteile anfertigen.«

»Ah, jetzt, wo du's sagst: Ich hab's schon mal gemacht.«

Asia schaute ihn an. Ein Lächeln schien sich auf ihrem Gesicht breitmachen zu wollen. »Hast du gute Neuigkeiten?«

»Ja«, sagte Rojer und drehte sich zu Thian und Flavia um, damit sie ihn unterstützten, denn ihre Frage hatte ihn irgendwie verunsichert. »Ich schätze, das kann man wohl sagen.« Er stieß einen schweren Seufzer aus. »Aber der Urlaub ist vorbei.«

»Morgen geht's zum Blundell-Gebäude zurück«, sagte Thian locker. »Bist du fertig, Asia? Dann laß uns zum Schwimmen gehen!«

Wenn ihre Eltern sie auch gelegentlich mit merkwürdigen Blicken maßen, als sie die Abreisevorbereitungen in Angriff nahmen – es gelang dem Trio, die Abschirmung hochzuhalten und die Erregung auf ein annehmbares Maß herunterzuschrauben. Damia reagierte leicht hektisch, als sie erfuhr, daß auch Asia, Zara und Clancy sich im Blundell-Gebäude melden sollten. Rhodri war zwar überrascht, aber auch erfreut, als er von seinem Vorgesetzten den Befehl erhielt, sich wegen eines neuen Auftrags bei seiner Einheit zu melden.

Ein letzter langer Ausritt bei Sonnenuntergang führte die von Afra scherzhaft benannte ›Raven-Lyon-Kavallerie‹ mit einem Appetit ins Haus zurück, für den die auf dem Tisch liegende Nahrungsmenge gerade reichte. Sogar Petra wurde es gestattet, ein Schluck des funkelnden Weins zu kosten, der als besondere Zugabe zum Festessen serviert wurde. Der Abend war so gemütlich, daß selbst Kincaid völlig entspannt wirkte und öfters lächelte. Es war natürlich möglich, daß Rojer Asias Glas öfter gefüllt hatte als nötig, aber auch sie strahlte glücklich und lachte über jeden Witz, selbst über jene, die sie nicht ganz verstand, so daß er ihr die Pointe leise ins Ohr flüstern mußte.

Während der Woche hatte ihre Bereitwilligkeit, die enge Kontrolle aufzuheben, die sie über ihren Geist hielt, ihren T-4-Status bestätigt. Gegen Ende des Abends jedoch erkannte sie, daß es der letzte des wunderbaren Urlaubs war, und sie fing mit derartiger Intensität an zu brüten, daß Rojer ihr vertraulich erzählte, daß das Beste erst noch käme und sie bis morgen Geduld haben müsse. Zwischen dem ungewohnten Wein und der Beruhigung schlief Asia ein. Sie lehnte sich an Rojers Schulter, bevor es irgend jemandem, einschließlich ihm, auffiel.

Ich werde mich ganz besonders um sie kümmern, Rojer, versicherte Flavia, als ihr auffiel, daß er unnatürlich still dasaß, um seine schlafende Freundin nicht zu wecken.

Bin ich so leicht zu durchschauen? fragte Rojer.

Nun, sie hat es jedenfalls noch nicht bemerkt, sagte Flavia mit einem stummen Lachen. *Und im Moment bist du das Beste, was ihr passieren kann …*

Und wenn sie mehr Selbstvertrauen gewinnt und sich selbst ›findet‹ … Rojers Stimme wies einen skeptischen und zynischen Unterton auf.

Ich weiß, es ist banal, aber sie ist doch nur einen Gedanken weit entfernt. Du kannst deine Position bestimmt ausbauen. Wenn die Beziehung wachsen soll, wächst sie auch. Und ich persönlich bin dieser Meinung. Seit sie nach Aurigae gekommen ist, hat sie sich schon um hundert Prozent weiterentwickelt.

Soweit es alle Betroffenen empfanden, schlug die achte Stunde auf Iota Aurigae zwar diesmal früher als üblich, aber alle Reisenden waren satt, hatten gepackt und versammelten sich Minuten vor der ausgemachten Zeit an den Personenkapseln. Und die Generatoren liefen mit voller Kraft.

Papa sagt, er hätte noch einen besonderen Spruch für euch auf Lager, sagte Damia zu Thian und Rojer, nachdem sie und Flavia es sich in dem Modul bequem gemacht hatten und die 'dinis an den kleineren Schlingen befestigen.

Er hat immer gern einen besonderen Spruch für uns auf Lager, sagte Thian mit einem resignierten Ächzen. *Wer in diese Familie hineingeboren wird, wird sehr wahrscheinlich die Galaxis bereisen.*

Ihr seid nur einen Gedanken weit entfernt, meldete sich Afra. *Fertig?*

Auf die Plätze! Fertig! Los! Rojer kam nicht umhin, es zu sagen. Er hörte seine Eltern lachen, da sein »Los!« in der gleichen Sekunde kam wie die Portation.

Man gestattete es Thian und Rojer gerade noch, Flavia aus der Kapsel zu helfen, dann gab der Erdprimus auch schon bekannt, daß man sie auf die *Washington* versetzen würde, die das Sol-System schon verlassen hatte. Jeff Raven erläuterte ihnen in aller Kürze die Anti-*Washington*-Tumulte und sagte, die Ausmaße der Demonstration hätten die Klugheit aller Vorsichtsmaßnahmen bestätigt.

Es hatte zahlreiche Versuche gegeben, die *Washington* zu beschädigen. Raketen waren im Ziel explodiert, hatten dem massiven Rumpf jedoch »wegen seiner ungewöhnlichen und robusten Konstruktion, der bewiesen hat, daß er sogar weit genug entwickelt war, um gegen einen Kugelraumer der Käfer vorzugehen«, keinen Schaden zugefügt. Die Jubler, die den Start hatten unterstützen wollen, waren so zahlreich gewesen wie die Protestler und in ihren Versuchen, das tolle, auf dem neuesten Stand der Technik stehende Schiff zu schützen, fast ebenso wagemutig. Dabei waren sie alle mit einem Hologramm des Schlachtschiffs genarrt worden.

Wir haben eine ziemliche Schau hingelegt, als Gktmglnt und Admiral Mekturian die Washington *ordnungsgemäß tauften – vom Zünden der Triebwerke bis zum Lösen der Startrampe, um dann ihre majestätische Fahrt aufzunehmen.*

Großvater, ich wußte gar nicht, daß du auch poetisch sein kannst!

Ich zitiere, Thian, sagte Jeff.

Wer hat die Tricks ausgetüftelt? wollte Rojer wissen.

Hinz und Kunz, sagte Jeff leicht überheblich. *Ich hab mich nicht mehr so vergnügt, seit eure Großmutter und ich vor fünfundzwanzig Jahren bei Deneb über die Späher der Käfer hergefallen sind. Die* Washington *wird euch gefallen, wenn ihr euch erst mal auf ihr auskennt. Doch eure erste Aufgabe wird darin bestehen, sie so schnell wie möglich zum armen Zerstörer* Maine *zu bringen, den das Geschwader C zurückgelassen hat, um auf der Spur der Käfer zu bleiben. Das Geschwader D mußte ihn dort lassen, weil die beiden Käferschiffe sich getrennt haben. Ihr werdet die anderen Schiffe des Geschwaders A in den nächsten vier-*

undzwanzig Stunden nacheinander hinbringen. Selbst bei aller Hilfe, die eine Primus-Verschmelzung euch geben kann, wird die Arbeit erschöpfend sein. Flavia, Zara, Asia und alle Primen der Familie stehen bereit, euch zu helfen, also lungert hier nicht rum. Die Luxusquartiere werden euch gefallen. Die Washington *ist eine echte Schönheit.*

Großvater hat uns wirklich nicht auf den Arm genommen, oder? sagte Rojer zu Thian, als sie aus ihrer Kapsel stiegen und in einem Hangar herauskamen, der viermal so groß war wie jeder andere, den sie bisher gesehen hatten, der geräumige des Flüchtlings eingeschlossen.

»Erlaubnis, an Bord kommen zu dürfen, Kapitän?« sagte Thian und stupste Rojer fix mit dem Ellbogen an, weil er gesehen hatte, aus wem das Begrüßungskomitee bestand. *Ashiant höchstpersönlich. Brüderlein, was für ein Empfang!*

»Erlaubnis erteilt, meine Herren«, sagte Ashiant. »Freut mich, Sie an Bord begrüßen zu dürfen.« Als Thian und Rojer ins Freie kamen, trat er vor und half ihnen, die 'dinis aus der Kapsel zu holen. »Der Rest Ihrer Einheit, wurde mir gemeldet, ist unterwegs, also können wir die *Washington* ...« – große Zufriedenheit war in Ashiants Blick, und Stolz in seiner Stimme, als er den Namen seines neuen Schiffes aussprach – »dort hinbringen, wo sie angeblich am effektivsten ist.«

GROSSE FREUDE, IHNEN ERNEUT DIENEN ZU KÖNNEN, KAPITÄN SPKTM, sagten Rojer und Thian zu dem großen Mrdini, den ihre Freunde gerade voller Ehrfurcht begrüßten.

DIESER HAT UM EURE HILFE GEBETEN, THN UND RJR, erwiderte Kapitän Spktm. UND MIT IHR WERDEN WIR SIEGEN. Er neigte den Kopf, um zu zeigen, daß er sich ebenfalls sehr geehrt fühlte.

»Sie werden feststellen, Primus Thian, daß mir einige freundliche Gesichter auf die *Washington* gefolgt sind, aber damit warten wir bis zum Abendessen, wenn wir den ersten Schub hinter uns haben«, sagte Ashiant.

Er kann's kaum erwarten, was? sagte Rojer in privater Erheiterung zu seinem Bruder.

Und wir ebenso wenig, fügte der Erdprimus hinzu. *Jetzt wird gearbeitet, Jungs. Spielen könnt ihr später.*

Im Lager neben ihrer Kapsel tauchte nun ein zweites Modul auf. Clancy Sparrow sprang hinaus und bat ebenfalls auf traditionelle Weise darum, an Bord kommen zu dürfen. Ashiant begrüßte ihn, und Clancys 'dinis verbeugten sich vor Spktm.

Kapitän Ashiant nickte den in der Nähe stehenden Matrosen zu, damit sie sich der Taschen der Neuankömmlinge annahmen, dann bedeutete er den *Talenten,* ihm und Kapitän Spktm zu folgen. Clancy bildete die Nachhut.

»Sie werden sich über die Feinheiten der zahlreichen Decks und Einrichtungen der *Washington* informieren wollen, meine Herren«, sagte Ashiant und maß Thian mit einem langen Blick.

»Ich hatte schon befürchtet, daß Sie mir mein Verhalten bis in alle Ewigkeit verübeln werden, Kapitän«, sagte Thian mit einem breiten Grinsen.

»Tja, es hat Marinegeschichte gemacht.« Ashiant drehte sich zu Rojer um. »Hat Ihnen Ihr Bruder je erzählt, wie viele Dienstvorschriften er in der ersten Stunde seiner Ankunft auf meinem alten Schiff verletzt hat?«

»Sie hätten sich anhören sollen, was unser Vater dazu gesagt hat, Kapitän – und der ist nicht mal bei der Marine«, schwindelte Rojer mit einem Lächeln.

»Es ist gut zu wissen, daß *Sie* nicht vorhaben, ihn zu übertrumpfen.«

»Ich, Sir? Nie im Leben! *Derlei* gehört nicht zu meinen Fähigkeiten.«

»Und worin bestehen Ihre Fähigkeiten, Primus Rojer?«

»*Das* ist vertraulich, Sir.«

Ashiant bedachte Rojer mit dem gleichen zynischen Blick, den er einst Thian zugeworfen hatte.

»Ich sehe schon, daß diese Reise für uns *alle* bildend ausfallen wird.« Seine leise Bemerkung enthielt eine milde Warnung.

Nach einem kurzen Spaziergang zum Turbolift und einer weiteren Abzweigung nach unten durch einen teppichbelegten Korridor erreichten sie das Offiziersdeck. Ashiant blieb vor zwei sofort Habachtstellung einnehmenden Matrosen stehen, die eine Flügeltür bewachten.

»Diese Räume wurden speziell zur Benutzung für *Talente* eingerichtet, meine Herren. Wenn Sie also die Hand hier dagegen drücken ...« Ashiant deutete mit dem Kinn auf das Handflächenschloß. Thian, Rojer und Clancy legten die Hände darauf.

»Sie werden auch Zugang haben müssen, Sir«, sagte Thian. »Es ist doch Ihr Schiff.«

Ashiant nickte und legte ebenfalls die Hand auf die Fläche. »Ich weiß Ihre Höflichkeit zu schätzen.«

Dann drückte Thian abermals, und die Tür ging auf. Mit beträchtlich mehr Selbstvertrauen als sie innerlich empfanden, traten die jungen Männer in den großen Salon. Die Kapitäne folgten ihnen.

»Es ist geradezu sündhaft luxuriös«, sagte Thian und warf einen Blick in den Raum. Halb offenstehende Türen auf allen Seiten des Salons zeigten Schlafgemächer, aber vor ihnen waren auch zwei geschlossene. Eine weitere befand sich diagonal auf der linken Seite.

Ashiant durchquerte den Salon. »Dies hier«, sagte er und öffnete eine Tür, indem er die Hand auf die Schloßplatte legte, »ist so etwas wie Ihr Tower auf der *Washington*.« Er öffnete einen zweiten Raum. »Dies hier ist ein Konferenzzimmer, während das ...« – er deutete auf Tür links – »ein Zugang zur Brücke ist. Sie sind also mit allem sofort verbunden.«

»Das ist alles viel mehr, als wir rechtmäßig erwarten durften, Kapitän«, sagte Thian und verbeugte sich dankbar.

»Anweisung des Erdprimus«, erwiderte Ashiant mit ausdrucksloser Miene. Dann setzte er ein Lächeln auf. »Es ist nicht mehr, als Ihnen für den Dienst zusteht, den Sie der gesamten Flotte erweisen. Wenn Sie den Rest des Teams, das Sie an Bord haben, sofort versammeln wollen ...« – er deutete auf das Interkomsystem im ›Towerraum‹ –, »können wir sofort loslegen.«

»Einverstanden, Sir«, sagte Thian.

»Laßt die Taschen einfach da stehen, Jungs«, sagte Clancy, als die Matrosen mit ihrem Gepäck kamen.

»Wenn Sie auf die Brücke gehen wollen, Kapitän«, fügte Thian hinzu und öffnete die betreffende Tür, »organisieren wir die Verlegung. – Ach, wer ist übrigens Ingenieuroffizier auf der *Washington?*«

Ashiant musterte ihn überrascht. »Tikele natürlich.« Er deutete auf den Bildschirm. »Wenn Sie wollen, prüfen Sie den Dienstplan. Ich habe so viele von meinen Offizieren mitgebracht, wie ich konnte.«

Kapitän Spktm folgte Ashiant; dabei murmelte er, er ginge auf sein Schiff zurück, sobald die Primen Zeit hätten, ihn dorthin zu portieren.

»Rojer kann Ihnen den Gefallen sofort erweisen, Kapitän, wenn Sie beim ersten Sprung der *LSTS* lieber an Bord sein möchten«, sagte Thian und gab seinem Bruder damit den ersten Befehl in seiner neuen Stellung.

»Gewiß, Kapitän«, sagte Rojer und schritt zum Towerraum. »Wenn Sie so freundlich wären, in den Hangar und Ihr Modul zurückzukehren?« *Mann, sind wir im Hilton gelandet, Alter?*

WAS?! Thian portierte neben Rojer und schaute sich im Raum um.

Jetzt reicht mir aber der Quatsch! sagte der Erdprimus. Sein Tonfall war leicht quengelig.

Rojer rutschte auf eine Liege, die zufällig seiner Größe entsprach, so daß er bequem lag. Clancy und Thian nahmen zwei der restlichen sechs und legten sich hin.

Sobald Rojer den Mrdini-Kapitän auf sein Schiff der Gründer-Klasse portiert hatte, nahm Thian ihn in die Verschmelzung auf. Dann kam Clancy hinzu, und Thian gab bekannt, daß sie zum Weitermachen bereit seien.

Zuerst kam Jeff Raven, der die Brennpunktfunktion übernahm. Rowan schlüpfte gleich neben ihn. In ihrem Geist erkannte Thian unterschwellig Flavia, Zara, Asia, die verschwommenen gegenwärtigen Mannschaften des Blundell-Gebäudes und des Kallisto-Towers. Dann tauchte die vertraute Berührung seiner Eltern auf. Dann kamen Laria und Kincaid, David von Beteigeuze, die T-Zweier von Atair und die Primen von Capella und Prokyon, sein Onkel Jeran, Tante Ceran und sogar der ihm nur schwach vertraute Onkel Ezro von der Wega … und andere *Talente,* als das Teleportationspotential mehr Kraft ansammelte als je zuvor. Sie schickten den gewaltigen Klotz der *Washington* in einem einzigen tiefen Atemzug dorthin, wo die *Maine* geduldig der starken Ionenspur eines Käfer-Kugelraumers folgte.

Dann wurden nacheinander die anderen Schiffe portiert – zwei der Gründer-Klasse, vier der Galaxis-Klasse und vier Zerstörer – und nahmen die ihnen zugewiesenen Positionen in der Flotte ein. Trotz der Begrenzungen der Verschmelzung aktivierte Thian die Frontbildschirme des Towerraums und erblickte die schlanke Gestalt der *Maine,* die nun zwar kein Pünktchen mehr war, aber im Vergleich noch immer klein wirkte. Er fragte sich, ob die Mannschaft sich ihrer gewaltigen Nachbarn bewußt war, aber er war zu sehr in die Verschmelzung integriert, um diese Frage verbal zu stellen.

Nachdem die Verschmelzung ihren Teil zu dem gigantischen Transportunternehmen beigetragen hatte, brach sie schlagartig ab. Nur das Erde-Kallisto-Element blieb zurück.

Thian, du kannst der Maine *jetzt mitteilen,* sagte die Verschmelzung, *daß sie von ihren Pflichten entbunden ist.* Die Verschmelzung empfand Erheiterung. *Der Kapitän heißt Bremerton.*

Noch immer stolz darauf, mit so vielen Energien verbunden gewesen zu sein, hatte Thian keine Schwierigkeiten, die Verbindung aufzunehmen. Bremertons Geist war weit geöffnet, denn er war erleichtert, daß seine Ablösung endlich eingetroffen war.

Elf Schiffe auf einmal? fragte er verblüfft und fast jubelnd. Thian hatte den deutlichen Eindruck einer plötzlichen körperlichen Bewegung, spürte ein leichtes Rucken von Erleichterung und Freude.

O mein Gott, es ist wahr! Die Flotte ist da! Welch ein Anblick! Funker, eine Verbindung zur Washington. *Wir werden gleich abgelöst!*

Kapitän Bremerton, sagte Thian, *wir können Sie, sobald Sie bereit sind, zu Ihrer Basis zurückportieren. Ich dränge Sie zwar nicht gern, aber die Verschmelzung besteht noch und wartet.*

Clancy war den Kontrollen am nächsten, deswegen aktivierte er den Schirm zur Brücke. Das ermüdete Gesicht eines relativ jungen Kapitäns in einer funkelnagelneuen Uniform war auf dem Hauptschirm der *Washington* zu sehen. Er salutierte zackig.

»Clark Bremerton. Respekt, Kapitän Ashiant.« Er setzte ein breites Lächeln auf, das Respekt, Ehrfurcht und Erstaunen ausdrückte. »Ich überspiele Ihnen mein Logbuch für die Unterlagen, aber ich kann nicht sagen, daß irgend etwas Ungewöhnliches passiert ist. Seit der Trennung vor drei Wochen hat es in der

Ionenspur keine Abweichung gegeben, und das Käferschiff, dem wir folgen, hat auch das Tempo nicht verändert.«

»Gute Arbeit, Kollege. Ich werde Sie nicht aufhalten, denn ich kann mir vorstellen, daß Sie und Ihre Mannschaft schnellstens nach Hause möchten.«

»Das kann man wohl sagen«, lautete Bremertons von Herzen kommende Antwort.

»Das Logbuch ist uns überspielt worden. Machen Sie's gut, *Maine.*«

Ashiant salutierte, und der über alle Maßen dankbare Bremerton wiederholte seinen Gruß. Dann verblaßte sein Bild auf dem Schirm.

»Sie sind dran, Primen«, sagte Ashiant ins Komgerät.

Wurde auch Zeit. Thian vernahm die unverwechselbare Stimme seine Großmutter Rowan. *Dieser ganze Marinefirlefanz kostet doch nur Zeit.*

Thian spürte den Druck der Verschmelzung in seinem Geist, und die *Maine* verschwand. Das gleiche galt für die Konzentration der Verschmelzung. Neben ihm stieß Rojer einen übertriebenen Seufzer der Erleichterung aus. Clancy reckte sich, bis seine Muskeln knackten.

»Wissen wir, *wo* wir sind?« fragte Clancy.

»Da ich der Ingenieur bin ...« Rojer erhob sich von der Liege, um an die Konsole zu treten. Sie war so nagelneu, daß sich auf ihrer Oberfläche nicht der kleinste Kratzer zeigte, aber sie war ihm vertraut. Er sorgte dafür, daß der Hauptschirm die vor ihnen befindliche Aussicht zeigte: ein Panorama von Sternen aller Variationen und Farben.

»Weit entfernt von allen Sternen, die wir kennen«, lautete Clancys nachdenklicher Kommentar.

Alle drei zuckten zusammen, als jemand leise an die Tür klopfte.

»Herein.«

»Oberleutnant Greevy meldet sich zum Dienst, meine Herren. Ich habe mir die Freiheit genommen, 'ne Portion Pfeffer für Sie zu ordern.«

Alison Anne setzte eine passend feierliche Miene auf, als sie mit einem Tablett voller Getränke näher kam. Sie hielt es zuerst Thian hin und zwinkerte ihm listig zu, dann bediente sie seinen Bruder und Clancy.

»Gut mitgedacht, Oberleutnant, und herzlichen Glückwunsch«, sagte Thian formell. Dann grinste er. »Alison hat Kurse in 'dini-Medizin belegt, Rojer, Clancy ...«

»Ja, während ich abgewartet habe, daß du deiner ersten Pflicht nachkommst«, sagte Greevy, noch immer ganz würdige Marineoffizierin. »Ich hatte Gelegenheit, eure 'dinis kennenzulernen. Korvettenkapitän Kluh übrigens auch ...«

»Rame ist hier?« rief Rojer. Er machte sich vorsichtig, um sein Getränk nicht zu verschütten, auf den Weg in den Salon, wo Semirame Kluh zackig vor ihm salutierte, bevor sich ihr Gesicht zu einem stolzen und dankbaren Lächeln verzog.

»Ich weiß gar nicht, wie ich euch danken soll, Jungs! Del Falco wurde nach eurem Abschied nämlich ziemlich stinkig und rachsüchtig«, sagte sie. »Er wurde immer schwieriger, und dann hat auch Clancy den Abschied eingereicht. Als er dann erfuhr, wo er hinsollte, wurde es noch mieser. Ich hab nur noch die Zähne zusammengebissen und mich gefragt, wo ich als nächstes landen würde. Dann kam mein Versetzungsbefehl. Ich glaube nicht, daß vor mir schon mal jemand so schnell von der Phobos-Basis abgehauen ist. Und ausgerechnet auf die *Washington!* Wißt ihr überhaupt, wie viele Leute mich jetzt nicht mehr ausstehen können?«

»Ist uns shitegal«, sagte Clancy und wirbelte sie durch den Raum. Dann stellte er sie wieder hin.

Noch immer lächelnd zog sie die Uniformjacke zurecht, die sie ebenso wie Greevy trug.

»Dann seid ihr schon seit einer Woche auf der *Washington?*« fragte Thian. Als Rame lächelnd nickte, fragte er, wen Ashiant sonst noch von der *Vadim* mitgebracht hatte.

»Ich kenne zwar noch nicht mal die Hälfte meiner eigenen Schicht«, sagte Rame, »aber ich weiß ganz sicher, daß Yuri Tikele, Ailsah Vandermeer als Erster Offizier und Fregattenkapitän Fad Ah Min für die Geschütze an Bord sind. Und auch einige Bootsmänner der *Vadim.*«

»Fregattenkapitän Exeter regiert das Lazarett«, sagte Alison Greevy. »Wir haben auch eine Mrdini-Einheit, weil die Mannschaft gemischt ist. Ich bin Verbindungsoffizier.« Sie lächelte stolz.

Ich hab doch immer gesagt, daß du schlauer bist als du glaubst, Greevy, sagte Thian.

Und du hast dein Versprechen gehalten.

Nur weil du *ihm ein Element hinzugefügt hast, das es möglich machte..*

Dann überreichte Rame Thian eine Diskette. »Man hat mir gesagt, daß du der offizielle Leiter der *Talente*-Abteilung bist, Thian. Ich habe sie persönlich von Erdprimus Raven erhalten, mit der Anweisung, sie dir auszuhändigen. Sie ist nur für euch drei bestimmt: Eine Liste sämtlicher *Talente* dieser Flotte. Über eine Handvoll derjenigen, die *geringes Talent* haben, wissen ihre Vorgesetzten zwar Bescheid, aber sie haben meist einen höheren Status als den, der auf der offiziellen Liste steht. Einige T-Zweier und T-Dreier sind an Bord in niedrigen Funktionen tätig. Ich schlage vor, daß ihr sie entweder im geheimen in diesen Salon portiert oder mir oder Oberleutnant Greevy gestattet, Kontakt mit ihnen aufzunehmen. Man hat für sämtliche *Talente* innerhalb der Flotte ein Kennwort eingerichtet, das euch ihren Geist öffnen wird. Auch das steht in den

Anweisungen. Alle sind konditioniert worden, auf das Kennwort zu reagieren; auch die, die es *nicht* kennen.

Auf einer offenen Frequenz sagt uns das Kennwort *Saki,* daß wir wachsam sein und auf euch und jeden beliebigen achten sollen, der nach dem Kennwort genannt wird.«

»Und jetzt«, sagte Alison und trat einen Schritt vor, »können wir uns hoffentlich gemeinsam einen auf die Lampe gießen, meine Herren Primen, oder wie sehe ich das?«

»Ich bin kein Primus«, sagte Clancy grinsend.

»Hier drin können wir den Firlefanz lassen, aber wenn wir draußen sind, müßt ihr wohl Primus sagen«, meinte Thian.

Alison neigte den Kopf auf die Seite. »Ich habe gehört – es ist nur ein Gerücht –, daß ihr jetzt Kapitänsrang habt.«

»Mir«, sagte Thian mit einem breiten Grinsen, »hat man gesagt, daß T-Einser, auch wenn sie bescheidene Zivilisten sind, dem Rang *entsprechen,* den der Kapitän eines Schiffes hat.«

»Was aber nicht bedeutet, daß wir Kapitäne sind«, sagte Rojer, um die Sache zu erläutern.

»Dann wäre ein T-2 wie ich also so was wie ein Fregattenkapitän?« fragte Clancy.

Thian zuckte die Achseln. »Warum nicht?«

»Hast Karriere gemacht ... Clarence«, sagte Semirame Kluh und zog die Augenbrauen hoch.

»Ich hab nun mal *Talent,* Kleine.«

»Damit wollte ich sagen«, begann Alison ernst, »daß ihr trotz der Runde heute abend beim Kapitän tafeln werdet, was heißt, daß alle Kapitäne und Erste Offiziere daran teilnehmen, und das ist ein großer Haufen Leute. Deswegen solltet ihr euch jetzt etwas ausruhen. Ihr habt gerade schwer gearbeitet. Selbst Rame und ich haben es gespürt, nicht wahr?« Sie

schaute die kleinere Rame an, damit sie es ihr bestätigte und sah ein zustimmendes Lächeln.

»Uns geht's aber gut«, sagte Rojer zwanglos.

»Das liegt daran, daß *du* noch nie beim Kapitän tafeln durftest, Vetter«, sagte Clancy und warf einen Blick durch die halb offene Tür. »Welcher Raum ist meiner?«

Rame zuckte die Achseln. »Such dir einen aus – hier bist du ungezwungen.«

»Hast du nicht ...« Clancy hielt inne und deutete vage auf die Zimmertüren.

Sie schüttelte den Kopf. »Ich bin in der Nähe einquartiert, Alison wohnt unten im Lazarett. Und jetzt haut euch hin, Jungs! Nun macht schon, sonst hört das Gerede nie auf.«

Greevy zwinkerte Thian listig zu, als die Tür hinter ihr zuglitt.

»Ehne, mehne, mu!« Rojers Finger deutete auf die mittlere Tür an der Backbordseite des Salons.

Thian nahm seine Tasche und ging zu dem Raum auf der anderen Seite. Clancy nahm den an der Steuerbordseite.

Thian registrierte erfreut, daß es ein nettes Schlafzimmer war, auch wenn sich die Lagereinheiten unter dem Doppelbett befanden. Es gab eine Garderobe, eine Dusche und eine Toilette. Er fühlte sich schrecklich müde, als er lag. Und als stünde er unter einem unterschwelligen Befehl, fiel er auf der Stelle in einen tiefen Schlaf.

Kapitel Sieben

Das Dinner beim Kapitän war in jeder Hinsicht so formell, wie Thian, Rojer und Clancy befürchtet hatten. Kapitän Ashiant nutzte ihre flüssigen Sprachkenntnisse und Bekanntschaft mit den Mrdini ausgiebig aus, denn jeder von ihnen hatte einen 'dini an der Seite. Ihnen gegenüber saßen Menschen, aber es war gestattet, sich hin und wieder quer über den Tisch hinweg zu unterhalten.

Kapitän Ashiant nahm die Kopfseite der Tafel ein. Spktm, der nun die *LSTS* befehligte, saß rechts von ihm, daneben kamen Thian und Mgl, der Erste Offizier der *KLTL*. Rojer saß seinem Bruder zwischen Ktpl – dem Ersten der *KLTS* – und Tlpl von der *LSTS* gegenüber. Alle vier 'dinis waren recht gesprächig, so daß es keinerlei Probleme gab. Zu zweit pathierten sie ermutigende Nachrichten zu Clancy hinüber, der am Tischende zwischen den Kapitänen eines 'dini-Zerstörers und dem Ersten Offizier eines Schiffes der Galaxis-Klasse saß. Doch er saß auch einer der drei Frauen gegenüber, einem sehr attraktiven Fregattenkapitän. Der Kapitän des Zerstörers *Athene* saß hinter Rojer und der dritten Frau, die ebenfalls Erster Offizier war, zwei Plätze weiter als Thian. Clancy witzelte zurück, er sei besser dran als sie.

Das Essen war gut. Beide Spezies griffen zu Spezialitäten, die man zubereitet hatte, um unterschiedliche Gaumen zu befriedigen. Der Wein war ausgezeichnet. Spktm hatte offenbar eine Vorliebe für das ihm servierte gelbe Getränk, doch Tlpl, der Erste Offizier, trank nur Wasser.

Das Abendessen zog sich endlos hin und bestand aus zahllosen Gängen. Zwischendurch unterhielt man sich. Dann lernte Thian das geheime Motiv solch langer und scheinbar formellen Angelegenheiten allmählich zu schätzen: Als sie zu Ende war, hatte jeder hohe Offizier Gelegenheit gehabt, sich mit den anderen und den Primen bekannt zu machen – entweder durch direkte Gespräche oder durch Beobachtung.

Als der letzte Gang beendet und weitere Getränke aufgefahren waren, zogen sich die Stewards zurück. Die Doppeltüren zischten zu, und Kapitän Ashiant stand auf.

»Meine Damen und Herren, obwohl wir noch immer weit vom Ziel der Käfer – wo es auch liegen mag – entfernt sind«, begann er und vernahm hier und da ein leises Lachen, »schlage ich vor, daß Sie die Gelegenheit nutzen, die neuen Einrichtungen der *Washington* persönlich zu inspizieren. Ich weiß zwar, daß die beiden Schiffe der Gründer-Klasse ebenso wie die *Solidarität* mit einem neuen Waffensystem ausgerüstet wurden, aber wir müssen auch alle wissen, wie man diese Raketen wirkungsvoll einsetzen kann. Für den Fall, daß wir sie einsetzen müssen.«

DAZU SIND SIE DOCH DA, sagte Ktpl unverblümt.

Ashiant warf Ktpl einen Blick zu. UNSERE BEFEHLE SIND SO GESCHRIEBEN, DASS SIE NUR EINE BEDEUTUNG HABEN, KAPITÄN KTPL. Er blickte in die Runde, um sicherzugehen, daß alle anwesenden Menschen seine Antwort verstanden hatten. Obwohl Thian auffiel, daß Ashiants Sprachkenntnisse soweit entwickelt waren, daß er sich flüssig ausdrücken konnte und keine falschen Betonungen mehr setzte, empfand er es nicht als Überraschung, als der Kapitän langsam und gut artikuliert in seiner eigenen Sprache fortfuhr. »Der Hohe Rat der Allianz hat durch diese Befehle gesprochen und leitet uns alle in der Ausführung der Ziele dieser Mission an. Nie ist eine größere Flotte aufgebrochen, um die Galaxis zu durchqueren. Wir werden unser Ziel erreichen: Wir wollen uns versichern, daß die noch existierenden Käfer-Kugelraumer keine weiteren Lebensformen vernichten und keine neuen Kolonien gründen. Wenn dies geschehen ist, wird sich unsere Flotte, wie Ihnen allen bekannt ist, aufteilen und jene G-Systeme mit M-5-Planeten untersuchen, die die Käfer ignoriert haben, und ihren Zustand untersuchen. Man hat uns für diese Aufgabe fünf Jahre Zeit gegeben. Lassen Sie uns nun auf den Erfolg dieses Unternehmens anstoßen.«

Alle standen feierlich auf.

Thian hoffte, daß dies den Abend beendete, aber die Anwesenden verließen den langen Tisch und konferierten in kleineren Gruppen. Einige Offiziere frischten alte Bekanntschaften auf, während andere Einzelheiten diskutierten.

»Nicht umdrehen«, sagte eine Stimme hinter ihm, doch da er Ashiant erkannte, gehorchte er. »Wären Sie so nett, mich morgen früh zum Frühstück in Ihr Quartier zu portieren, Thian? Raven hat gesagt, Sie kennen mich gut genug, um mich überall an Bord zu finden, selbst auf einem Schiff dieser Größe.«

Als Thian antwortete, neigte er den Kopf und tat so, als glätte er sein Haar. »Ich kann's tun, falls die Sicherheit es erfordert, Sir.«

»Diesmal ist es so.«

Ashiant ging unverzüglich weiter und hob die Stimme, um Kapitän Cheseman von der *Solidarität* anzusprechen. Thian dachte noch verwundert über seine Bitte nach, als Clancy bei ihm auftauchte, um ihm zu sagen, daß sie sich nun, nachdem zwei Kapitäne sich freundlich von Ashiant verabschiedet hatten, jederzeit verdrücken konnten.

Thian ›berichtete‹ Clancy von Ashiants Bitte. »Warum sollte ein Kapitän, der eine Flotte kommandiert, sich auf solche Taktiken zurückziehen,

Clancy?« fragte er unbehaglich wegen des Täuschungsmanövers.

»Er wird es uns zweifellos morgen beim Frühstück erzählen«, sagte Clancy, nicht im geringsten beunruhigt. »Und bis dahin ist es nicht mehr weit hin«, fügte er mit einem Blick auf die Uhr hinzu, die ihnen 2.35 Uhr entgegenblitzte. »Um 6.45 Uhr.«

»Ich sichere eben noch diese Tür«, sagte Rojer und schwenkte die Hand über das Handflächenschloß. »Ich habe nicht gewußt, daß ein Abendessen so lange dauern kann und trotzdem alle – na ja, fast alle – stocknüchtern bleiben.«

Nachdem Thian seinen inneren Wecker gestellt hatte, wachte er pünktlich um 6.30 Uhr auf. Um 6.42 Uhr war er geduscht und angezogen. Er fand Clancy im Salon. Der Tisch war für vier Personen gedeckt.

»Danke!«

»Ich kenn mich eben besser in Schiffskombüsen aus als du.«

»Quatsch«, sagte Rojer. Er gesellte sich gähnend zu ihnen. Sein kurzes Haar war noch feucht und benetzte den Kragen seines Schiffsanzuges. »Du hast gestern abend nur einen listigen Blick in das Bewußtsein eines Stewards geworfen, damit du genau wußtest, wie es da aussieht. Dann hast du das Zeug einfach herportiert.«

Clancy wischte seinen Vorwurf mit einer lässigen Handbewegung beiseite. »Thian, es ist Zeit!« sagte er, als die Uhr von 6.44 auf 6.45 Uhr sprang.

Thian lokalisierte Kapitän Ashiant, dessen Unterkunft nicht weit entfernt auf dem gleichen Deck lag, aber niemand hatte ihm geraten, die Kaffeetasse abzustellen, aus der er gerade trank, als er teleportiert wurde. Ashiant schaute sich schnell um und versicherte sich, daß er nichts verschüttet hatte. Er wirkte leicht überrascht.

»Das ging verdammt glatt, Thian, mein Junge«, sagte er und gab Clancy mit einer Handbewegung zu verstehen, er solle sich entspannen. »In dieser Gegend, Sparrow, lassen wir die Zeremonien.«

»Danke, Sir«, sagte Clancy und grinste sich eins. »Haben Sie noch Hunger, Kapitän?«

Gleichzeitig zog er einen Stuhl vom Tisch zurück und enthüllte das Essen, das unter einem Tuch verborgen war.

»Hmmm«, machte Ashiant mit einem ironischen Lächeln. »Frühstück bei Ihnen könnte mir zur Gewohnheit werden.«

»Sie sind jederzeit willkommen, Kapitän«, sagten Thian und Rojer im Chor.

Ashiant lachte. »Kann mir kaum vorstellen, daß Sie es ernst meinen. Ich werde mich jedenfalls vorher anmelden.«

Als alle saßen, händigte Ashiant Thian ein kleines Vier-Zentimeter-Quadrat aus.

»Von Jeff Raven. Es ist die Autorisation für euch, die Augen und Ohren in Sachen allgemeiner ... – ich sagte: allgemeiner – Moral offenzuhalten.«

Thian, der sich bemühte, seine Abneigung bezüglich dieses Aspekts der *Talent*-Fähigkeiten zu verbergen, steckte das Quadrat vorsichtig in die Brusttasche.

»Es wird euch zwar nicht gefallen, Jungs«, sagte Ashiant und warf allen, die am Tisch saßen, einen raschen Blick zu, »und ich bitte euch nicht gern darum, aber ihr wißt, welche Schwierigkeiten wir beim Stapellauf der *Washington* hatten. Ohne das Hologramm hätten einige der Raketen genügend Schaden anrichten können, um den Start zu verhindern.«

Thian hatte nichts davon gewußt, aber Clancy nickte verständnisvoll.

»Dann sind also *wirklich* Dissidenten an Bord?« fragte Thian, der den Überwachungsbedarf allmählich billigte.

Ashiant schenkte ihm ein bissiges Grinsen. »Wir *kennen* die meisten. Es geht um die, die wir nicht identifiziert haben oder nicht identifizieren konnten – die Schläfer –, und wir müssen von der Annahme ausgehen, daß es *einige* gibt. Ihr könnt wahrscheinlich gar nicht wissen, daß subversive Elemente versucht haben, die *Washington* von dem Tag an zu sabotieren, als sie auf Kiel gelegt wurde – sofern man im Weltraum überhaupt etwas auf Kiel legen kann. Sie wurde nämlich in Abschnitten gebaut, wie vier kleinere Schiffe einer neuen revolutionären Konstruktion.« Ashiant lächelte. »Erst als wir sie zusammenfügten, konnten wir zu der Art Sicherheit gelangen, daß niemand ihre Ausrüstung ohne zu viel Risiko mit implantierten Fernbedienungen versehen konnte.

Ich bitte euch nicht darum, auf die alte melodramatische Weise zu ›spionieren‹. Und ich bitte euch auch bestimmt nicht darum, euch in das private Bewußtsein irgendwelcher Leute einzuschleichen – es sei denn, ihr habt einen verdammt guten Grund dafür oder meinen ausdrücklichen Befehl für eine solche Handlung.« Ashiant deutete mit dem Zeigefinger auf das Trio. »Aber ich bitte euch, euch mit allen *Talenten* auf allen Schiffen zusammenzutun und sie aufzufordern, auf sämtliche Anomalien und eigenartiges Verhalten und dergleichen zu achten und es euch zu melden. Wenn sich eure 'dinis auf legale Weise unter die Mannschaft der fünf 'dini-Schiffe mischen können, wäre auch das hilfreich.«

»Rechnen Sie mit Schwierigkeiten aus den Reihen unserer Verbündeten?« fragte Thian, da die 'dinis die letzten waren, von denen er erwartete, daß sie die Expedition sabotierten.

Ashiant nickte kurz, ohne Rojer anzusehen. »Wir wollen auch keine Wiederholung des Falles XH-33, Primus.«

»Nein, Kapitän«, sagte Rojer fester als beabsichtigt. »Das wollen wir auch nicht!«

»Ich rechne nicht mit unmittelbaren Problemen. Dies wird wahrscheinlich eine sehr lange Reise. Deswegen hatte ich das Gefühl, *nun* sei die beste Zeit, euch *diesen* Aspekt eurer Pflichten bewußt zu machen. Ihr seid trotzdem keine Kombattanten und, wie euer Chef euch noch erklären wird, ist die Sache kein Widerspruch zur *Talent*-Ethik. Ich hätte gern noch 'ne Scheibe Toast, Sparrow.« Während er sie mit Butter bestrich, fügte er hinzu: »Je öfter man euch – von heute an – in allen Teilen der *Washington* und auf den anderen Schiffen sieht ... ob einzeln oder als Gruppe, desto eher wird man dieses Verhalten als normal hinnehmen, und es wird niemandem komisch vorkommen. Rojer, Sie werden auf dem einen oder anderen Frachtdeck der sechs Menschenschiffe riesige Puzzles finden. Es laufen Wettbewerbe aller Art zwischen den Schiffen, einschließlich VR-Belastungsflügen.« Er grinste kurz, als er ihre überraschten Mienen sah. »Das andere Alibi, das Jeff Raven ausgeheckt hat ist, daß alle Besatzungsmitglieder das Recht haben, private Nachrichten nach Hause zu senden.« Als Rojer die Augen verdrehte, kicherte Ashiant. »Ich weiß, wir sind schon auf der *Washington* sechstausend Mann, aber manche haben auch ihre Familie mitgebracht, was die Anzahl jener, die das Privileg nutzen können, stark reduziert. Trotzdem werden manche sich genieren, hier aufzukreuzen.« Er deutete mit dem Kopf auf die Tür. »Aber eben das ist für euch die Entschuldigung, euch überall zu bewegen.« Er schaute auf die Uhr. »Noch irgendwelche Fragen? Ich muß in mein Quartier zurück und mein Frühstück bis um 7.10 Uhr beendet haben.«

»Ja, Kapitän«, sagte Thian. »Aus wem besteht das Prioritätspersonal, das wir im unwahrscheinlichen Fall eines Notfalls retten müssen?«

»Aus mir«, sagte Ashiant mit einem amüsierten Schnauben. »Und im Gegensatz zur Marinehistorie die Kapitäne aller Schiffe, einschließlich denen der 'dinis, dazu so viele Erste Offiziere wie möglich, sämtliche *Talente* oberhalb der Stufe 5, eure 'dinis, Fregattenkapitän Tikele und Korvettenkapitän Yngocelen ...«

»Wo ist er?« warf Rojer ein, der sich mit Zuneigung an Yngie erinnerte.

»Auf der *Genesee,* und er wird sich freuen, Sie zu sehen, Lyon. Zu euren ersten Pflichten wird es also gehören, euch jeden vorzunehmen, für den ihr verantwortlich seid. Wie ihr wißt, befinden sich auf der *Washington* sechs Späherboote ...«

»Aber wir sind doch nur zu dritt«, sagte Rojer etwas bestürzt.

»Es sind drei weitere T-Zweier an Bord, die ihr noch kennenlernen werdet. Nehmt sie also mit in eure Berechnungen auf. Ein Späherboot faßt leicht fünfzehn Personen, wenn's sein muß, auch zwanzig. Die meisten Rettungskapseln der *Washington* sind für fünfzig Personen eingerichtet, die auf den Familiendecks für hundert. Die Kapseln der Gründer-Klasse können dreißig aufnehmen ...«

»Wir kümmern uns schon um die Organisation, Kapitän«, sagte Thian, dem auffiel, wie schnell die Zeit verging.

»Wir ziehen die üblichen Übungen durch«, sagte Ashiant und stand auf. »Dann können *Sie* üben.« Er nickt Thian zu.

»Sir?« sagte Rojer feierlich und reichte ihm die Kaffeetasse, mit der er angekommen war.

»Braver Junge!«

Mit der Tasse in der Hand und einem amüsierten Grinsen auf den Lippen wurde Ashiant in seine Unterkunft zurückportiert.

»Das zum Thema Sicherheit«, sagte Clancy und

wischte sich mit einer dramatischen Gebärde und einer Serviette den Mund ab.

»Ist eigentlich keine schlechte Idee«, erwiderte Rojer.

Der Türsummer ertönte auf fast aggressive Weise.

»Hoppla«, sagte Clancy und beeilte sich, das Schloß zu deaktivieren. Die Tür glitt zur Seite und enthüllte die verwirrte Semirame Kluh. Sie musterte ihre Handfläche.

»Ich dachte, mein Abdruck wäre registriert.«

»Rojer, ich habe doch gesagt, daß wir das Innenschloß auf der *Washington* nicht zu aktivieren brauchen«, sagte Thian mit einem Anflug von Verärgerung.

»Tut mir leid, Rame. Kaffee?« fragte der Übeltäter und hob die Thermoskanne hoch.

So begann der erste von vielen langen Tagen auf dem Weg zu ihrem fernen und unbekannten Ziel.

Flavia und ihr Team – Asia, Zara, Mallen und Jes – trafen zu einer Besprechung mit Kincaid im Clarf-Tower ein. Flavia hatte bei Laria überprüft, ob Kincaid Einwände hatte oder seine erste Meldung weiter ausführen konnte.

Er hat bestimmt nichts dagegen, Flavia, hatte Larias Antwort gelautet. *Aber ich weiß nicht, ob er nichts mehr über die Meldungen sagen will oder über die Zeit, in der er seine Beobachtungen machte.*

Wir müssen *nicht …*

Nein. – Das Wort kam wie ein mentales Schleppen. *Ich glaube, es könnte ihm ungeheuer gut tun, über diese Zeiten zu reden. Er ist nämlich jetzt viel ruhiger.*

Das ist gut zu hören. Er ist ein netter Mensch.

Ich weiß. Larias kurzer Kommentar warf Echos, bei denen Flavia sich fragte, was sie Kincaid gegenüber empfand. *Das hab ich mitgekriegt, Flavia Bastianmajani. Ich bin seine Freundin. Ich habe ihn wirklich gern.*

Dann kann er sich glücklich schätzen.

Ich *kann mich glücklich schätzen. Ich nehme also morgen um 14.00 Uhr Verbindung mit dir auf. Dann kommt ihr im sehr kühlen Morgengrauen eines Herbsttages auf Clarf an.*

Larias Ulk machte Flavia noch nachdenklicher, aber sie konnte ihren Wortwechsel für sich behalten, was sie auch tat. Zaras Enthusiasmus, ihre Fähigkeiten zu zeigen, konnte sich gut auf ihre älteste Schwester ausdehnen, und das hielt sie für völlig unangebracht. Sie hielt sehr viel von Laria, und die Art ihrer Beziehung zu Kincaid war eine sehr private Sache. Wie es alle Sachen dieser Art sein sollten.

»Das nennt ihr kühl?« fragte Flavia Lionasha. Schon nach dem kurzen Weg im gleißenden Licht der Morgendämmerung zum Tower von Clarf standen ihr Schweißperlen auf der Stirn. Zara, Asia, Jes und Mallen, die hinter ihr hertrabten, fanden die schwüle Luft ebenso unbehaglich.

»Eigentlich schon«, sagte Lionasha so gut gelaunt wie jemand, der sich gründlich an die Kapriolen des einheimischen Klimas angepaßt hatte. »Wann müßt ihr bei eurer Expedition sein?«

»Eigentlich sofort nachdem Kincaid Gelegenheit hatte, uns Einzelheiten zu bestätigen.«

Lionasha nickte. »Er hat sich gut hier eingelebt«, sagte sie dann.

»Wir haben alle tolle Zeiten hinter uns«, sagte Zara mit einem Seufzer. »Es wird Monate dauern, wenn nicht Jahre, bis wir wieder zurückkehren.«

»Hast du jetzt schon Heimweh?« fragte Mallen Bastianmanjani flachsend, indem er die Rolle des ›großen Bruders‹ spielte.

»Ich hatte noch nie Heimweh«, erwiderte Zara flott, »aber manchmal fehlen mir Dinge, die man eben nur zu Hause machen kann.«

»Das ist ein Bestandteil des Heimwehs«, sagte Mallen und warf seiner älteren Schwester einen Blick zu, um sich zu versichern, ob er nicht doch zu dick auftrug. Es machte ihm Spaß, Zara Raven-Lyon aufzuziehen: Sie gab ihm so gut kontra, wie sie konnte.

Jespers lange Beine trugen ihn als ersten durch die Tür zum Tower, die sich zischend für ihn öffnete. Ein kühler Luftzug wehte ihm entgegen.

»Ah, wie herrlich! Welche Erleichterung!«

»Im Moment!« sagte Lionasha mit einem wehmütigen Lächeln. »Aber wir müssen die Innentemperatur raufdrehen, sonst klappen alle zusammen, die den Tower verlassen.«

»Hm, ja, oder sie kriegen einen Hitzschlag …«

Laria kam mit Kincaid im Schlepptau aus dem Kontrollraum herunter. Man lächelte sich freundlich an, erneuerte die Bekanntschaft, die man bereits auf Aurigae geschlossen hatte, und Flavia stellte Mallen und Jesper vor.

»Hier entlang«, sagte Laria. Sie übernahm die Führung, gab Lionasha mit einem Nicken zu verstehen, sich wieder um ihre Pflichten im Tower zu kümmern und führte die Gäste in den Wohnbereich. Dort warteten Erfrischungen auf sie, und die 'dinis servierten ihnen gekühlte Getränke und Häppchen. Dann nahmen alle auf bequemen Sesseln und Sofas Platz.

»Ich weiß nicht, ob ihr wißt, daß die wissenschaftlich orientierte Expedition nicht die volle Unterstützung des Rates genießt«, sagte Flavia.

»Da habt ihr vielleicht mehr Glück als ihr glaubt«, erwiderte Laria. »Hier auf Clarf ist man sehr neugierig, speziell in der Frage, ob einige der Planeten für *uns* zur Kolonisation freigegeben werden.« Sie lächelte. »Gibt es irgendwelche störenden Probleme?«

»Für uns nicht«, sagte Zara forsch und rümpfte vor Abneigung die Nase. »Aber einige Angehörige der

Besatzung wurden belästigt, als die Liste der Schiffe des Geschwaders B bekannt gegeben wurde.«

Asia duckte sich irgendwie in die Sofaecke, in der sie Platz genommen hatte und hörte auf zu kauen.

»Also haben wir unsere Pflichten aufgenommen«, sagte Flavia mit einem wehmütigen Lächeln, »indem wir die Leute aus den Schlägereien sicher an Bord portiert haben.«

»Ihre Familien mußten in geschützte Enklaven geschickt werden«, fügte Asia hinzu.

Da dies das erste gewesen war, was sie in Larias Gegenwart gesagt hatte, ohne gefragt worden zu sein, achtete sie aufmerksamer auf das Mädchen und sandte starke beruhigende Impulse aus. Obwohl Zara mehrere Jahre jünger war, wirkte sie älter als Asia.

»Das ist vielleicht ein Blödsinn«, sagte Laria. »Als hätten die Familien etwas mit den Befehlen zu tun. Was soll überhaupt das Theater über das Ziel des Geschwaders B? Es ist doch wissenschaftlich, nicht kriegerisch.«

»Tja, da hat sich eine Organisation gebildet«, sagte Mallen, »die die *Washington* daran hindern wollte, daß sie offiziell vom Stapel läuft. Es hat deswegen eine Menge Ärger und Groll gegeben, der sich dann gegen absolut unschuldige Ziele richtete. Und die Mannschaften und das Geschwader lagen halt am nächsten. Die Andersdenkenden wurden um die Möglichkeit betrogen, die *Washington* in die Luft zu jagen.« Er verzog das Gesicht wegen ihrer Torheit.

»Es war nur ein Hologramm«, fügte Zara hinzu. »Das größte, das man je gemacht hat.«

»Das gleiche gilt für die *Washington* – als Schiff, meine ich«, sagte Mallen, den das Tarnunternehmen ebenso beeindruckt hatte wie die Riesenhaftigkeit des neuesten Schiffes der Flotte.

»Und wie kann ich euch bei eurem … ähm … wissenschaftlichen Unternehmen helfen?« fragte Kincaid mit einem ironischen Lächeln. Er schaute von einem Expeditionsmitglied zum anderen. Sein Blick löste sich sehr schnell von der schüchternen Asia. »Ich dachte, die Sondenaufzeichnungen würden reichen.«

»Sie zeigen, was *du* gesehen hast, Kincaid«, sagte Flavia. »Aber alles, was man sieht, interpretiert man aufgrund seiner eigenen Erfahrungen. Da du empathisch bist ... Hattest du irgendwelche Reaktionen, die nicht aufgezeichnet wurden?«

Kincaid dachte kurz nach. Sein Gesicht wirkte leer, doch dann wich die Anspannung aus seinem Leib, und er lächelte wehmütig.

»Es ist keine Empathie zwischen uns und den Käfern möglich, und auch nur wenig zwischen uns und 'dinis, so nahe wir unseren Freunden auch sind.« Nil und Plus waren damit beschäftigt, sich mit ihren zu Besuch weilenden Genossen zu unterhalten, ihre leisen Stimmen bildeten eine melodischen Hintergrund zum Gespräch der Menschen.

Zara lächelte ihn an. »Sag uns, was wir nicht wissen, Kincaid.«

»Zara!« Flavia rief sie zur Ordnung. »Was waren deine Eindrücke, deine Reaktionen auf das, was du sahst, speziell auf den verlassenen Planeten?«

»Ich habe die Verschwendung wertvollen Kolonialbesitzes beklagt«, sagte Kincaid flapsig. Dann beugte er sich vor. »Der erste ...«

»Marengo ...«

»Hat man ihn so getauft? Na schön, er war einst relativ erfolgreich. Die Landwirtschaft war nicht ganz so ausgedehnt wie auf XH-33, und ich glaube, es hat mich überrascht, daß es dort nicht mehr ...« Er hielt inne und schaute Flavia an. »Ist es das, was du meinst?«

»Ja, ja, genau.«

»Warum?«

»Ich weiß nicht«, erwiderte sie ehrlich. »Es scheint

mir nur vernünftig, aus allen vorhandenen Quellen so viele Informationen wie möglich zu sammeln.«

»Und du bist eine«, sagte Zara lächelnd.

»Ich war nicht das einzige forschende *Talent* in der Verschmelzung«, sagte Kincaid mit plötzlich schroff klingender Stimme.

»Aber du warst der einzige T-Zweier, und der Verschmelzungsbrennpunkt«, sagte Zara. »Bestimmt ...«

»Ich kann euch nur *meinen* Eindruck vermitteln«, fiel Kincaid ihr ins Wort.

Hör auf, Zara, sagte Laria privat zu ihrer Schwester, die gerade sagte: »Selbst die könnten uns etwas sagen ... Zum Beispiel hast du nie irgendwelche ... irgendwelche Überbleibsel in den Bauwerken erwähnt, die du sondiert hast.«

»Überbleibsel?« Kincaid schnaubte. »Du meinst Leichen? Nicht auf Marengo. Zu alt.«

»Auch das ist eine Tatsache, die ich kennen muß«, sagte Flavia mit einem erleichterten Lächeln. »Viele Leute nehmen an – und das ist ein großes Problem bei den Andersdenkenden, die sicher sind, daß unsere ›Einmischung‹ *sie* zu den nächsten Opfern macht –, daß *sämtliche* Käferkolonien ipso facto erfolgreich waren.«

»Wir werden in Erfahrung bringen müssen, *warum* die, die keinen Erfolg hatten, gescheitert sind«, sagte Zara. »Und wieso die Zentralwelt der Käfer nichts gewußt hat. Oder es ihnen gleichgültig war? Also, du hast gesagt, der zweite sah aus ...«

»Waterloo«, warf Flavia ein.

»Danke. Waterloo sah so aus, als hätte man dort einen guten Anfang gemacht und den Planeten dann verlassen. Was ist da passiert?«

Kincaid runzelte die Stirn. »Ja, das habe ich mich auch gefragt, zumal das Kolonistenschiff noch im Orbit war. Ich habe das Schiff und den Planeten sehr sorgfältig mit den Kunststoffsonden untersucht.

Räumlich lag das Waterloo-System nicht weit von Marengo entfernt. Ob die Marengo-Gruppe nach Waterloo umgesiedelt ist?«

»Wir kennen auch im Nachhinein nicht so viele Einzelheiten«, sagte Mallen, »aber die 'dinis bleiben dabei, daß die Käfer ihre Vorgehensweise seit Jahrhunderten nicht geändert haben. Verglichen mit den Anlagen auf XH-33 zeigen Marengo und Waterloo, daß sie im allgemeinen die gleichen Strukturen und landwirtschaftlichen Schemata einsetzten – zumindest auf diesen drei Planeten.«

»Und auf den beiden anderen, die ich sondiert habe«, sagte Kincaid, nun soweit entspannt, daß er sich vorbeugte, die Ellbogen auf die Knie legte und die Hände faltete. »Sie legen eine Siedlung weit im Landesinneren an, als hätten sie etwas gegen größere Wasserflächen, oder als fürchteten sie sich vor ihnen.«

»Sie bewässern Felder ...«, warf Zara ein.

»Ich würde gern mal sehen, was sie für Pumpen haben«, warf Asia ein. »Hast du irgendwelche gesehen?«

Kincaid bedachte sie mit einem Lächeln. »Asia, ich erkenne eine Pumpe nur dann, wenn ein großes Schild an ihr hängt, auf dem *Pumpe* steht! Aber dort, wo sie Landwirtschaft betrieben hatten, gab es, wie zu erkennen war, Bewässerungsgräben. Auf dem ökologisch armseligen Planeten – dem dritten, Talavera – waren es bloß gerade Rinnen aus irgendwelchem Material, voller Blätter oder Erde und Sand. War ein trauriger Anblick. Ziemlich desolat.«

»Aber nichts, was anzeigte, warum der Planet ökologisch heruntergewirtschaftet war?«

Kincaid schüttelte den Kopf. »Wenn die Käfer jeden Planeten ausräuchern, den sie kolonisieren, zerstören sie sein ökologisches Gleichgewicht und bringen es vielleicht nie wieder in Ordnung. Wenn man ihn retten kann, kann's ganz hübsch dort werden.« Sein Gesicht nahm einen traurigen Ausdruck an.

»Wir werden es versuchen, verdammt noch mal!« sagte Zara und schnitt Jesper eine Grimasse, denn sie sah, daß er sie mit einem leicht hochnäsigen Ausdruck musterte. »Wartet's nur ab!«

»Geht ihr dort zuerst hin?« fragte Kincaid mit einem Anflug von Neugier in der Stimme.

»So ist es geplant«, sagte Flavia.

Kincaid beugte sich noch drängender vor. »Aber das System ist nicht weit von dem entfernt, in dem die Käfer noch aktiv sind.«

»Mach dir keine Sorgen, Kincaid«, erwiderte Flavia mit einem zuversichtlichen Lächeln und sandte ihm gleichzeitig eine mentale Beruhigung.

Er wischte sie mit einer ungeduldigen Geste beiseite. »Der Planet ist gefährlich. Sie haben ein Schiff. Und dann seid ihr in Reichweite ihrer Späher.«

»Das Geschwader B ist mit den neuen Raketen ausgerüstet, Kincaid«, sagte Mallen, obwohl ihm Kincaids nervöse Reaktion nicht entgangen war. »Und zu unserer Flotte gehört ein schneller Zerstörer der 'dinis.«

»Was irritiert dich so an diesem Planeten, Kincaid?« fragte Laria beiläufig.

Er schaute sie kurz an, holte tief Luft und stieß sie wieder aus.

Flavia war empathisch genug, um seine zunehmende Angst aufzufangen und zu wissen, daß Laria ihn geschickt beruhigte und seine Reaktionen sorgfältig abschirmte. Eine rasche Fühlungnahme mit Zara, und Flavia erkannte, daß die hochempathische junge Therapeutin abgelenkt worden war. Zara bedeutete keinen Schaden, aber Kincaid hatte sich noch nicht völlig von dem erholt, was für die Erschöpfung seiner geistigen und körperlichen Kräfte verantwortlich gewesen war.

»Die hektische Aktivität, die fast verzweifelte Dringlichkeit, mit der die Käfer etwas verfolgen, das jede andere Zivilisation mit... Energie... machen würde... aber nicht in einem so frenetischem Durcheinander.«

»War es im Frühling des Planeten?« fragte Jes.

»Nein, das hätte ich verstanden!« Kincaid schüttelte den Kopf und faltete die Hände.

»Ich weiß, was dich irritiert hat«, rief Zara aus und sprang auf die Beine. »Das *Pieks-Pssst!*«

»Das *was?*« Kincaid musterte sie prüfend. Dann fiel sein Blick vorwurfsvoll auf Laria, die plötzlich anfing zu lachen.

»Keiner hat es gewußt und konnte es dir erzählen, mein Freund«, sagte Laria und legte kurz eine Hand auf Kincaids Schulter, »aber alle *Talente* reagieren eigenartig, wenn sie sich in der Nähe der Käfer und speziell ihren Metallen und Artefakten aufhalten. Wir haben es *Pieks-Pssst* genannt, weil es sich in unserem Kopf so manifestiert. Es hinterläßt einen unangenehmen metallischen Geschmack in der Kehle und macht *Talente* äußerst reizbar!« Zur Überraschung aller zerzauste sie sein Haar und lachte erleichtert. »Als du durch die Käferbehausungen gegangen bist und dich schließlich auf einer aktiven Käferwelt befandest, hast du gewiß eine starke Überdosis davon aufgefangen.«

»*Pieks-Pssst?*« Kincaid, der sich ihres Tuns offenbar gar nicht bewußt war, wiederholte den Ausdruck auf törichte Weise und bemühte sich offenbar, ihn mit seinen Erfahrungen in Einklang zu bringen. »Der Geschmack in meinem Mund hat alles ruiniert, was ich aß, was ja an sich schon schlimm genug war... Und ich war ganz bestimmt... gereizt.«

»Wahrscheinlich weit mehr als das, würde ich sagen«, meinte Laria. »Wie blöd war ich doch, daß ich nicht bemerkt habe, was dir zu schaffen macht. Du hast aufgrund deiner Reaktionen bestimmt geglaubt, du würdest durchdrehen.«

»Ja.« Kincaids Stimme und Gesichtsausdruck spiegelten sein Erstaunen. »Ja, ich habe wirklich geglaubt, ich würde den Verstand verlieren.« Er schaute die anderen *Talente* an. »Und ihr habt alle schon die gleichen Reaktionen gespürt?«

»Ich nicht«, sagte Jes. Mallen schüttelte den Kopf, aber Zara und Asia gaben ihm recht.

»Wir haben nämlich mal einen Sommer auf Deneb verbracht«, sagte Zara. »Zwar hatten unsere dortigen Verwandten den größten Teil des Käfermetalls der ersten beiden Späherboote schon gefunden, das auf dem Planeten verstreut worden war, aber hin und wieder haben wir noch das eine oder andere Teil gewittert.«

Kincaid wandte sich Flavia zu. »Aber du warst doch auf der Basis, die den Flüchtling untersucht hat ...«

»Aber nicht *drin,* Kincaid«, sagte sie lächelnd. »Man hat uns spezielle Schutzkleidung gegeben, die die Auswirkungen des *Pieks-Pssst* auf *Talente* reduziert. Ich kann nur sagen, es hat gut funktioniert.«

»Ich könnte mich treten«, sagte Laria voller Reue, weil ihr die Sache nicht aufgefallen war. »Kein Wunder, daß du völlig fertig warst, Kincaid.«

Übertreib nicht, Schwesterlein, sagte Zara privat zu ihr. *Aber es nimmt ihm bestimmt die Angst. Dein Kincaid ist schon tiefgründig.*

Er ist nicht mein *Kincaid, Zara, und er wird es wohl nie werden.*

Um so schlimmer, Schwesterlein. Er hat eine wirklich nette Aura. Aber Vanteer ist wohl mehr dein Geschmack, auch wenn er ein Herumtreiber ist.

Vanteer? Zara Raven-Lyon, hör sofort auf, mich zu therapieren! Hast du mich verstanden?

Bevor Zara erkannte, wie wütend sie ihre Schwester gemacht hatte, befand sie sich schon draußen neben dem Mehrfachträgermodul in der Morgenhitze.

Ich erkenne Zaunpfähle auf den ersten Blick, sagte sie entschuldigend. *Laria? Tut mir leid. Tut mir wirklich leid. Ich werde mich jetzt Jahrhunderte nicht mehr sehen lassen.*

Gut, lautete die eindeutige Antwort. *Ach, in Ordnung. Ich verzeihe dir, aber mach es nicht noch mal, verstanden?*

Ja.

Zerknirschtheit ist nicht deine Sache. Die anderen kommen.

Die Tür des Komplexes öffnete sich, und der Rest von Zaras Gruppe bewegte sich schnell durch die wärmende Luft auf die Kapsel zu, darauf bedacht, von hier zu verschwinden, bevor Clarfs Sonne aufging, um ihnen ein weiteres Beispiel ihrer Kraft zu geben.

Zaras natürlicher Auftrieb half ihr, den peinlichen Moment zu überstehen, als die anderen sich zu ihr in die Kapsel gesellten.

Viel Glück, euch allen! Und meldet euch mal! sagte Laria. *Großvater sagt, ich soll euch auf die* Vadim *versetzen.*

Danke, Zara, fügte Kincaid hinzu.

Dann wurde die Kapsel portiert, um sich zur zweiten Expeditionsstreitmacht und zum Geschwader B zu gesellen, das nach Talavera unterwegs war, dem dritten Planeten des Systems Tau Ceti VI.

Als die Generatoren nach dem Verlegen der großen Kapsel soweit gedrosselt waren, daß David von Beteigeuze und sein Sohn Perry sie den Rest der Strecke portieren konnten, setzte Kincaid sich hin und stellte die Beine auf den Boden. Laria, die sich deutlich bewußt war, daß Zaras Enthüllung über das *Pieks-Pssst* ein Durchbruch für ihren Towerpartner gewesen war, richtete sich auf und schaute ihn an.

»Findest du nicht auch«, sagte Kincaid bedächtig, »daß man über die Reaktion auf das Käferzeugs irgendwie hätte informiert werden müssen?«

Laria hörte seinen Geist hinter seinen Worten vor Erleichterung fast aufbrüllen. Außerdem spürte sie neben dem kochenden Ärger, daß man ihn nicht über die sehr wichtige Einzelheit informiert hatte, das Brodeln eines anderen, zweitrangigen Bedauerns und einer Beschuldigung, die er vielleicht nie aussprechen würde.

»Das *Pieks-Pssst* ...«

Was für ein feines Wörtchen, um die Auswirkung dieses verdammten Drecks auf einen Ahnungslosen zu beschreiben! Sein mentaler Ton war wild.

Halt die Klappe und hör zu! »Kincaid«, sagte Laria und sprach mit der lauten Stimme einer Lehrerin, die zu einem Kind spricht, das sie fortwährend unterbricht. Er knirschte mit den Zähnen und funkelte sie an, »das *Pieks-Pssst* war bisher nur auf Deneb begrenzt, den bisher einzigen von Menschen besiedelten Planeten, der je die Beachtung der Käfer auf sich gezogen hat. Und wahrscheinlich der einzige, der sich je erfolgreich zur Wehr setzte. Sicher, alle Primen, die dabei waren, wußten davon, als meine Großeltern die beiden Verschmelzungen fokussierten, die das Käferschiff vernichteten. Aber in den nachfolgenden Jahrzehnten hat – zum Glück – niemand mehr viel Kontakt mit den Käfern gehabt.

Du« – sie zeigte mit dem Finger auf ihn – »warst ein Kommunikationsexperiment der VT&T, als dein Geschwader umgeleitet wurde, um einen Kugelraumer zu verfolgen. Man hat nicht damit gerechnet, daß dich jemand bitten würde, die von den Käfern besetzten Planeten zu sondieren, und die Flotte glaubt noch heute nicht ganz, daß das *Pieks-Pssst* wirklich existiert. Dann ist so vieles vorgefallen: Man hat die Riesenkugel gefunden, und dann die Kapsel der Königin.

Dann« – sie hob die Hand, um ihn daran zu hindern, sie zu unterbrechen – »wurden sich mehr Leute dieser Reaktion bewußt, aber niemandem, der in Direktkontakt zum Geschwader C stand. Richtig?« Er nickte. Seine Verärgerung schwand allmählich, nicht jedoch, wie Laria registrierte, seine sonstigen verwirrten und chaotischen Emotionen. »Dann kam die Sache mit XH-33, und der Brennpunkt war vom Geschwader C weg, bis der Erdprimus dich hierher versetzte.

Als du ankamst, warst du in keinem Zustand für irgendeine Befragung, deswegen bin ich auch nie darauf gekommen, daß du nichts davon wußtest, wie dieses *Pieks-Pssst* wirkt, bei dem jedes *Talent* sich anders fühlt.«

»Ich dachte, ich werde verrückt«, sagte er, ohne sie aus den Augen zu lassen.

»Ich bin nicht nur deine Towerchefin, Kincaid. Ich bin auch deine Freundin. Und das gleiche gilt auch für Lionasha und Vanteer, denn wir sind ein Team. Wir sind es viel mehr als damals mit den beiden Außenseitern, von denen mein Großvater annahm, ich könnte mit ihnen arbeiten.« Laria schnaufte entrüstet.

»Bin ich etwa kein Außenseiter?« fragte Kincaid mit finsterer Miene.

»Du kannst in deinem Privatleben so warm sein wie 'ne Herdplatte, aber du *paßt* so viel besser zu mir, Lio und Van, daß wir alles getan haben, um dich zu beruhigen …«

»Hast du mich deshalb nach Aurigae mitgenommen?«

Laria fing den Anflug entrüsteten Mißtrauens auf und verzog das Gesicht.

»Du brauchtest eine Veränderung, und es ging dir gut genug, um an einem Urlaub *Vergnügen* zu haben. Es war Großvaters Idee, nicht meine. Und er wollte mit seiner Kuppelei nicht zu offensichtlich sein.«

Kincaid setzte sich protestierend auf. »Er weiß doch, daß ich schwul bin.«

Laria lachte. »Na, sicher weiß er das. Wir wissen es alle, aber er wollte Flavia mit Thian zusammenbringen. Aber ich hätte ihm sagen können, daß sie weitaus mehr an Jesper Ornigo interessiert ist.«

Kincaids dünne Lippen verzogen sich zu einem Anfall ironischen Humors. »Ich hatte angenommen, sie hätte sich einen anderen ausgerechnet.«

»Flavia berechnet?«

Kincaid mußte über ihre Überraschung grinsen. »Auf ihre nette stille Weise weiß Flavia Bastianmajani genau, was sie will, und sie wird die beste Methode finden, es zu kriegen. In einem T-1 würdest du es auch wollen.«

»Ich brauche es in meinem T-2, Kincaid Dano. Habe ich es? Wirst du mir die freundliche Unterstützung geben, die ich brauche, um meine Arbeit auf diesem verflucht heißen Planeten zu tun, bei den Fremden, die ich am meisten mag und manchmal fürchte, weil ihre Fremdartigkeit den Menschen in mir überwältigt? Wirst du mich packen und rütteln, wenn ich etwas Dummes anstelle? Wirst du mein *guter* Freund sein?«

Kincaid stand auf, streckte ihr die Hände entgegen und hob sie auf die Beine. Als er auf sie hinunterschaute, sah Laria flackernde Emotionen: Unglauben, Überraschung, Dankbarkeit und etwas weniger Definierbares, bei dem sie sich zugleich dankbar und gering fühlte.

»Ich kann dein Freund sein, Laria«, sagte er eigentümlich traurig, »auch wenn ich mir wünsche, daß ich etwas mehr mit dir gemeinsam haben könnte.«

Und er überraschte sie an diesem ereignisreichen Tag, indem er sie umarmte, eine Hand auf ihre Wange legte und sie an seine Schulter zog. *Dann* kannte sie die ganze Geschichte, die ihm während seiner Reise passiert war, wie ihn zwei sehr selbstbewußte Männer in einem Wettstreit emotional mißbraucht hatten, denn sie hatten mehr daran gedacht, dem anderen seine Gesellschaft zu verweigern, statt daran, daß ihre leidenschaftliche Schlacht ihn, der beide bewundert hatte, zum Wrack machte.

Sie legte einen Arm um seine Schultern und drückte mit dem anderen seine Hand an ihre Wange. Sie bezweifelte, daß selbst Elizara trotz all ihres Könnens Kincaids verletzten und gequälten Geist je wieder vollständig heilen konnte. Aber sie war hier, und er sperrte sich nicht, also konnte sie es *versuchen*. Und sie tat es.

Sie ließen einander schrittweise wieder los, denn nun wußten sie alles voneinander.

»Vanteer mag vielleicht ein Herumtreiber sein, Laria, der viele Frauen inbrünstig liebt; aber nicht für immer. Zu dir würde er *immer wieder* zurückkehren, weil du ihn nicht umklammerst. Tja, wenn die Menschen eine Teilung vornehmen und eine männliche Version von dir erzeugen könnten wie die 'dinis, wäre es die beste aller Lösungen.« Kincaid ließ ihre Hände los. »Aber wir wissen nicht mal genau, wie man einen Menschen klont, also werde ich dich weiterhin als meine gute Freundin verehren, respektieren und lieben.«

Die Generatoren fingen an, sich zu drehen und erinnerten sie an ihre täglichen Pflichten.

»Zum Henker mit dem *Pieks-Pssst*«, murmelte Kincaid, als er sich wieder auf der Liege ausstreckte.

»Es ist wirklich das abscheulichste Ärgernis«, stimmte Laria ihm zu. Sie spürte die neue Ruhe ihres Partners und war sehr erleichtert zu wissen, daß er im Begriff war, sein Gleichgewicht wiederzufinden.

Ein Schiff der Gründer-, zwei der Galaxis-Klasse und zwei schnelle Zerstörer deckten dem Flaggschiff des Geschwaders B nun den Rücken. Kapitän Vestapia Soligen war Geschwaderkommandant und befehligte die *Columbia*. Hyner Steverice kommandierte die *Valparaiso*, Li Hsiang den Zerstörer *Valiant*. Kapitän Hptml hatte die *KMTM* unter sich, und ein ungewöhnlich bronzefarbener Mrdini namens Klml, den Mrdini-Zerstörer *KVS*.

Kapitän Soligen, ihre Wissenschaftsoffizierin und zwei weitere Spezialisten begrüßten das *Talente*-Kontingent an Bord mit allen Ehren. Der Kapitän der *Columbia* war nicht das, was Flavia nur halbwegs erwartet hatte, als ihr einfiel, daß sie um weibliche *Talente* gebeten hatte. Flavia nahm sich vor, den Grund dafür in irgendeinem günstigen Augenblick in Erfahrung zu bringen. Die Frau gefiel ihr auf den ersten Blick: Soligens Gesicht war glatt und angenehm, wenn auch nicht unbedingt hübsch. Sie hatte weit auseinanderstehende, helle Augen, deren Farbe irgendwie zwischen Blau und Grün wechselte, und scharf gebogene dunkle Brauen. Ihre Figur wirkte in der Uniform gepflegt und athletisch und büßte dabei nichts von ihrer Weiblichkeit ein. Flavia erkannte hinter dem ›netten‹ Gesichtsausdruck eine starke Persönlichkeit und einen scharfsinnigen Geist. Sie lächelte, ohne die Zähne zu zeigen, als sie Asia, Zara, Rhodri Eagle, Mallen Bastianmajani und Jesper Ornigo vorstellte.

»Freut mich, Sie an Bord zu haben, meine Damen und Herren, auch Sie, Oberleutnant. Ich möchte Ihnen meinen Wissenschaftsoffizier vorstellen. Wayla Gregarian ist auch meine offizielle Mrdini-Dolmetscherin. Es ist mir noch nie gelungen, über einen gebrabbelten Gruß hinauszukommen ...«

»Meine Mrdinis sind erstklassige Lehrer, Kapitän«, sagte Zara sofort. Ihre Hände ruhten auf den Schultern von Pal und Dis. »Es gibt nichts, das ihnen besser gefällt als eine echte Herausforderung ihrer Fähigkeiten.«

»Wir bringen es Ihnen bei«, sagte Pal.

»Sie werden alles verstehen, was Sie hören müssen«, fuhr Dis fort.

Wissenschaftsoffizier Gregarian erstickte ein Hüsteln. Kapitän Soligen hob die Brauen, ihre hellen Augen funkelten bläulich.

»Ich mag … Lebewesen, die eine Herausforderung annehmen«, erwiderte sie. »Aber …« – sie deutete mit einem Finger auf Dis und Pal, die sich vor Freude wanden –, »ich muß euch warnen, denn ich bin *wirklich* eine Herausforderung. Aber ich bin entschlossen, es zu versuchen. Wir haben …«

Flavia hatte den Eindruck, daß sie sich im letzten Moment verbesserte.

»… eine Menge Zeit, trotz des unglaublichen Schubs, der uns bis hierher gebracht hat, so daß ich ein paar Sätze lernen und noch mehr verstehen kann.«

Dann schob der hochgewachsene magere Mann, der während der ganzen Zeit ungeduldig auf den Zehenspitzen wippte, Flavia eine Hand entgegen, die sie elegant ignorierte, indem sie ihre Tasche zu Boden sinken ließ. Er hob sie liebenswürdig auf und reichte sie einem Unteroffizier, der allem Anschein nach mitgekommen war, um das Grobe zu erledigen.

»Ich bin Dr. Tru Blairik. Biologe. Dies ist meine Assistentin Mialla Evshenk, die unser Archiv führt.«

Ich sage Tru immer wieder, daß Talente *keine beiläufigen körperlichen Kontakte eingehen,* sagte Mialla lächelnd und verbeugte sich. »Wir sind noch mehr, aber Sie werden eine Menge Zeit haben, in Erfahrung zu bringen, wer wer ist. Wir freuen uns, die Hilfe von *Talenten* zu haben.« *Ich glaub zwar nicht, daß ich euch eine große Hilfe sein kann, aber ich dachte, versuch mal, ob sie dich hören. Ich bin nicht so stark.*

Stark genug, Mialla, erwiderte Flavia. *Sei mir gegrüßt.* »Freut mich, Sie kennenzulernen, Evshenk.«

»Heute abend um 19.30 Uhr trinken wir einen in

meiner Kabine«, sagte Kapitän Soligen. »Wayla wird Sie zu Ihren Unterkünften bringen.«

»Wir könnten doch ...«, sagte Blairik.

»Jeder außer dir, Tru«, sagte Mialla leicht frotzelnd.

»Lassen Sie sich beraten«, sagte Soligen wehmütig. »Unser Elektroniker baut einen speziellen Lokator für Dr. Blairik.«

»Den werden Sie nicht brauchen«, sagte Zara, »wenn wir an Bord sind. Ich könnte Dr. Blairik überall finden.«

Blairik musterte Zara mit einem leeren Blick, der schon an Feindseligkeit grenzte.

»Absolut diskret natürlich, das versichere ich Ihnen.«

Doch Zaras Versicherung war nicht willkommener als ihr ursprünglicher Vorschlag.

Belaß es dabei, sagte Flavia. »Lokatoren kämen uns freilich gerade recht für den Einsatz bei irgendwelchen planetarischen Exkursionen.«

»Das glaube ich auch, wenn man bedenkt, wie viele Experten und Wachen nötig sind, wenn man Forschung betreiben will, die ihren Namen verdient«, sagte Kapitän Soligen forsch. »Außerdem werden große Entfernungen zurückgelegt«, fuhr sie lächelnd fort, »und Sie kann ich nicht *zu sehr* aufteilen.«

Dann kam ein kurzes Schweigen, bei dem Zara mit der Peinlichkeit ihres Fauxpas kämpfte. Asia beendete es.

»Ich bin Ingenieurin«, sagte sie mit so zaghafter Stimme, daß Dr. Blairik sie überrascht ansah, »und ich könnte, wenn ich niemandem in die Quere komme, bei der Herstellung helfen.«

»Ihre Hilfe wäre sehr willkommen, Prima ...«

»Ich bin keine Prima, nur ein T-4«, korrigierte Asia Wayla Gregarian auf ihre entschuldigende Art.

»Vier, drei, fünf oder sechs, der Chefingenieur wird

jeden qualifizierten Mitarbeiter willkommen heißen«, erwiderte Gregarian herzlich.

»Dann lasse ich Sie also in Gregarians fähigen Händen«, sagte Soligen und ging mit forschem Schritt hinaus.

»Sakers, Perley«, sagte Wayla und deutete auf das Gepäck, das schnell aufgehoben wurde, als sie die Gruppe aus dem Hangar führte.

»Dann sehen wir uns beim Abendessen«, sagte Blairik.

»Wir sind alle ziemlich erfreut«, sagte Wayla, als sie zu einem Lift gingen, »daß man die *Columbia* überholt hat. Und ich kann nur sagen, man hat es in Rekordzeit geschafft. Ich hätte die alte Tonne fast nicht mehr wiedererkannt.« Anhand ihrer Ausdrucksweise erkannte man, daß sie das Schiff liebte.

»Wir haben gehört, daß es Schwierigkeiten gab«, sagte Flavia zaghaft.

Es erforderte nicht viel *Talent,* um den Zorn und die Empörung zu ›hören‹, die die Wissenschaftlerin ausstrahlte. Doch bevor sie antwortete, hatte sie ihre Gefühle schon wieder unter Kontrolle.

»Die ganze Sache war dumm und schlecht ausgeführt – auch von der Militärpolizei. Zum Glück hatten wir die Matrosen. Wir hatten nur kleinere Schäden, aber die Familien, die gekommen sind, um uns auslaufen zu sehen, haben das meiste abgekriegt. War alles sinnlose Gewalt. Hat nicht mal unseren Startplan durcheinandergebracht, aber ich hoffe inständig, daß man sich mehr freut, wenn wir zurückkehren. Da sind wir. Nur noch durch diesen Korridor.«

Der Geruch des frischen Anstrichs und des neu gefärbten Teppichbodens war nicht zu ignorieren.

»Ist Blau die Lieblingsfarbe des Kapitäns?« fragte Zara, deren jugendlicher Überschwang nun zurückgekehrt war.

»Eigentlich ist es Grün«, sagte Wayla lächelnd,

»aber Blau hat auf dem Offiziersdeck Tradition. – Wir sind da«, fügte sie hinzu und ließ jeden seinen Abdruck auf das Handflächenschloß machen.

»Wir haben doch niemanden vertrieben, oder?« fragte Asia unbehaglich.

»Nein, gar nicht«, sagte Wayla so schnell, daß Asia sich sofort wieder faßte. »Wie schon gesagt, das Schiff wurde extra für diese Expedition umgebaut, und dabei hat man auch für abgeschirmte Unterkünfte gesorgt. Sie sind vielleicht nicht so geräumig wie die auf der *Washington,* aber auch nicht schäbig und für *Talente* bestimmt erträglich.«

Flavia, die sich an ihre kurze Reise mit der *Genesee* erinnerte, hatte daran keine Zweifel: ein großzügiger Salon mit Arbeitsplätzen, die man in die Wände oder in die Tische schieben konnte, und sechs Schlafräume. Eine Seite des Raums bestand aus Bildschirmen. In der Mitte befand sich ein großer, drei kleinere waren an den Seiten. Davor befand sich ein Halbkreis aus sechs verstellbaren Stühlen.

»Ich nehme an, Sie finden sich hier schon selbst zurecht«, sagte Wayla. »Hinter dieser Wandtafel befindet sich ein Nahrungsspender.« Sie deutete auf eine undurchsichtige dunkelbraune Platte. »Gewöhnen Sie sich ein und benutzen Sie das Interkom an der Tür, falls Sie irgendwelche Hilfe brauchen.« Sie musterte den sie anlächelnden Rhodri.

»Was sie nicht wissen, bringe ich ihnen schon bei«, sagte er. Ihr Lächeln blieb an ihm haften, als sie für einen letzten Blick einen Schritt zurücktrat und sich die Tür dann hinter ihr schloß.

»Hast wohl schon 'ne Eroberung gemacht, was, Rhodri?«

Rhodri zuckte die Achseln und zwinkerte Jes und Mallen zu. »Wir sind doch gerade erst an Bord gekommen, Vetter. Außerdem gehören zu dieser Flotte noch zwei unserer Schiffe, die wir noch nicht gesehen

haben. Wenn niemand etwas dagegen hat, nehme ich den Raum hier.« Er hob seine Tasche vom Boden auf, wo die Unteroffiziere sie abgestellt hatten, summte ein fröhliches Liedchen vor sich hin und trat ein.

Flavia erkannte recht schnell, daß ihr Aufenthalt auf der *Genesee* kein Vorspiel zu dieser Reise gewesen war. Die *Talente* mußten nicht nur Meldungen und Botschaften weiterleiten, sondern auch an langen Konferenzen und Vorträgen der Forscher teilnehmen und Oberbootsmann Kwan Keiser-Tau beweisen, daß sie körperlich fit waren und etwas von Waffen verstanden. Keiser-Tau war etwas mißtrauisch, als die sechs *Talente* sich auch noch als Meisterschützen erwiesen.

»Habt ihr etwa eure Fähigkeiten eingesetzt?« sagte er und schob auf argwöhnische Weise das Kinn vor.

Zara lachte. »Ich stamme von Aurigae, Oberbootsmann. Ich habe mein Leben lang Kleinwild gejagt. Es ist leichter, wenn man seine Reflexe einsetzt, um stehende Ziele zu treffen.«

Keiser-Tau wandte sich von Zara ab und musterte Flavia. Sein Argwohn war unübersehbar.

»Ich stamme von Atair, Oberbootsmann. Auch das ist eine Pionierwelt.«

»Wir sind alle nicht in der Stadt aufgewachsen, Oberbootsmann«, sagte Mallen und veränderte seine Stellung so, daß er Asia näher kam. Er hatte sich schon bei mehreren Gelegenheiten eingemischt, wenn jemand Kritik an dem schüchternen Mädchen übte.

»Und ich stamme von Deneb«, sagte Asia. Sie war sich der diskreten Unterstützung soweit bewußt, daß sie den Vorteil hin und wieder ausnutzte.

»Ich versichere Ihnen, Oberbootsmann, daß Sie sich um *unsere* Sicherheit nicht zu sorgen brauchen«, fuhr Mallen versöhnlich lächelnd fort. »Aber die Wissenschaftler mit Leib und Seele hier an Bord sind sich der

Äußerlichkeiten nur selten bewußt und manchmal auf ihren Enthusiasmus ziemlich konzentriert. Legen Sie sich keinerlei Beschränkungen auf, unsere Unterstützung anzufordern, wenn es um ihre Sicherheit geht.«

»Ich habe den Befehl, Sie *alle* zu beschützen.« Oberbootsmann Keiser-Tau schien den Befehl nicht sehr zu schätzen.

»Nun, da Sie uns geprüft haben«, sagte Zara, »nehmen Sie sich die anderen vor und lassen Sie uns ...«

Benimm dich, Zara, sagte Flavia.

»... mit unseren Pflichten weitermachen«, beendete sie den Satz ohne wahrnehmbare Pause. »Ich muß mich mit meinen 'dinis treffen, die Kapitän Soligen Sprachunterricht geben.« Sie machte eine ziemliche Schau daraus, den Sicherungsbügel ihrer Waffe einschnappen zu lassen und sie in den korrekten Ständer zu stellen. *Offen gesagt, ich glaube, sie wird's nie lernen!*

Als das Geschwader B der Boje nahe genug gekommen war, die das Geschwader C zurückgelassen hatte, schlug Flavia Kapitän Soligen vor, die Reise per Verschmelzung um mehrere Wochen abzukürzen.

»Ich könnte auf der *Columbia* bleiben und Rhodri auf die *KMTM,* Mallen auf die *Valparaiso,* Asia auf die *Valiant* und Zara nebst ihren 'dinis auf die *KVS* versetzen. Mit einer Verschmelzung aller vorhandenen Klein*talente* können wir die Talavera-Boje erreichen und zwei Wochen einsparen.«

»Und es wäre keine ungebührliche Belastung für Sie?« fragte Soligen, obwohl ihr die Vorstellung eindeutig gefiel.

»Nicht mit der uns zur Verfügung stehenden Generator-Gesamtheit«, sagte Flavia. Ihre Miene war zuversichtlich und besänftigend.

Vestapia Soligen betastete nachdenklich ihre Unterlippe. »Und was soll Zara auf der *KVS?* Braucht man sie nicht eher auf einem der größeren Schiffe?«

»Ich halte es für klüger, Zara und ihre 'dinis auf ein Schiff zu versetzen, das darauf aus ist... auf einen Gegner zu stoßen«, sagte Flavia. »Sie kann Klmls Schiff auf der Stelle anhalten. Asia hat ihr beigebracht, wie es geht.«

Soligen kicherte. »Dann ist Ihnen Klmls... Einstellung also nicht verborgen geblieben?«

»Oberleutnant Eagle hat Kapitän Klmls Einstellung schon bei der ersten Begegnung registriert. Rhodri geht fest davon aus, daß die *KVS*, sobald das System in Reichweite ist, eine Schleife ziehen wird. Er glaubt, daß sie in dieser Hinsicht andere Befehle hat: Weil die Mrdini schon seit langem keinen echten Schlag mehr gegen die Käfer geführt haben, die einer bestimmten Farbe zur Prominenz verholfen hätte.«

»Können Sie das mit den Farben näher erläutern, Flavia?«

»Ihnen ist doch bestimmt nicht entgangen, daß es Mrdinis in vielen verschiedenen Farben gibt. Die Farbe weist auf ihre Klanzugehörigkeit hin. Wenn ein Mrdini irgendeiner Farbe Ruhm erringt, gilt dieser für den gesamten Klan.«

»Wenn jemand zum Beispiel ein Käferschiff in die Luft sprengt und dabei draufgeht?«

»Ungefähr so.«

»Ich nehme an«, sagte Soligen scharfzüngig, »wir können uns glücklich schätzen, daß die ethnischen Gruppen der Menschheitsgeschichte, die den Selbstmord für ein Mittel hielten, Dinge ehrenwert zu Ende zu bringen, inzwischen gründlich integriert oder auf Welten isoliert sind, wo Vorurteile dieser Art auf ihre eigene Bevölkerung begrenzt sind.«

Flavia nickte zustimmend. »Für die 'dinis ist unser Beharren auf Vorsicht und Sicherheit ebenso unverständlich wie ihre Bereitwilligkeit zur Selbstvernichtung für uns.«

»Ich frage mich, wie groß die Chance der *KVS* wäre, den Kugelraumer mitzunehmen.«

»Wie bitte?« Ihre diesbezügliche Spekulation versetzte Flavia in Erstaunen.

Soligen lachte leise. »Die Flotte war lange Zeit eine passive Streitmacht, Flavia. Ich nehme an, auch Ihnen ist das Durchschnittsalter meiner Offiziere und Mannschaftsdienstgrade aufgefallen. Sie sind jünger als die auf den meisten Schiffen dieser Klasse.«

»Ist mir aufgefallen.« Man erkannte es schon daran, daß Asia plötzlich Selbstvertrauen entwickelte, denn sie war bei den Gleichaltrigen beliebt.

»Ganz gleich wie wir den Käfer-Feldzug führen, Prima, wir müssen neue Verfahren lernen, und einige davon werden sich als verheerend erweisen. Sie sind vielleicht nicht so selbstmörderisch, wie die, die man eventuell auf der *KVS* vorhat, aber bestimmt waghalsiger als die üblichen Taktiken.«

»Wenn Sie so denken, Kapitän, ist die *Columbia* vielleicht im falschen Geschwader.«

Soligens Augen waren eisgrün, und sie schaute Flavia lange an.

»Wo stehen Sie in dieser Sache persönlich?«

»Ich stamme von einem dünn besiedelten Planeten. Ich bin daran gewöhnt, auf die Jagd zu gehen, um meine Familie zu ernähren. In manchen Zeiten ist Aggression erforderlich, aber bestimmt nicht beliebt. Ich würde mich allerdings privilegiert fühlen, mit Ihnen an einer solchen teilzunehmen, die auch meine Theorien testen könnte.«

»Theorien?« Soligen beugte sich mit offenem Interesse vor.

Flavia winkte lächelnd ab. »Wir müssen den anstehenden Gefahrenpunkt *mit* der *KVS* überschreiten. Ich bin verpflichtet, Sie zu informieren, daß Manöver dieser Art in den Parametern meines Auftrages für das Geschwader B nicht speziell erwähnt werden.«

»Hab ich auch nicht angenommen. Ich selbst würde es als ›Eingehen auf eine Notlage‹ bezeichnen, und ich werde es in meinem Logbuch als Mittel erwähnen, einen Planeten zu retten. Ich hoffe zwar, daß es uns ohne allzu viel ›Entgegenkommen‹ gelingt, aber …«

»Ich würde jede vernünftige Anfrage überdenken, Kapitän.«

»Das weiß ich zu schätzen, Prima. Lassen Sie die Portation also ordnungsgemäß autorisieren und ausführen. Ich würde lieber dies erklären wollen als den Grund der Beschädigung eines wertvollen Allianzschiffes. Wann können Sie die … Abkürzung vornehmen?«

»In einer Stunde.«

Vestapia Soligen blickte Flavia mit offener Bewunderung an. In ihrem öffentlich zugänglichen Geist herrschte spürbare Erleichterung. Also hatte sie die gleiche Idee gehabt, die Rhodri artikuliert hatte.

»Je früher, desto besser!«

Die Versetzung der *Talente* auf die ihnen zugewiesenen Schiffe, das Hochfahren der Generatoren bis zur vollen Leistung und die Alarmierung sämtlicher auf den Schiffen der Menschen befindlichen *Talente* wurde in der vorausgesagten Zeit erledigt.

Zuerst schickte Flavia ihren Geist voraus, um das identifizierbare Pulsieren und die geringe Masse der Boje zu lokalisieren. Dann wies sie ihre Kollegen und Kolleginnen an, die Klein*talente* in den Individualverschmelzungen zu versammeln. Dann integrierte sie Rhodri, Jesper, Mallen und Asia, und schließlich das feine junge Feuer des *Talents,* das Zara war.

Also nichts wie hin! sagte Flavia und schaltete sich in den exakten Höhepunkt der Generatorenergie der Mensch-Maschine-Gesamtheit ein.

Wir sind da! kam eine Sekunde später Zaras triumphierende Antwort.

Als Zara auf die *Columbia* zurückportiert wurde,

ging sie sofort zu Soligens Konferenzraum und bat um ein Gespräch.

»Kapitän Klml wollte eindeutig ausscheren. Er ist etwas sauer, weil er dort angekommen ist, wo er überhaupt nicht hinwollte, und außerdem ist er nicht allzu glücklich, weil ihm eine ›ehrenwerte Handlung‹ verweigert wurde. Meine 'dinis sagen, daß er schäumt, weil man ihn einer ... einer ... Nun ja, in unserer Sprache gibt es kein passendes Wort dafür ...« Zara zuckte aufgrund ihrer Unzulänglichkeit die Achseln.

»Weil man ihn einer Bande von rückgratlosen Schleimern zugeteilt hat?« schlug Soligen vor.

»Es kommt der Sache nahe«, erwiderte Zara, obwohl ihr Tonfall etwas unbeständig war. »Deswegen habe ich mir die Freiheit genommen, ihn daran zu erinnern, daß dieser Planet Priorität hat. Ich habe den deutlichen Eindruck, daß sich seine Befehle von den unseren unterscheiden.«

»Damit demonstrieren Sie scharfsinniges Verständnis einer vertraulichen Situation, Prima. Verstehen Sie, was ich meine?«

»Und ob, Kapitän.«

»Achten Sie darauf, daß sie auch vertraulich bleibt. Ach, übrigens, Flavia hat die Angelegenheit klar gesehen, aber es wäre mir lieber, wenn die anderen es nicht täten.«

»Sie wissen es vielleicht schon. Sie reden nur nicht darüber.«

»Wir müßten in maximal drei Tagen in einer passenden Kreisbahn sein. Ich werde Kapitän Klml die Gelegenheit geben, als erster zu landen, was seine aufgestaute Wut hoffentlich abbaut. Ich glaube zwar nicht an die Möglichkeit, daß da unten noch irgendwelche Käfer leben, aber man kann nie wissen. Und da Klml so wild darauf ist, dem Feind zu begegnen, wollen wir ihn als ersten gehen lassen.«

Zara zögerte, dann lächelte sie. »Wußten Sie eigentlich, daß es Ihren Leuten lieber wäre, diesen Ruhm selbst zu verbuchen?«

»Meine Leute können unsterbliche Verdienste erringen, indem sie die Wissenschaftler überall dort bewachen, wo sie hingehen wollen.«

»Jawohl, Kapitän. Wollen Sie, daß ich Kapitän Klml Ihre Befehle überbringe?«

»Bitte. Ich krieg kaum mehr als ›Guten Morgen, wo ist das Strandbad?‹ raus. Aber für mich ist das schon ein Fortschritt.«

»Dis und Pal äußern sich sehr vorteilhaft über Ihre Fortschritte.«

»Tja, sie sind aber die einzigen. Ich habe die Mrdini eigentlich immer für Pessimisten gehalten.«

»Nur die, die auf Clarf aufgewachsen sind. – Kann ich jetzt gehen?«

»Ja, aber falls es Ihren 'dinis möglich ist, sollen Sie mit unserem gewieften Kapitän Klml in Verbindung bleiben.«

»Darauf können Sie sich verlassen.«

Mittels vorsichtig ausgestreuter Komplimente und geschickter Andeutungen – was in der eindeutigen 'dini-Sprache nicht einfach war – gelang es Rhodri, in Umlauf zu bringen, Klml werde der erste 'dini-Kapitän sein, der je den Fuß auf einen Planeten der Käfer gesetzt hatte. Schon dies half, Klmls verletzten Stolz und seine angeschlagene Ehre zu besänftigen.

»Ganz schön gerissen, Rhodri«, sagten Flavia und Vestapia Soligen, als er seinen genialen Schachzug bekanntgab. »Ich hoffe, Oberbootsmann Keiser-Tau kommt jetzt nicht auf die Idee, er sei übergangen worden.«

Soligen lächelte. »Keiser-Tau wird seine Gedanken für sich behalten. Er ist ohnehin nicht darauf aus, die Wissenschaftler ständig im Auge zu behalten.«

»Ach, ich sollte doch auch da unten sein, um die Lokatorknöpfe mit Asia und Leutnant Ismail zu testen«, sagte Flavia. »Wenn Sie mich entschuldigen wollen ...« Sie ging hinaus, ohne auf eine Erlaubnis zu warten.

»Wenn ich die Mrdinisprache spreche, krieg ich immer 'ne ganz trockene Kehle«, sagte Kapitän Soligen. Sie stand von ihrem Schreibtisch auf und trat an den Dispenser.

»Ich auch«, sagte Rhodri. Er war unter diesen Umständen nicht darauf aus, den wahren Grund ihrer Gastfreundschaft zu hinterfragen.

Laut Zara hatte der Oberbootsmann im Namen mehrerer Götter geflucht, von denen sie nicht wußte, daß sie im Machtbereich der Allianz existierten, doch er hatte in dem Moment aufgehört, als er sich ihrer Anwesenheit in der Reparaturwerkstatt des Schiffes bewußt geworden war.

»Er hat seine Leute in jede Aufzeichnung eingewiesen, die in der *Columbia*-Bibliothek existiert und mit dem zu tun hat, was sie erwarten müssen, sobald sie auf einem Planeten der Käfer landen«, fuhr sie fort.

Rhodri grinste. »Das war vorhersehbar«, war alles, was er sagte. »Soligen sagt, er kann es nicht ausstehen, im Freien Wissenschaftler zu eskortieren. Sie neigen angeblich dazu, sich in gefährlichen Situationen, die ›sensible‹ Menschen meiden, zu verlaufen.«

»Wir kriegen bessere Lokatoren«, sagte Asia mit stillem Stolz. »Sadler ... Ich meine Leutnant Ismail ... hat aus dem dienstfreien Personal ein sehr wirkungsvolles Fließband gebastelt.«

»Auch aus dir?« Rhodri grinste liebevoll. »Kein Wunder, daß wir so wenig von dir sehen, Schwesterlein«, fügte er gutgelaunt hinzu und zauste ihr Haar.

»Es wäre mir lieber, wenn du damit aufhörst, Roddie«, sagte sie verärgerter als je zuvor.

»Klar, sicher!« Rhodri zog die Hand zurück, als hätte er sich verbrannt. »Nun mach dir mal keine Falten ins Höschen!«

»In meinem sind keine!« gab sie mit einem so listigen Blick zurück, daß Rhodri unabsichtlich errötete, was Zara zu der Frage verleitete, was er denn gemeint habe.

»Geht dich einen feuchten Kehricht an«, sagte er, ging in sein Zimmer und knallte die automatische Tür von Hand ins Schloß.

Keine verfrühten Spekulationen, sagte Flavia energisch zu Zara. »Wann kriegen wir die Lokatorschaltungen, Asia?«

»Sie werden gerade an alle verteilt, die landen sollen«, sagte Asia. Sie hatte sich wieder auf ihr übliches bescheidenes Verhalten zurückgezogen.

»Tja, es wird eine Erleichterung sein, wenn wir endlich mit dem weitermachen können, zu dem wir hergeschickt wurden«, sagte Flavia. Niemand im Salon äußerte Widerspruch.

Die tatsächliche Landung war eine Art Anti-Höhepunkt, obwohl der Zustand des Planeten unter den Angehörigen des wissenschaftlichen Korps sofort Tumult erzeugte. Die Sensoren hatten gemessen, daß die Ozonschicht unbeschädigt war, denn dies war eine große Sorge der Ökologen gewesen und hatte zum Rätsel der Verödung des Planeten beigetragen. Die Flüsse und Seen schienen, ebenso wie die Ozeane, in guter Verfassung zu sein. Lebensformen waren sichtbar, wenn auch unidentifizierbar. Mutterboden war zwar noch vorhanden, aber wenn man die Pflanzen nicht zum Wachsen bringen konnte, würde der Wind ihn forttreiben. In den höheren Lagen war die Erosion bereits offensichtlich.

Auf Bildschirmen eifrig beobachtet, landeten die 'dinis in einer eleganten Anordnung und sicherten die

Hauptanlage der Käfer. Das gewaltige, drei Hektar bedeckende Gelände, war bis auf vom Wind hin- und hergewehten Trümmer leer. Klml ließ die Trümmerlandschaft von seinen Leuten kartografieren und vermessen. Er ließ die verschiedenen Ebenen und Abschnitte berechnen und schickte die Ergebnisse an die wartenden Teams. Als man die Tunnels entdeckte, führte er das Erkundungsteam persönlich an. Flavia wurde gebeten, mehr Vorräte nach unten zu portieren. Sie freute sich, daß sie an diesem Unternehmen Erleuchtung nicht teilzunehmen brauchte. Alle Tunnels bis auf einen endeten in einer Sackgasse. Der fertiggestellte war mit dem kleinen Gebäude verbunden, das zehn Kilometer vom Einstiegsgebäude – möglicherweise dem Hauptquartier – entfernt lag.

Zwischen den Gebäuden deuteten Anzeichen darauf hin, daß man versucht hatte, das Land zu kultivieren. Man fand sogar kunststoffumrandete Wasserreservoirs und mehrere hundert Meter Bewässerungskanäle.

Als Kapitän Klml zufrieden feststellte, daß kein lebender Feind anwesend war, gestattete er den ›anderen‹, d. h. den Menschen, herunterzukommen. Trotz Flavias Angebot, die Leute zu teleportieren, setzte man Allzweckfähren ein, die auch beim Bodentransport Verwendung finden konnten, denn die Portation konnte kaum mehr, als jemanden von Punkt A an einen gekennzeichneten Punkt B zu versetzen. Sobald das Basislager aufgebaut war, bat man die *Talente*, empfindliche Gerätschaften auf den Planeten zu teleportieren.

Die *Talente* waren jedoch unbestreitbar unentbehrlich, als es herauszufinden galt, ob die Schalttafeln in den von Klml entdeckten Königinnenquartieren einsatzbereit waren. Flavia, Rhodri und Zara rutschten an Bindegliedern in das Hauptgebäude hinab, während sich Asia, begleitet von dem gewissenhaften

Leutnant Ismail und einer Matrosengruppe, in das zweite Gebäude begab. Mallen und Jesper Ornigo gingen mit allen Gruppen, die eventuell ihre Hilfe benötigen mochten.

»Sie ändern ihre Bauwerke wirklich nicht besonders«, sagte Flavia, als die drei *Talente* sich vom staubigen Boden einer Kammer aufrappelten, die dem Königinnenquartier auf dem Flüchtling sehr ähnelten. Ein dünner Staubfilm bedeckte die Boden-Armaturen, die oberen waren jedoch so hoch angebracht, daß die Verschmutzung kaum zu bemerken war. Rhodri und Flavia waren groß genug, um sie zu säubern.

»Die erste Schalttafel links ist mit der im Raumer identisch«, sagte Rhodri und schaute sich an, was seine Taschenlampe enthüllte. »Aber die hier sehen anders aus.«

»Mußte man mit rechnen, oder?« sagte Zara etwas schroff. »Das hier ist eine Bodenzentrale. Was also tun wir jetzt?«

»Versuchen wir, sie einzuschalten. Die Armatur hier ist identisch, und ich habe Modelle mitgebracht.« Rhodri zog eine Handvoll dreieckig angespitzter Stäbe aus der Oberschenkeltasche, die ungefähr der Fühlerform der Königin entsprachen. Einige davon reichte er Flavia und Zara.

»Ich bin zu klein, verdammt«, murmelte Zara.

»Ich auch«, sagte Flavia verärgert.

»Da sind jede Menge Kisten der richtigen Größe ...« Rhodri organisierte aus dem Vorratslager solide Kisten für die beiden Frauen.

»Erinnerst du dich noch an die Sequenz, die das Schiff gestartet hat, Flavia?«

»Ist in meine Netzhaut eingebrannt«, sagte Flavia. Sie nahm drei Stäbe in einer Dreieckanordnung zwischen die Finger jeder Hand. Als sie paßten, fügte sie sie mittels Telekinese in der Reihenfolge in die Öffnungen ein, an die sie sich erinnerte.

Flackerndes Licht schaltete sich ein – und in der gleichen Sekunde brach unter den unvorbereiteten 'dinis, die die Anlage noch immer untersuchten, ein Tumult aus. Das Licht, falls man es so nennen konnte, blieb so lange an, bis man die Energiequelle und die ausgetrockneten Überreste einer Königin und neun ihrer Diener fand.

Nachdem die Leichname untersucht waren – man mußte sehr vorsichtig zu Werke gehen, da die meisten bei der geringsten Berührung zu Staub zerfielen – lautete die allgemein akzeptierte Ansicht, daß ihr Tod durch Verhungern eingetreten war. Dann fingen die Diskussionen an: Hatte sich nur eine Königin auf diesem Planeten niedergelassen? Es wäre ungewöhnlich gewesen. War sie von den anderen zurückgelassen worden, als sie auf einen gastlicheren Planeten umgesiedelt waren? War sie vor oder nach ihrer Abreise umgekommen? Doch die Felder waren gepflügt und die Saat ausgelegt: Man hatte ein zweites Gebäude und einen Tunnel gebaut, der es mit dem ersten verband. Der Tunnel war groß genug, daß eine Königin ihn benutzen konnte. Die Rätsel waren zahlreicher als die Dinge, die sich bestätigten.

Nur die Königinnen schienen über spezielle Unterkünfte zu verfügen. Solide Röhren und Tunnels verbanden sie mit großen Räumen, in denen man offenbar die Ernte verarbeitete und lagerte. Zu jedem Königinnenquartier führten Eierrohre.

»Arbeit, nur Arbeit«, murmelte Zara leise vor sich hin, als der Xenobiologe Yakamasura in eine lange Erklärung über die mögliche Gesellschaftsstruktur der Käfer verfiel. »Sie haben nur eins im Sinn: Arbeit.«

»Und Eroberung«, murmelte Rhodri. »Vergiß die Eroberung nicht!«

»Abwechslung wirkt Wunder!«

Um ordentliche Ermittlungsarbeit zu leisten, sammelten und untersuchten die Wissenschaftler weiterhin alles, was sie im Staub, der darunter befindlichen Lehm- und Steinschicht und den vertrockneten Vegetationsfragmenten fanden. Dann entfernten sie sich weiter vom nun ziemlich großen Basislager und begutachteten die sterbenden Pflanzen und den Bodenbewuchs. Büsche, Sträucher, Hecken, Gewächse, Ranken, Gräser: alle waren tot oder verendeten, und zwar bis hinauf zur Schneegrenze der Bergketten aller kontinentalen Massen. Auf höherliegenden Hängen fand man verstreute Haufen von Gebeinen, Überreste verschiedener Spezies, als hätten die unbekannten Lebewesen an den höchsten Stellen Zuflucht vor den Räubern und ihren unbekannten Waffen gesucht, die sie alle vernichtet hatten.

Man baute eine große provisorische Neugestaltungskuppel an einer Stelle auf, die der Ökologe Wortmann für den geeigneten Ort für einen ökologischen Blitzstart hielt. Als die fliegenden Ermittler der Menschen und 'dinis von den Grenzen der Kontinentalmasse zurückkehrten, hörten sie ihn die Tatsache beklagen, das man keinerlei Lebensformen fand – nicht einmal winzige im Erdreich lebende Insekten wie Käfer oder Würmer. Seine Klage nahm bald die Form pausenloser Verwünschungen über die Käfer an, die diese Welt gemordet hatten.

»Na schön, das Land ist also tot, aber was ist mit den Meeren?« fragte Kapitän Soligen während einer abendlichen Sitzung, die aus zu vielen Grabgesängen Wortmanns und nichts an Positivem bestanden hatte.

»Die Meere?« Wortmann blickte sie verblüfft an. »Die Käfer überwuchern nur *das Land,* Kapitän.«

»Und die *Meere* sind ihnen völlig gleichgültig«, mahnte Zara ihn. »Eigentlich sogar Wasser an sich. Wir trinken Flußwasser, obwohl es einen ziemlich ekligen schwefeligen Nachgeschmack hat ...«

»Die Meere ... die Gewässer ...« Ohne der Konferenz, die er jäh verließ, noch einzigen Blick zu gönnen, ging Wortmann hinaus, und kurz darauf hörte man einen Gleiter starten.

»Ich hab's ihm fortwährend klarzumachen versucht«, sagte der Xeno Yakamasura besorgt, »aber er sagte, nur das Land spielt eine Rolle.«

»Manchmal sieht man eben den Wald vor lauter Bäumen nicht«, sagte Flavia beruhigend.

Die Hoffnung, Talavera wiederbeleben zu können, stieg beträchtlich, als man feststellte, daß die Gewässer – Meere, Flüsse, Seen, Bäche – ökologisch keinesfalls so kaputt waren wie das Land, auch wenn ihre Qualität und Quantität armselig war. Wortmann verkündete, das Gleichgewicht des Planeten sei wiederherstellbar; man solle auf der Stelle mehrere passende Verbindungen in die Wege leiten. Welche Geschöpfe zuvor auch hier gelebt hatten, ihre Grunderfordernisse waren anders gewesen, denn dem Boden mangelte es an wichtigen grundlegenden Bestandteilen: Chitin, Selenit, den meisten seltenen Erden und Kalzium, doch davon mußten Massen bei den Meeresbewohnern zu finden sein. Allein der Chitinmangel mußte für die Käfer ein Problem gewesen sein, denn die gefangene Königin aß Substanzen, in denen diese Verbindung reichlich vorkam.

Wortmann verzögerte die Abreise von Talavera so lange wie möglich, weil er dafür sorgen wollte, daß mindestens eine Kuppel Anzeichen dafür zeigte, daß die Saat im wiederbelebten Boden wuchs.

»Wir haben eine unbestreitbare Tatsache gelernt«, sagte er ziemlich päpstlich, als seine Gruppe die Fähre betrat, die sie zum Schiff zurückbrachte.

»Und zwar?« fragte Kapitän Soligen, wissend, worauf sie sich eventuell alle einließen.

»Daß die Taktik der Käfer, sämtliche Lebensformen der Planeten auszuradieren, die sie kolonisieren wollen, oft Vorteile erbringt, die kurzfristiger sind, als sie erwartet haben. Ich vermute, daß sie die Hälfte aller

Planeten verlieren, weil sie so gegen sie vorgehen.« Er wirkte äußerst selbstzufrieden, faltete die Hände über seiner sich allmählich entwickelnden Wampe und sagte während der kurzen Rückreise zur *Columbia* nichts mehr.

Die Einrichtungen auf der zweiten ehemaligen Kolonie, dem Planeten Marengo, waren zahlreicher und erstreckten sich in alle Richtungen auf die Berge hin aus. Die Felder waren eine erhebliche Anzahl von Jahren gewissenhaft kultiviert worden. Die Bodenanalyse ergab auch diesmal einen Mangel an bestimmten seltenen Erden und Mineralien: Chitin, Vitamin A, E, und Selenit. Schwefel war in Mengen vorhanden. Welche einheimischen Lebensformen auch auf Marengo gelebt hatten – sie waren spurlos verschwunden. Die im von den Käfern noch nicht gezähmten Hochland üppige und kräftige Vegetation deutete an, daß sich in dieser Quasi-Pleistozän-Ära noch keine Landtiere entwickelt hatten.

Rhodri meldete Kapitän Soligen, das Mrdini-Schiff werde dem Rest des Geschwaders wahrscheinlich nicht brav bis zum nächsten M-5-Planeten folgen.

»Um Waterloo kreist ein Käferschiff«, sagte Soligen stirnrunzelnd, »und ich will nicht, daß es eins der unseren angreift.«

»Madam?« Kapitän Soligen gab Flavia mit einer Geste zu verstehen, sie solle fortfahren. »Ich glaube, wir könnten den gleichen Trick anwenden, wie damals im System XH-33.«

»Trick? Das Schiff in der Kreisbahn sprengen?« Soligen schnaubte.

»Nein, stehlen«, sagte Flavia. »Wir wissen natürlich nicht, ob eine Besatzung an Bord ist. Das Schiff im System XH-33 war unbemannt. Wenn dieses eine Besatzung hat, können wir die Taktik der Käfer einsetzen und die Instandhaltungsmannschaft vergasen.«

»So, wie ich mich an den Bericht erinnere«, sagte Soligen auf eine Weise, die Rhodri inzwischen als ihren ›Kapitänston‹ bezeichnete, »war das Gas so ätzend, daß man die ganze Rückreise nach Phobos brauchte, um das Zeug wieder rauszukriegen.«

»Wir haben auch andere Gase ...«

»Sie wissen doch, daß Klml wild auf Käferblut ist ...«

»Auf dem Schiff können höchstens Spezialisten sein, die sich um die Verkabelung und dergleichen kümmern. Nur Königinnen steuern Schiffe. Klml will eine Königin bekämpfen, nicht ihre Arbeiter.«

»Ich bezweifle zwar, daß wir Klml eine Königin besorgen können«, erwiderte Soligen säuerlich, »aber ich hätte das Problem wirklich gern vom Hals. Mir war nicht klar ... Egal.« Sie brach ab und sprach den Satz nicht zu Ende.

Rhodri hatte ›gehört‹, was sie nicht gesagt hatte, weil ihr Geist offen vor ihm lag. »... wie blutdurstig die Mrdini wirklich sind.« Ein schneller Kontakt mit Flavia sagte ihm, daß auch sie es aufgefangen hatte.

»Klml«, fuhr Soligen fort, »wird noch mal die erste Chance erhalten, in ein Käferschiff vorzudringen. Das müßte seiner Farbe doch irgendwelchen Ruhm einbringen, oder nicht?«

»Es wird helfen«, stimmte Rhodri zu. Er saß auf dem Rand von Soligens Schreibtischplatte und hoffte, daß die Planungssitzung bald zu Ende war, damit er eine andere Art Sitzung genießen konnte. Er fing Flavias Blick, der informelle Haltung betraf, auf und beschloß, daß von nun an Diskretion herrschen sollte. Er ging nachdenklich auf und ab.

»Gewiß«, sagte Flavia. »Wir kennen das Innere des Kugelraumers so gut, daß wir wissen, wohin wir Kapitän Klmls Truppe portieren müssen, um das Schiff zu übernehmen. Klml kann mit denen, die sich eventuell an Bord befinden, machen was er will; das wäre dann ein weiterer Streich. Dann stehlen wir es. Die Waterloo-Käfer sitzen dann auf dem Planeten fest. Wir können uns um sie kümmern, wenn… wenn entschieden wurde, was mit den Käferkolonien geschehen soll.«

Vestapia Soligen warf einen weiteren Blick auf Flavias elegante Züge, dann fing sie an zu lachen.

»Denken Sie daran, welche Ehre es für Klmls Farbe wäre, wenn er ein Käferschiff nach Hause fliegt.«

»Ist das drin?«

»Wenn genug Treibstoff an Bord ist und wir ihm zeigen, wie man die Instrumente bedient, ja«, sagte Rhodri strahlend, weil er Flavias Idee ebenso unerhört fand wie Soligen. »Ich meine allerdings, wir sollten das Schiff mit 'dini-Insignien versehen, damit es auf der Rückfahrt nicht zusammengeschossen wird. Wenn Sie wollen, Kapitän, kann ich es Kapitän Hptml auf der *KMTM* erklären. Er hat große Angst, daß die *KVS* auf die Nase fällt. Dann müßte die *KMTM* sie retten … falls sie es kann. Und der Kapitän hat mordsmäßige Angst, er könnte uns und seine eigene Farbe aufgrund von Klmls Ruhmesträumen in Gefahr bringen.«

»Dann klauen wir also eine Seite aus dem Logbuch der *Genesee?*«

»Es hat schon mal funktioniert.«

Soligen dachte kurz nach. »Doch diesmal, glaube ich, sollten wir der *KVS* gestatten, ihre Geschwindigkeit und ihr Geschick einzusetzen, um die Verteidigungsanlagen des Planeten zu bombardieren. Das heißt, natürlich nur dann« – sie hob die Hand –, »wenn wir feststellen, daß er mit Feuerkraft so gut bestückt ist wie XH-33.«

»Warum sollten die Käfer ihre alten Gewohnheiten ändern?« fragte Rhodri.

»Diesmal«, sagte Flavia, »klären wir *unsere* Handlungen aber mit dem Erdprimus ab.«

»Natürlich«, stimmte Vestapia Soligen sanft zu.

Ihre Augen waren grüner, als Rhodri sie je gesehen hatte.

»Es wird toll werden«, sagte er später in ihrer Unterkunft und rieb sich erwartungsvoll die Hände.

»Ich hole mir Jeff Ravens Erlaubnis«, sagte Flavia und ließ die beiden allein. Womit sie Rhodri und Kapitän Soligen einen Wunsch erfüllte. Denn bevorstehende Aktionen hatten nebenher auch den Vorzug, andere Grundinstinkte zu wecken.

Flavias Gespräch mit Jeff erbrachte die notwendige Erlaubnis, die erfolgreiche Taktik der *Genesee* zu kopieren – soweit es die *Talente* betraf, unter Ausnutzung aller gebührenden Vorsicht.

»Das macht doch keinen Spaß«, nörgelte Zara. »Dann sind wir wieder nur Beobachter – wie immer.«

»Ja, aber ich werde Vetter Clancy übertreffen«, sagte Rhodri, über die Tatsache erfreut.

»Übertreffen?«

»Na schön, ich komm näher ran als er, du Balg. Wir sind unserem Ziel doch viel näher …«

»Wir sind noch Wochen entfernt«, korrigierte sie ihn.

»Aber nur Wochen. Die Hauptstreitmacht ist Monate entfernt.«

»Jetzt haben wir zwar die Erlaubnis«, sagte Flavia, »aber wer weiß, ob Klml uns den Plan auch abnimmt? Er ist ein frustrierter Mrdini – und wir alle wissen, was Rojer passiert ist.«

»Eben deswegen lassen wir diesmal nicht zu, daß nur etwas entfernt Ähnliches passiert«, sagte Zara hart, eisig und so unversöhnlich, daß sie alle ihre Zuhörer überraschte.

Jes durchbrach die Stille mit einer Frage. »Ist die Hauptflotte überhaupt schon zu den Käfern unterwegs?«

»Der Erdprimus wollte es nicht genau sagen«, erwiderte Flavia und runzelte die Stirn, »aber ich habe etwas gespürt ...«

»Dann wollte er auch, daß du es spürst«, sagte Zara rasch. »Was war es?«

Flavia dachte eine geraume Weile nach. »Ich glaube, es war ein Triumphgefühl.«

»Verdammt!« sagte Rhodri. »Dann legen sie sie vielleicht schon um, bevor wir Waterloo erreichen.«

»Unwahrscheinlich, denn ich habe die Waterloo-Boje längst lokalisiert, die Kincaid freundlicherweise ausgesetzt hat.« Sie lächelte, als ihr Team in Jubel ausbrach. Außer Asia.

»Ich verstehe nicht, was so erfreulich daran sein soll, die Käfer mit Grundschultricks hereinzulegen. Besonders dich verstehe ich nicht, Zara.«

Zara errötete. »Soll ich von jetzt an vielleicht immer brav sein? Du hast doch gesehen, was die Käfer aus Talavera gemacht haben! Ein guter Planet, er ist einfach kaputt. Und Merango haben sie fast das gleiche angetan. Sie *verdienen* es nicht mal, ihren Hinterhof zu kolonisieren.«

»Der einer Nova zum Opfer gefallen ist!« sagte Asia. Ihr Gesichtsausdruck war jedoch weniger hitzig. »Für irgend etwas müssen sie doch gut sein. Das gilt doch für alles und jedes.«

»So sehr ich mich auch bemühe«, sagte Flavia nach einer langen Pause, »ich entdecke nichts *Gutes* an einem Volk, das alle anderen Lebensformen mit Vorbedacht ausrottet, damit es sich bis an einen Punkt vermehren kann, an dem es andere vernichten muß, um den Prozeß zu wiederholen.«

Asia war so still und strahlte solche Niedergeschlagenheit aus, daß Zara zu ihr hinging und ihr das feine Haar aus dem Gesicht strich.

»Sie sind großartige Bauern«, sagte sie leise.

»Wenn man diese Fähigkeit in die richtigen Bahnen lenken könnte ...«, erklärte Flavia.

»... bräuchte niemand je wieder was anzubauen«, führte Jesper den Satz zu Ende.

»Wenn es nur eine Möglichkeit gäbe, zu ihnen durchzudringen«, fügte Mallen hinzu.

»Doch jetzt müssen wir andere Pläne machen«, sagte Flavia, »die auf den Informationen basieren, die wir über diese geheimnisvolle Spezies und ihre Vorgehensweise sammeln konnten. Es kommt mir aber ziemlich frustrierend vor, daß wir nicht kommunizieren und einen gemeinsamen Stil finden können.«

»Das wäre vielleicht ein Ding!« sagte Zara.

Kapitel Acht

Aus den Wochen waren Monate geworden, und noch immer folgte die Hauptflotte der zunehmend deutlicher werdenden Ionenspur des zweiten Käferschiffes. Das Geschwader D folgte dem ersten, das räumlich gesehen nach ›unten‹ und zum ›Arm‹ der Milchstraße abgebogen war.

Um Langeweile gar nicht erst aufkommen zu lassen, bewies Clancy Sparrow großen Einfallsreichtum. Zum Beispiel veranstaltete er an jedem Wochenende eine Lotterie, bei der man schätzen mußte, wie die Partikelstärke der Spur gerade aussah. Die Lotterie ermöglichte es Rojer und ihm auch, die meisten anderen *Talente* aufzusuchen, die an Bord der *Washington* offen oder verdeckt tätig waren.

»Wir haben eine ganze Menge T-Dreier an Bord«, informierten sie Thian und spulten mentale Listen mit Beschreibungen ab.

»Nun werden alle auf das Kennwort reagieren«, sagte Rojer. Er hatte den größten Teil der Implantation vorgenommen.

»Auf die eine oder andere Weise.« Clancy grinste.

Ein andere ihrer Tätigkeiten bestand darin, den G-Typ-Systemen, die die Käfer ignoriert hatten, Namen zu geben. Die offiziellen Namen wurden später aus jenen gezogen, die die Teilnehmer des Geschwaderwettstreits einsandten. Kluh portierte mit Clancy und Rojer zu den anderen Schiffen, um das Verfahren zu erläutern. So gelang es ihnen, weitere *Talente* kennenzulernen und ein paar neue zu rekrutieren.

»Ich weiß nicht, welche Hilfe ich euch sein kann«,

sagte ein T-4-Koch in der Kapitänskombüse der *Genesee* zu Rojer. »Meines Wissens bin ich nur vor beruflichen Problemen gefeit.«

»Zum Beispiel?« fragte Rojer. Er lehnte mit der Hüfte an der Ecke einer Arbeitsplatte und beäugte die Torten, die der Koch mit geschickten Bewegungen seines Spachtels fertigstellte.

»Ich hab mich noch nie geschnitten.« Der Koch hielt inne, um sein Kunstwerk zu bewundern. »Ich werd auch nie mit Fett bespritzt. Ich hab noch nie 'ne heiße Pfanne oder 'n Backblech fallen lassen – und ich hab mir noch nie 'ne Blase geholt, wenn ich eins anfasse. Deswegen nennen mich alle Gustav, das Schoßkind des Glücks.«

Rojer lehnte sich erheitert und fasziniert an die Theke. »Sonst noch was?«

»Tja, ich hab mir auch noch nie was gebrochen.« Der rundgesichtige Mann grinste. »Und noch nie 'ne Prügelei oder 'n Kartenspiel verloren. Ich spiel jetzt aber nicht mehr. Ist doch unfair, wenn man immer gewinnt.«

Rojer nutzte die Gelegenheit. Er griff dem Koch mit einer Miene, die seine Rechtschaffenheit positiv bewertete, an die Schulter und speicherte die unverwechselbare Struktur von Gustavs Geist, damit er ihn, falls nötig, zu einer Verschmelzung bewegen konnte.

»Seine Soufflés und Kuchen fallen auch nie zusammen«, murmelte ein anderer Koch, als Rojer ging, aber sein Tonfall war gutmütig-neidisch.

Auf dem Zerstörer *Athene* ›entdeckte‹ Semirame Kluh in einer Elektrikerin, von der man sagte, sie habe auch bei den gefährlichsten Arbeiten noch nie einen Unfall erlitten, ein unerwartetes *Talent*. Oberbootsmann Lea Day war stets davon ausgegangen, daß sie nur vorsichtig war und nie eine Reparatur vornahm, ohne sich zuvor genau den Schaltplan angesehen zu haben. Als ein Test ergab, daß sie eine T-4-Kinetikerin war, war sie platt.

»Aber ich hab doch noch nie was in meinem *Kopf* gehört«, sagte Day mit erstaunter Miene.

Thian, sagte Kluh, *ich habe eine T-4-Kinetikerin gefunden. Oberbootsmann Day sagt, sie hätte noch nie etwas im Kopf gehört.*

Oberbootsmann Day, sagte Thian. *Wenn Sie mich hören, nicken Sie Fregattenkapitän Kluh einfach zu.*

Days braune Augen verließen beinahe ihre Höhlen, aber sie nickte gehorsam. Dann beugte sie sich vor und hauchte: »Wer war das?«

»Primus Thian Raven-Lyon.«

»Aber der ist doch auf der *Washington!*«

»Er ist aber auch ein T-1. Er hat auch mich dazu gebracht, ihn zu hören. Bei einem kinetischen *Talent* wie Ihrem könnte es sein, daß wir bald Ihre Hilfe brauchen.«

»Was denn für 'ne Hilfe?« Day war ebenso unschlüssig wie ängstlich.

»Nichts, was Ihre Fähigkeiten übersteigt, Day, aber wenn Primus Thian Sie ruft, hören Sie sofort auf zu arbeiten und lassen sich gehen.«

»Ich soll mich gehenlassen? Wie denn?«

Kluh entspannte sich, ließ die Arme hängen, die Schultern herabsacken und atmete aus.

»Mehr brauche ich nicht zu tun?«

»Nein. Wenn Sie entspannt sind, kann er Ihre kinetische Energie anzapfen.«

»Und *so was* hab ich? Kinetische Energie?«

»Damit wehren Sie die elektrischen Schläge ab, die Sie sonst verletzen würden.«

»Aber woher *weiß* ich, wie man so was macht?«

Kluh zeigte ihr, wie es funktionierte: Sie sprang Lea Day an, die sofort in Verteidigungsstellung ging.

»Im Grunde genau so«, sagte Kluh und wich zurück. »Sie haben einen grundlegenden Überlebensinstinkt. Den Rest macht Ihr Gehirn ganz allein.« Sie richtete sich auf und schüttelte Day die Hand. Sie hatte einen festen Griff und ihre Finger waren von der Arbeit schwielig. Nun kam der letzte Schritt der Vorbereitung. »Wenn Sie das Wort *Saki* im Kopf hören, stellen Sie jede Arbeit ein und entspannen sich.«

»Saki!« Die Elektrikerin nickte. »Und falls ich nicht in der Nähe eines Stuhls bin?«

Kluh lachte. »Erzählen Sie mir bloß nicht, Sie wissen nicht, wie man sich entspannt, wenn man Gelegenheit dazu hat!«

»Aye, Sir.«

Die Wissenschaftsoffiziere hatten weitere Fragen. Warum verschmähten die Käfer so viele Systeme? Waren sie schon von anderen Käfern besiedelt? Oder für sie unbewohnbar? Hatten irgendwelche von ihnen rein zufällig schon einmal das Vordringen der Käfer zurückgeschlagen? Die Skeptiker hielten den Raumquadranten für viel zu abgelegen, als daß er die Beachtung der Käfer schon einmal gefunden hätte. Andere gaben zu bedenken, daß das Schiff, wenn es sich so weit von seiner Ursprungswelt entfernte, damit bewies, daß es alle dazwischen liegenden Systeme längst erforscht hatte und diese entweder bewohnt oder ungeeignet gewesen waren.

Um einige der oftmals hitzig werdenden Auseinandersetzungen beizulegen, initiierte Kapitän Ashiant eine Übung für die schnellen Späherboote der *Washington.* Sobald ein M-5-System geortet wurde, legten die Späher, jedesmal mit einer anderen Mannschaft versehen, vom Mutterschiff ab und nahmen eine schnelle und diskrete Erkundung vor.

Dafür erbat Ashiant die Hilfe der *Talente,* die froh waren, auch einmal wie die anderen Besatzungsmitglieder aufregende Dinge tun zu können. Thian nahm stets Oberleutnant Alison Greevy mit; Rojer flog am liebsten in Begleitung eines T-3-Ingenieurfähnrichs namens Cyra Charteris, während Clancy zwei Mann brauchte, die seine T-2-Fähigkeiten aufstockten. Er suchte sich unweigerlich Semirame Kluh und die einzige andere T-3 aus, die Geschützoffizierin Targia Upland: ein attraktives Mädchen, dessen Spitzname ›Treffer‹ davon kündete, daß man ihre Kompetenz und ihr Wissen über altertümliche und archaische Waffen schätzte.

Wenn der Späher so nahe heran war, daß die *Talente* die unaufspürbaren Kunststoffeinheiten einsetzen konnten, wurde der relevante Planet des betreffenden Systems sondiert. In zwanzig untersuchten Systemen stieß man auf vier Käferkolonien, von denen zwei von Kugelraumern und den üblichen Trümmern umkreist wurden. Sobald die Anwesenheit der Käfer feststand, stand das Späherboot unter dem strengen Befehl, das System sofort zu verlassen. Man durfte unter keinen Umständen entdeckt werden. Die Käfer arbeiteten oft auf den Monden und anderen Planeten, um Mineralien abzubauen. Man stritt über die Frage, ob sie wußten, wann jemand in ihre Systeme eindrang, da zwischen ihnen keine Kommunikation stattfand und ihre planetengebundenen Sensoren, wie XH-33 gezeigt hatte, begrenzte Reichweite hatten.

»Laßt uns nicht *voraussetzen,* was wir nicht genau festgestellt haben«, mahnte Kapitän Ashiant die an seinen wöchentlichen Lageberichten teilnehmenden Kapitäne und Offiziere. »Auf dem Flüchtling gibt es jede Menge Schalttafeln, deren Funktion unbekannt ist.«

Das war die Standardwarnung, die jeder Kommandant eines Späherbootes seiner Mannschaft gab, bevor man einen Erkundungsflug machte.

Jede Woche wurden die Sternkarten durch diese Ausflüge auf den neuesten Stand gebracht. Man fand immer neue Zentralgestirne, und sogar ein ungewöhnliches Doppelsonnen-System, das alle astronomisch Interessierten faszinierte.

Nach der Entdeckung der zweiten Käferkolonie kam Pat Shepherd, der neue Kapitän der *Vadim*, auf die Idee, man könne doch Mehrzweckbojen an den Grenzen der besetzten Systeme aussetzen, um alle vorbeikommenden Allianzschiffe zu warnen und sämtliche Ausfahrten zu registrieren. In solchen Fällen könnte die Boje eine Nachrichtenkapsel ausspucken, die in den Machtbereich der Allianz zurückkehrte, wo jeder Primus ihr Gekreisch bald ›hören‹ und sie bergen konnte. Nach dem Eindringen ins Deneb-System hatte die Allianz Geräte installiert, das das *Pieks-Pssst* der Käfer identifizierten und eine Warnung abgaben.

Die Flotte schrieb einen Wettbewerb zur Konstruktion eines solchen Geräts aus, und bald wetteiferten kleine, technisch interessierte Gruppen miteinander, um ein erfolgreiches Design vorzulegen. Die siegreichen Gestalter kamen von der *Washington*, denn Rojer und Fregattenkapitän Tikele arbeiteten in jeder freien Stunde an diesem Projekt. Anschließend wurde ihr Bauvorschlag an die Werkstätten aller anderen Schiffe weitergegeben, die eine ausreichende Anzahl herstellen sollten.

Unbewohnte M-5-Planeten nahm man genauer unter die Lupe. Einer von ihnen wurde von einer Lebensform bewohnt, die schon einfache Werkzeuge verwendete und das Feuer beherrschte. Das System wurde ordnungsgemäß zur verbotenen Zone erklärt. Mehrere Planeten waren trotz atembarer Luft und günstiger Verteilung von Meer und Land für eine Besiedlung durch Menschen oder Mrdini nicht geeignet, denn sie wiesen zu hohe Strahlung, zuviel seismische Aktivität oder andere Anomalien auf.

»Tja, solche Bedingungen könnten das Desinteresse der Käfer erklären«, sagte Kapitän Ashiant bei einem wöchentlichen Treffen der hohen Dienstgrade, an dem auch die *Talente* teilnahmen. »Aber eins verwundert mich. Woher wissen die Käfer, welche Planeten sie außer acht lassen können? Wir haben Sonden; aber was verwenden sie, um an die entsprechenden Informationen heranzukommen? Denn das müssen sie doch. Hat irgend jemand je herausgefunden, ob Deneb von irgendwelchen Instrumenten sondiert wurde?« Er wandte sich zu Clancy um.

»Der Vorstoß der Käfer ins Deneb-System fand lange vor meiner Geburt statt, Kapitän. Mein Onkel, der damals schon lebte, hat nie Sonden erwähnt. Aber auf Deneb herrschten damals noch recht primitive Zustände. Und wer hätte schon mit Besuchern aus dem Weltraum gerechnet?«

»Aber haben Sie, als Sie als Welpe auf Deneb lebten, nicht Unmengen des Käfermaterials gefunden?« fragte Kapitän Spktm.

»Ja, Kapitän, wir alle.« Clancy deutete auf Thian und Rojer. »Und die Marine bemüht sich dort noch immer, die Stücke zusammenzufügen.« Er lächelte.

»Sonden kehren normalerweise dahin zurück, wo sie hergekommen sind, um die gesammelten Informationen abzuliefern«, fügte Rojer hinzu.

»Sicher, sicher«, sagte Ashiant und strich sich nachdenklich übers Kinn.

»Flavia Bastianmajani hat uns kürzlich eine Nachricht geschickt«, fuhr Thian fort, »laut der das erste der von den Käfern besetzten Systeme vor dem völligen Zusammenbruch steht. Es wurde aber noch nicht gänzlich analysiert. Die Xenobiologen und Biologen haben die unbestätigte Meinung geäußert, daß es dem Planeten an irgendwelchen Elementen fehlt, die für das Überleben der Käfer wichtig sind. Wenn sie wirklich Sonden einsetzen, erfahren sie von ihnen zumindest nicht das, was sie wissen müssen.«

»Es gibt also Unstimmigkeiten bei ihrem Kolonisationsprogramm«, sagte Fregattenkapitän Ronibald von der *Genesee* trocken. »Das ist ermutigend.«

»Und sie meiden manche Planeten, die uns gut gefallen.«

»Aber wenn die Kolonie untergegangen ist – auf welche Informationen sind ihre Sonden dann aus?« fragte Beckin Watusa, Ronibalds Adjutantin, eine große und dunkelhäutige Frau.

»Tja, einer der Planeten, die wir gesehen haben, bestand hauptsächlich aus Inseln und hatte keine großen Landmassen«, sagte Selig Derynic vom Zerstörer *Comanche.* »Also ist vielleicht das ein Kriterium: sie suchen große Kontinente.«

»Sie suchen ebenso nach passender Atmosphäre, da zwei von denen, die sie ignoriert haben, ein Ungleichgewicht im Wasserstoff-Stickstoff-Bereich aufweisen«, sagte Vandermeer.

»Nein«, sagte Kapitän Prlm von der *KLTL,* wobei sich sein Fell leicht sträubte, was ein Zeichen von Erregung war, »die Sonde bringt in Erfahrung, wieviel und welche Art von Leben vernichtet werden muß.«

»Dann wollen wir für das dankbar sein, was ihre Sonden melden, so begrenzt sie auch sind«, sagte Ashiant forsch. »Wir können der Allianz zumindest ein paar Kolonialplaneten vorschlagen.«

»Bisher erklärt keine unserer Entdeckungen, warum sie gerade jetzt so weit hinausfliegen«, sagte Spktm düster und teilte damit den Pessimismus, den schon Prlm geäußert hatte.

»Ich dachte, es sei offensichtlich«, erwiderte Ashiant liebenswürdig. »Ihr Heimatplanet ist einer Nova zum Opfer gefallen. Sie suchen also nach einem, der ihm entspricht.«

»Das darf nicht geschehen!« sagte Spktm. Er schlug mit beiden Händen auf den Tisch, so daß alle, die ihn berührten, die Erschütterung spürten.

»Das ist der Zweck unserer Mission, Kapitän«,

sagte Ashiant resolut. »Und außerdem der Hauptgrund, warum die *Washington* überhaupt gebaut wurde!«

»Die Käfer haben ihre Riesenkugel konstruiert, um eine neue Heimatwelt aufzubauen«, sagte Thian. »Kann es sein, daß sie in den unglaublichen Weiten, die sie und wir erforscht haben, keinen ähnlichen Planeten finden? Daß sie sich deswegen so weit hinaus begeben und sich in so vielen Richtungen umsehen?«

»Sie sprechen den Käfern Emotionen zu, die sie nicht haben«, sagte Spktm und musterte Thian mit seinem einzelnen Auge.

»Moment mal, Spktm«, sagte Ashiant und hob die Hand. »Der Primus hat etwas gesagt, das nicht von der Hand zu weisen ist. Würden nicht auch die Mrdini, wenn sie Clarf nicht mehr hätten, nach einer Welt suchen, die ihrem Heimatplaneten so ähnlich ist wie nur möglich?«

Spktms Fell sträubte sich noch mehr, und ebenso das Prlms und die der beiden anderen Mrdini-Kapitäne. Thian stöhnte innerlich über die taktlose Bemerkung. Er strahlte so viele friedfertige Gefühle aus wie möglich und ergriff das Wort.

HOCHVEREHRTER KAPITÄN, DIE MRDINI WISSEN SEIT LANGEM AUS DER GESCHICHTE, DASS DIE KÄFER EINEM INSTINKT FOLGEN, DER SICH NICHT VERÄNDERT HAT. ER BETRIFFT IN ERSTER LINIE DAS ÜBERLEBEN IHRER ART. IHRE HEIMATWELT MUSS SEHR UNGEWÖHNLICH GEWESEN SEIN, DA SIE IHNEN ERLAUBTE, DIE VORHERRSCHENDE SPEZIES ZU WERDEN. DIESE WELT IST NICHT MEHR. DAS ÜBERLEBEN IHRER ART ERFORDERT, DASS SIE EIN EBENBILD IHRER WELT FINDEN. DAS HAT KAPITÄN ASHIANT GEMEINT. VERZEIHT DIE KRÄNKUNG, DIE ER DEM EHRENWERTEN SPKTM UNWISSENTLICH VERURSACHT HAT.

Die Felle der 'dinis glätteten sich wieder, auch das Prlms. Thian spürte eine von seinen menschlichen

Kollegen ausgehende Woge der Erleichterung, als die Mrdini sich von seiner Erklärung besänftigt sahen.

»Also haben sie nichts gefunden«, sagte Cheseman von der *Solidarität*. »Und, bei meiner Ehre, ich hoffe, es bleibt dabei. – Aber geben Sie uns etwas Hoffnung, Kapitän Spktm. Wissen wir eigentlich, wie ihre Heimatwelt aussah, bevor sie der Nova zum Opfer fiel?«

Spktm und Thian, die in dem Gebiet gewesen waren, in dem sich der tote Stern gerade abkühlte, schüttelten den Kopf.

»Offen gesagt, nein«, sagte Thian.

»Wir müssen eine Riesenmenge Raum absuchen«, sagte Kapitän Cheseman mit finsterer Miene, weil er daran dachte, welch gewaltige Aufgabe vor ihnen lag. »Da reichen auch fünf Jahre nicht!«

»Fünf Jahre sind aber ein Anfang, meine Herren«, sagte Ashiant und schlug einen positiveren Ton an. »Und lassen Sie uns nicht vergessen, was wir in den letzten zwei Jahren alles erreicht haben. Mag sein, daß uns die Umstände gezwungen haben, weiter zu suchen als alle Programme unserer beiden Spezies zuvor, aber wir haben schon genug neue Welten entdeckt, um die Mitglieder unserer Allianz für Tausende noch kommender Generationen zu stärken.

Ich möchte noch einmal auf den Punkt zu sprechen kommen, daß die Kugelraumer der Käfer möglicherweise ein *besonderes* Ziel verfolgen – daß sie eine neue Heimatwelt und eine Sonne finden, die ihrer ursprünglichen gleicht. – Ich weiß zwar nicht, über welche spektralanalytischen Mittel die Käfer verfügen«, sagte er in dem Versuch, etwas Humor in die Sache zu bringen, »aber ich möchte, daß unsere Astrogationsoffiziere die Spektren aller Sterne vom Typ G überprüfen, so weit sie auch entfernt sind, um in Erfahrung zu bringen, ob sie auf einen bestimmten Typ aus sind, nicht nur auf irgendein G-System mit M-5-Planeten.«

Da selbst die Mrdini den Vorteil dieses Vorschlags

einsahen, endete die Versammlung mit viel mehr Enthusiasmus und Erfolg, als sie begonnen hatte. Später gestand Ashiant Thian, es habe zwar einige sehr verzwickte Momente gegeben, doch sei er der Meinung, daß sie sich auf einer Ermittlungsschiene befanden, die sich als unschätzbar wertvoll erweisen werde.

»Jedenfalls haben wir eine neue Aufgabe, solange wir dem verdammten Kugelraumer zu seinem unbekannten Ziel folgen. Wieviel würden Sie darauf setzen, daß er *wirklich* auf einen bestimmten Stern aus ist?«

Thian blickte Ashiant kurz an, dann stieß er überrascht ein lautes Gelächter aus. Ashiant musterte ihn, und als ihm klar wurde, was er gesagt hatte, fing er ebenfalls an zu lachen.

»Was das angeht, Sir«, sagte Thian und schüttete sich aus vor Lachen, »sollte ich vielleicht mit Flavia Kontakt aufnehmen. Das Geschwader B war inzwischen ebenfalls in einer Reihe von Systemen. Vielleicht kann sie etwas Licht auf die Sache werfen.«

»Licht auf die Sache?« wiederholte Ashiant. Er kicherte abermals. »Wie treffend, Lyon. Es war wirklich ein haariger Augenblick, als ...«

»Sie meinen, als sich den 'dinis das Fell sträubte?«

Daraufhin mußten sie wieder lachen, bis Ashiant sich schnaufend und hustend zwang, wieder nüchtern zu werden. Aber seine Augen funkelten, und er grinste noch.

»Eigentlich, Sir, könnte uns sogar ein Ausleseverfahren der G-Sterne, die sie ignoriert haben, beim Festlegen der Kriterien helfen, die ihnen wichtig sind. Bei G-Sternen können schon winzige Unterschiede – Unbeständigkeitsperiode, Sonnenfleckenrhythmus, Größe – unvorhersehbare Auswirkungen auf die Planeten eines Systems haben. Bisherige Anpassungen von Spezies haben es erwiesen.

Ein anderes Thema, das ich vor der Versammlung

nicht mit Ihnen besprechen konnte, Kapitän: Flavias heute morgen eingegangene Botschaft enthält einige interessante Einzelheiten. Die erste ist, daß sie ebenfalls eine Boje entwickelt haben, die man an der Grenze verdächtiger Systeme aussetzen kann, um Schiffe zu warnen und Botschaften an den nächsten Primus zu senden, sobald ein Kugelraumer sie verläßt.«

»Tolle Denker, was?«

»Ich habe die Konstruktionspläne erhalten, Sir. Kapitän Soligen meint, Sie möchten sie vielleicht sehen – für den Fall, daß sie Modifikationen enthalten, die wir verwenden können.« Thian reichte ihm den Ausdruck und die Software. »Oder auch anders herum«, fügte er taktvoll hinzu.

»Gut, machen wir«, erwiderte Ashiant und schaute sich das Material an. »Auch wenn das, was Ihr Bruder und Tikele konstruiert haben, ähnlich aussieht.«

»Flavia hat mich auch informiert, daß man sich mit ausdrücklicher Genehmigung des Erdprimus dem von den Käfern besetzten Planeten nähern will.«

Ashiant schaute ihn konzentriert an.

»Es gibt gute Gründe, die Chance zu nutzen.« Thian lächelte. »Und der Hauptgrund ist der, Kapitän Klml und der *KVS* Gelegenheit zu geben, die *Genesee*-Masche anzuwenden.«

»Sie wollen noch ein Käferschiff stehlen?« sagte Ashiant fast explodierend. »Was sollen wir denn mit *noch einem* anfangen?«

Thian lachte leise, einerseits über die Reaktion des Kapitäns, andererseits über die Larias, die die siegreich heimkehrende Mannschaft an Bord des Schiffes mit Sicherheit erwarten würde.

»Kapitän Klml gehört einer Mrdini-Generation an, die noch nicht viel Direktkontakt der Art hatte, die einer Farbe Ruhm einträgt ...«

»Verdammte Rotärsche«, murmelte Ashiant und

rutschte auf seinem Stuhl herum. »Sie können einem Ärger machen …« Dann räusperte er sich, denn ihm fiel allzu lebhaft der Beinahe-Eklat zwischen ihnen und den 'dinis vom Morgen ein. »Na ja, ich nehme an, in ihrer Kultur zählt das Schwert noch mehr als der Griffel …«

»Ich habe den Spruch schon gehört«, erwiderte Thian, ohne sich zu erinnern, wo und in welchem Zusammenhang.

»Erzählen Sie weiter. Ich will wissen, wie dieser 'dini Prestige erringen will, damit ich weiß, wie ich so was in unserem Geschwader verhüten kann.«

»Zuerst hat Flavia die Erlaubnis des Erdprimus bekommen. Ich versichere Ihnen so, wie sie es mir versichert hat, daß Kapitän Soligen einen solchen Schritt nicht in Betracht zöge, wenn sie sich des Erfolgs nicht sicher wäre.«

»Nun ja.« Ashiant regte sich ab. »Vesta ist 'n verdammt guter Kapitän, auch wenn sie komische Vorstellungen hat, weil sie auf junge und praktisch unerprobte Mannschaften steht. Ich nehme an, für alle Primen gelten die gleichen Vorschriften?«

»Natürlich.«

»Dann nennen Sie mir das Ergebnis der … Wie haben Sie es genannt?«

»*Genesee*-Masche.«

»Osullivan wird sich darüber freuen. Zu schade, daß er nun einen Schreibtisch fliegt. Und wie will Kapitän Klml seine Beute in unseren Machtbereich schleppen?«

»Flavia scheint der Meinung zu sein, daß er das Schiff mit eigener Kraft bewegen kann. Wir konnten in Erfahrung bringen, wie bestimmte Kontrollen der Schalttafel bedient werden. Sie kennt sich aus. Und wir wissen, welchen Treibstoff sie verwenden …«

»Das ist schön, aber wenn das verdammte Ding in weniger abgelegene Gegenden kommt …«

Thian nickte lächelnd. »Ich glaube, man will den Kugelraumer mit 'dini-Schriftzeichen bepflastern, damit auch Hinz und Kunz wissen, wer drinsitzt.«

»Bitten Sie die betreffende Prima, eine Warnung an alle Schiffe zu senden. Würde mir nicht gefallen, wenn eine schießwütige Geschützmannschaft die neuen Waffen an einem ›freundlichen‹ Feindschiff ausprobiert! Und Sie können sich an die zuständigen Behörden wenden, damit man uns alle Dokumente über bekannte G-Stern-Varianten zugänglich macht – ob die Planetensysteme erforscht worden sind oder nicht. Es kann gut sein, daß das langwierige Ausleseverfahren uns die Informationen bringt, die wir brauchen.«

Als Thian, der auf sein eidetisches Gedächtnis immer stolz gewesen war, sich eine Stunde später dabei ertappte, die Zahlen der sehr komplizierten Spektralanalysen von G-Sternen zu verwechseln, ließ er sich von Rojer ablösen. Clancy wollte gerade seine Schicht in Angriff nehmen, als Jeff Raven die Entscheidung fällte, daß sein T-1- und T-2-Stab besseres mit seiner Zeit anfangen konnte, als komplexe Daten auf mentale Weise zu transferieren. Also wurde der Rest der astronomischen Daten zu ihnen portiert. Laria portierte weiteres Material aus den Bibliotheken der Mrdini.

Hier sind alle ganz schön aufgeregt, was die Theorie angeht, sagte sie zu ihrem Bruder. *Du klingst, als wärst du gut in Form, Thian. Stehen die Dinge gut für dich, Roj und Clancy?*

Warum? Fehlen wir dir? fragte er frotzelnd.

Eigenartigerweise ja, erwiderte sie.

Wie geht's Kincaid?

Kincaid ist bestens in Form, Bruder! In ihrem mentalen Tonfall war ein Wogen, das ein Kichern symbolisierte. *Vanteer auch.* Dann meldete sie sich ab und ließ ihn die Information verdauen. Und schon kündigte der Frachtoffizier die Ankunft einer kleinen Kapsel von Clarf an.

Die Vergleichsanalyse der Sterne vom Typ G wurde fortgesetzt, bis eine Sondereinheit für diese Aufgabe abgestellt werden mußte. Alle Schiffe der Flotte wollten Zugriff zu den Daten haben, um eigene Theorien zu überprüfen. Lange Gespräche von Schiff zu Schiff mischten sich mit notwendigen einsatztechnischen Botschaften.

Obwohl weder Thian noch Ashiant die *Genesee*-Masche erwähnt hatten, erfuhr der Hauptteil der Flotte im Laufe der nächsten Wochen, daß entweder irgend etwas bevorstand oder bereits passiert war. Die Nachricht, daß das Manöver erfolgreich gewesen war, daß die *KVS* die Werft der Käfer auf Waterloo ebenso vernichtet hatte wie die drei Späherboote, die den Planeten hatten verlassen wollen, wurde zwar enttäuscht aufgenommen, aber auf allen elf Schiffen zum Anlaß für große Feierlichkeiten.

Man hatte sich kaum davon erholt, als die Sensoren der *Washington* eine Messung auffingen, die besagte, daß das Käferschiff, das man verfolgte, seine Späherboote von Bord ließ. Ihr Ziel war eine Sonne vom Typ G, von der die Allianz zuerst angenommen hatte, die Käfer würden sie ebenfalls links liegen lassen, da ihre Spektroanalyse nicht sehr vielversprechend wirkte.

Auf der Stelle wurden Mannschaften in die schnellen Späherboote der *Washington* befohlen. Thian wies Rojer an, die von Leutnant Vergoin kommandierte *Revere* zu begleiten.

Daß du sofort in die Kapsel steigst, wenn sich Probleme abzeichnen, sagte Thian zu seinem Bruder.

Ach, Thian … setzte Rojer an, doch dann fielen ihm die ernsten Warnungen ihres Großvaters ein, und er gab klein bei. *Ja, mach ich, aber was ist mit den Zerstö-*

rern? Wer hält Prl und Ktpl in Schach, wenn sie nahe genug an dem Käfer dran sind?

Kapitän Spktm. Er hat das Kommando an seinen Ersten Offizier abgegeben und befindet sich an Bord der KLTS.

Spktm ist ein harter Knochen. Der läßt sich nichts bieten.

Wir sind alle harte Knochen!

Thian schickte Clancy mit einer ähnlichen Ermahnung zum Thema ›Retten der kostbaren Haut‹ auf einen der beiden von Menschen befehligten Zerstörer. Die vier größeren Schiffe erhielten den Befehl, mit Höchstgeschwindigkeit hinter den leichteren, schnelleren Schiffen zu bleiben. Die Nebel-, die beiden Gründer- und die vier von der Galaxis-Klasse brauchten mehr Zeit, um die erforderliche Geschwindigkeit zu erreichen, am Ball zu bleiben und jedwede Handlung zu unterstützen.

Wir sind den Spähern der Käfer voraus, sagte Rojer mehrere Tage später zu seinem Bruder. *Sie haben uns nicht mal aus dem Dunkel kommen sehen.* Er wirkte gut gelaunt. *Sind ihre Königinnen wirklich an nichts anderem als ihren Zielen interessiert? Sind sie so arrogant, daß sie sich für völlig unverwundbar halten?*

Bevor sie im Deneb-System waren, waren sie es, erwiderte Thian. *Haben die Astronomen schon Daten über das Zentralgestirn?*

Sie prüfen die Sonnenfleckenaktivität und die UVL-und IRL-Emissionen, und natürlich haben wir Sonden in der planetaren Kreisbahn ausgesetzt. Sie melden eine Menge üppiger Vegetation, einige deutlich sichtbare seismische Aktivitäten, schöne blaue Meere und eine Kette großer Seen auf dem Hauptkontinent, den wir schon auf der Nachtseite identifiziert haben. Kleine, eisbedeckte Polkappen, aber das ist normal. Die Ozonschicht übrigens auch. Kann keinerlei Anzeichen einer Zivilisation entdecken. Keine großen Wohnstätten, keine Feuer – abgesehen von einem Waldbrand, der im Mittelwesten wütet. Ach, und einheimische

Tiere, die geradewegs zur nächsten Wasserstelle rennen. Jedenfalls behauptet der Wissenschaftsoffizier, daß die Staubwolken kaum etwas anderes bedeuten können.

Könnten die Käfer den Brand gelegt haben? fragte Thian.

Bezweifle ich! Ihre Späher sind gerade erst hinter der Kreisbahn des fünften Planeten; wie üblich ein Riese mit Ring.

»Meldet sich Ihr Bruder gerade?« fragte Ashiant. Er saß hinter Thians Liege auf einem Sitz.

Thian gab ihm mit einer Geste zu verstehen, er solle herumkommen; er konnte es nicht ausstehen, Meldungen an jemanden abzugeben, den er nicht sehen konnte. Er wiederholte wörtlich, was er von Rojer erfahren hatte.

»Zu viel Potential, um ihn den Käfern einfach so zu überlassen«, sagte Ashiant, was auch Thians Meinung entsprach. Der Kapitän nahm Kontakt mit der Brücke auf. »Liegt das Spektrum des Zentralgestirns innerhalb 0,0356 von Sol?«

Thian sinnierte ebenso darüber nach wie Ashiant. »Die Käfer sind der Erde nie nahe gekommen, Sir. Sie haben freilich versucht, Sef zu kolonisieren, und Sefs Sonne ist der unseren sehr ähnlich.«

»Ähnlich genug, um sie zum Zentralgestirn eines Planeten zu machen, den sie als neue Heimatwelt suchen?« Ashiant schüttelte den Kopf. »Ich würde die Einschätzung wagen, daß sie eventuell nur Vorräte auffrischen wollen. Sie haben nirgendwo angehalten …« Er beugte sich über das Komgerät. »Sagen Sie mal, Ailsah, wäre es auf der Grundlage der Untersuchungen der Vorräte, die auf dem Flüchtling gelagert waren und der geschätzten Größe der Käfer-Mannschaften, die die 'dinis extrapoliert haben, möglich, daß sie kaum noch was zu beißen haben?«

»Sie nehmen an, Sie wollen nur Proviant aufnehmen?«

»Es ist eine Möglichkeit, aber zuerst will ich die Zahlen sehen.« Ashiant lächelte und rieb sich erwartungsvoll die Hände. »Wann könnte die Hauptflotte den Kugelraumer abfangen?«

»In sieben Stunden, Sir, aber es scheint, daß er abbremst. Es könnte also mit einer Proviantergänzung in Einklang stehen. Wir wissen zwar, daß die Späherboote der Käfer große Reichweite haben, aber vielleicht wollen sie auch Treibstoff sparen – wenn sie sich noch im Suchmodus befinden. Die *LSTS* hat die Verringerung des Tempos gerade bestätigt und bittet um Schlachtanordnung für die Zerstörer.«

Thian hörte den leisen Impuls der Erregung in der ruhigen Stimme des Ersten Offiziers.

»Weisen Sie alle Schiffe an, auf Anzeichen zu achten, daß die Käfer unsere Annäherung entdeckt haben. Ich habe den Meldungen der 'dinis hinsichtlich ihrer Sensorenreichweite nie so richtig getraut. Und Sie, Primus, bitten Ihren Bruder, meinen Befehl an Leutnant Vergoin weiterzugeben. Er soll Bodensonden rauslassen. Es könnten sich erweisen, ob wir Tiere oder mögliche Intelligenzen davor bewahren, von den Käfern erkannt zu werden.«

Die Brücke meldete sich erneut. »Die *KLTL*, die *Vadim*, die *Solidarität* und die *Genesee* verlangen nach Ihnen.«

»Ich melde mich gleich, Ailsah.« Als die Verbindung abbrach, holte Ashiant tief Luft. »Ich kann's kaum erwarten zu erfahren, ob die neuen Raketen bei dem Käferschiff *wirklich* etwas bewirken.« Er maß Thian mit einem ironischen Grinsen. »Soll ich den 'dinis diese Ehre überlassen, Thian?«

Thian spürte in dem seltenen Moment von Ashiants Offenheit mehr als eine simple Frage und lächelte besänftigend.

»Ich glaube zwar nicht, daß ›überlassen‹ das treffende Wort ist, Sir, aber es wird für uns alle ein

Triumph werden. Wir können ihre Chance um ein weiteres Schiff reduzieren, die neue Heimatwelt zu finden, die sie so verzweifelt brauchen – jene neue Basis, auf der sie die Probleme vervielfachen können, die wir schon haben, indem wir sie nur festnageln. Dann gibt es nur noch das Schiff, dem das Geschwader D folgt. Erst *dann* haben wir die Bedrohung durch die Käfer auf handhabbare Proportionen reduziert.«

Ashiant stieß ein kurzes, bellendes Lachen aus. »Handhabbar, Primus?« Er lachte abermals ironisch. »Obwohl wir die Chance eins zu fünf ansetzen mußten, daß irgendein M-5-Planet auf dem Weg hierher eine Käferkolonie beheimatet?« Er warf verzweifelt die Hände in die Luft.

»Selbst das ist viel mehr als wir wußten, bevor die 'dinis auf die drei Käferraumer stießen.«

»Verdammt!« Ashiant schlug sich mit der Faust auf die offene Handfläche. »Es wäre mir eher eine Erfüllung, wenn dieses System *wirklich* das wäre, nach dem die Käfer nun schon so lange und verzweifelt suchen.«

»Man kann es auch so sehen, Sir: Es ist ein System mehr, das sie nicht besetzen werden, nicht mal für kurze Zeit!«

»Gut gesagt, Primus. Unser Opfer tut mir fast leid.«

»Ich werd nicht weitererzählen, was Sie gesagt haben, Kapitän«, sagte Thian grinsend und bereitete sich darauf vor, die neuen Anweisungen an seinen Bruder weiterzugeben und das Abbremsen des Käferschiffes zu melden.

Die Späherboote der Käfer kamen nie weiter an den üppigen Planeten heran, als bis zu dessen äußerem Mond. Wie ihre Direktheit zeigte, waren sie sich keiner Gegenstreitmacht bewußt. Als die Späher der *Washington* den planetaren Orbit verließen, um sie abzufangen, zerstreuten sich die Käfer in einem wohlberechneten Manöver und lösten ein schreckliches Sperrfeuer aus, ehe sich die größeren Zerstörer in Feuerreichweite bewegen konnten, um ihre eigenen Leute abzuschirmen.

Thian – falls ich zu leise bin, hör genauer hin. Ich bin in einer Rettungskapsel. Vergoin hat mich von zwei Unteroffizieren mit den 'dinis hier reinstecken lassen, als er den Käfern nahekam. Rojer klang eher entrüstet als verängstigt.

Der Hauptbildschirm steht auf Vergrößerung, um die Explosionen anzuzeigen. Irgendwelche Schäden?

Soweit ich weiß, nur geringfügige. Ich habe das Komgerät der Kapsel eingeschaltet, aber ich fange nicht alle … Warte mal …

Rojer? ROJER?

Stör mich jetzt nicht, Bruder. Ich muß arbeiten!

Thian plagte Rojer konstant mit dem Verlangen, ihm zu antworten. Dazwischen pathierte er mit Clancy, der jedoch seinen Anfragen gegenüber nicht aufgeschlossener war als sein Bruder. Von ihrem Ungehorsam, der schon an Meuterei grenzte, in Wut versetzt, eilte Thian auf die Brücke der *Washington*. Die dort herrschende angespannte Atmosphäre erinnerte ihn daran, daß er möglicherweise störte, und so wollte er sich wieder zum Gehen wenden. Dann sah er, saß der Brückenhauptbildschirm die Einzelheiten der Schlacht deutlicher darstellte als der über seiner Liege. Was er erblickte, ließ ihn genau erkennen, welche wesentliche Arbeit Rojer und Clancy verrichten mußten, um eine Attacke der Raketen der Käfer abzuwehren. Er konnte dem Erdprimus eindeutig nachweisen, daß sie in Notwehr handelten: Falls die *Revere* ein tödlicher Schlag traf, konnten sich die Späherboote der Käfer eine Kapsel nach der anderen vornehmen, bevor die Evakuierten aus ihrer Reichweite waren. Rojer hatte mit seiner Abwehrpolitik einen guten Riecher gezeigt!

Die Hauptbatterien des Kugelraumers öffneten sich nun in Richtung der sieben Allianzschiffe, die ausgeschwärmt waren, um die Späherboote der Käfer am Entkommen zu hindern. Die Nebel- und die beiden Gründer-Schiffe schossen auf die Kugel zu. Ein Vorteil ihrer runden Form war, daß ihre Geschütze in alle Richtungen feuern konnten. Thian wußte von dem Flüchtling, wie stark die Feuerkraft der Käfer war.

»Schauen Sie mal, Kapitän«, sagte Vandermeer, »die Käfer vergeuden wie üblich Munition. Dabei sind sie nicht mal in Reichweite unserer Schiffe.«

»Die Späherboote aber doch.«

»Aber ihre Raketen schießen absolut daneben ... Fähnrich Upland ist der Meinung, daß die Detonationen der Raketen eventuell Druckwellen erzeugen, die fast ebenso gefährlich sind wie ein Volltreffer in den Rumpf der Späherboote.«

»Meine Empfehlung an Fähnrich Upland«, sagte Ashiant und nickte kurz, um den Empfang der Information zu bestätigen. Dann murmelte er vor sich hin: »Wenn ich die beiden *Talente* in die Finger kriege, ziehe ich ihnen die Haut ab und lasse sie kielholen.« Thian und Brückenoffiziere in seiner Nähe hörten ihn. »Aber es *gelingt* ihnen, die eingehenden Raketen abzuleiten. Tikele, wann sind wir in Reichweite des Kugelraumers?«

»In zweiundzwanzig Minuten.«

»Warum setzt Ktpl nicht die Raketen ein, die auf der *KLTS* sind?«

»Ich glaube, er bringt sein Schiff gerade in Position, Sir«, antwortete Tikele. »Zwei unserer Späher decken ihn. Er muß erst Ziel nehmen ... auf die Treibstofftanks ... und in Reichweite sein ... Er ... hat beide abgefeuert, Sir.«

Unglaublicherweise war es einem Späherboot der Käfer gelungen, sich zwischen den Kugelraumer und die Raketen zu schieben. Es wurde durchbohrt, die

Rakete ragte Backbord und Steuerbord aus ihm heraus.

»Wie ein von einem Pfeil aufgespießter Flitzer«, murmelte Thian.

Dann kam die Explosion, ein orangeroter Ausbruch der Gewalt, die die *KLTS* wie ein Blatt im Sturm zurückwarf. Irgendwie waren die flankierenden Späher fortgewirbelt, und obwohl sie weiter von ihren ursprünglichen Positionen entfernt waren, schienen sie keinen großen Schaden genommen zu haben. Im Gegensatz zur *KLTS*. Da es auf den 'dini-Schiffen noch immer keine Rettungskapseln gab, war unmöglich einzuschätzen, wer von der Mannschaft überlebt hatte.

ROJER! CLANCY! UM HIMMELS WILLEN, ANTWORTET! brüllte Thian. Er griff auf geistigem Wege auf die Generatoren der *Washington* zu, um seine Zielpersonen zu erreichen.

Ich bin in Ordnung, Thian. Aber ich mußte die Raketen zurückschlagen. So wie Großvater, als die Käfer Deneb angriffen.

Es ist ganz anders, Rojer! CLANCY?

Ich kann dich hören, ich kann dich hören. Obwohl meine Ohren klingeln. Hatten wir ein Glück! Kluh ist 'ne verdammt gute Pilotin!

»Thian?« rief Ashiant drängend. »Können Sie Verbindung mit Ihren Leuten aufnehmen und Sie bitten, den Zustand der *KLTS* zu prüfen? Die anderen Zerstörer müssen ihre Position halten, um den Kugelraumer zu stoppen.«

»Jawohl, Sir.« *Rojer, du hast die 'dinis dabei. Ashiant weist Vergoin und die* Revere *an, der* KLTS *zu Hilfe zu kommen und ihren Zustand einzuschätzen. Du machst die Verbindung …*

Clancys Schiff soll lieber mitkommen – die Späherboote der Käfer kommen näher. Sie wollen uns allemachen, aber wir müssen noch ein paar Raketen abw …

Daß die beiden jungen *Talente* von der *Washington* genau dies taten, war offensichtlich. Derweil schossen die drei Zerstörer mittelgroße Raketen auf die beiden restlichen Späher der Käfer ab und kamen dem Kugelraumer ständig näher.

»Wir sind jetzt auf Maximalreichweite der neuen Raketen, Kapitän«, gab Vandermeer bekannt.

»Signalisieren Sie den Galaxis-Schiffen, Formation C aufzunehmen. Sie sollen bei Maximalreichweite sofort feuern. Der Kugelraumer muß von den Zerstörern abgelenkt werden.«

Das Ding hat wirklich was drauf, hörte Thian jemanden deutlich sagen. Es hätte jeder auf der Brücke sein können, selbst Ashiant, der seine geistige Abschirmung in der Erregung der Schlacht fallen gelassen hatte.

Die erste der neuen von der *Washington* abgefeuerten Raketen kam ihrem Ziel zwar nahe, explodierte aber beim Aufschlag auf dem großen Bruchstück eines Käfer-Späherbootes. Die drei nächsten, eine von der *Washington,* die beiden anderen von der *Solidarität* und der *Athene,* durchdrangen den Kugelraumer so leicht, wie ein scharfes Messer eine Frucht durchschneidet.

»Eins, zwei«, zählte Ashiant leise vor sich hin, *»drei.«* Vandermeer zählte mit. »VIER.« Es war fast wie ein Chor. Bis ›fünf‹ kam niemand. Das Käferschiff klappte sich eine Apfelsinenschale auf. Dann erblühte der Feuerball, ein Hochofen, er dehnte sich aus und zerschmolz alles innerhalb seines weißglühenden Umkreises.

Die *KLTL* schwenkte ab, um ein Späherboot der Käfer zu verfolgen; die *Franklin* eilte hinter dem anderen her.

Nun, da der Feind erkannt und die normalen Verständigungsmittel wieder einsatzbereit waren, war Kapitän Ktpl in der Lage, der *Washington* seine Glückwünsche zu übermitteln. Seine Stimme klang zwar zittrig, aber stolz, da er sich auf dem Schiff befand, das die erste Rakete in das feindliche Ziel geschickt hatte. Die Explosionswelle hatte auf der *KLTS* eine Menge Schäden angerichtet. Viele 'dinis waren tot oder verletzt. Einige leck gewordene Abschnitte hatten versiegelt werden müssen, ohne daß man wußte, ob sie besetzt gewesen waren.

Thian fehlte die Zeit, Rojer und Clancy zu suchen, um ihnen den Rüffel zu erteilen, der ihnen zustand, auch wenn sie trotz ihres Verstoßes viele Leben gerettet hatten. Als er sie endlich ausfindig machte, war der größte Teil seiner Wut schon verraucht. Sie befanden sich im Laderaum der *Washington,* nun ein umfunktioniertes 'dini-Hilfslazarett, und machten den gleichen Telekinese-Notdienst wie er: Sie ›hoben‹ Verletzte auf Betten und Tragen. Rojer half dem Arzt Sblipk, der sich um die Verletzten kümmerte, und Gil und Kat eilten auf Botengängen umher. Clancy half den verletzten Menschen.

Wir müssen uns nachher ein wenig unterhalten, Rojer und Clancy, sagte Thian mit kalter Stimme.

Klare Sache, Alter. Sobald wir etwas freie Zeit haben ...

Werd bloß nicht anmaßend, Rojer Raven-Lyon!

Wer? Ich? Anmaßend? Nach allem, was ich durchgemacht habe? Es war fast ... fast *schlimmer als auf der* KTTS, *Thian.*

Die Worte seines Bruders, auch wenn sie nicht gerade nach Reue klangen, kühlten Thian noch etwas mehr ab, aber er würde dem Erdprimus von den Eskapaden der beiden berichten müssen. Er war für sämtliche *Talente* auf dieser Expedition verantwortlich. Irgendwie war es ihm nicht gelungen, sie dazu zu bringen, den Befehlen zu gehorchen, die sie, wie sie genau *wußten,* nicht ignorieren durften. Wenn er seinen Eltern erzählen mußte, daß Rojer ...

»He, Thian«, sagte eine leise Stimme an seinem Ohr, und er spürte eine Berührung an der Schulter, »du brauchst Ruhe, Schätzchen.« Greevy schaute zu ihm auf, ihre blauen Augen wirkten ängstlich, doch ihr Gesicht war so müde wie das seine. Er und die 'dinis hatten ihr geholfen; er hatte seine telekinetischen Kräfte eingesetzt, um ihr zu helfen, ihre Heilkräfte einzusetzen.

»Wenn ich mich ausruhe, gilt das auch für Sie, Oberleutnant«, sagte er ernst.

Sie warf einen Blick auf das voll in Betrieb genommene Hilfslazarett. Die 'dinis waren in Wannen mit Aufbauflüssigkeiten getaucht oder in Verbände unterschiedlicher Farben eingehüllt, die verletztes Gewebe, Wunden, Verbrennungen und Brüche heilten. 'dinis ertragen Unbehagen besser als Menschen, dachte Thian, und fragte sich, ob dies ein Unterschied zwischen ihren Spezies oder Stoizismus war.

»Ah, da kommt die Ablösung«, sagte Greevy so erleichtert, daß es fast wie ein Schluchzen klang.

Thian lehnte sich an den nächsten Stützbalken und ›horchte‹ nach seinem Bruder. Rojer schlief – er wußte nicht, wo –, und Clancy ebenfalls. Er würde sie sich morgen zur Brust nehmen ... wenn er ausgeschlafen war.

»Thian ...« Greevy nahm seine Hand und zog ihn um eine Ecke. »Hast du noch genug Kraft, um uns in meine Kabine zu portieren?«

Er legte die Arme um sie, sein Kopf preßte sich an den ihren, und er portierte sie und sich in ihr eine Etage tiefer liegendes Quartier. Sie drückte die Handfläche auf den Türverschluß, dann brachen sie umarmt auf dem Bett zusammen und waren eingeschlafen, bevor sie in der Horizontalen lagen.

»Dir ist doch klar, daß der Kugelraumer – selbst mit seinen drei Späherbooten – keine Chance hatte«, sagte

Rojer, als er am Nachmittag des nächsten Tages unbekümmert eine Riesenmahlzeit in ihre Unterkunft schleppte.

»Muß ich dich daran erinnern, wie viele 'dinis auf der *KLTS* umgekommen sind?« Thian funkelte seinen Bruder an.

Er hatte Rojer und Clancy die Leviten gelesen, denn sie hatten ihr Leben »in Gefahr gebracht«, das viel zu kostbar war, um einem Risiko ausgesetzt zu werden. Er konnte auch auf die Schrammen und Prellungen deuten, die sich die beiden auf den Booten zugezogen hatten, wenn sie abrupte Manöver ausgeführt hatten und sie übermäßiges Gerüttel hatten ertragen müssen: Auch sie hätten leicht zu tödlichen Verletzungen führen können.

»So langsam bin ich nun auch wieder nicht«, erwiderte Rojer entrüstet, »auch wenn es mir nicht gelungen ist, bei dem ganzen Gerumpel und Gerappel der *Revere* im Gleichgewicht zu bleiben. Aber du hättest dir mal ein paar von den anderen ansehen sollen. Ich bin, wenn ich konnte, immer portiert.«

»Deswegen hab ich auch das meiste abgekriegt«, sagte Clancy und betastete den langen Protohautstreifen, der über seine Gesichtshälfte verlief. Er deutete auf die Schiene an seinem linken Arm, auf die geschlossene Wunde auf dem rechten und setzte eine wohlwollende Miene auf. »Irgend jemand mußte ja als Puffer dienen.«

»Außerdem, Alter«, sagte Rojer, die Hände am Gurt und stirnrunzelnd, »wenn sich einer von uns *wirklich* mit den Rettungskapseln abgesetzt hätte, müßtest du jetzt echt schlechte Nachrichten nach Hause schicken. Als ich in dem verdammten Ding festsaß, wurde mir nämlich klar, daß ich am gefährlichsten Ort überhaupt war! Falls du es noch weißt: *Ich* war im System XH-33, und *ich* habe gesehen, wie die Königinkapseln so vom Himmel gefegt wurden, wie wir zu Hause Vögel abschießen! Jeder einzelne Späher der Käfer hatte uns *kaltmachen* können!«

»Außerdem haben wir verhindert, daß die *Revere* und die *Franklin* als Sieb enden«, erinnerte Clancy Thian. »Daß wir sie abgeschirmt haben, hat *uns* abgeschirmt, und wir sind doch eigentlich kaum von Onkel Jeffs Anweisungen abgewichen.« Er grinste. »Nur 'n kleines Stück.«

»Ich werde ihm erzählen *müssen,* was ihr getan habt!« Thian war nicht bereit, sie mit einem simplen Rüffel davonkommen zu lassen.

»Na, dann mach doch!« sagte Clancy, dessen Grinsen noch breiter wurde. »Aber ich habe gehört, daß Spktm und Ashiant unseren defensiven Einsatz als Hauptgrund unserer geringen Verluste erwähnt haben. Obwohl ich nun verstehe, warum die Mrdini Selbstmordangriffe in Erwägung ziehen mußten! Auf den Späherbooten muß es aufgrund der dicken Raketen, die sie abfeuern, ziemlich eng sein. Und der Kugelraumer wollte sich nun mal nicht so einfach ausschalten lassen!«

Thian konnte nie sehr lange wütend sein, nicht in Gegenwart Clancys, doch er verspürte weiterhin gereizte Frustration, speziell dann, als die beiden jungen Helden ihre Handlungen als Kleinigkeiten für *Talente* ihres Standes abtaten. Dies ärgerte ihn fast noch mehr.

»Ich glaube«, sagte Greevy, als sie Zeit für eine stille Mahlzeit in der Messe der Mediziner fanden, »daß du womöglich etwas neidisch bist, Thian, weil du nicht an der Sache beteiligt warst.«

»Ich? Neidisch?« Thian musterte Alison Anne überrascht. Er hatte sich noch nie im Leben aus irgendeinem Grund für einen Neidhammel gehalten.

Ihre blauen Augen blitzten ihn an. »Nicht neidisch auf Dinge und Menschen, Thian. Aber vielleicht auf Prestige.«

»Weißt du genau, daß du noch T-5 bist?«

»Wahrscheinlich nicht«, sagte sie leichthin mit einem erfreuten Seufzer, »aber ich *bin* nun mal Empathin, und deine Gefühle sind ziemlich eindeutig.« Sie schob den Arm über den kleinen Tisch und streichelte leicht seinen Handrücken; ein Kontakt, der mehr transportierte als Empathie. »Ich habe von dir, was das *Talent* betrifft, soviel aufgefangen, wie von Dr. Sblipk über die Behandlung von ’dinis. Vielleicht sogar mehr.« Ihre Augen lachten ihn über den Tassenrand hinweg an. »Du hattest die bessere Rolle – beobachten, abwarten, hoffen. Beten *Talente* eigentlich?« Sie sagte dies mit einem so unschuldigen Ausdruck, daß Thian spürte, wie sich sein Frust und sein Ärger auflösten. »Außerdem«, fuhr sie fort, »warst du doch schon vor ihnen mitten im Geschehen – auf der Riesenkugel.«

Thian verzog das Gesicht. Sie wollte ihn wohl aufziehen. »*Der* kleine Krawall war doch nichts im Vergleich zu lebendigen Käfern.«

»Der Unterschied ist unerheblich, Thian. Und es war weit gefährlicher als das, was dein Bruder und dein Vetter getan haben.«

Thian leitete Kapitän Ashiants detaillierten Bericht über die Begegnung gewissenhaft weiter und beschloß, als er nicht umhin kam, Jeff Ravens heftige Reaktion auf die Heldentat Rojers und Clancys zu ›spüren‹, alle weiteren Strafen dem Erdprimus und der Kallisto-Prima sowie den beiden auf Aurigae zu überlassen. Gerechtfertigter Ärger reifte oftmals mit Abwarten.

Später wurde er vom Erdprimus zurückgerufen, um offizielle Belobigungen und Antworten der Allianz und des Hohen Rates sowie neue Befehle entgegenzunehmen.

Die Flotte sollte sich nun mit dem Geschwader D vereinen, sämtliche verfügbaren *Talente* einsetzen, um die Portation vorzunehmen und mit Höchstgeschwindigkeit den dritten Kugelraumer jagen. Man legte großes Gewicht auf die Theorie, daß die drei Kugelraumer nach einem bestimmten Stern vom Typ G Ausschau gehalten hatten, der ihrer der Nova zum Opfer gefallenen Heimatwelt wie ein Zwilling glich. Der Hohe Rat wollte nicht warten, bis der letzte Raumer einen solchen Stern und einen neuen Heimatplaneten fand.

Wenn die Flotte den letzten Kugelraumer ausgeschaltet hatte, sollte sie zurückkehren, alle potentiell bewohnbaren Planeten eingehend erforschen, die Käferkolonien kampfunfähig machen und wenn möglich stets die *Genesee*-Masche anwenden, um die Schiffe der Käfer raumuntauglich zu machen.

»Was hat der Hohe Rat vor, wenn ich fragen darf?« erkundigte sich Ashiant aufgeregt bei Thian. »Will er eine Flotte aus Käferschiffen aufstellen? Wir haben doch jetzt schon mehr, als wir brauchen. Wir sollten sie sprengen. Das spart Zeit und Arbeit.«

»Sie als Lockvogel einsetzen?« schlug Thian als mögliche Lösung vor.

»Ich glaube, das ›Erkenne deinen Feind, damit du ihn leichter schlagen kannst‹ geht allmählich ein bißchen zu weit.«

»Vielleicht habe ich es fehlinterpretiert, Kapitän«, sagte Thian und überschlug die Worte der Nachricht in seinem Geist. »Ein Kampfunfähigmachen der Käferkolonien bedeutet vielleicht bloß, dafür zu sorgen, daß sie keine Möglichkeit mehr haben, in den Raum vorzustoßen. Soll ich noch mal nachfragen?«

»Ja, bitte.«

Ich bezweifle, daß der Hohe Rat gemeint hat, ihr sollt noch mehr Kugelraumer erbeuten, sagte Jeff Raven, aber sein Ton war unsicher. *Aber bei den 'dinis kann man so was nie wissen, oder? Ich melde mich wieder.*

Als er sich meldete, lachte er leise. *Sieht so aus, als*

wollten die 'dinis für jede ihrer Kolonialwelten einen Kugelraumer als Trophäe haben. Admiral Mekturian hat darauf hingewiesen, daß die beiden raumtauglichen, die wir schon haben, überall dort, wo es nötig ist, ausgestellt werden können. Ich werde die Logik der 'dinis wohl nie verstehen, und ebenso wenig ihren Ehrbegriff. Der Admiral ist sensibler und wiederholt, daß die Flotte alles vernichten soll, was den Käfern die Möglichkeit einräumt, Raumfahrt zu betreiben, bis wir andere Mittel einsetzen können, um ihre koloniale Ausdehnung zu verhindern.

Andere Mittel?

Darüber diskutiert man im Moment. Es gibt eine starke Lobby, die die Allianz – nicht nur das menschliche Element – daran hindern möchte, den Käfern das anzutun, was sie anderen angetan haben. Warum sollen wir uns auf ihr Niveau hinunterbegeben?

Was könnte *man denn sonst tun, Großvater? – Nein,* fügte Thian eilig hinzu, *ich glaube nicht, daß es gerechtfertigt wäre, eine ganze Rasse auszulöschen.*

Ach, Thian, die Gespräche sind momentan ziemlich erhitzt. Gktmglnt und Mekturian beharren darauf, daß nichts festgeschrieben wird, bis beide Forschungseinheiten, die Hauptflotte und Geschwader B, von ihren Fahrten zurück sind; beladen, wie wir hoffen, mit so vielen Informationen, daß sie uns einen vernünftigen, humanen *und mrdinimanen Handlungsweg aufzeigen.*

Wenn wir auf dem Rückweg anhalten und jedes blöde M-5-System untersuchen müssen … begann Thian.

Bis dahin hat sich der gesunde Menschenverstand vielleicht schon wieder aus dem Tohuwabohu erhoben. Es ist mir wahrlich eine Erleichterung, daß die VT&T nichts mit der Politik, sondern nur mit der Mechanik dieser Sache zu tun hat. Und – in Jeff Ravens Stimme schwang deutliche Erheiterung mit – *als Kurier bin ich viel zu weit von denen entfernt, denen ich diene, um das Schicksal zu erleiden, das oftmals den Überbringern schlechter Nachrichten zuteil wird. Deswegen, Enkel, sage ich dir, bring so viele*

Informationen über die wackeren neuen Welten, die die Käfer nicht besetzt haben mit, wie du nur sammeln kannst, damit die Heißblütigen einen weiteren Brennpunkt für ihre Energien haben.

Würde eine koloniale Explosion nicht der Taktik der Käfer folgen?

Wirklich, Thian, dein Proportionssinn liegt aufgrund der Entfernung leicht schief. Die Menschen und 'dinis respektieren andere Lebensformen. Jeder Planet, der eindeutig über intelligentes Leben verfügt, wird von der Liste gestrichen. Ach, und setz eine dieser Warnbojen aus, die die Allianz über sich nähernde Käferschiffe informiert. In dieser Galaxis sind noch eine verfluchte Menge von ihnen unterwegs.

Die offiziellen Teile dieses langen Wortwechsels wurden pflichtgemäß an Kapitän Ashiant und dann an die anderen Schiffskommandanten und deren Erste Offiziere weitergegeben, in beiden Sprachen, damit es nicht zu Mißverständnissen kommen konnte.

Dann entschuldigte sich Thian und gab den hohen Tieren die Gelegenheit, die Befehle im privaten Kreis zu besprechen.

Vor der Unterkunft der *Talente* hallten die Korridore der *Washington* noch immer von den gedämpften Klängen der Feiern wider, obwohl das Nebel-Klasse-Schiff sich nun um den geretteten Planeten schwang und die Ausfahrt aus dem System in Angriff nahm. Thian wußte, daß die Wissenschaftsoffiziere an allen Stationen beschäftigt waren und auch die letzte Kleinigkeit der Informationen aufzeichneten, die sie während der Reise in Erfahrung gebracht hatten. Die Sonden waren mit Proben zurückgekehrt, die es nun zu analysieren galt. Er schaute zu, als der Planet sich unter ihnen vorbeidrehte, als die *Washington* ihn umrundete und er sah, was er schon einmal gesehen hatte. War es wirklich erst zwei Tage her? Der Waldbrand war vom Regen gelöscht worden, was leider dazu geführt hatte, daß nun Rauch über dem Gebiet schwebte, so daß die Ursache der Feuersbrunst ihnen ein Rätsel blieb. Die vor dem Feuer geflohenen Lebewesen hockten nun an einem See, der sie gerettet hatte. Es waren in der Hauptsache große Wiederkäuer, Grasfresser, aber auch ebenso große Raubtiere, aber keines benahm sich so, daß man es für intelligent halten konnte.

»Und keines von diesen Geschöpfen wird je erfahren, vor welchem Schicksal wir es bewahrt haben«, sagte Greevy leise von der offenen Tür seines Zimmers her. Als sie am Abend zuvor vom Dienst gekommen war, hatten sie eine kleine Privatfeier veranstaltet. Ihre Patienten würden sich alle erholen, und sie hatte nun keine Angst mehr vor dem Ableben mehrerer 'dini-Opfer mit schweren Brandwunden.

Thian streckte den Arm aus, und sie kam auf bloßen Füßen zu ihm hin und baute sich unter seiner Armbeuge auf. Es gefiel ihr, daß sie genau darunter paßte. Er legte den Arm um sie und zog sie an sich.

»Sind wir auf dem Weg nach draußen, Thian?« fragte sie, als ihr die Rotation auffiel.

Er nickte. »Der Befehl ist eben gekommen. Wenn die Tür da drüben aufgeht, sei darauf vorbereitet, wieder reinportiert zu werden.«

Sie wollte sich von ihm lösen, aber er zog sie wieder an sich.

»Die ganzen hohen Tiere sind da, und sie haben eine Menge zu besprechen, also glaube ich, wir brauchen uns keine Sorgen zu machen. Außerdem, Alison Anne« – er schaute auf sie hinab –, »möchte ich lieber mit dem Versteckspielen aufhören ...«

»Thian, du weißt ganz genau, daß deine Familie mehr für dich will als eine simple T-5-Empathin, die ...«

Thian legte einen Finger auf ihre Lippen. »Machen

Sie sich in meiner Gegenwart bloß nicht selbst runter, Oberleutnant!«

»Hör mal, du warst damals nur 'n Halbstarker ...«

Bin ich auch jetzt noch, Alison Anne Greevy, sagte Thian, drehte sich, um sie frontal an sich zu ziehen und hob ihren Kopf, um in ihre herrlichen blauen Augen zu blicken. *Und ich habe weitaus mehr Bedürfnis nach einer drallen T-5-Empathin, die ich zufällig liebe, respektiere und aufgrund gewisser derber und fürsorglicher Qualitäten bewundere, als nach allem anderen. Wenn wir uns am Ende dieser Mission noch gegenseitig ertragen können, würde ich sagen, daß wir eine reelle Chance haben, miteinander ein gutes Leben zu führen. Möglicherweise stelle ich dann den Antrag, als Marineprimus dienen zu dürfen. Ich wäre dann der erste ... falls ich meinen Großvater überreden kann, einen solchen Posten zu schaffen.*

Alison konnte ihre Gedanken zwar vor ihm abschirmen, was sie oft auch tat – aber nicht die melancholische Hoffnung in ihrem Blick.

»Wenn du an Flavia Bastianmajani denkst, tu's nicht«, sagte er und küßte sie, denn er liebte sie mit Geist, Herz und Seele. »Sie hatte schon andere Vorstellungen, als wir uns zum ersten Mal sahen.«

»Wirklich?«

Thian warf den Kopf in den Nacken und lachte über ihre Entrüstung. »Sie verfolgt ihren Weg wahrscheinlich ebenso gewissenhaft, wie ich den meinen!«

»Eine ausgebildete T-1, wie Flavia?«

»Manchmal erstaunst du mich, Alison Anne.«

»Tja, es gefällt mir, wenn ich es kann, das kann ich dir sagen, Primus Isthian Lyon.«

»Gut. Komm! Überrasch mich jetzt. Ich glaube, ich muß etwas Freizeit totschlagen.«

Als Thian spät an diesem Abend gerufen wurde, um Kontakt mit dem Erdprimus aufzunehmen, mußte er die Erlaubnis einholen, den beschädigten Mrdini-Zerstörer *KLTS* gegen die momentan zum Geschwader D gehörende *KLLM* auszutauschen. Man stimmte der Bitte zu, doch die beiden anderen Schiffe, die zu dem Geschwader gehörten, sollten zur Überholung zurückgeschickt werden.

Ich habe gehört, daß es an Bord der Valparaiso *einen sicheren Bau gibt. Jetzt könnt ihr auch die Dissidenten zurückschicken und euch von unnötigem Ballast befreien,* fügte der Erdprimus hinzu.

Thian hatte diese Seite seiner Verpflichtungen zwar nicht gefallen, aber es war nun kein Geheimnis mehr, daß mehrere Versuche unternommen worden waren, am Lenksystem der Raketen der *Washington* herumzupfuschen. Die Verdächtigen waren von Offizieren verhört worden, und Thian hatte sie in einer verdeckten Beobachtungskabine überwacht. In allen Fällen außer einem hatte man seine Fähigkeiten nicht gebraucht, doch bei dem einen hatte er Trauer und Mitleid empfunden, weil der Fähnrich, eine junge Frau von ansonsten ausgezeichnetem Ruf aus dem Maschinenraum der *Washington* es für ihre menschliche Pflicht gehalten hatte, das Schiff zu vernichten, weil es aufgrund seiner Größe und Macht gegen die Wünsche des Gottes war, den ihr Heimatplanet anbetete.

Wie sie es geschafft hatte, die sorgfältige Prüfung zu bestehen, der sich sämtliche Kandidaten der Raumfahrtakamie unterziehen mußten, wurde zum Gegenstand eingehender Ermittlungen des Marine-Geheimdienstes und Musterungsausschusses. Sie landete unter der höchsten Überwachungsstufe im Bau. Dort protestierte sie heftig gegen die gottlosen ›bezahlten‹ Saboteure, mit denen sie die Zelle teilen mußte. Die anderen wiederum beschwerten sich, weil sie laut und lange betete und alles tat, um ihnen ›die Erleuchtung‹ zu bringen und ihre ›Seele‹ zu retten. Nur Perioden von Kehlkopfentzündung brachten sie zum Schweigen. Doch sie dauerten laut der Aussagen des Wachhabenden der Einrichtung nie sehr lange.

Sämtliche Elemente der Flotte machten sich nun majestätisch auf den Weg, das System zu verlassen, in dem kein Lebewesen auch nur ahnte, wie knapp es dem Verderben entgangen war. Irgendwann fragte sich vielleicht eine intelligente Spezies, woher die den äußeren Mond umkreisenden Trümmer stammten.

Thian, Rojer und Clancy waren in ihrem Arbeitsraum damit beschäftigt, die potentiellen Kräfte aufzulisten, auf die sie zurückgreifen konnten, um die Flotte an die gegenwärtige Position des Geschwaders D zu portieren.

»Na, so weit ist es nun auch nicht«, sagte Rojer bei dem Versuch, sich Mut zuzusprechen. Gil und Kat lümmelten neben ihm auf der Liege und machten mit einem farbigen Bindfaden ein Fingerspielchen, dem sie sich oft hingaben.

»Wir haben neunzig T-Zweier und T-Dreier, die wir verteilen können, dazu sechzig T-Vierer ... Vergeßt nicht, daß es hauptsächlich Kinetiker sind. Wenn man sie strategisch plaziert ...«

»Es sind aber keine auf den 'dini-Schiffen«, mahnte Clancy an.

»Dann verschieben wir ...«

»Das haut nicht hin«, sagte Rojer. »Hör mal, Thian, du und Clancy, ihr schiebt die *Washington*. Gib mir zehn T-Zweier und zwanzig Dreier, dann portiere ich Spktm. An der *Washington* ist beim Portieren doch die Masse das schlimmste. Danach fallen einem selbst Gründer-Kähne leicht.«

»Oder ich bleibe hier auf der *Washington* und sende zu dir.«

»Wer ist der T-2 im Geschwader D?« fragte Clancy.

Thian und Rojer schauten ihn müde an. »Stierlman!«

»Ach!«

Rojer zuckte eine Achsel. »Er hat ... bisher ... noch nichts versaubeutelt, was ihm geschickt wurde.«

»Tja, aber die *Washington* können wir ihm nicht urplötzlich an den Hals hängen«, sagte Thian.

Semirame Kluh und Alison Anne trafen ein. Sie hatten nun dienstfrei. Thian portierte geistesabwesend weitere Getränke und Häppchen für sie herein.

»Wir müssen die erfahrenen *Talente* an die richtigen Stelle setzen, damit sie die neuen puffern, die noch nie eine Chance zu einer Verschmelzung hatten.«

»Warum übt ihr nicht erst mal eine Verschmelzung?« sagte Kluh mit einem boshaften Grinsen zu Thian, da sie sich an eine bestimmte Scheinübung erinnerte, die sie einst geleitet hatte.

»Wer? Wie? Was?« fragte Thian, obwohl er spürte, daß sie seine Zustimmung zu ihrem Vorschlag geistig erfaßte.

Sie gab mit der Tastatur eine Sequenz ein. Eine räumliche Ansicht der Flottenaufstellung wurde auf dem Bildschirm sichtbar. Sie zog die Nase hoch und deutete auf die Zerstörer in den Flankenpositionen. »Vertausch sie. Vertausch die *Athene* mit der *Comanche.* Nur mal als Übung.« Dann kicherte sie schalkhaft. »Warte ab, wie lange es dauert, bis die Mannschaften mitkriegen, was passiert ist. Könnte ganz lustig werden.«

»Ich glaube«, sagte Thian und stand auf, »ich bespreche ein solches Manöver lieber mit Kapitän Ashiant.« Er grinste teuflisch, als er Ashiant um eine sofortige Unterredung bat.

»Probleme, Thian?« fragte Ashiant und kam in den Raum der *Talente,* sobald er mit seinem Gespräch fertig war.

»Nein, Sir, keine Probleme, wir tüfteln nur gerade aus, wie wir den Sprung zum Geschwader D mit den uns zur Verfügung stehenden *Talenten* am wirtschaftlichsten bewerkstelligen. Ich würde gern eine Verschmelzung üben und die *Athene* und die *Comanche* vertauschen.«

»Um zu sehen, wie lange die Besatzung braucht, um es zu bemerken«, konnte Rojer sich nicht verkneifen zu erklären.

Ashiant schaute von einem Bruder zum anderen. Sein breites Gesicht war ausdruckslos. Er verschränkte die Hände hinter dem Rücken. »Könnte sich zudem als heilsam erweisen. Weitermachen.«

Thian wartete einen Moment.

»Ach, ich möchte gern hierbleiben«, fügte Ashiant lächelnd hinzu. Der Stoff seiner Uniform zerknitterte bei seinem leisen Lachen.

Die beiden Primen schwangen sich sofort auf ihre Liegen. »Wir versuchen es, wir verschmelzen nur mit den *Talenten* auf den Zerstörern«, erklärte Thian. »Ich mit denen auf der *Athene,* Rojer mit denen auf der *Comanche.*«

»Ohne Vorwarnung?« fragte Ashiant.

»Nur mit dem Kennwort. Ich bin bereit. Rojer?«

Drei, zwei, eins, SAKI, sendeten die Brüder und spürten auf der Stelle die Reaktion der *Talente.* Sie beeilten sich, dem unerwarteten und ungewohnten Ruf zu gehorchen.

Tausch!

Kapitän Ashiant, Korvettenkapitän Kluh, Oberleutnant Greevy und T-2 Clancy Sparrow schauten auf den Bildschirm.

»Ja!« schrie Ashiant triumphierend und klatschte in die Hände. »Kaum mehr als ein Wellchen. Jetzt wollen wir mal sehen, wie …«

»Kapitän Ashiant, rings um die *Athene* ist irgendeine Schwankung erkennbar, und …« Vandermeers Stimme brach ab. »Würden Sie bitte auf die Brücke kommen, Sir?«

»Bin schon unterwegs.« Als die Brückentür aufzischte, wandte Ashiant sich wieder den *Talenten* zu, hob in einer billigenden Geste beide Daumen und zwinkerte.

»Es ist sehr komisch, Kapitän, und ich weiß nicht, wie es passiert sein könnte«, hörten die *Talente* die verblüffte Vandermeer sagen, »aber ich könnte schwören, daß die *Athene* vorher Steuerbord von uns war …«

»Da kommt gerade eine Meldung von der *Athene* rein, Sir«, sagte der Funkoffizier.

»Höchstes Lob für die Brücke der *Athene*«, sagte Ashiant mit gelassener Stimme und einem Unterton, den die *Talente* problemlos als unterdrückte Erheiterung identifizierten.

»Eingehende Anfrage von der *Comanche,* Sir …«

»Sie soll ihre gegenwärtige neue Position beibehalten. Es ist eine Übung. Niemand ist in Gefahr. Die *Comanche* soll … Ah, Kapitän Derynic, Ihre Brückenmannschaft ist etwas reaktionsarm. Die *Athene* hat die Positionsveränderung zwei Minuten vor Ihnen gemeldet. Ich möchte, daß beide Mannschaften hundertprozentig wachsam sind. Wir haben zwar einen Kugelraumer der Käfer vernichtet, aber da draußen ist irgendwo noch ein weiterer, und wir wissen noch immer nicht genau, ob es zwischen ihren Kolonien irgendeine Verständigung gibt, die wir erst noch erkennen müssen. Übernehmen Sie das Kommando, Vandermeer.«

Ashiant kehrte in den Konferenzraum der *Talente* zurück. Als die Tür hinter ihm geschlossen war, lachte er leise vor sich hin.

»Ich schätze, diese Übung hat sich als wirksamer erwiesen als die meisten, die ich befohlen habe«, sagte er und hielt sich lachend die Hand vor den Mund. »War ich für Sie ebenso schlüssig, meine Herren?«

»Kann man wohl sagen«, erwiderten Rojer und Thian im Chor.

»Mit etwas mehr Übung wird keiner mehr zögern«, fügte Thian hinzu. »Unser Problem ist eher eine Protokollfrage: Welches der größeren Schiffe geht zuerst? Wir haben gerade bewiesen, daß wir die Zerstörer vertauschen können, indem wir nur mit ihren Bord-*Talenten* verschmelzen.«

»Ist die Masse das Problem?«

»Eher die Frage, wer knatschig wird, wenn er der Letzte sein muß.«

»Das ist überhaupt kein Problem, meine Herren«, sagte Ashiant. »Ich gebe hier die Befehle, und die anderen richten sich danach. Kapitän Spktm auf der *LSTS* geht als erster, dann Kapitän Ronibald mit der *Genesee.* Dann kommen die Zerstörer dran, dann der Rest der Galaxis-Schiffe, und die *Washington* als letzte. Wie klingt das?«

»Ausgezeichnet, Sir. Wir müssen ein paar *Talente* auf kritischere Positionen umstellen ...«

»Wie Sie wollen ...«

»Und es wird zwei Tage dauern, die gesamte Portation zu bewerkstelligen.«

»Mehr nicht?« Ashiant wirkte ziemlich überrascht.

Thian wußte nicht, ob die Überraschung zu ihrem Vorteil war oder nicht.

»Bei allem Respekt, Sir«, sagte Korvettenkapitän Kluh, »die zu teleportierende Masse ist beträchtlich.«

»Ich hab mich doch nicht beschwert, Kluh.« Ashiant wandte sich zu Thian um. »Es ist doch ein *Talent* beim Geschwader D, oder? Jemand, der Ihnen assistiert?«

»Ja, Sir, sobald wir die Umstellungen vorgenommen haben, nehmen wir Kontakt zu ihm auf. Das kriegen wir alles noch heute hin.«

Ashiant nickte und kehrte auf die Brücke zurück. Die *Talente* schauten einander erstaunt an.

»Ich glaube, er versteht gar nicht, um was es überhaupt geht«, sagte Alison Anne nachdenklich.

»Ich bin mir all dessen, was wir tun, auch nicht sicher«, sagte Thian. Er gab sich einen Stoß und fing sofort an, eine Liste der Schlüssel*talente* zusammenzustellen, die von einem Schiff aufs andere versetzt werden mußten.

Als Thian den Kontakt aufnahm, strahlte der Geist von T-2 Stierlman an Bord der *Valparaiso* solche Überraschung und Bestürzung über die anstehende Aufgabe aus, daß er den Mann sofort von der Palette der Schlüsselverbindungen strich. Stierlmans Aufgabe hatte es bisher nur erfordert, als Boje einen festen mentalen Ton zu halten. Schon die Erwähnung der bevorstehenden Verschmelzung schwächte seine Fühlungnahme bis zur Zaghaftigkeit eines Tower-Novizen. Seine Schwester Petra wäre ihnen nützlicher gewesen. Wie hatte Laria die Unentschlossenheit des Mannes nur so lange ertragen können?

Die Entfernungen, Primus, es sind die Entfernungen, um die es geht, laberte Stierlman. *Sie nehmen immer mehr zu. Wir haben kein Recht, uns so weit von unseren Heimatwelten herumzutreiben. Haben wir wirklich nicht. Sie sind so weit weg.*

Dann wird es dich erleichtern, wenn du hörst, daß die Valparaiso *zur Überholung zur Phobos-Basis zurückkehren soll.*

Wirklich? Und ich kann mit? Hoffnung stärkte Stierlmans mentale Berührung.

Höchstwahrscheinlich. Ich würde darauf bestehen, Stierlman. Du bist jetzt lange genug unterwegs. Thian preßte die Zähne aufeinander und pathierte beruhigende Impulse. Er brauchte Stierlmans Einsatzbereitschaft für wenigstens zwei weitere Tage.

Aber wie komme ich zurück? Wir sind doch so weit draußen.

Ach, das ist kein Problem, Stierlman. In dieser Flotte gibt es mehr Talente, *als wir brauchen.* Was zwar nicht stimmte, aber Thian hatte den Eindruck, die richtigen Leute an den richtigen Stellen zu haben. *Wir sind morgen bei euch. Was ist eure gegenwärtige Zeit?*

Ach … ähm … 16:35 Uhr.

Informiere Kapitän Halstead, daß die AS LSTS, *ein Schiff der Gründer-Klasse unter Kapitän Spktm, morgen um 8.00 Uhr eurer Zeit zu euch portiert wird.*

Was muß ich *dabei tun?* Eine dünne Linie kaum verhüllter Angst zitterte in seinem mentalen Tonfall.

Nichts, Stierlman, sagte Thian freundlich. *Du bist doch schon da. Wir sollen bloß zu euch kommen.*

Zwei Tage später war ›wir sollen‹ eine Wortwahl, die Thian bedauerte. Es hatte keine Zwischenfälle bei den Portationen gegeben, aber es war ein auslaugender Prozeß für die T-Einser und T-Zweier, die die Hauptlast jeder Verschmelzung tragen mußten. Daß jede Verschmelzung aus unterschiedlichen Komponenten bestand, trug zum Streß der Verschmelzungsbrennpunkte bei. Am zweiten Tag, nach einer eiligen Konferenz, portierte Thian speziell ausgewählte Dreier und Vierer von jenen Schiffen zurück, die bereits zum Geschwader D gestoßen waren. Rojer war auf die *LSTS* gewechselt, um zukünftige Verbindungen zu stärken, da Stierlman nutzlos war. Thian hatte Alison Anne mit dem Befehl zur *Genesee* geschickt, sich bei der *Valparaiso* zu melden und herauszufinden, was mit Stierlman nicht stimmte.

Er hatte Grund zu der Frage, ob er die *Washington* nicht doch lieber als erstes Schiff bewegen und von dort aus hätte operieren sollen. Aber er hatte keinen stichhaltigen Grund, warum es besser hätte funktionieren sollen. Speziell nachdem es ihm gelungen war, die letzte und größte Verschmelzung zu leiten, die das Schiff der Nebel-Klasse portierte.

Sollte es irgend jemandem einfallen, Rojer oder mich zu wecken, ohne *daß eine Käferflotte vor uns materialisiert ist, leg ich ihn um. So wahr mir … ähm … Gott … Uuuahhh …* Thian seufzte gewaltig erleichtert. Sein schwerer, schmerzender Schädel berührte das weiche Kissen, und er schlief auf der Stelle ein.

Kapitel Neun

Obwohl Alison Anne sämtliche Eide schwor, daß Thian vierzehn Stunden geschlafen hatte, ohne sich zu rühren und seine 'dinis inzwischen längst essen gegangen waren und ihren üblichen Unterricht absolviert hatten, war Thian, als sie ihn wachrüttelte, fest davon überzeugt, den Kopf gerade erst auf das Kissen gelegt zu haben.

»Tut mir leid, Thian-Schätzchen, aber Rojer sagt, du mußt ebenfalls mit dem Erdprimus reden. Es ist wirklich dringend.« Sie zog den letzten Satz in die Länge, um ihn zu betonen. Ihre Miene deutete so schlechte Nachrichten an, daß er sie in seinem momentanen Halbschlafzustand gar nicht sehen wollte. Er trank ein stimulierendes Säftchen, das sie ihm reichte und empfand Dankbarkeit, weil es so kühl war, daß er das Glas in einem Zug leeren konnte.

Er nahm den frischen Schiffsanzug, den sie ihm reichte, schob die Füße in die weichbesohlten Schuhe, die ihm die liebsten waren, und durchquerte den Salon in Richtung Arbeitszimmer. Als die Tür vor ihm aufging, reckte er Schultern und Hals. Rojer und Clancy befanden sich auf ihren Liegen. Semirame Kluh lehnte an der Wand, hatte die Arme vor dem Busen verschränkt und beobachtete ihre vor Konzentration leeren Gesichter. Als Thian eintrat, hob sie kurz den Blick, dann gab sie ihm mit einer Kopfbewegung zu verstehen, er solle rasch in Position gehen.

Er hatte den Faden der mentalen Botschaft, die die beiden empfingen, schon aufgefangen.

... die Kapitäne sollen sich vorbereiten. Ich weiß zwar,

daß die Raketen Schwerarbeit sind, aber ihr braucht alle, die ihr an Bord bunkern könnt. – Guten Morgen, Thian! sagte der Erdprimus, als er sich seines Einstiegs in die Diskussion bewußt wurde. *Ich wiederhole kurz, was ich Rojer und Clancy mitgeteilt habe: Die von den Geschwadern an den Grenzen der von den Käfern besetzten Systeme installierten Bojen gehen nacheinander los. Laut Kapitän Soligen verfolgt Geschwader B zwei Kugelraumer und macht sich Sorgen über ein, zwei weitere, die hinter ihr aufgetaucht sind. Da sie nur zwei Schiffe der Galaxis-Klasse und zwei Zerstörer hat, von denen einer stark unterbesetzt ist, ist sie im Grunde nicht richtig ausgerüstet, um gegen einen oder gar zwei Käfer und ihre schwerbewaffneten Späherboote ins Feld zu ziehen. Außerdem hat sie keine der neuen Raketen, die Käferschiffe durchdringen können.*

Ist der irre 'dini-Kapitän in dem erbeuteten Kugelraumer durchgedreht? fragte Thian stöhnend. *Hat Kapitän Klml irgendwelche Waffen? Hat Flavia ihm* gesagt, *wo unserer Meinung nach die Raketensteuerung liegt?*

Immer mit der Ruhe, Thian. Flavia und die anderen haben Klml vor einer Woche nach Clarf portiert. Laria sagt, er ist angekommen, was die Bevölkerung natürlich in Angst und Schrecken versetzt hat. Bleiben wir bei der gegenwärtigen Situation. Thian hatte seinen Großvater noch nie so reden hören und konzentrierte sich auf die Einweisung. *Da in der ganzen Allianz die Alarmglocken schrillen, zögert der Hohe Rat, weitere Einheiten zu eurer Unterstützung zu schicken, obwohl euch allem Anschein nach ein Kampf bevorsteht und sich zwei Geschwader in eurem Quadranten aufhalten. Aber bevor ihr Kapitän Ashiant die frohe Botschaft überbringt – könnt ihr mir irgendwelche Informationen über die völlig unerwartete Mobilisierung der Kugelraumer geben? Der Hohe Rat ist … ziemlich … verärgert, könnte man sagen.* Thian grinste, beruhigt vom Flackern der üblichen ironischen Rede des Erdprimus. *Was hat Rojer mir da über die Sonne eines neuen Heimatplaneten erzählt?*

Jetzt, da die Käfer reagieren, kommt mir die Theorie noch zutreffender vor. Aber ich befürchte ebenso, daß die Theorie, laut der die Käfer keine Verbindung untereinander haben, nicht länger haltbar ist.

Jeff klang, als hätte er einen langen, erstaunten Pfiff ausgestoßen. *Dem Hohen Rat werden die Haare zu Berge stehen.*

Nicht schlimmer als mir, Großvater. Unsere Flotte hat, wie du weißt, auch Bojen ausgesetzt, und Korvettenkapitän Kluh hat mir gerade eine Notiz gereicht, die bestätigt, daß alle vier ebenfalls Laut gegeben haben. Den zweien oder dreien die Kapitän Soligen meldet, können wir nun vier weitere hinzufügen. UND die, die wir verfolgen.

Sieben, möglicherweise acht? Und sie können miteinander kommunizieren? Warum jetzt? Jeff klang verzweifelt.

Ich glaube, Großvater, wir haben den Fehler gemacht, bei den Käfern zuviel vorauszusetzen.

Offenbar. Kommen wir noch mal zu der Heimatwelt-Theorie zurück.

Die Sonne ihres Ursprungsplaneten ist zur Nova geworden. Sie haben drei Kugelraumer ausgeschickt, um eine passende Sonne mit einem M-5-Planeten zu suchen, der dem entspricht, den sie verloren haben. Ich sehe die Sache jetzt so: die ersten drei Kugelraumer, auf die die 'dinis stießen, waren ein Vorauskommando, das sich geteilt hat, um ein passendes Zentralgestirn zu suchen. Deswegen haben sie auch viele für sie interessante M-5-Planeten einfach links liegen lassen. Die Riesenkugel ist ihnen mit allem gefolgt, was man braucht, um eine neue Basis aufzubauen. Also laß uns die Theorie mal bearbeiten – weil ich nicht alles, das ich nicht über die Käfer beweisen kann, voraussetzen *möchte. Kugel Nummer III ist die glückliche, die eine Sonne lokalisiert hat, die über einen Planeten der Art verfügt, den sie brauchen. Entweder laden sie die anderen ein, sich ihn anzuschauen und/oder brauchen Verstärkung, um ihn abzusichern. Oder – und diese Möglichkeit gefällt mir am wenigsten – Kugel Nummer III weiß, daß sie verfolgt wird und hat um Unterstützung gebeten, da sie das letzte verbliebene Suchschiff ist. Oder sie hat gar alle gerufen!*

Ach! Eine Pause trat ein, in der Jeff Raven diese Information verdaute. *Tja, wir – die Allianz – können nicht zulassen, daß sie eine neue Heimatbasis gründen. Hör zu, setz Kapitän Ashiant über die Lage in der Allianz in Kenntnis. Versichere ihm, daß wir alles besorgen, was ihr an Raketen und Material portieren könnt, doch daß er es mit den beiden Flottenelementen in dem Quadranten schaffen muß. Der Hohe Rat besteht darauf, daß alle anderen Flotteneinheiten innerhalb der Allianz im Einsatz bleiben, um jedes Vordringen der Käfer zu verhindern. Ich werde alles tun, was ich persönlich und beruflich tun kann, um euch zu helfen, Thian.*

Danke, Großvater.

Verdammt, Junge, ich habe nicht geglaubt, ich würde dich oder einen deiner Gefährten in den KRIEG schicken! Jeff klang um ihretwillen eher entrüstet als alarmiert.

Wir lassen euch nicht hängen, Großvater!

Vergeßt nicht, Jungs – ich hab's Flavia auch schon gesagt –, daß Talente *sich selbst schützen müssen!*

Das tun wir schon, keine Sorge. Thian legte eine Menge Kraft in seine Antwort.

Wehe, wenn nicht, lautete Jeff Ravens Antwort.

Als sie nach dem Abbruch der Verbindung auf ihren Liegen saßen, schauten Rojer und Clancy Thian mit ironischer Miene an.

»Und wie wollen wir *das* hinkriegen, Alter«, sagte Rojer, »wenn wir die Verlustrate von Rettungskapseln bei einem Angriff der Käfer kennen?«

Thian fing leise an zu lachen, dann überkam ihn die Erheiterung so stark, daß er seitlich auf die Liege fiel und die anderen ihn anstarrten, als hätte er den Verstand verloren.

»Rojer ... Du solltest wissen ... was daran ... so komisch ist. Du hast es doch selbst getan.« *Wir arbeiten mit einer Variante der* Genesee-*Masche! Es ist der logischste Weg! Verflixt, wir kennen das Innere der Kugelraumer doch wie das Innere eines Towers. Wir müssen nur nahe genug herankommen. – Das heißt, so nah nun auch wieder nicht.*

Semirame Kluh war die erste, die begriff, woran Thian dachte. Sie musterte ihn mit ehrfürchtiger Miene. »Aber so führt man doch keinen Krieg, Thian Raven-Lyon!«

»Wer hat noch mal gesagt, daß in der Liebe und im Krieg alles erlaubt ist? Warum, zum Henker, sollen denn mehr als der Feind in einem Krieg sterben, den er angefangen hat?«

»Die 'dinis werden die Sache wohl anders sehen«, sagte Clancy. »Sie erringen *Ehre,* wenn sie ein Käferschiff vernichten!«

Thian ignorierte ihn. »Sie können ja ihre Späher losbrausen lassen. Das bringt ihnen genug Ruhm ein. Würde ich das Innere eines Späherbootes so gut kennen wie das eines Kugelraumers, könnten wir vielleicht sogar in denen etwas bewerkstelligen.«

»Glaubst du, Ashiant willigt in deinen tollen Plan ein?« fragte Kluh skeptisch.

»Tja, ich halte es für das beste, wenn wir sie alle ein wenig schmoren lassen. Es stünde mir nicht an, mich wie ein anmaßender Bengel zu verhalten, wie Großmutter immer sagt. Haben die 'dinis uns nicht aufgefordert, eine Allianz zu bilden, weil es uns gelungen ist, einen Kugelraumer ohne eigene Verluste zu schlagen?«

»Was hast du zu Großvater gesagt, Thian?« fragte Rojer und musterte seinen Bruder mit schiefgelegtem Kopf. »Zum Thema etwas voraussetzen, das wir nicht genau *wissen?*«

»Wenn wir unsere telekinetischen Kräfte einsetzen, um uns vor den Raketen der Käfer abzuschirmen, Thian«, warf Clancy ein, »unterliegen wir der Begrenzung unserer individuellen Kraft. Ich will ganz offen sein: Bevor die Auseinandersetzung endete, war ich kurz davor, meine Kraft zu verlieren, um die nötige Gesamtheit mit der *Franklin* aufrechtzuerhalten.«

Rojer nickte.

»Abschirmung muß kein so großes Problem sein. Hört zu, laßt uns Kapitän Ashiant informieren. Auch meine Lösung verlangt nach mehr Kenntnissen in Marinetaktik, als ich habe.«

»Freut mich zu hören, daß du es zugibst, Thian«, sagte Kluh zustimmend. »Aber wenn ich deinen Plan richtig verstanden habe, wird es eine Unmenge an Leben retten!«

Ashiant hörte sich die Meldung mit leerer Miene an, doch an der Art, wie seine Augen von Zeit zu Zeit rasch blinzelten und wie er die Gegenstände auf seinem Schreibtisch hin und her schob, konnte Thian, der ihn am besten kannte, ersehen, daß er schon die zur Verfügung stehenden Optionen überlegte. Als Thian sagte, der Hohe Rat wolle alle zusätzlichen Einheiten im Machtbereich der Allianz behalten, verzog er das Gesicht und machte »Hmmm«.

»Das kann ich verstehen«, sagte er und atmete lange und heftig aus. »Wir werden zuerst das Angebot des Erdprimus annehmen, uns mehr Raketen und alles zu schicken, was wir sonst noch brauchen, damit wir gut dastehen.« Er drückte einen Knopf zur Brücke. »Mr. Wasiq, berufen Sie bitte eine Notsitzung sämtlicher Kapitäne, Ersten Offiziere, Geschützoffiziere und der Logistik ein. Die Primen stehen bereit, alle Kapseln auf die *Washington* zu portieren. – Vandermeer, lassen Sie die Landezone räumen und alles für die Ankunft der Besucher vorbereiten.«

Nachdem Ashiant die notwendigen Befehle gegeben hatte, saß er reglos da, legte nicht einmal, wie sonst, die Fingerspitzen aneinander. Seine Augen schienen ins Leere zu blicken, aber obwohl Thian seine Gedanken nicht lesen konnte, war ihm bewußt, daß der Kapitän angestrengt nachdachte.

Dann stand Ashiant plötzlich auf, stieß auf merkwürdige Weise die Luft aus und zog seine Uniformjacke gerade.

»Es wartet ein Haufen Arbeit auf uns, was?«

Thian nickte. Rojer, Clancy und Kluh maßen ihn mit neugierigen Blicken, doch er ignorierte sie.

»Rojer, sind Sie so freundlich und erfragen bei Kapitän Soligens Primen, welchen Kurs sie gegenwärtig bei der Verfolgung der beiden Kugelraumer gesetzt hat? Und ob sie weiß, aus welchen Systemen sie gekommen sind und wo eventuell der dritte herstammt?« Ashiant schaute Thian an. »Ist Geschwader B über das Gesamtbild informiert worden?«

»Das hat der Erdprimus nicht genau gesagt, Sir.«

Ashiant nickte. »Dann bitten Sie es, Rojer, so taktvoll wie möglich, von direkten Aktionen abzusehen. Ich glaube, wir haben bei zu wenig untermauerter Information zu viel vorausgesetzt.« Ashiant entging der Blick, den die anderen Thian zuwarfen. »Aber wie die 'dinis sagen, starten die Kugelraumer keine Raumangriffe. Hoffen wir, daß sie, wie es bei ihnen *Brauch* ist, bei ihrer gegenwärtigen Mission nur eins im Sinn haben.«

Ashiant verschränkte die Hände hinter dem Rücken und ging auf und ab.

»*Noch* wissen wir nicht, ob sie eine Sonne entdeckt haben, die ihrer alten entspricht, oder? Wie weit könnten Sie einen Späher vorausportieren, Primus?«

»Wenn man die Masse des dritten Kugelraumers als Bezugspunkt nimmt, könnten wir ihn möglicherweise soweit weiter hinausschicken, wie die Strecke zwischen unserer gegenwärtigen Position und der seinen beträgt.«

So was haben wir aber noch nie gemacht, Thian, sagte

Rojer, dessen geistiger Tonfall vor Entrüstung erschüttert war.

Ich glaube, wir müssen bald eine Menge Dinge tun, die wir noch nie getan haben, Roj. Aber ich weiß, daß wir es schaffen können.

Der Wortwechsel war so schnell, daß Thian Ashiants Antwort nicht entging.

»Wenn wir genau ermitteln können, wo das Ziel des Kugelraumers liegt, wären wir vielleicht in einer taktisch überlegenen Position. Jedenfalls weiß ich, daß es mich kolossal erleichtern würde, wenn man das ermitteln könnte.«

»Verzeihung, Sir«, sagte Kluh, »aber wir wissen doch nicht mal, wonach die Käfer suchen. Wie sollen wir etwas finden, was sie selbst noch nicht gefunden haben?«

»Da wir nun eine dicke Akte über das haben, was sie *nicht* suchen, wäre jeder G-Stern, der eigenartige Schwankungen, Veränderungen oder Sonnenfleckenaktivität erkennen läßt, es wert, sich näher mit ihm zu beschäftigen. Kugel Nummer III ...« Zum ersten Mal, seit Kapitän Ashiant die Nachricht über die widrige Entwicklung erhalten hatte, zeigte er Erregung. »Teufel! Dies ist Unternehmen Nummer III. Nummer III wird irgendwann eine Kurskorrektur vornehmen. Wenn Vorausspäher – am besten setzen wir alle ein, die wir haben ...« – er hielt inne und blickte Thian fragend an, der mit mehr Energie nickte, als er für ein solches Projekt empfand –, »... sind wir in einer besseren Position, mögliche Ziele abzudecken. Kluh, Sie kommandieren die *Revere,* und wenn Sie Ihre Truppe zusammenstellen, nehmen Sie Korvettenkapitän Langio – sie ist die beste Astrogatorin –, und alle anderen mit, die Ihnen in dieser Hinsicht nützlich sein können. Die anderen Kapitäne sollen selbst entscheiden, wen sie schicken, aber Sie gehen für mich.«

Kluh schaute Clancy kurz an, dann fing sie Thians Kopfschütteln auf, salutierte und verließ den Raum.

Dann summte das Komgerät. »Sir«, sagte Funkoffizier Eki Wasiq, »wir haben Antwort von allen. Die meisten sind bereit, zu uns überzusetzen.«

Ashiant nickte den drei *Talenten* zu. »Ich möchte, daß auch Sie an der Strategiekonferenz teilnehmen.«

Wissen wir eigentlich, auf was wir uns da einlassen, Alter? fragte Rojer als Echo der Gefühle, die Clancys Gesicht ausdrückte, als sie in ihr Arbeitszimmer zurückkamen.

Nein, aber bisher waren wir doch ziemlich gut darin, die Dinge so zu verarbeiten, wie sie kamen, oder nicht? sagte Thian grinsend, als er sich auf die Liege schwang und auf die Kraft der Generatoren zugriff. Er wollte soviel künstliche Hilfe einsetzen wie möglich, um seine Kräfte aufzusparen, denn er würde sie sehr bald sehr nötig brauchen. *Und ich habe nicht weniger Angst als du.*

Keiner von ihnen war überrascht, als die 'dinis den Raum betraten und wie Gardisten neben ihnen Platz nahmen.

»Wen sollen wir zuerst rüberholen, Mr. Wasiq?« fragte Thian. »Teilen Sie uns die Leute bitte in Dreiergruppen zu.«

»Äh, gut. Spktm, Prlm und Kptl klingen sehr eifrig ...«

»Ist ein 'dini-Offizier da, der sie entsprechend begrüßen kann?«

»Aye, Sir.«

Nehmt sie in der Reihenfolge, sagte Thian zu Rojer und Clancy und griff hinaus, um die 'dini-Kapsel von der *LSTS* zu holen.

»Sie sind da, Thian«, sagte Wasiq mit einem Anflug von Erleichterung in der Stimme. »Jetzt kommen die Kapitäne Shepherd, Cheseman und Ronibald.«

Alle waren eine Viertelstunde später an Bord, und als die *Talente* sich von den Liegen erhoben, tauchte

Alison Anne mit einem Tablett voller Hochproteinriegel und sonstigen Stimulanzien auf.

»Ich habe Fregattenkapitän Exeter gesagt, daß man euch im Auge behalten muß«, sagte sie und funkelte das Trio an. »Keine Widerrede! Selbst eure 'dinis wissen, daß uns eine große Sache bevorsteht!«

Sie wissen nicht mal die Hälfte, oder? sagte Thian lächelnd, nahm sich ein paar Riegel, deponierte sie in einer Schenkeltasche und leerte ein Glas. Rojer und Clancy folgten seinem Beispiel. »Greevy«, sagte er dann und packte ihren Ellbogen, so daß sie endlich eine empathische Messung der Dringlichkeiten des Tages vornehmen konnte, »setz dich mit allen T-Zweiern und T-Dreiern in Verbindung. Sie sollen sich für unerwartete Pflichten bereit halten.«

Soll ich das Kennwort verwenden?

Noch nicht. Zuerst müssen wir uns noch durch eine Konferenz schlagen ... Aber falls irgendwelche Zweier oder Dreier für die Späherboote eingeteilt sind – Rame hat zwar die freie Auswahl, aber ich möchte zuerst über den Bescheid wissen. Ich brauche die besten Kinetiker an Bord.

Alison Anne nickte. Obwohl Thian sie gern noch schnell umarmt hätte, damit sie ihn bestärkte, hatte er nichts dagegen, daß sie sich sofort in Bewegung setzte, um seinen Befehl auszuführen.

Rojer, schnapp dir Flavia und bring in Erfahrung, was Kapitän von Soligen wissen wollte.

Klar. Dauert nicht lange. Ich möchte die Konferenz um keinen Preis verpassen.

Rojer kam mit der Information und gab sie Kapitän Ashiant in dem Moment, als Thian gerade die vom Erdprimus erhaltene Nachricht und Kapitän Soligens Lagebericht wiederholte. Dann setzten sich die drei Primen zurück, um das Ende der ersten Reaktionen abzuwarten, als Kapitän Ashiant um Kommentare für entsprechende Taktiken bat. Während Thian den Meinungen, Optionen, und – noch wichtiger – dem fast übertrieben zuversichtlichen Optimismus der Menschen lauschte, tat es ihm fast leid, daß das kürzliche Scharmützel mit dem zweiten Kugelraumer und dessen Späherbooten so erfolgreich geendet hatte. Alle hatten sich von der ursprünglichen Furcht erholt. Zuversicht war nützlich – in Maßen. Vermessenheit, und die Kommandanten der Mrdini waren auf diesem Gebiet am schlimmsten, konnte zur Katastrophe führen.

»Primus Thian!« Bei der Nennung seines Namens zuckte er zusammen.

»Sir?« Thian wirbelte seinen Stuhl herum, um Kapitän Shepherd von der *Vadim* anzuschauen.

»Haben Sie irgendeine Kommunikationsanlage an den Armaturen des Flüchtlings identifiziert?«

»Nein, Sir, aber da war eine Menge Zeugs, dessen Funktion am Ende unseres Auftrages noch nicht identifiziert worden war.«

»Können Sie in Erfahrung bringen, ob sich daran inzwischen etwas geändert hat?«

»Ich werde den Erdprimus in dieser Hinsicht befragen, Sir.« Und als Kapitän Shepherd aussah, als erwarte er, daß Thian es hier und jetzt tat, fügte er hinzu: »Bei allem Respekt, Kapitän, aber innerhalb der Allianz ist gerade Hauptsendezeit, deswegen hat man mich gebeten, alle relevanten Daten in einer Sendung abzufragen.«

»Ach!« sagte der ältere Mann. »Aber das verstehe ich. Auch wenn diese Frage Priorität hat.« Seine Augenbrauen waren so buschig, daß sie über seinem Nasenrücken fast zusammenwuchsen. Shepherd schäumte aufgrund der Verzögerung lautlos vor sich hin.

»Da haben Sie recht, Sir, und ich bin sicher, daß der Hohe Rat die Phobos-Basis Tag und Nacht arbeiten läßt.«

»Wozu sollte es denn gut sein, Shepherd?« fragte

Cheseman unverblümt. »Selbst wenn wir wüßten, auf welcher Frequenz sie senden – wir könnten doch nichts davon verstehen!«

Shepherd dachte darüber nach, weigerte sich aber, klein beizugeben. »Dann wüßten wir wenigstens, *wann* sie sich miteinander verständigen. Und wenn wir die Richtung bestimmen könnten, wären wir gewarnt, aus welchen Quadranten wir mit Verstärkungseinheiten rechnen müssen, die Nummer III ansteuern. Ich will offen sein, Cheseman: ein Kugelraumer ist schon Problem genug. Wir haben zwar Raketen neuester Bauart, die sich inzwischen als wirkungsvoll erwiesen haben, aber die Möglichkeit, daß es sich um acht ... oder noch mehr ... dieser Schiffe handelt, und dazu noch um vierundzwanzig dieser Overkill-Späherboote, macht sie zu einem nicht zu unterschätzenden Gegner.«

»Wir kriegen Verstärkung«, sagte Ronibald, hielt aber inne und runzelte die Stirn, als diskret ein Fähnrich eintrat und Ashiant einen Zettel reichte.

Shepherd nutzte die Gelegenheit und fuhr dazwischen: »Die selbst nicht in einer günstigen Position ist, da sie möglicherweise einen dritten Kugelraumer im Genick hat. Und was soll das, Ashiant, Späher *vor* Nummer III herzuschicken, die *versuchen* sollen, einen G-Stern in den wer weiß wie vielen Parsec zu finden, die noch vor uns liegen, der das Ziel dieser Kugelraumer ist? Wollen sie sich überhaupt dort ansiedeln? Und was hat die plötzliche Massenmobilisierung zu bedeuten? Offen gesagt, ich glaube, sie sammeln eine Streitmacht, um uns daran zu hindern, ihren kolonialen Expansionismus einzuschränken!«

»Kapitän«, sagte Spktm und erhob sich zu voller Größe, »was die Käfer jetzt tun, ist in den zweihundert Jahren, in denen wir uns ihnen entgegenstellen, noch nie dagewesen. Wir Mrdini stimmen der Theorie zu, daß die drei Kugelraumer und der Flüchtling auf der Suche nach einer neuen Heimatwelt waren, um jene zu ersetzen, die die Nova vernichtet hat. Es ist bedauerlich, daß die Eigenarten ihrer Ursprungssonne uns unbekannt sind …«

Ashiant stand auf und verbeugte sich entschuldigend vor Spktm, weil er dessen Ausführungen unterbrechen mußte. »Was dies angeht, Kapitän, so sind uns die Eigenarten der Ursprungssonne der Käfer *bekannt.*« Er lächelte, da alle begierig auf seine weiteren Worte warteten, und schwenkte den Zettel, den er in der Hand hielt. »Wie Sie wissen, haben wir die Systeme untersucht, die die Käfer übergangen haben, aber eine unserer schlauen jungen astronomisch gebildeten Fähnriche – Cynda Charteris – ist auf die Idee gekommen, die Aufzeichnungen der astronomischen Daten des Käferquadranten zu untersuchen und hat sie mit denen verglichen, die Sie, Spktm, selbst aufgezeichnet haben, als sie am Ort der Nova waren. Wir kennen jetzt die Signatur des Spektrums dieser Sonne!«

Sein durchdringendes Organ warf in der kurzen Stille Echos. Dann fingen alle gleichzeitig an zu reden.

»Dann sehe ich überhaupt keinen Grund mehr, Späher zu diesem Stern zu schicken, bevor Nummer III ihn erreicht hat«, sagte Shepherd, der beinahe schrie, um sich Gehör zu verschaffen.

»Wir stimmen zu«, sagte Spktm und wurde aufgrund der zweiten Welle der Erregung lauter. »Aber …« – er hob einen Arm und bewegte die Finger wie einen Fächer – »es müssen noch immer acht Kugelraumer außer Gefecht gesetzt werden, und zwar nach Möglichkeit, bevor sie die Sonne erreicht haben. Sie würden ihr Letztes geben, um den Planeten zu beschützen. Und um uns den Weg zu einem so ehrfürchtigen Ziel zu verbauen.«

»Sie werden wie die Irrsinnigen kämpfen«, sagte Prlm. »So daß uns vielleicht sogar die neuen Raketen nichts nützen.«

»Aber sie werden funktionieren«, sagte Thian, der nun aufstand, um die Beachtung der anderen zu erringen, »wenn sie *dorthin* gebracht werden, wo sie den meisten Schaden anrichten. Und diese Fähigkeit haben wir!«

Die momentane Stille wurde vom lauten Gelächter von Fregattenkapitän Yngocelen von der *Vadim* unterbrochen.

»Thian Lyon, Sie verblüffen mich schon wieder!« Er stieß einen freudigen Triumphschrei aus und sprang auf die Beine. »Verstehen Sie denn nicht, was der Primus vorhat? Mit diesem Verfahren interessiert es doch niemanden mehr, wie viele Kugelraumer hinter uns her sind. Sie kriegen eine Rakete da rein, wo sie das meiste anrichtet, und BUMM!« Er klatschte in die Hände und streckte dann die Arme aus. »Es ist die *Genesee*-Masche in neuer Gestalt. Und es bedeutet, daß wir nicht mal in Reichweite irgendeines Kugelraumers sein müssen, um ihn zu vernichten! Wir brauchen nur zu wissen, *wo* sie sind! Thian, Rojer und Clancy bringen die Rakete ... He, es muß nicht mal 'ne Rakete sein ...«

»Die ja ohnehin nicht in den Maschinenraum eines Kugelraumers passen würde«, sagte Rojer, der über Yngocelens Begeisterung grinsen mußte.

»Was auch immer.« Yngie schnippte die unwichtige Einzelheit mit den Fingern beiseite. »Das Päckchen wird zugestellt – und der Kugelraumer gehört der Geschichte an!«

ABER SO BEKÄMPFEN MRDINI KEINE KÄFERSCHIFFE, sagte Kapitän Ktpl von der *KLTS*. Sein Fell sträubte sich aufgeregt, und er schaute zu Spktm hinüber, der noch immer auf den Beinen stand und von einem Menschenredner zum anderen blickte.

HOCHVEREHRTER KAPITÄN, sagte Thian zuerst zu Spktm und verbeugte sich dann vor Ktpl, DIE MRDINI HABEN UM DIE HILFE DER MENSCHEN ERSUCHT, WEIL WIR EINEN RAUMER DER KÄFER OHNE EIGENE VERLUSTE VERNICHTET HABEN. MENSCHLICHES BLUT WURDE NICHT VERGOSSEN. IN DEN LETZTEN ZWEIHUNDERT JAHREN IST ZUVIEL MRDINI-BLUT GEFLOSSEN. JETZT IST DIE ZEIT, UM DIE VERGEUDUNG DES BLUTES ALLER FARBEN ZU BEENDEN UND ZEIT DAMIT ZU VERBRINGEN, NEUE WELTEN ZU FINDEN, AUF DENEN MAN IN FRIEDEN LEBEN KANN. IHR HALTET UNSERE VORSICHT MANCHMAL FÜR FEIGHEIT... Brummelnder Protest aus menschlichen und Mrdini-Kehlen unterbrach ihn kurz. ABER WIR MENSCHEN ERSCHAFFEN UNS NICHT WIEDER SO WIE DIE MRDINI, DESWEGEN GEHEN WIR ACHTSAM MIT DEM LEBEN UM, DAS WIR HABEN. Thian fragte sich, ob er seine Kompetenzen überschritt, indem er dies sagte, aber er mußte davon ausgehen, daß alle Mrdini von Spktms und wahrscheinlich auch Prtlms Status von der Wiedererschaffung Kats und Gils wußten. ES WIRD GENUG KAMPF GEBEN, UM DIE EHRE ZU BEFRIEDIGEN, ABER WENIGER VERLUSTE, DIE TRAUER ERZEUGEN. LASST UNS MENSCHEN TUN, WOZU IHR UNS ERWÄHLT HABT – DIE BEDROHUNG DURCH DIE KÄFER MIT DEM GERINGSTMÖGLICHEN VERLUST AN ANGEHÖRIGEN DER ALLIANZ ZU BEENDEN.

Die wenigen Kapitäne und Stabsoffiziere der Menschen, die seiner leidenschaftlichen Rede nicht ganz hatten folgen können, wurden rasch informiert. Sogar Shepherd schien seine Worte zu billigen. Spktm verbeugte sich mit großer Würde vor Thian, nahm wieder auf seinem Hocker Platz und signalisierte ihm so, daß er recht hatte.

Eins zu null, Brüderchen!

Thian, du bist wunderbar, sagte Alison Anne.

Ich bin auf deiner Seite, sagte Kluh begeistert.

Wir führen hier zwar eine hochwichtige Geheimkonferenz durch, Kluh, aber ich bitte dich, knutsche den Fähnrich für mich, der den Grips hatte, die astronomischen Daten zu vergleichen!

Lieber nicht. Er ist eine Frau. Das kannst du selbst besorgen. Oder Rojer.

Ashiant stand auf und gab Laut, damit wieder Ruhe eintrat.

»Ich stelle fest, daß die meisten von uns Primus Lyons ausgezeichneten Vorschlägen zustimmen, auch wenn ich jede Wette eingehe, daß er der erste ist, der eingesteht, daß wir längst nicht *alle* taktischen Probleme gelöst haben, vor denen wir stehen. Aber unsere Prioritäten sind nun klar definiert. Yngocelen, rechnen Sie aus, welche Art Nutzlast gebraucht wird, um einen Kugelraumer zu vernichten, wenn man sie in den Maschinenraum portiert?«

»Ich brauchte dazu noch einige Einzelheiten, aber angesichts des Treibstoffs, den die Käfer verwenden, müßte ein komprimiertes Päckchen mit dem richtigen Stoff eine Reaktion erzeugen, die niemand aufhalten kann.« Der Geschützoffizier mußte bei dieser befriedigenden Aussicht einfach grinsen.

»Haben wir die erforderlichen Komponenten an Bord?«

»Ich glaube ja, Sir.«

»Na, prima. Unsere *Talente* müssen ihre Kräfte nämlich jetzt für den Export statt für den Import aufsparen.« Es bedurfte eines Augenblicks, bis Ashiants kleiner Witz verstanden wurde, aber Rojer verstand ihn sofort und lachte hinter beiden vorgehaltenen Händen. Ein paar weitere Lacher fielen ein. »Ich habe bereits die *Revere* für meine Spähermannschaft ausgewählt«, sagte Ashiant. »Sie, meine Herren, entscheiden bitte recht bald, wie Sie die fünf anderen Boote bemannen wollen, die sich auf der *Washington* befinden, damit wir die nächste Aufgabe auf unserer Liste in die Tat umsetzen können – den verdammten Stern zu finden, dessen Spektrum wir nun endlich kennen.«

Thian nutzte die Gelegenheit, um sich zu Ashiant vorzubeugen.

»Sir, ich möchte mich entschuldigen, um Kapitän Soligen über die SV zu informieren …«

»Die SV?«

»Ja, Sir, die Selbstvernichtungsanlage … Kapitän Soligen wird darauf bedacht sein, so schnell wie möglich mit den drei Kugelraumern fertig zu werden … und das sollte sie auch. Wer weiß, mit wie vielen wir es zu tun bekommen! Sie hat das *Talent* an Bord, um den … äh … Export zu …«

Der Anflug eines Lächelns ging über Ashiants Miene. »Unterrichten Sie sie unter allen Umständen über die Strategie. Und informieren Sie auch den Erdprimus. Einigen von den Angsthasen im Machtbereich der Allianz könnte es vielleicht den Rücken stärken.«

»Ich erkundige mich auch in Sachen Kommunikation, Sir.«

Ashiant winkte ab, damit Thian die Sache in Angriff nehmen konnte.

Rojer und Clancy, bleibt hier und haltet die Stellung!

Thian nahm mit Flavia auf der *Columbia* Kontakt auf.

Hat Rojer dir den Kurs nicht gegeben? Wir geben Bescheid, wenn er sich ändert, begann Flavia etwas überrascht, weil sie in so kurzer Zeit gleich zweimal gerufen wurde.

Nein, wir kennen ihn. Die, die ihr verfolgt, sind auf dem gleichen Kurs wie Nummer III. Ich habe gute Nachrichten. Kannst du Kapitän Soligen holen, damit du ihr mitteilen kannst, was ich dir sagen will? Sie kann über die Fragen nachdenken, während wir weitermachen.

Sie ist zufällig gerade hier, Thian. Mach also weiter.

Flavia, weißt du, wie die Genesee-*Masche abläuft? Nun, wir haben eine Variante, die wir an den Kugelraumern ausprobieren möchten, die vor und hinter euch sind. Sind die, die ihr verfolgt, sehr weit vor euch entfernt?*

Nein, und wir holen täglich auf. Ich habe Klml früher immer für schießwütig gehalten, aber der Anblick zweier starker Ionenspuren hat nicht nur ihn und Hptml verändert – auch die Kapitäne Steverice und Hsiang sind blutdurstig. Sie sind noch schlimmer hinter dem Ding her, als Klml hinter dem her war, das er bekommen hat. Und ich wette, auch auf Clarf gibt es einen schlecht aufgelegten 'dini, der über das nachdenkt, was er hier verpaßt. Was ist also mit der Variante der Genesee-*Geschichte?*

Als Thian es ihr erläutert hatte, konnte er ihren erstaunten Ausruf hören – und möglicherweise sogar das Echo von Kapitän Soligen. Und die Erleichterung, die ihren Geist durchströmte. Sie hatte sich bemüht, sehr gelassen und ruhig zu klingen, doch nun erkannte er, daß sie ebenso viel Angst gehabt hatte wie er, bevor ihm klar geworden war, welchen Vorteil die *Talente* beiden Elementen der Flotte gaben. Ja, der gesamten Allianz.

Was hast du gerade zu Flavia gesagt, Thian? fragte Zara. *Sie klingt, als hätte sie Schmerzen, aber sie grinst, als hättest du ihr irgend etwas versprochen.*

Ich hab ihr zwar nicht die Ehe versprochen, Schwesterlein, aber hör zu.

Als er ihr den Plan erläutert hatte, konzentrierte sich ihr Geist fest auf seine Worte.

Thian, es ist eine wunderbare Nachricht, sagte Flavia. *Du müßtest hören, wie sie hier alle jubeln.*

Nun, laßt uns nicht voreilig feiern. Ich möchte nicht, daß jemand annimmt, *wir hätten die Oberhand …*

Als was soll man es denn sonst bezeichnen, Thian? fragte Flavia. *Wir verfügen über Fähigkeiten, die sie nicht haben und aufgrund ihrer Denkweise nie haben werden.*

Wir müssen auch noch mit den Spähern fertig werden, und wer weiß, wie viele Kugelraumer sonst noch diesen

Kurs nehmen. Die Käfer können sich doch *auf irgendeiner Ebene miteinander verständigen …*

Was kann uns das schon nützen, Thian? erwiderte Flavia. *Da doch niemand weiß, welches Medium sie dazu verwenden.*

Die Königin hat Töne erzeugt, sagte Zara. Ihr Geist brachte ein eigenartiges Geräusch hervor. *Man hat Aufzeichnungen von ihrem Geklicke und ihren Knacklauten gemacht. Ich weiß zwar, daß ich in der Minderheit bin, aber sie tut mir noch immer leid, und ich schäme mich dessen nicht.*

Man braucht sich nicht über echte Zeichen empathischer Güte zu schämen, erwiderte Thian ruhig, denn er spürte Zaras neugierige Ambivalenz. Immerhin hatte sie die Königin einst gerettet ohne ihr zwanghaftes Handeln zu verstehen. *Hat irgend jemand irgendeinen Sinn in diesen Tönen erkennen können, Zara?* fragte Thian freundlich.

Nein, gestand Zara traurig ein, und dann, etwas forscher: *Hat keiner von euch fixen Jungs die Frequenz gefunden, auf der sie sich miteinander verständigen?*

Thian kicherte. *Ich gehe jede Wette ein, daß sie jetzt im ganzen Flüchtling umherwimmeln, um es rauszukriegen. Wahrscheinlich auch in dem Kugelraumer, den Klml nach Clarf gebracht hat. Hör mal, ich muß das alles Großvater erzählen und ihn raushauen, denn die Allianz ist in einem Zustand höchster Panik. Einer von uns meldet sich bei euch, sobald Yngocelen ausgetüftelt hat, wie unser Überraschungspäckchen sortiert sein soll.*

Weißt du, Thian, sagte Flavia, *es ist komisch, wie die Dinge laufen. Hätten wir nicht auf dem Flüchtling gearbeitet, wären wir jetzt nicht in der Lage, das zu tun, was uns bevorsteht.*

Obwohl Thian die gleiche Ehrfurcht empfand, die sie ausdrückte, hätte er es nie aussprechen können. Er freute sich, daß sie es konnte.

Und wenn Rojer im System HX-33 nicht an Bord ge-

zwungen worden wäre, hätten wir jetzt keine nützliche Strategie, fügte Thian hinzu.

Ach, dann hätte sich eben irgend jemand etwas anderes ausgedacht.

Nun, diesmal haben wir mehr Geister für eine Verschmelzung.

Große Galaxis, Thian, gegen wie viele Kugelraumer? Flavia machte angesichts dieser Aussicht aus ihrer Bestürzung kein Hehl. *Ein Glück, daß wir mehr vernünftige Alternativen zur Verfügung haben!*

Dann brach sie die Verbindung ab. Bei ihrer letzten Bemerkung kicherte er. Er kicherte nicht mehr, als sein Großvater, diesmal während des langen Gesprächs ganz Erdprimus, jeden Satz der Gespräche kannte, die er im Konferenzraum der *Washington* mitgehört und Thian seine Ansprache an Spktm wiederholt hatte. Thian krümmte sich auf der Liege vor Verlegenheit, als er sie noch einmal abspulte. Im Nachhinein klang sie noch pompöser und leidenschaftlicher als in dem Moment, als sich die Sätze in seinem Geist gebildet hatten und über seine Lippen gekommen waren.

Bevor Jeff sich wieder meldete, trat eine lange Pause ein. Nun war er mehr Großvater als Erdprimus.

Ich stimme Flavia zu, Thian, alter Knabe. Vor Jahren begann auf Deneb eine bemerkenswerte Unvermeidlichkeit, die unerbittlich zu dieser Konfrontation geführt hat. Vielleicht wußten die Käfer schon damals, daß ihre Sonne zur Nova werden würde. Du kannst dich darauf verlassen, daß der Hohe Rat erleichtert sein wird, wenn er von dieser Wendung der Ereignisse erfährt. Ganz zu schweigen von den restlichen verängstigten Bürgern der Allianz. Und dir und dem jungen Astronomen wird man dankbar sein … Wie hieß er doch gleich? Du hast es nicht erwähnt.

Sie *heißt Cyra Charteris.*

Danke. Wenn Ashiant sie nicht im Einsatz befördert, machen wir es sehr bald von hier aus. Mach also mit der

Arbeit weiter und halt mich auf dem laufenden. Oder laß Clancy sich melden, wenn es nur um Informationen geht. Erspar dir so viel wie möglich. Du sitzt da draußen auf einem heißen Stuhl, Junge. Wie gefällt es dir?

Ungefähr so, wie damals dir. Aber ich bin hier.

Und ich ... bin hier, falls du mich brauchst, Thian.

Thian erfuhr erst sehr viel später, wer den Einsatz der Späherboote der *Washington* befohlen hatte, aber die drei *Talente,* die mit Unterstützung von drei T-Zweiern zur Massenportation in den Arbeitsraum gebracht wurden, brachten die sechs Boote auf die ihnen zugewiesenen Positionen.

Keinem der *Talente* gefiel es, Nummer III als Bezugspunkt zu nehmen – alle fingen das starke *Pieks-Pssst* auf –, aber sie brachten die Boote sicher an dem Hindernis vorbei, ohne den Kugelraumer zu alarmieren.

Yngocelen bekam die Hilfe aller Munitionsexperten der Flotte. Spät in der Nacht, als er in den Arbeitsraum der *Talente* kam, um dabei zu sein, wenn Thian die erforderlichen Instruktionen an Kapitän Soligen weitergab, erzählte er, daß es länger gedauert hatte, sich die Theorien aller möglichen Leute anzuhören als genug ›Überraschungspäckchen‹ zusammenzustellen.

»Wir haben viel mehr gemacht, als wir hoffentlich brauchen«, sagte er und zuckte grinsend seine knochigen Achseln. »Aber, zum Teufel, als wir erst mal angefangen hatten, wollte einfach keiner mehr aufhören! Es sind kompakte praktische Biester!« Er grinste abermals, dann gähnte er.

»Tun Sie das nicht«, sagte Thian, und gähnte ebenfalls, als er auf die Liege glitt.

Ach, ich bin so froh, dich zu hören, Thian, sagte Flavia. *Falls unsere Sensoren nicht spinnen, sind drei hinter uns ...*

Keine Angst. Ist Kapitän Soligen in der Nähe? Und euer Geschützoffizier?

Ich habe Rhodri gerufen. Er kann die Information übermitteln und dir Mühen ersparen. Du bist müde.

Macht nichts. Verbinde mich mit Rhodri, damit er die relevanten Fragen stellen kann. Hier ist die Methode, mit der Yngocelen die Überraschungspäckchen gebastelt hat.

Hallo, Vetter, sagte die unverwechselbare mentale Stimme Rhodri Eagles. *Das ist aber 'n nettes kleines Ding. Wir haben alles an Bord. Ah, unser Käpt'n ist gerade eingetroffen. Mal sehen, ob sie irgendwelche Fragen hat.*

Ob es klappt, Thian? Flavia gab sich alle Mühe, ihre übliche Haltung zu bewahren.

Diese Männer hier wissen schon, wie man Bomben bastelt. Und wir wissen, wie man sie zustellt. Erinnerst du dich noch an die Verbindungsrohre im Maschinenraum des Flüchtlings, Flavia?

Ja, ja. Aber klar.

Legt sie dort ab. Man kann die Detonationszeit kurz vor der Portation einstellen. Yngie schlägt höchstens fünf Sekunden vor, weil man sie sonst eventuell bemerken könnte. Die Käfer sehen im Dunkeln besser als wir.

Verstanden. Kapitän Soligen läßt euch herzlich danken. Korvettenkapitän Searles sagt, sie sind geschickt gemacht und leicht zusammenzubauen. Er ist gerade gegangen, um es zu tun. Vesta sagt, sie nimmt sich zuerst die hinter uns vor. Sie sagt, es macht sie nervös, wenn sie ständig an uns dranhängen.

Find ich auch. Clancy übernimmt die erste Wache. Sagt also ihm, was passiert.

Es folgte eine kurze Pause, doch Thian wußte, daß Flavia die Verbindung noch nicht abgebrochen hatte.

Viel Glück, Thian Lyon!

Auch dir viel Glück, Flavia Bastianmajani! Und gib Rhodri eine Chance, beim Portieren zu helfen. Er wird zwar nie aufhören, damit zu prahlen, aber es ist immer noch bes-

ser, als sich seine Beschwerden anzuhören, wenn er außen vor gelassen wird.

Ich hatte schon beschlossen, ihn mitmachen zu lassen. Flavia klang irgendwie amüsiert.

Als Thian, an Alison Anne geschmiegt, schlief, während Mur und Dip sich an seinen Rücken kuschelten, hatte er gute Träume. Und während er schlief, lieferte Flavia mit Unterstützung Rhodris und ihres Bruders – Zara weigerte sich, irgend etwas mit den Portationen zu tun zu haben – die Päckchen ab.

»Sie sagt«, meldete Clancy Thian beim Frühstück, »sie haben alle beim Countdown mitgezählt und die fernen Explosionen gesehen, die die Zerstörung markierten. Kapitän Soligen meldet, daß alle vier Kugelraumer vernichtet sind. Sie ist mit Höchstgeschwindigkeit zu uns unterwegs. Flavia sagt, der Erdprimus ist sehr erfreut.« Er wartete eine Sekunde und zog den Kopf ein. Seine Miene war voller Verdruß. »Ich dachte, wir warten lieber, bis du wach bist, damit du es selbst machen kannst. Rojer war auch dafür, aber als Yngie die Bomben fertig hatte, wollte Spktm unbedingt sehen, ob sie auch funktionieren. Also hat Kapitän Ashiant uns befohlen, sie abzuschicken.«

»Warum dann diese Miene, Vetter? Ihr habt die Sache doch wohl nicht vermasselt, oder?«

»Aber neiiin!« sagte Clancy mit einem nervösen Lachen. *Aber ich glaube, daß es dir gegenüber unfair war, dich nicht auch eine abliefern zu lassen.*

Thian stupste Clancy liebevoll in die Rippen. »Solange ihr Nummer III für mich übriggelassen habt ...« Er musterte seinen Vetter mit einem ernsten Blick.

Clancy hob die Hände und zog sich bei dem Gedanken an eine solche Perfidie leicht zurück.

»Na schön! Entspann dich. Solange Nummer III *mir* gehört!«

»Nur, weil Kapitän Ashiant *sicher*gehen will«, sagte

Rojer und setzte sich zu ihnen, »daß Nummer III uns zum richtigen Stern führt.«

»Sternlein, Sternlein, sag uns Blinden, wo wir dich am schnellsten finden!« dichtete Clancy und grinste teuflisch.

Thian und Rojer stöhnten gequält auf.

»Schon was über ihn gehört?« fragte Thian.

»Noch nicht, aber unsere Späher zischen überall draußen rum, und es kann nicht mehr lange dauern ... Wenn Nummer II anhalten mußte, um seine Vorräte zu ergänzen, muß es Nummer III inzwischen auch recht dreckig gehen.«

»Vielleicht war es so«, sagte Clancy. »Wasiq hat sich die Logbuchaufzeichnungen des Geschwaders D angeschaut und festgestellt, daß es die Spur drei Wochen lang verloren hatte. Es mußte herumsuchen, um sie wieder aufzunehmen.«

»Das hat Stierlman nie erwähnt.«

»Tja, aber im offiziellen Logbuch steht's.«

»Ich wette, Ashiant war wütend«, sagte Thian und verwünschte Stierlman.

»Ja, aber auf Kapitän Halstead, nicht auf Stierlman. Immerhin haben sie die Ionenspur wiedergefunden.«

Thian seufzte. »Wie weit sind wir noch von Nummer III entfernt?«

»So weit, daß keine Chance besteht, daß irgendein *uns* bekannter Sensor uns aufspürt.«

»Aber wenn sie *doch* miteinander kommunizieren ...«

»Hör mal, Bruderherz, die Raumer, die wir in die Luft gejagt haben, hatten keine Chance, auch nur einen Pieps zu senden!«

»Wenn Schiffe, von denen man weiß, daß sie raumtüchtig und Nummer III auf den Fersen sind, plötzlich nicht mehr miteinander kommunizieren, muß man argwöhnisch werden«, sagte Thian. Er fuhr sich nervös mit der Hand durchs Haar und strich die

weiße Locke nach hinten, die ihm ständig in die Augen fiel.

»Das sieht Ashiant auch so«, sagte Clancy. Dann zuckte er die Achseln. »Aber sie können nicht wissen, *was* dafür verantwortlich ist. Ich würde sagen, mein Großonkel sorgt schon dafür, daß niemand den Machtbereich der Allianz verläßt. Ashiant hat der *KLTR* und der *Comanche* befohlen, ein Stück zurückzubleiben und nach Nachzüglern Ausschau zu halten.«

»Schon wieder ein Wartespiel, was?« sagte Thian.

»Sieht so aus«, erwiderte Clancy.

»Wir können die Zeit noch immer damit totschlagen, indem wir ein paar Päckchen packen, Thian«, schlug Rojer vor. »Wir *wissen* doch nicht, wie viele Käferkolonien es gibt oder wie viele Kugelraumer auf dem Weg zum wiedergefundenen Paradies auf uns lauern.«

Die von einer Mischung aus *Vadim* und *KLTS*-Personal bemannte *Franklin* entdeckte das Ziel von Nummer III: Das Spektrum des relativ jungen G-Sterns wies nur einen Unterschied von 0,0378 zur Sonne des ursprünglichen Käfer-Zentralgestirns auf. Für die Astrogatoren war dies passend genug. Die Sonne hatte elf Planeten. Zwei davon wiesen eine passende Lufthülle und die korrekten Proportionen von Landmassen und Meeren auf, die den Käfern bei M-5- und M-6-Welten gefielen. Wenn dies tatsächlich der Stern war, den sie gesucht hatten, mußte der Kugelraumer in Kürze eine Kursänderung vornehmen.

Die Spannung innerhalb der Flotte wurde unerträglich, als Kapitän Soligen meldete, sie habe einen weiteren Kugelraumer ›überrascht‹, der ihr gefolgt war. Dies trug zur Bestürzung all jener bei, die auf eine Konfrontation aus waren.

Kapitän Ashiant gab allen Einheiten bekannt, man werde Nummer III abfangen, sobald er die Kurskorrektur vornahm und sich der Grenze des Systems näherte.

Zur Vorsicht bat er Thian, für die Portation von Kapitän Spktms *LSTS,* der beiden Galaxis-Einheiten *KLTL* und *Vadim* sowie der Zerstörer *KLTR* und *Comanche* zu sorgen, falls Nummer III seine drei Späher vorausschickte, um sich die Eignung des Systems bestätigen zu lassen. Er befahl seine am weitesten draußen befindlichen Späher zurück, hieß die *Franklin* und die *Revere* jedoch bei der Einsatzgruppe bleiben.

Jeff Raven meldete phänomenale Erfolge mit der *Genesee*-Masche, und Kapitän Osullivan wurde auf einem der neu in Betrieb genommenen Schiffe der Gründer-Klasse reaktiviert, um eine tragende Rolle bei der Verteidigung der Allianz zu spielen. Seine alte Mannschaft ließ ihn begeistert hochleben. Fregattenkapitän Ronibald ließ die Getränke springen. Falls Rojer etwas selbstgefällig wirkte, da er die *Genesee*-Masche als erster angewandt hatte – es gab niemanden, der ihm dieses Recht bestritt.

Da Zara für das Offensivemanöver weiterhin ›nicht zur Verfügung stand‹, ordnete Kapitän Soligen ihr Geschwader in einer anderen Formation an, um ein größeres Gebiet des Weltraums abzudecken. Asia und Mallen Bastianmajani gingen auf die *KMTM,* und Jes auf die *Valparaiso.* Die beiden Galaxis-Einheiten schwebten ein Stück hinter der Mitte der *Columbia* und wurden von den beiden Zerstörern bewacht. Die *Columbia* behielt ihren Kurs bei und folgte der Ionenspur von Nummer III. Die Hauptflotte war vor ihr.

Zwar fand nur noch ein Kugelraumer unter ihrer Ägide sein Ende, aber zum Verdruß der Hauptflotte hatte Geschwader B ohne einen einzigen Verlust eine beachtliche Trefferzahl verbuchen können.

»Nummer III verlangsamt«, sagte Ashiant über das Komgerät zu den *Talenten.* »Sie ist nun an der Systemgrenze. Ah, jetzt setzt sie ihre Späher ein. Ob sie eine Sensormessung unserer Voraustruppen erhalten hat?«

»Und wenn ja, macht es einen Unterschied, wenn sie das Päckchen kriegt?« fragte Thian und schritt zu seiner Liege. *Die Kiste gehört mir, vergeßt es nicht!*

Boah, können wir wenigstens zuschauen? fragte Rojer mit der aufgesetzten Quengelstimme eines kleinen Bruders.

»Hier ist Korvettenkapitän Yngocelen. Primus Thian, das Päckchen ist versandbereit.«

»Vielen Dank, Korvettenkapitän.« Thian machte es sich bequem, griff auf die Gesamtheit der Generatoren zu, ›fand‹ das explosive Päckchen auf dem Boden der Landenische, ›tastete‹ sich in die Finsternis des Maschinenraums von Nummer III hinein und portierte es dorthin.

Eins … Rojer war ans Terminal geeilt, um den Frontbildschirm zu aktivieren.

»Zwei«, sagte Thian und rannte auf langen Beinen zur Brückentür. Als er dort ankam, sagte Ashiant »Drei!« Die Brückenmannschaft, deren Blicke auf den Hauptbildschirm gerichtet waren, rief im Chor »Vier!«

Rojer, Clancy, vier 'dinis und Alison Anne drängten sich im Eingang, als alle wie aus einem Munde »Fünf!« sagten.

Der Bildschirm zeigte das strahlende Erblühen der fernen Explosion, auch wenn sie aus der Distanz winzig wirkte. Der Bildschirm leerte sich schneller, als die Zuschauer es sich möglicherweise im Augenblick des höchsten Triumphs wünschten, aber an das Nachbild des dramatischen Höhepunkts der langen Suche würde sich das innere Auge noch lange erinnern. Zwar war niemandem nach Jubeln zumute, aber überall auf der Brücke konnte man erleichterte Seufzer hören und nachdenkliche Mienen sehen.

»Mr. Wasiq, fragen Sie bei der *LSTS* nach, ob die Späher entkommen sind«, sagte Ashiant und durchbrach die Stille. Andere gedämpfte Geräusche auf der Brücke deuteten an, daß man wieder zu den normalen Pflichten überging.

»Kapitän Spktm und die anderen Schiffe haben zwei Späher in einen Kampf verwickelt. Der dritte wurde von der Druckwelle erwischt, die Nummer III vernichtet hat. Die Kapitäne glauben, daß die Späher leicht beschädigt sind …«

»Da sie nun niemand mehr anführt, ist es nicht verwunderlich«, murmelte Thian.

»Die *Vadim* und die *KLTL* geben nun Sperrfeuer ab, Sir. Kapitän Spktm meldet die Vernichtung der beiden letzten Späher.«

»Unternehmen Nummer III ist abgeschlossen«, sagte Ashiant ruhig.

Als Thian auf der Liege Platz nahm und sich darauf vorbereitete, Kapitän Ashiants Worte an den Erdprimus weiterzugeben, spürte er nichts von dem erwarteten Triumphgefühl. Das in ihm vorherrschende Gefühl war Erleichterung von der Anspannung, Belastung, Besorgnis, Ungewißheit. *Diese* Phase des jahrhundertelangen Kampfes gegen die Expansion der Käfer war nun keine Bedrohung mehr für die Allianz. Aber es gab noch viele andere Käferplaneten und eine unbekannte Anzahl von Kugelraumern, die darauf warteten, daß ihre Population einen Punkt erreichte, an dem andere Planeten für ihre Spezies ›urbar‹ gemacht werden mußten. Womöglich hatte er nun für den Rest seines Lebens Arbeit: Sie mußten diese Myriaden von Kolonien finden.

Nicht unbedingt, Thian, meldete sich die leise Stimme seines Großvaters in seinem Geist. *Ich kann mir vorstellen, du kannst als Primus jede Position bekleiden, die du dir aussuchst.*

Du weißt, daß Nummer III erledigt ist?

Ich sehe es in dir. Ich nehme aber auch deinen geistigen Zustand wahr, und was ihn betrifft, so muß ich dich aufrichtig beglückwünschen. Du hast die Anerkennung unserer Zunft und deiner Familie. Ein Krieg, in dem nur der Gegner stirbt!

Thian war überrascht darüber, seine eigenen Worte zu hören, doch der Gedanke konnte natürlich jedem kommen, der nicht für sinnlose Gewalt zu haben war.

Diesen Teil des Krieges haben wir gewonnen, mein Junge – aber eben nur ihn. Es erleichtert einen sehr, wenn man weiß, daß viele kluge und einfache Lebewesen sich herauszufinden bemühen, wie man den Bevölkerungsdruck auf den Käferwelten steuern kann, um das Kolonisationsbedürfnis dieser Spezies einzudämmen und ihre Aggressivität zu eliminieren.

Beides ist besser als ihre Lösung für ein Leben auf anderen Planeten, sagte Thian.

Bist du kriegsmüde?

Müde, Großvater, ja.

Wie wäre es, neue Welten zu suchen, auf denen Menschen und 'dinis leben können, entweder zusammen oder für sich?

Es gibt einige Welten mit heißen Sonnen, die die 'dinis gern für sich allein haben können, Großvater. Ich nehme an, wir sollen auf der Rückfahrt sämtliche potentiellen Kolonialplaneten untersuchen?

Ja, das ist der offizielle Befehl, den du an Kapitän Ashiant weitergeben sollst. Und seine Beförderung zum Admiral.

Thian lächelte, er empfand Vergnügen an dieser Aufgabe, die die verschiedenen Arten der Erleichterung zurückdrängten, die seine momentane Stimmung beherrschten.

Bis dahin werden sich die Soziologen, Xenobiologen und der Rest der Wiedergutmachungsspezialisten die von der Flotte gesammelten Daten vornehmen, um festzustellen, ob wir eine Möglichkeit finden können, die Käfer an ihre momentanen Kolonien zu binden.

Zara würde es besonders freuen.

Eine Sekunde lang herrschte Schweigen. *Ja, bei ihrer Ambivalenz habe ich auch das Gefühl. Sie kann bei den Forschungen mitmachen. Könnte doch sein, daß sie Kapitän Soligen und Flavia ein Klotz am Bein ist.*

Wenn du Zara eine Forschungsaufgabe überträgst, könntest du Rojer auf die Columbia *versetzen, Großvater.*

Hat die kleine Asia mit diesem Vorschlag zu tun?

Aber ja.

Nun, der Verwandtschaftsgrad ist kein Nachteil. Thian spürte, daß sein Großvater erfreut und überrascht war. *Hmm. Beide Geschwader werden zwar nun koloniale Forschungsfahrten übernehmen, aber ... Ich sehe keinen Grund, den Jungen noch mehr Gefühlsstreß auszusetzen, als er schon hatte. Hat er Asia so gern?*

Er ist ihr ständiger Beschützer, Großvater. Eine stetige Dosis wird ihn entweder heilen oder sein momentanes Interesse konsolidieren.

Du magst Asia nicht? Er war nun wieder ganz Großvater.

Sie ist lieb und bezaubernd, und wenn sie nicht gerade einen Anfall von Schüchternheit hat, kann sie ganz vergnüglich sein, aber ...

Sie ist nicht dein Typ.

Kurz gesagt: ja. Außerdem, Großvater, habe ich eigene Pläne.

Ist mir klar, Thian. Und wir haben nichts dagegen.

Die Verbindung brach abrupt ab, doch irgendwo warf ein Lachen noch ein leises Echo.

ROJER! CLANCY! schrie Thian. *Hat einer von euch etwa erwähnt ...*

GLAUBST DU, WIR SIND VERRÜCKT? antworteten die beiden wie aus einem Munde. Rojer stürmte durch die Tür hinein und funkelte Thian an, als könne er nicht glauben, daß er ihm eine solche Indiskretion zutraute.

Woher, verdammt noch mal, weiß Großvater von Alison Anne?

Rojer zuckte die Achseln. »Wieso, verdammt, kennt er sich nur bei der Hälfte von allem aus, was er macht? Er macht es einfach. Und was hat er gerade gesagt? Etwa danke?«

Sei nicht anmaßend, Bube, sagte Thian grinsend. Er boxte seinem Bruder auf den Arm und war schon unterwegs zu Kapitän Ashiants Konferenzzimmer, das auf dem gleichen Korridor lag.

Willste uns nicht mal 'n Tip geben? beschwerte sich Clancy.

Thian stieß einen Seufzer aus, dann klopfte er leise an die Tür des Kapitäns. *Hört einfach mit. Ich bin es so satt, alles wiederholen zu müssen ...* »Kapitän Ashiant, ich übermittle Ihnen die Grüße des Erdprimus, der ihnen von ganzem Herzen den Dank und die Wertschätzung des Hohen Rates und sämtlicher Bürger der Allianz ausrichten läßt, weil Sie die Bedrohung unserer Kulturen so schnell beseitigt haben.«

Ashiant musterte Thian eine geraume Weile.

»Hat er das wirklich gesagt?«

»Nun, Sir, wenn nicht, hätte er es jedenfalls so ausdrücken sollen. Der Erdprimus ist sehr erleichtert, daß dies – Zitat – ein Krieg war, in dem nur der Gegner starb.«

»Stimmt zwar nicht ganz, ist aber nahe genug an der Wahrheit«, sagte Ashiant und nickte.

Dann setzte Thian ein breites Grinsen auf. »Ich habe außerdem die glückliche Pflicht, Sie zu informieren, daß man Sie wegen Ihrer Verdienste zum Admiral befördert hat.«

»Für Scherze bin ich allerdings weniger zu haben, Primus.«

»Es ist kein Scherz, Sir. Würde ich mir nie erlauben, Kapitän.«

»Admiral, was?« Ashiant schwang seinen Stuhl so herum, daß Thian sein Gesicht sah. Es sah so aus wie immer, er zog nur kurz die Mundwinkel hoch. Ashiant zupfte an seinem Uniformhemd. »Welch gute Nachricht. Es ist mir eine Ehre.«

»Aye, aye, Admiral, eine Ehre für Ihre Familie, Ihre Farbe und für alle, die unter Ihnen dienen.«

»Wenn Sie nichts dagegen haben, Primus ... Ich glaube, es wäre am besten, wir warten, bis es offiziell bestätigt wird. Aber ich danke Ihnen, daß Sie mich davon in Kenntnis gesetzt haben.«

Abermals klopfte jemand leise an die Tür. Vandermeer, die Erste, wartete nicht auf Ashiants Reaktion. Sie trat ein und hielt ihm einen gewöhnlichen Dokumentenbehälter hin.

»Das ist gerade reinportiert worden, Sir – aber es ist an *Admiral* Ashiant adressiert!« Sie verzog das Gesicht zu einem breiten und fröhlichen Lächeln, reichte ihm mit der Linken den schmalen Behälter und salutierte zackig.

»Tja«, sagte Ashiant. Er zog die Zylinderkappe ab und entnahm das zusammengerollte amtliche Dokument. »Tja.« Er rollte es auseinander. »Tja, da steht es tatsächlich.«

»Darf ich Ihnen als erste gratulieren, Admiral?« sagte Vandermeer mit Tränen des Stolzes in den Augenwinkeln.

»Na so was, Admiral«, sagte Thian schnell, trat vor und streckte die Hand aus. »Das sind aber tolle Neuigkeiten! Es freut mich sehr, bei einer so glücklichen Gelegenheit dabei zu sein. Herzlichen Glückwunsch, Admiral Ashiant. Die Beförderung haben Sie sich redlich verdient!«

Ashiant warf ihm einen ironischen Blick zu, aber Thian hätte Vandermeers großen Auftritt natürlich um keinen Preis vermasselt.

Noch ehe Thian den Rest seiner Meldung und die Anweisungen des Erdprimus weitergegeben hatte, wußte man auf dem ganzen Schiff Bescheid. Daß Rojer und Clancy bei der Verbreitung der Nachricht eine tragende Rolle gespielt hatten, machte nichts. Die Beförderung war amtlich, und alle gingen lächelnd ihrer Arbeit nach. Ashiant war ein beliebter Mann.

»Dann lauten unsere Befehle also, unsere Quadranten dieser tollen Galaxis für uns harmlose Menschen und 'dini-Kolonisten zu sichern«, sagte Rojer, als sie wieder in ihrer Unterkunft waren. Thian bürstete Murs und Dips Fell, eine angenehme Aufgabe, die ihm Spaß machte, für die er aber wenig Zeit hatte.

»Wir haben für eine Fünfjahresmission unterschrieben«, erinnerte Thian ihn.

»Dabei hätte es auch zu gefährlichen Situationen kommen können«, sagte Clancy hoffnungsvoll. »Aber Vetter Raven hat recht. Wir können noch eine Menge tun, um in Erfahrung zu bringen, wie man die Käfer soweit verändert, daß sie keine solche Bedrohung mehr darstellen.«

»Haben die Pfeifen in der Phobos-Basis inzwischen entdeckt, wie die Kugelraumer miteinander kommunizieren?« fragte Rojer, dem die ungelöste Frage ihrer Bemühungen einfiel.

»Wer weiß?« sagte Clancy ironisch. »Wir haben alle Raumer vernichtet, mit denen sie sich verständigt haben können. Aber sie müssen eine Möglichkeit haben, sich zu verständigen. Wenn man sich mit ihnen verständigen könnte, könnte man ihnen sogar verdeutlichen – und zwar auf nettere Weise –, daß ihr Tun gegenwärtig gesellschaftlich nicht akzeptabel ist. Es würde das Problem beilegen, und wir könnten die vorhandenen M-5-Planeten gerecht unter uns aufteilen.«

»Bloß würden die Käfer gleicher sein wollen als wir«, sagte Rojer. »Sie pflanzen sich schneller fort.«

Am Abend wußten alle von der Beförderung, und Ashiant mußte zu einem Zug durch sämtliche Messen der anderen Schiffe aufbrechen, um auf den neuen Dienstgrad anzustoßen. Als Alison Anne dienstfrei hatte, bestand Rojer darauf, den Admiral überall hinzuportieren, wo er hingehen wollte. Thian sollte sein Abendessen mit Gravy und Clancy genießen.

»Du weißt doch«, sagte Alison mit einem protestierenden Ton in der Stimme und musterte Thian mit ihrem sogenannten ›Krankenschwesternblick‹, »daß man *dich* hätte befördern sollen, oder? Du hattest doch die Idee, für die Ashiant nun befördert worden ist.«

»Nun mach mal halblang, Schätzchen«, sagte Thian. Er faßte ihre Lippen an und verzog sie so, daß sie ein Lächeln zeigten. »Ashiant hat die Admiralssterne verdient. Du sollst sie ihm nicht neiden.«

»Aber ist ihm auch klar, daß er ohne euch« – sie bezog Clancy in den Blick mit ein und schnippte mit den Fingern in Richtung Arbeitsraum, wo Rojer saß – »bis zu den Kragenspiegeln im Dreck säße? Daß die Kugelraumer mit ihm Billard spielen würden?«

»Schatz«, sagte Thian. Seine Stimme wurde nun lauter als die ihre. Er klopfte auf den Stuhl neben sich, damit sie Platz nähme. »Wir sitzen alle im gleichen Boot. Man kann nur gewinnen oder verlieren. Wir haben, wenn man so will, gewonnen, indem wir den Gegner umgebracht haben.« Er zog sie mit einem geschickten Griff, obwohl sie sich mit gespannten Muskeln widersetzte, auf seinen Schoß, küßte sie auf den Hals und spürte, daß sie leicht nachgab. »Schau es dir mal aus meiner Perspektive an. Ich bin einfach nicht zum Kombattanten geschaffen. Ich bin zum Portieren und Pathieren geschaffen. Und mehr habe ich nicht getan.«

»Ja, aber dadurch hat Ashiant den Krieg gewonnen …«

»Wir anderen auch, Liebling. Und das ist hoffentlich das einzige Mal in meinem Leben, daß ich zu so etwas gezwungen wurde!«

Er wollte ihr Gesicht zu sich drehen, um ihr in die Augen zu schauen. Als sich seine Taktik als erfolglos erwies, versuchte er eine andere.

Ich habe Großvater gebeten, Rojer zu Asia auf die Columbia *zu versetzen. Sie fehlt ihm wirklich …*

»Ach, wirklich, Thian-Liebling?« Sie wurde in seinen Armen plötzlich wieder geschmeidig und drehte sich, um ihren Arm um seinen Hals zu schlingen.

Niemandem fiel Clancys, Murs und Dips diskreter Rückzug aus dem Raum auf.

»Ach, was für eine wunderbare Idee. Diese Mission wird noch Jahre dauern, und ich glaube, daß Rojer wahrlich und wahrhaftig in sie verliebt ist …«

Thian war mehr daran interessiert, Alisons nachgiebigen Körper an sich zu schmiegen, statt ihre Ansichten über seinen verliebten Bruder zu hören.

Ich weiß, daß wir noch nie darüber gesprochen haben, sagte er und küßte sie liebevoll, um die unprofitable Konversation zu beenden, *aber ist es nicht schön, daß wir uns miteinander unterhalten und dabei gleichzeitig knutschen können?*

Hmmm, lautete ihre Antwort, als er sie auf die Arme hob und zu ihrem Zimmer trug, wobei er sicher und geschickt den Kontakt zu ihren Lippen aufrechterhielt.

Großvater hat nämlich auch nicht das geringste gegen uns, sagte er.

Sie löste sich von ihm und schaute ihn an. Ihre großen blauen Augen blickten ungläubig drein. »Der Erdprimus hat nichts gegen *miiich?*«

Unter Bezugnahme auf deine Beschwerde, wer die Lorbeeren dieser Angelegenheit ernten sollte, werde ich mich, Alison Anne, solange ich lebe, auch nicht darüber beschweren.

Ich nehme an, sagte sie mit verträumt besinnlicher Stimme, als er sie sanft aufs Bett legte, *daß ich möglicherweise doch einen Anfall von Hellsichtigkeit hatte, als ich dich zum ersten Mal sah …*

Jetzt auch wieder? Und was sagt dir dein hellseherische Begabung?

Daß ich es mit dir aushalten werde!